중국中國 고대古代의 가무희歌舞戲

김학주 지음

明文堂

머리말

이 책은 중국희극사를 새로 쓴다는 입장에서 이룩한 것이다. 책 제명을 『중국 고대의 '가무희'』라 한 것은 대부분의 학자들이 본격적인 연극이 존재하지 않았다고 생각하는, 상고시대로부터 송宋대에 이르는 '중국 고대'의 연극발전사를 '가무희'를 중심으로 추구해 보고자 하였기 때문이다. 따라서 원元·명明·청淸의 '가무희'와 현재의 '나희儺戲'에 관한 논술은, 그것들을 소개하는 성격을 크게 넘어서지 못한 '부록'과 같은 내용의 것들이다. 곧 '새로 쓰고자' 한 『중국희극사』의 중요 부분이 상고시대로부터 송대에 이르는 시기의 '고대'임을 강조하려는 것이다.

중국의 희극戲劇은 크게 '소희小戲'와 '대희大戲'로 나누어진다. '소희'는 옛날 중국에 유행하던 '산악散樂' 이하 여러 가지의 간단한 놀이 또는 연극 등을 가리키는데, '가무희'가 그 중심을 이룬다. '대희'는 북송北宋 말년(1126) 무렵에 생겨난 '희문戲文'을 비롯하여, 원대의 '잡극雜劇'·명대의 '전기傳奇'·청대의 '화부희花部戲' 등을 가리킨다. 그런데 중국 학자들은 거의 모두가 '소희'는 성숙되지 못하고 아직 제대로 발전하지 못한 불완전한 희극이고, '대희'야말로 성숙되고 제대로 발전된 완전한 희극이라 믿고 있다. 그 때문에 이제까지 나온 중국희극사들은 왕꿔웨이〔王國維〕의 『송원희곡사宋元戲曲史』를 비롯하여 거의 모두가 '대희'를 위주로 하여 씌어진 것이다.

　그것은 모든 학자들이 중국의 희극을 연구하면서도 근대 희극의 개념 또는 서양 희극의 개념에서 벗어나지 못하였기 때문이다. 연극뿐만 아니라 중국의 모든 전통적인 예술은 상징적이고 함축적인 미의 표현을 추구하는 시적인 기법을 존중해 왔다. 그중에서도 연극은 특히 '소희'에서 '대희'에 이르기까지 모두 시가와 음악과 무용을 그 미학적인 기초로 삼아 연출되는 것이었다. 게다가 '소희'는 민간의 종교나 계절제 등과 관련이 깊고, 민중의 생활에서 우러난 것이기 때문에 연출자와 관중이 한데 어울리어 즐기는 오락적인 놀이로서의 성격도 두드러졌다. 곧 '소희'는 제의祭儀와 더불어 연출되는 경우가 많았고, 또 '가무희'를 중심으로 하여 단순한 가무와 여러 가지 잡희雜戲가 뒤섞여 연출되는 것이 보통이었다. 따라서 근대연극의 개념에서 보면 중국의 '가무희'는 연극이라고 보기는 어려운 성격의 것이었다.

　그러나 '소희' 중에서도 '노래와 춤으로 간단한 고사故事를 연출하는' '가무희'는 중국의 정통문화를 대표하는 중국의 희극인 것이다. 왕꿔웨이가 『희곡고원戲曲考原』에서 '대희'를 중심으로 하는 중국희극을 정의하여 "노래와 춤으로 고사를 연출하는 것"이라 말하고 있는 것은 '가무희'의 중국 희극사상의 의의를 확인시켜준다. 치루샨〔齊如山〕은 그의 『국극예술휘고國劇藝術彙考』의 전언前言에서 지금 중국에 연출되고 있는 '대희'의 대표적인 극종인 경희京戲의 특징을 대략 다음과 같이 네 가지로 요약하고 있다.

첫째, 유성필가有聲必歌, 모든 연극에서의 소리는 가창의 성격을 띤다는 것이다.

둘째, 무동불무無動不舞, 모든 출연자의 움직임은 무용의 성격을 띤다는 것이다.

셋째, 진짜 물건이나 그릇은 무대 위에 올려놓지 못한다. 소도구도 모두 상징적인 물건을 쓴다.

넷째, 사실적이어서는 안 된다. 조금이라도 사실적인 동작이 있어서는 안 된다.

이상의 특징은 경희뿐만 아니라 원 잡극雜劇 · 명 전기傳奇는 물론 중국의 모든 고전희극에 적용되는 특징이다. 그리고 그것 모두 옛 '가무희'에서 나온 것임을 누구나 쉽사리 알 수 있다. 이 때문에 '가무희'야말로 중국의 정통문화를 대표하는 연극이라고 할 수 있는 것이다.

이 '가무희'는 은殷나라 이전부터 무습巫習이나 민간신앙에 의하여 계절 따라 신에게 풍년을 기원하거나 여러 가지 소망을 빌고, 또 신의 힘을 빌어 불행이나 역귀疫鬼를 쫓아낼 때, 또는 신에게 빈 소원이 이루어져 감사하는 의식을 행할 때 생겨난 것이었다. 이때 신을 상징하기 위하여 가면을 만들어 썼기 때문에 일찍부터 '가무희'는 가면놀이가 그 중심을 이루었다. 후세에 신과의 관계는 멀어지고 사람들을 즐겁게 하는 '가무희'로 발전하기도 하고, 도교와 불교의 영향을 받기도 하였다.

한편 평소에는 점잖던 사람이 남 앞에서 마음껏 춤추고 노래 부르기 위해서도 가면이 필요했던 듯하다. 은나라 때의 가면이 여러 개 출토되었고, 주周나라 때 나儺에서는 방상씨方相氏를 비롯한 수많은 가무를 하던 주역들이 가면을 썼으며, 『초사楚辭』「구가九歌」에서 신에게 제사를 지내는 노래를 부르며 춤을 추었을 적에도 무당들이 가면을 썼을 것으로 여겨진다. 이후 한漢·위魏·진晉·남북조南北朝·수隋·당唐·송宋을 통하여 '가무희'는 계속 발전하여 중국의 전통적인 연극으로 자리를 잡게 된다.

다만 중당中唐시대에 와서는 '가무희'에서 가면이 사라지는 한편 후세의 '대희'에서 두드러지는 여러 가지 정식程式이 그 연출방식이나 구성에 생겨난다. 그렇게 변화하는 '소희'는 결국 송宋 잡극雜劇과 금金 원본院本을 이룩하게 된다.

'가무희'가 중국의 정통문화를 대표하는 연극이라는 말은, 곧 남송南宋 이후에 발전한 원 잡극·명 전기·청淸 화부희花部戲 등의 이른바 '대희'가 중국의 정통문화라는 개념으로부터 벗어난 성격의 것임을 뜻하기도 한다. 중국의 고전희극은 시가와 음악과 무용을 그 미학적인 기초로 삼는 종합예술이기 때문에, 북송 말년(1127년) 무렵을 경계로 하여 중국희극이 '소희'로부터 '대희'로 급변하였다는 것은 바로 중국문화 전반에 걸친 일대 변전을 뜻하게도 된다. 곧 북송 말을 계기로 하여 중국의 문학이나 음악·무용 등 중국의 전통문화나 예술이 전반적으로 크게 변화하였다는 것이다. '가무희'의 연구를 통해서 확인된 중당시대의 변화와 북송 말엽의 일대 급변은 연극뿐만 아니라 중국문화사나 중국사상사 등 여러 각도에서 그 원인이나 성격 등을 더 깊이 연구해야만 할 큰 과제로 남게 되었다.

이 책과 거의 동시에 서울대 출판부에서 『한·중 두 나라의 가무歌舞와 잡희雜戲』가 출간되었다. 그 책에 실린 논문들이 이 책의 중요한 이론적 근거가 되고 있으니 참고하기 바라며, 이 책 끝머리의 「제7장 현 중국의 나희儺戲」는 고대의 '가무희'를 이해하는 데 도움이 될 것으로 여겨져 참고삼아 덧붙인 것이다.

'가무희'에 관하여는 연구자료나 기록이 매우 적어 그 발전의 맥락을 파악하기가 어려웠다. 따라서 『중국희극사』를 새로운 입장에서 쓴다는 거창한 의욕을 앞세워 착수한 것이기는 하나, 결과를 놓고 볼 때 그에 관한 문제라도 올바로 제기한 것인가 하는 두려운 마음조차 갖게 된다. 독자 여러분들의 거리낌없는 고견과 가르침이 있기를 간절히 빈다.

1994년 6월 12일
김학주 씀

『중국 고대의 가무희』 개정판 서문

중국의 전통연극은 대희大戱가 아니라 소희小戱인 가무희라는 필자의 생각에는 시종 변함이 없다. 오히려 근래에는 중국 무석無錫에서 열렸던 한중희극연토회韓中戱劇硏討會에서 발표한 논문 「서한 학자들의 『시경』 해설에 대한 새로운 이해(對西漢學者說詩的新的了解)」(拙著《中國文學史論》 2001. 11. 所載)에서 구체화하고 있듯이, 상고시대부터 중국의 민간에는 고사故事나 전설이 설서說書나 희극戱劇 형식으로 연출되고 있었다고 믿게 되었다.

그중에서도 연희演戱의 가장 대표적인 형식이 가무희였음은 더 말할 것도 없다. 따라서 『시경』에 실려 있는 시의 대부분이 민간에서 고사를 연출할 적에 창사唱詞로 쓰이던 노래의 가사들을 뽑아놓은 것이라고 볼 수 있다는 것이다.

물론 많은 시들이 청창淸唱인 단순한 노래 형식으로 먼저 생겨났을 것이다. 그러나 그것들도 뒤에는 설서나 희극에 뽑히어 쓰이게 된 것들이 많고, 처음부터 고사를 연출할 적에 부르는 노래로 생겨난 것들도 있을 것이다.

지금 중국에서는 후찌〔胡忌〕·츤둬〔陳多〕 같은 진보적인 희곡학자들이 모여 자기네 희곡사戱曲史를 올바로 다시 써야 한다는 운동을 전개하고 있다. 그 움직임의 일환으로 『희사변戱史辨』(胡忌 主編, 中國戱劇出版社, 1999)

첫째 권이 이미 나왔고, 두째 권이 곧 나올 거라는 말을 주편자主編者로부터 직접 들었다.

그들은 특히 희극의 연출에 더 많은 관심을 둘 것을 강조하고 있지만, 그보다도 희곡사가 올바로 쓰여지기 위해서는 자기네 전통연극이란 어떤 것인가를 보다 분명히 인식해야만 할 것이다. 이 책이 중국희곡사를 다시 올바로 쓰는 데 조금이라도 공헌하게 되기를 바란다.

이 책은 앞에서 얘기한 고대희극에 대한 개념의 발전으로 말미암은 개정도 있지만 그 뒤에 얻어진 자료를 바탕으로 내용을 보충한 부분도 있고, 잘못된 것을 바로 잡은 곳도 있다. 그 사이 보여준 독자 여러분의 격려에 감사드리며, 더욱 적극적으로 좋은 의견을 알려주시고 잘못을 지적해 주시길 간절히 빈다.

2001년 7월 20일
인헌서실에서 김학주

『중국 고대의 가무희』 재개정판 서문

다시 중국의 '고대 가무희'에 대한 견해에 변화가 생기어 이 책의 내용에 손을 대게 되었다. 첫째 중국의 가무희의 발전과 변화에 이웃 오랑캐 나라의 놀이인 호희胡戱의 영향이 매우 큰 것을 절감하였다. 때문에 여러 면으로 '호희'의 영향을 보다 더 강조할 필요가 생겼다. 그리고 송宋대의 잡극雜劇과 금金나라의 원본院本의 차이에서도 그 발전의 배경을 이룬 문화적인 특징을 좀 더 강조하고 싶었다. 끝으로 가무희와 직접 관계가 없는 원元대 이후의 대희大戱를 공부하면서 중국의 희곡이 현대까지 전승되어 오면서 더욱 대중화大衆化하고 있고, 그 대중성의 발전은 중국 희곡의 위대한 특징을 이루고 있음을 인식하게 되었다. 때문에『위대한 중국의 대중예술 경극』(명문당, 2010)이란 책도 내었다. 그런데 이 '대희'의 '대중성'의 인식은 '고대 가무희'의 이해에도 영향을 미치게 되었다. 중국은 근대近代로 오면서 가무희도 대중화하는 경향을 지니고 있음을 발견한 것이다. 이를 민간에 행하여지던 나희儺戱의 서술을 통해서라도 드러내 보려고 이 책을 개정하면서 노력하였다.

이미 틀이 짜여있는지라 이러한 뜻을 새로이 제대로 반영하기가 쉽지 않았다. 그래도 이전보다는 중국 고대의 가무희의 특징을 여러 면에서 더 잘 파악하였다는 평가를 받게 되길 간절히 빈다. 그리고 본시의 "중국희극사를 새로 쓴다."는 목적을 좀 더 잘 살리게 되었기를 바란다. 끝으로 독자 여러분의 거리낌 없는 이 책에 관한 고견을 간절히 바란다.

2015년 5월 14일
인헌서실에서 김학주 씀

차례

제4장 위진남북조魏晉南北朝(213~581년)의 '가무희'

제**1**장

서 론

1. 가무희歌舞戱란 무엇인가?

'가무희'란 한 마디로 설명하면 '노래와 춤으로 엮어지는 일종의 놀이'라 할 수 있다. 『구당서舊唐書』권 29 악지樂志에,

가무희에는 대면大面・발두撥頭・답요낭踏搖娘・굴뢰자窟磊子 등의 희戱가 있다.[1]

라고 한 것이 그러한 쓰임의 보기이다. '대면' '발두' '답요낭'은 노래와 춤으로 간단한 정절情節이 있는 이야기를 연출한 당대唐代에 유행했던 가무희의 이름이며,[2] '굴뢰자'는 괴뢰희傀儡戱라 부르는 우리나라 꼭두각시놀이와 같은 것인데, 같은 책에 "인형을 만들어서 하는 놀이인데,

1 『舊唐書』"歌舞戱有大面・撥頭・踏搖娘・窟礌子等戱."(唐 杜佑의 『通典』권 146에도 보임)
2 뒤 唐代의 歌舞戱를 설명할 때 자세히 논의될 것임.

쓰촨성四川省 텐희이산天回山 무덤에서 출토된 설창說唱하는 도용陶俑

노래와 춤을 잘하였다."[3]라는 설명이 덧붙어 있다.

그러나 중국에 옛날부터 '가무희'라는 득수한 종류의 놀이나 연극이 있었던 것은 아니다. 『주례周禮』에도 이미 보이는 '산악散樂'이나 '나儺' 같은 종교의식을 수반하는 옛 민간의 '가무歌舞'와 '잡기雜伎'를 비롯하여, 한대漢代 이후에 성행한 '각저희角抵戲' '참군희參軍戲' '골계희滑稽戲' '백희百戲' 속에 섞여 '가무희'는 연출되어 왔다. 다만 여기에서 '가무희'를 문제로 삼게 되는 것은, '가무희'야말로 북송北宋 이전의 중국 정통문화를 대변할 만한 연극이라 여겨지기 때문이다.

승융이〔曾永義〕는 중국의 희극戲劇을 크게 '소희小戲'와 '대희大戲'로 나누고 있는데,[4] '소희'란 북송 이전 중국에 유행하던 '산악' 이하 여러 가지 간단한 놀이 또는 연극 등을 가리키고, '대희'란 북송 말년(1126년) 무렵에 생겨난 '희문戲文(또는 南戲)'을 비롯하여 '원잡극元雜劇(北曲)' '명전기明傳奇' 및 지금도 중국 각지에 성행되고 있는 '경희京戲(또는 京劇)'와 여러 가지 지방희地方戲 등 규모가 비교적 커진 연극들을 가리킨다. 그런데 중국에 태곳적부터 있어 온 '소희'를 대표하는 연극을 '가무희'라 부르고 있는 것이다.

승융이는 "'소희'는 희극의 추형雛型이고, '대희'는 희극예술의 완성된 형식이다."[5]라고 말하였고, 대부분의 중국학자들이 중국희극은 북송

---

3 "作偶人以戲, 善歌舞."

4 曾永義, 『詩歌與戲曲』(臺北, 聯經)「中國地方戲曲形成與發展的徑路」; "所謂 '小戲', 就是演員少至兩三個, 情節極爲簡單, 藝術形式尙未脫離鄉土歌舞的戲 劇之總稱; 反之, 則稱爲'大戲', 也就是演員足以扮飾各色人物, 情節複雜曲折, 藝術形式已屬完整的戲劇之總稱."

5 上同; "'小戲'是戲劇的雛型, '大戲'是戲劇藝術完成的形式."

말년 무렵의 '희문'과 '잡극'에서 시작된 것이라 보고 있다.[6] 그러나 상고시대로부터 북송에 이르는 중국의 역사를 통하여 그 희극을 대표하는 것은 '소희'인 '가무희'인 것이다. 다만 '가무희'의 연극적인 성격이 문제가 되는데, 이에 대하여는 뒤에 다시 논의할 예정이다.

'가무희'는 노래와 음악과 춤을 위주로 연출되는 일종의 종합예술이다. 예부터 위로는 임금과 귀족들, 아래로는 민간의 백성들에 이르는 온 국민이 좋아하고 즐기던 연예였다. 따라서 '가무희'는 다른 어떤 종류의 예술보다도 중국의 전통문화를 가장 잘 대변한다고 볼 수 있다.

그럼에도 불구하고 중국 학자들조차도 희극으로서의 '가무희'를 소홀히 여기게 된 까닭은, 무엇보다도 원대元代 이후 중국의 희극계가 '대희'인 잡극雜劇과 전기傳奇 등에 압도당하였기 때문일 것이다. '대희'가 나온 뒤에는 중국사람들 스스로 본격적인 중국의 고극古劇은 희문戲文과 잡극雜劇에서 비로소 시작되었다고 생각하게 된 것이다. 더욱이 희극연구는 근세에 이르러 활발해졌고 거기에는 서양희곡의 개념도 크게 작용하고 있기 때문에 간단한 정절情節의 얘기를 노래와 춤으로 연출하는 '가무희'를 연극으로 볼 수가 없게 된 것이다.

게다가 '가무희'는 그 대본이나 각본도 전하는 게 하나도 없고, 심지어 그 연출상황에 대한 기록노 산난란 짓들이 얼마간 있을 따름이어서, 일반적으로 '가무희'를 연극이나 예술로서 다룰 만한 게 못 된다고 여기게 되었던 것이다. '가무희'는 시대와 지역에 따라 여러 가지로 다양하게 발전되어 온 연희인 데다가, 그것에 관한 기록마저도 별로 많지 않아

---

6 李肖冰 · 黃天驥 · 袁鶴翔 · 夏寫時 共編, 『中國戲劇起源』(上海, 知識出版社) 참조.

그 실상을 올바로 파악하고 이해하기조차도 쉽지 않은 상황이다.

'가무희'의 연극으로서의 성격을 이해하기 위하여는 무엇보다도 '희 戲' 자에 대한 중국사람들의 개념을 올바로 파악할 필요가 있을 것이다. 동한東漢 허신(許愼, 55~147년)의 『설문해자說文解字』를 보면,

> 희戲는 삼군三軍의 편偏이다. 일설에는 병兵의 뜻이라고도 한다. 과戈에서 뜻을 취하고 희戲에서 소리를 취하였다.[7]

라는 설명을 하고 있다. '삼군'은 제후諸侯의 군대를 뜻하며, '편'은 『주 례周禮』 지관地官에서 "50명이 편偏을 이룬다." 하였고, 『사마법司馬法』 에선 "전차 25승乘이 편을 이룬다." 하였으니, '편'은 군부대의 단위임 이 분명하다. '병兵'은 무기를 뜻한다. 어떻든 '희' 자는 본시 군대와 관 계가 있는 글자였는데, "서로 싸운다"는 뜻에서 "서로 힘을 겨룬다" 또 는 "서로 재주를 겨룬다"는 뜻으로 발전하고, 다시 "놀이하며 즐긴다"는 뜻까지 이루게 된 것이다.[8]

다시 '희戲' 자에 대하여는 『설문해자』에서 "옛 도기陶器이다. 두豆에 서 뜻을 취하고 호虍의 소리를 취하였다."[9]라고 설명하고 있다. '호虍'는 "호랑이 무늬"이며, '두豆'는 제기祭器이니, '희戲'는 곧 "호랑이 무늬가 새겨진 제기"이다. 옛사람들은 조상 앞에 힘을 상징하기 위하여 그러한 그릇을 썼는데, 뒤에는 그 뜻을 창과 같은 무기를 들고 추는 춤으로도 나 타내게 되어 '희戲' 자가 이루어진 것이다. '희戲' 자는 후세에 생겨난 속

---

7 『說文解字』"戲, 三軍之偏也. 一曰, 兵也. 从戈戲聲."

8 『說文解字』段玉裁 注 참조.

9 『說文解字』; "戲, 古陶器也. 从豆虍聲."

체의 글자이다.

청대淸代의 요화姚華(1876~1930년)는 『담희극談戱劇』에서,

희戱는 무기로써 다투는 데서 시작하여 힘을 겨룬다는 뜻으로 넓혀지고, 다시 지혜를 다투는 것으로 발전하여 입으로 다투는 데에까지 이르고 있는데, 이것이 과戈의 뜻을 취한 경위이다.

희戱는 제사에 근원을 두고, 그 뜻은 희戱에 깃들어 있으며, 춤으로 표현하는 데까지 발전했는데, 모두가 군사에 관계되는 일이다.[10]

라고 이를 설명하고 있다. 다시 요화와 같은 시대의 마존포馬尊匏는 『희원戱源』에서 『설문해자』에 보인 '삼군지편三軍之偏'이란 말과 관련된 희戱자의 뜻을 다음과 같이 설명하고 있다.

삼군三軍의 편偏이란 편군偏軍이라 말하는 것과 같고, 또 후세의 기병奇兵이란 말과도 같다. 이것은 적을 희롱하는 것이므로 뜻이 발전하여 서로 희롱한다는 뜻이 생기게 된 것이다. 희戱는 처음엔 서로 농지거리하는 것이었는데 간혹 희戱는 희嬉(희롱하다)의 뜻이니 사람들로 하여금 희롱하며 즐기게 한다는 뜻이라고도 한다. 이것도 늘어난 뜻에서 나온 것이나, 반드시 서로 희롱한다는 뜻이 올바른 해석이라 할 것이다.[11]

---

10 『談戱劇』; "戱始鬪兵, 廣于鬪力, 而泛濫于鬪智, 極于鬪口, 是从戈之義也." "戱原于祭, 意寓于戱, 演暢于舞, 皆武事也."

11 『戱源』; "三軍之偏, 猶謂偏軍, 亦猶後世謂奇兵, 蓋所以弄敵, 引申有相弄之誼. 戱初以相諧謔, ……或謂戱, 嬉也, 令人嬉樂也. 此以得引申之誼, 然必以相弄之誼爲正."

이것도 '희' 자가 군대에 관한 일로부터 '서로 희롱한다' 는 뜻으로의 발전을 설명한 것이다. 옛날에는 무무武舞는 '무武' 라 부르고 문무文舞는 '무舞' 라 불렀는데, 이것도 군대와 춤의 관계를 암시하는 것이어서 희戱자의 뜻의 발전에 참고가 된다.

『좌전左傳』을 보면 여러 곳에 전쟁터에서 악사樂師가 일정한 임무를 수행하고 있는 사실들이 기록되어 있다.[12] 이것도 춘추春秋시대에 있어서의 음악과 전쟁의 연관을 암시해 준다. 다시 『좌전』 권16 희공僖公 28년의 유명한 '성복지전城濮之戰' 의 기록을 보면, 초楚나라 자옥子玉이 진晉나라 임금에게 도전할 때 "청컨대 임금님의 군사와 희戱를 벌이도록 합시다."[13]라고 말하고 있다. 여기의 '희戱' 는 "무술을 겨룬다"는 뜻이 주이면서도 유희성遊戱性 또는 연희성演戱性도 지닌 무술의 겨룸을 뜻하는 말인 듯이 여겨진다.

이미 춘추시대에 '희戱' 라는 말은 무술을 겨루는 데서 시작하여 유희遊戱와 일락逸樂을 거쳐 잡기雜伎와 가무歌舞에까지 이르는 광범한 '놀이' 와 '연예' 를 뜻하는 것으로 발전하고 있다. 『설문해자』에서 '배俳' 자를 "희戱의 뜻" 이라 설명하고 있고, 『정운正韻』에서 '우優' 자를 "조희調戱의 뜻" 이라 설명하고 있는 것 등이 모두 그 때문이다.

참고로 희극戱劇의 '극劇' 자를 보아도 '칼도刀' 변이니, 군사와 관련이 있는 글자임을 쉽사리 알 수 있다. 『설문해자』를 보면, 또 "거虡는 풀리

---

12 『左傳』襄公 18年, 晉의 師曠, 成公 9年, 楚의 樂師 鍾儀, 僖公 22年, 師縉 등에 관한 기록들이 그 보기이다.

13 『左傳』; "請與君之士戱."

지 않고 서로 다툰다는 뜻이다. 시豕자와 호虎자로 이루어진 것은, 멧돼지와 호랑이가 멈추지 않고 다툼을 뜻한다. 일설에는 호랑이가 두 발을 들고 있는 형상이라고도 한다."[14]고 설명하고 있다. "시豕와 호虎"자는 단순한 군사뿐만이 아니라 옛사람들의 사냥과도 관계가 있을 것이다. 사냥을 하는 것도 일종의 솜씨를 겨루는 일이기 때문이다. 결국 '극劇' 자도 전쟁이나 사냥에서 다투고 겨룬다는 뜻에서 희극이나 연극의 뜻으로까지 발전하였음을 알게 된다. 따라서 본시 '희戲' 또는 '희극戲劇' 이란 말에는 "다툰다 · 겨룬다"는 뜻에서 "놀이를 즐긴다"는 뜻이 모두 담겨 있는 것이다.

따라서 '가무희' 는 "노래와 춤으로 연출되는 놀이" 이지만, 무술을 겨루는 일〔角抵〕· 재주를 부리고 겨루는 일〔雜伎〕· 우스개놀이〔滑稽戲〕· 노래와 춤〔歌舞〕· 인형극〔傀儡戲〕· 연극 등 여러 가지 연예演藝가 모두 연관을 갖게 되는 것이다. 그러나 '가무희' 의 주종은 "노래와 춤으로 간단한 얘기를 연출하는 일종의 놀이 또는 연극" 이다. 대부분의 중국희극 연구가들은 이처럼 여러 가지 연예가 복합적으로 연출되었기 때문에 '가무희' 를 완전한 연극으로 보지 않는 경향이 많지만, '가무희' 야말로 북송 이전의 중국 정통문화를 대표하는 연극이며 예술이라고 보아야만 할 것이다.

14 『說文解字』; "豦, 相持不解也. 从豕虎, 豕虎之鬪不捨也. 一日, 虎兩足擧."

2. '가무희'의 특징

　'가무희'는 중국의 희극학자들로부터도 별로 중시되고 있지 않다. 그러나 '가무희'는 북송 이전의 중국 정통문화를 대표하는 연극이기 때문에, 이미 거기에는 '대희'까지도 포함하여 중국 고전연극이 지니는 여러 중요한 특징들이 다 갖추어져 있다.

　모든 중국 고전희극의 미학美學 기초는 시가·음악과 춤으로 이루어지고 있다.[15] 노래와 춤으로 얘기를 연출해 내는 것이 옛날의 '가무희'에서 시작하여 원대의 잡극雜劇 명대의 전기傳奇를 거쳐 청대 이후의 경희京戲에 이르는 중국 고전희극 연출의 기본형식이다. 가곡歌曲과 무용을 바탕으로 하여 희극이 이루어지기 때문에, 중국에선 연극을 '곡曲' 또는

---

15 曾永義, 『中國古典戲劇論集』(臺北, 聯經) 「中國古典戲劇的特質」 참조.

악대의 화상전畫像塼

1957년 허난성河南省 등셴鄧縣에서 발견된, 5세기경 묘幕 안의 묘실墓室과 선도羨道의 벽에 형압型押된 전塼. 가로 28cm, 세로 19cm, 두께 6cm, 앞의 두 사람은 각적角笛을 불고 뒤의 두 사람은 왼손으로 흔들이북을 흔들고 오른손으로는 허리에 찬 북을 두드리고 있다.

'희곡戱曲'이라 부르기도 하였던 것이다.[16]

앞에서 '희戱'라는 말 자체가 제사와 관계가 있다는 설명을 하였지만, '가무희'도 일찍부터 여러 신들에 대한 제사나 신과 관계되는 행사와 밀접한 관계 아래 발달하였다. 따라서 중국의 '가무희'는 일찍부터 신 또는 귀신과 관계가 있는 탈을 쓰고 하는 가면극 또는 가면놀이가 그 주종을 이루어 왔다. 다음 장에서 설명할 은대殷代의 가면 및 고대의 '나儺', 『초사楚辭』의 「구가九歌」, 그밖에 당대唐代에 이르기까지 행해지던 대표적인 '가무희'들이 모두 가면희이다. 따라서 중국의 '가무희'는 다시

16 明 王世貞, 『曲藻』 등의 曲論 및 元 陶宗儀, 『輟耕錄』에서 "稗官廢而傳奇作, 傳奇作而戱曲繼. 金季國初, 樂府猶宋詞之流, 傳奇猶宋戱曲之變, 世傳謂之雜劇"이라 한 것이 그러한 보기이다.

'가면희'가 그 중심을 이루어 왔다고도 할 수 있다. 송대宋代 이후로도 그 전통은 그대로 민간에 전승되어 마시막 장에서 소개할 중국 각지에서 지금도 행해지고 있는 '나희儺戲'로 남아 있는 것이다.

그리고 모든 중국의 고전희극은 연극이면서도 시가와 음악 및 춤을 그 미학 기초로 삼고 있기 때문에, 그 표현기법은 사실적이지 않고 상징적일 수밖에 없다. 치루샨[齊如山]은 『국극예술휘고國劇藝術彙考』의 제1장 전언前言에서 '국극國劇'의 원리를 다음과 같은 몇 가지로 요약하고 있다.

첫째는 유성필가有聲必歌이다—극히 간단한 소리도 가창歌唱의 뜻을 지녀야만 한다.

둘째는 무동불무無動不舞이다—극히 미소한 동작도 춤의 뜻을 지녀야만 한다.

셋째는 진짜 물건과 그릇을 무대 위에 올려놓지 못한다—모든 진짜 같은 물건들은 무대 위에서 사용해서는 안 된다.

넷째는 사실적이어서는 안 된다—조금이라도 진짜 같은 동작이 있어서는 안 된다.[17]

여기의 '국극國劇'이란 바로 경희京戲를 가리킨다. 그러나 여기에서 소개한 '국극의 원리'는 이미 노래와 춤을 위주로 하는 '가무희'의 상징적인 성격에서 모두 이루어진 원리인 것이다.

---

17 『國劇藝術彙考』; "有聲必歌, 極簡單的聲音, 也得有歌唱之義. 無動不舞, 極微小的動作, 也得有舞之義. 不許眞物器上臺, 一切像眞的東西, 在臺上不許應用. 不許寫眞, 一點像眞的動作不許有."

따라서 '가무희'는 일정한 정절情節이 있는 얘기를 연출하면서도, 그 이야기의 줄거리는 별로 중시되지 않는다. 얘기는 가창歌唱이나 춤의 기량을 발휘하기 위한 구실에 불과한 것이다. 이러한 특징은 원잡극元雜劇으로부터 경희京戲에 이르는 '대희'들에도 그대로 계승되어, 중국의 고전희극에서는 얘기 줄거리의 새로운 창작을 별로 중시하지 않게 된다. 따라서 중국 고전희극에서의 얘기 줄거리는 중국사람이라면 위아래를 막론하고 누구나 잘 아는 역사적인 얘기나 전설을 활용하는 경우가 대부분이다. '가무희'는 연극에 가까운 연희演戲이고 놀이의 성격이 매우 짙으면서도 보다 서정적抒情的이고 시적詩的인 성격을 지니고 있는 연예인 것이다.

지금 우리가 연극의 상연장소를 '무대舞臺'라 부르고 있는 것도 '가무희'에서 유래된 것임이 분명하다. 근년 여러 곳에서 발굴된 북송대北宋代의 무대의 비기碑記 중의 호칭만 보더라도 '무정舞亭', '무루舞樓' 등이 보인다.[18]

다시 맹원로孟元老(1126년 전후)의 『동경몽화록東京夢華錄』유월이십사일신보관신생일六月二十四日神保觀神生日 같은 곳에는 '노대露臺'란 말이 보이는데, '노천露天에 만든 무대舞臺'를 뜻할 것이다. 특히 민간 연예인들은 대체로 노천의 무대에서 연희를 하였을 것으로 여겨진다. 그리고 『동경몽화록』을 비롯하여 내득옹耐得翁(1235년 전후)의 『도성기승都城紀

---

18 北宋 天禧 四年(1020년)에 세운 山西 萬榮縣 橋上村 后土廟 碑文에 '舞亭'이란 기록이 보이고, 北宋 元豐 三年(1080년)에 세운 山西 沁縣 關帝廟 碑文과 北宋 元符 三年(1100년)에 세운 山西 平順縣 東河村 九天聖母廟 碑文에 '舞樓'라는 기록이 보인다(『宋金元戲曲文物圖論』, 山西師範大學 戲曲文物研究所 編, 山西人民出版社 刊 참조).

勝』, 오자목吳自牧(1270년 전후)의 『몽량록夢粱錄』 등에 보이는 '구란勾欄'

이나 '악붕樂棚' '산붕山棚' 등의 말노 가설무대를 나무때기로 간략하게

만든 데서 비롯된 호칭일 것이다.

　무대가 이처럼 간단하였기 때문에 '가무희' 를 비롯한 중국의 옛날 연

희는 출연자와 관중의 사이가 극히 밀접하였다. 그것은 '가무희' 가 '관

중 중심' 의 것이었다고 할 수도 있을 것이다. 각본脚本을 만든 이가 따로

있고 연출자도 다르지만, '가무희' 는 그 놀이의 구성이나 연출까지도 관

중의 참여를 통해서 비로소 완성되는 것이라 할 수 있다. 이 점은 뒤에

실제로 옛날 '가무희' 의 성격 검토를 통해서 다시 설명하게 될 것이다.

　많은 경우엔 특별한 무대도 없이 널찍한 마당에 사람들을 모아 놓고

적당히 놀이판을 벌이는 경우도 많았다. '가장歌場' [19] '희장戲場' [20]이라

는 '놀이마당' 과 같은 뜻의 말이 흔히 쓰인 것도 그 때문이다. 당唐 현종

玄宗 때의 사람인 상비월常非月이 「영담용낭咏談容娘」 시에서

　　말은 길거리에 빽빽이 둘러 매여 있고, 사람들 수북히 마당을
　　둥글게 에워싸고 구경하네.[21]

라고 읊고 있는 것은, '희장' 에 많은 사람들이 모여들어 둥글게 에워싸

고 '답요낭踏謠娘' 이란 '가무희' 를 구경하는 모습이다. 지금 우리가 쓰

19　段安節, 『樂府雜錄』 蘇中郎；"每有歌場, 輒入獨舞." 敦煌曲(任二北, 『敦煌曲
　　校錄』, 88쪽) 皇帝感 第一首；"新歌舊曲遍州鄕, 未聞曲籍入歌場."

20　錢易, 『南部新書』 戊；"長安戲場, 多集於慈恩." 『通鑑』 宣宗紀；"大中二年冬
　　…… 還問公主何在? 曰, 慈恩寺觀戲場."

21　"馬圍行處匝, 人簇看場圓."

는 '극장劇場' 및 '등장登場' '퇴장退場' 등의 말도 여기에서 나왔을 것이다. 그리고 한바탕 놀이를 벌이는 것을 송宋나라 육유陸游(1125~1210년)의 시에서는 '작장作場'[22]이라 표현하기도 하였다. 물론 궁중의 극장劇場이나 귀족들의 잔칫자리에서 벌어지는 놀이는 노천도 아니고 분위기도 좀 달랐을 것이다. 곧 '무각舞閣', '무연舞筵', '금연錦筵'[23] 등의 표현이 그런 것들이다. 그러나 가무희는 극장劇場 자체가 연희자演戲者와 간희자看戲者가 서로의 간격 없이 함께 어울리도록 되어 있었다.

'희戲' 또는 '놀이' 라는 말이 나타내듯이 가무희에 있어서는 또 오락성이 매우 중시되었다. 한대漢代의 환관桓寬(기원전 73년 전후)이 『염철론鹽鐵論』 산부족散不足편에서,

희戲로서는 포인잡부蒲人雜婦 · 백수百獸 · 마희馬戲 · 투호鬪虎 · 당제唐銻 · 추인追人 · 기충奇蟲 · 호달胡姐을 농롱하였다.[24]

라고 하였고, 단안절段安節(890년 전후)의 『악부잡록樂府雜錄』 배우俳優편에는 "참군參軍을 농롱하였다."는 표현이 보인다. 이러한 쓰임의 보기는 그 밖에도 수없이 보이는데 모두 가무희나 기예技藝들을 "연출하였다"는 뜻으로 '농롱' 이란 말을 쓰고 있는 것이다. '농롱' 은 본시 '조롱調弄'

---

22 陸游,「少舟遊近村三首」의 第三首 ; "斜陽古柳趙家莊, 負鼓盲翁正作場."

23 孟浩然,「奉先張明府休沐還鄉宴集」; "樹低新舞閣, 山對舊書齋." 白居易,「青氈帳二十韻」; "側置低歌座, 平鋪小舞閣." 花蕊夫人,「宮詞百首」; "玉簫改調箏移柱, 催換紅羅繡舞筵." 白居易,「柘枝妓」; "平鋪一合錦筵開." 元稹,「立部伎」; "胡部新聲錦筵坐."

24 『鹽鐵論』; "戲弄蒲人雜婦 · 百獸 · 馬戲 · 鬪虎 · 唐銻 · 追人 · 奇蟲 · 胡姐."

'희롱戲弄'의 뜻이 있으므로, 그것들의 오락적인 성격에서 나온 말일 듯하다. 따라서 '답요낭踏搖娘'이나 '참군희參軍戲'처럼 골계희滑稽戲와 구별이 어려운 가무희들도 있었다. 그리고 앞에 인용한 『염철론』에서 볼 수 있는 것처럼 '가무희'가 여러 가지 다른 기예技藝와 함께 연출된 것[25]도 모두 오락을 위주로 하려는 의도에서 이루어진 습성일 것이다. 뒤에 설명할 '상운악上雲樂'이나 '서량기西涼伎' 같은 것을 보면, 가무희에 골계적滑稽的인 연출이 합쳐져 있을 뿐만 아니라, 사자무獅子舞도 함께 공연되고 있다. 노래와 춤 자체가 예술성 못지않게 오락성이 더 중시되는 것인지도 모른다. 어떻든 '가무희'는 기본적으로 즐거운 것이기 때문에 위로는 황제로부터 아래로는 천한 백성에 이르기까지 모두가 좋아했을 것이다. 청대淸代의 초순焦循(1763~1820년)이 『극설劇說』 권1에서 희극이 생겨난 원인과 그 기능을 설명하여,

> 사람들에 관한 형용을 비슷하게 하여, 사람들의 기쁨과 웃음을 움직이게 하는 것.[26]

이라 한 것도 그 때문이다.

끝으로, 앞의 절에서 이미 지적하였듯이 '가무희'는 내놓을 만한 대본臺本이나 각본脚本도 없을 뿐더러 전체적으로 예술이나 문학으로 다룰 만한 것이 못 되었다. 즉, 현대문학의 희곡 Drama이란 개념과는 먼 거리

---

25 뒤에 詳論할 漢代 張衡의 『西京賦』에 보이는 平樂館에서의 演戲와 『樂府雜錄』 鼓架部의 기록 등이 모두 그러하다.

26 『劇說』; "肖人之形容, 動人之歡笑."

에 놓여 있는 것이다. 시가詩歌를 그 미학 기초로 삼고 있지만, '가무희'가 내어 놓은 시적인 성격은 일반적으로 매우 통속적이고도 그중의 적은 일부분의 성분에 불과하다.

이상과 같이 설명한 '가무희'의 특징을 여러 조목으로 간단히 정리하면 다음과 같다.

(1) 시가와 음악과 춤을 그 미학 기초로 삼으며, 노래와 춤으로 간단한 이야기 줄거리를 연출한다.

(2) 중국의 '가무희'는 가면극 또는 가면놀이가 그 주종을 이루어 왔다.

(3) 그 연출은 전체적으로 사실적이 아닌 상징적인 기법을 사용하였다.

(4) 연극의 일종이면서도 연출되는 이야기의 줄거리는 그다지 중시하지 않는다. 얘기는 노래와 춤과 같은 기예技藝를 발휘하기 위한 구실에 불과한 듯한 양상이었다.

(5) 무대는 간단하거나 마당 같은 곳을 이용하므로, 연출자와 관객의 거리가 없이 한데 어울리어 모두가 함께 즐기는 것이었다.

(6) 오락성이 중시되어 골계희滑稽戲와 구분이 되지 않는 경우가 많았고, 심지어는 연출하는 이야기 줄거리와는 아무런 관계도 없는 여러 가지 기예들도 함께 연출되었다.

(7) 위로는 황제와 귀족들, 아래로는 낮은 백성들에 이르기까지 중국의 모든 계층 사람들이 좋아하고 즐겼다.

(8) '가무희'는 각본이나 대본이 없어서 문학으로 다루기는 어려운 성격의 것이었다.

그렇다면 이상과 같은 특징을 지닌 '가무희'는 연극이라 할 수 있는 성질의 것인가? 이에 관하여는 1988년 9월 신장성〔新疆省〕우루무치〔烏魯木齊〕시에서 열렸던 '중국희극기원연토회中國戲劇起源硏討會' 회의석상에서 예창하이〔葉長海〕가 발표한 다음과 같은 요지의 말[27]이 우리에게 무엇보다도 중요한 이 문제해결의 열쇠를 제공한다. 그는 희극의 기원문제나 형성문제를 논하려면 먼저 희극의 개념을 분명히 해야 한다고 하였다. "희극이란 무엇인가" 하는 문제에 있어서는 다음과 같은 몇 가지 구별에 대하여 주의하여야만 한다는 것이다.

첫째로, 근대의 희극개념과 고대의 희극개념은 다르다. 그런데도 흔히 근대의 희극을 준칙準則으로 고대희극이나 현대희극을 헤아리기 일쑤였다.

둘째로, 중국희극과 외국희극은 같지 않다. 흔히 유럽의 근대희극을 준칙으로 삼고 온 세계의 희극을 헤아리기 일쑤였다.

셋째로, 희극문화와 희극문학의 범위는 같지 않다. '희극'은 전체 희극예술문화를 가리키는 말이고, '희극문학'은 그중에서도 문학부분, 곧 극본부분만을 뜻하는 것이다.

예창하이의 이 말은 매우 옳다. 그의 말에 따라 '가무희'는 첫째, 고대희극개념을 바탕으로 논의되어야 하고, 둘째 그것은 외국의 것이 아닌 중국의 희극임을 명심해야 하며, 셋째 희극문학이 아니라 희극문화라는 방향에서 검토하고 이해해야만 할 것이다.

'가무희'는 고대의 희극이기 때문에 그 구성이 간략하고 변화가 많

---

27 『中國戲劇起源』(李肖冰 等 編, 上海, 知識出版社)에 「부록」으로 붙어있는 「論中國戲劇之起源－中國戲劇起源硏討會紀實」 의거.

다. 중국의 희극이란 면에서 보더라도 그 노래와 춤은 물론 전체적인 구성면에서 아직 정식화程式化되지 않은 상태의 것들이 중심을 이룬다. 따라서 희극으로서는 매우 유치하게 느껴지기 쉽다. 그러나 그 노래와 춤의 예술성이나 표현능력은 선진先秦시대에도 이미 유치한 단계를 훨씬 넘어섰고, 전체적으로 관중에게 '가무희'가 주는 감동이나 즐거움은 근현대의 희극 못지않았다.

그리고 중국희극은 '가무희'에서 '대희'에 이르기까지 모두가 시와 음악과 무용을 이용하여 표현되고 있다. 아리스토텔레스(기원전 384~322년)의 『시학詩學』이 아니더라도 희극은 특히 '모방'을 통해서 이루어진다는 것은 아무도 부인하지 못한다. 그런데 인간행위의 모방수단으로는 시와 음악과 무용은 사람들의 보통 언어와 행동보다도 훨씬 부적합하다. 특히, 음악의 모방속성模倣屬性은 아주 약하며, 시도 모방속성은 약한 편이고, 무용도 특수한 경우에 한하여서만 비교적 강한 모방속성을 보여줄 뿐이다. 따라서 인간행위의 모방이란 면에 있어서는 서양의 화극話劇에 비하여 형편없이 박약할 수밖에 없다. 희극이면서도 이야기 줄거리가 그다지 중시되지 않는 것은 그 때문일 것이다. 그리고 시와 음악·무용을 통한 모방은 사실적이지 못하고 상징적일 수밖에 없을 것이다.

그러나 시는 문자로 기록하는 예술 중 기법이 상징적이기는 해나 일정한 형상形象과 감정을 짧은 글 속에 응축시켜 작가의 영감이나 미감을 강하게 담아 냄으로써 독자들에게 다른 어떤 형식의 문학보다도 큰 감동을 불러일으키는 것이다. 음악은 소리로 표현하는 예술 중에서 시와 같이 가장 세련된 기법으로 가장 큰 감동을 주는 예술이며, 무용은 또한 사람의 동작으로 표현하는 예술 중에서, 시나 음악처럼 가장 세련되고 가장 큰 감동을 주는 예술형식이다. 중국의 희극은 이러한 예술양식 중에서도 말과 소리와 동작으로 표현할 수 있는 가장 예술적이고도 가장 세련된 세 가지 예술을 종합하여 이룩되는 것이다.

그중 '가무희'는 그에 관한 기록도 많지 않거니와 내용의 구성이 매우 간단하고 그 성격을 제대로 이해하지 못하여 예술성을 제대로 파악하지 못하기 때문에 완전한 희극으로 보지 않으려는 경향이 많다. 그러나 중국 희극은 근본적으로 시와 음악과 무용을 통한 상징적인 기법으로 이루어지는 것이라면, 처음부터 이야기 내용의 표현이나 사실적인 모방과는 거리가 먼 것이라고 할 수 있다. 시와 음악과 무용에 있어서는 '가무희'가 '대희'보다 뒤지는 것이라 할 수 없으며, '대희'가 희극이라면 '가무희'만이 희극이 아니라고 말할 수도 없는 것이다.

끝으로 '가무희'는 희극문학이 아니라 희극문화의 입장에서 파악하고 이해하여야만 한다. 시와 음악과 무용 이외에 분장이나 무대도구 등에는 미술적인 감각도 발휘되었을 것이므로, 그러한 예술들을 종합하여 이루어지는 희극은 문학적인 의의보다도 문화적인 의의를 더 중시하여야만 할 것이다. 그런 면에서 '가무희'는 무엇보다도 중국의 정통문화를 잘 대표하는 연예演藝이기 때문에 더욱더 문화적인 접근이 요구되는 것이다.

또 '가무희'가 다른 어떤 형식의 희극보다도 관중 중심적이어서, 폭넓은 계층의 온 인민들의 호응을 통해서 완성되었다는 점도 이를 문학보다는 희극문화라는 측면에서 파악하여야만 할 이유이다. 온 국민이 함께 즐기고 다 같이 감동을 느끼게 되는 것이라면, 연극으로서는 무엇보다도 이상적인 형태의 것이라 할 것이다. 그것은 근세의 경희京戱가 문학성에 있어서는 원잡극元雜劇이나 명전기明傳奇에 비하여 보잘것없는 것이 되고 말았지만, 온 중국 사람들의 호응과 즐김은 그것들에 비할 수 없을 정도로 뛰어나다는 점에서 경희를 더욱 훌륭한 희극으로 발전시킨 것이라 말할 수 있는 것이나 같은 논거論據이다.

'가무희'는 훌륭한 희극이며 중국 사람들의 진정한 '놀이' 였다는 입장에서 이 책을 쓴다.

3. 중국 고전희극의 종류

중국의 고대 희극사는 대체로 북송北宋 말년(1127년) 무렵을 분계分界로 하여 앞뒤로 시대를 크게 둘로 나눌 수가 있다. 그 이전 시기는 '소희小戲' 중심의 시대이고, 이후의 시기는 '대희大戲' 중심의 시대이다.

'소희'는 말할 것도 없이 '가무희'가 그 중심을 이루고 있다. 이 '가무희'가 언제부터 시작되었는가 하는 문제에 있어서는 학자들에 따라 의견이 다르다. 왕궈웨이[王國維](1877~1927년)는 『희곡고원戲曲考原』에서 "희곡이란 가무로써 고사故事를 연출하는 것"이라 전제하고 나서 이렇게 말하고 있다.

"가무로 고사를 연출하는 것은 당唐대의 '대면大面' · '발두撥頭' · '답요낭踏搖娘' 등에서 시작되고 있다."

그러나 런얼베이[任二北]는 「희곡戲曲 · 희농여희상戲弄與戲象」에서 이렇게 주장하고 있다.

> "희곡 자체는 늦어도 춘추春秋시대에는 이미 있었으며, 그것은
> 사회에 자연스럽게 생겨난 물건이다."[28]

런얼베이의 견해가 사실에 더 가깝다고 생각한다. 다시 왕꿔웨이가 『송원희곡고宋元戲曲考』 등에서 "진정한 희곡은 송대에 이루어졌다."라고 하면서, 원잡극이나 희문戲文 같은 '대희'를 "진정한 희곡"이라 한 데 대하여, 런반탕任半塘은 그것은 잘못된 표현이며 "성숙된 희극"으로 표현함이 옳다고도 주장하였다.[29] 곧, 왕꿔웨이는 앞 시기의 '가무희'는 "진정한 희곡"은 되지 못하는 것이라 여긴 데 대하여, 런반탕은 "덜 성숙된 희극"일 뿐이지 진정한 희곡이 되지 못하는 것은 아니라고 생각한 것이다.

'가무희'가 이룩된 시기나 그 성격에 대하여 학자들 사이에 이처럼 이해에 큰 차이가 나는 것은 무엇보다도 '가무희'에 관한 기록이 매우 적다는 데 원인이 있다. 중국 고대에 행해진 연예에는 무용·악곡樂曲·잡희雜戲·가무희·골계희滑稽戲·괴뢰희傀儡戲·영희影戲·강창講唱 등이 있었는데, 이들은 한 가지만이 연출되기도 하였지만, 대부분 서로 뒤섞이거나 함께 연출되어 그 한계가 분명치 않았다. 심지어 공자孔子가 '예禮'와 함께 존중했던 '악樂'이란 말에도 노래·음악 이외에 무용까지도 그 뜻 속에 포함되어 있다.[30] 옛날에 연출되었던 한 종류의 놀이가

---

28 「戲曲·戲弄與戲象」; "戲曲本身, 至遲春秋時已有, 是社會上自然産生的東西."(『戲劇論叢』第一集 所載)

29 任半塘, 『唐戲弄』後記.

30 『禮記』樂記 참조.

단순한 무용인지, '가무희' 또는 골계희나 잡희인지 그 분계分界가 분명치 않은 것들이 대부분이다.

따라서 옛날 연희演戱의 희극적인 성격에 대한 이해가 학자들에 따라 큰 차이를 보이며, 희극의 발생시기에 대하여도 의견이 크게 달라질 수밖에 없는 것이다. 그러나 중국 고대희극의 중심을 이루어 온 것이 '가무희'임에는 의심의 여지가 없다. 그리고 북송 말기 이전의 '소희'의 종류를 이야기함에 있어서는 희극성은 너무 따지지 말고 대중 사이에 유행되었던 전체적인 연희를 모두 망라하는 것이 옳을 듯하다.

이미 어우양위첸〔歐陽予倩〕(1889~1962년)은 『중국희곡연구자료초집中國戱曲研究資料初輯』의 서언에서 민간의 '소희'에 대하여 다음과 같이 말하고 있다.

민간 소희의 발전은 균형적均衡的이지 못하다. 어떤 것은 더디고, 어떤 것은 빠르며, 어떤 것은 대형의 놀이로 이루어졌고, 어떤 것은 줄곧 원시적인 형식의 단계에 머물러 있다.[31]

이처럼 중국의 '소희'들은 지방에 따라 각양각색의 발전을 하고 있기 때문에 이를 총괄하여 정리하기도 매우 힘들다.

게다가 '소희'는 문학성이 약할 뿐 아니라 상세한 기록도 극히 적기 때문에 희곡사적인 정리를 위하여는 문자자료보다는 그 연출양식을 중심으로 하여야 한다. 그러나 옛 '소희'의 연출양식이나 음악과 노래, 연

31 『中國戱曲研究資料初輯』序言;"民間小戱的發展是不平衡的, 有的慢, 有的快, 有的成了大型的戱, 有的就一直停留在原始形式的階段上."(1957年 北京, 中國戱劇出版社 刊).

출자와 관중의 관계 등을 규명하기는 매우 어렵기 때문에 그 연출상황을 알아내기도 매우 쉽지 않다.

그러나 대체로 기록에 드러나는 옛날 '소희'들의 종류를 보면, '가무희'를 비롯하여 나희儺戲 · 골계희滑稽戲 · 우희優戲 · 잡희雜戲 등과 함께 각저희角抵戲 · 참군희參軍戲 · 송잡극宋雜劇 · 금원본金院本 등이 있었다. 이들 '소희'는 대부분이 노래와 춤으로 연출되는 것이어서 실제로 '가무희'와 구분이 어려운 경우가 많다. 자세한 내용에 대하여는 뒤에 다시 설명할 것이다.

'대희'에 있어서는 북송 말엽(1127)을 전후하여 희문戲文, 또는 남희南戲가 가장 먼저 생겨났다. 그러나 곧 원대(1206~1368)에 들어와서는 다시 북곡北曲인 원잡극元雜劇이 성행하게 된다. 남희는 원말에 다시 고개를 들어 유행하기 시작하여 명대(1368~1661)에 와서는 전기傳奇란 이름 아래 성행하게 된다. '원잡극'은 원칙적으로 한 작품이 4절折로 이루어지고, 그 밖에 필요에 따라 짧은 설자楔子가 하나 첨가되는 형식이었던 데 비하여, '남희'나 '전기'는 대체로 수십 척齣으로 이루어지는 장편이다. 명대에는 남잡극南雜劇 및 단극短劇 등의 형식상의 여러 가지 변화도 생겨났다. 뒤이어 청대(1661~1911)에 와서는 화부희花部戲, 또는 난탄亂彈이라고도 부르는 경희京戲를 비롯한 여러 지방의 지방희地方戲들이 성행하게 된다.

보통 『중국희곡사中國戲曲史』에서는 '대희' 중의 '원잡극'과 '명전기'만을 문학성을 지닌 중국의 고전희극으로 보고 희곡사를 논하고 있다. 그러나 여기에서는 '가무희'야말로 정통적인 중국의 고전희극이며, '대희'들도 성격상 크게 변질되기는 하였지만 '가무희'를 바탕으로 발전한 것이라는 입장에서 이 글을 쓰고 있다.

4. 중국문화 속의 가무희

앞에서 중국희극사는 대체로 북송 말년(1127년) 무렵을 분계로 하여 이전의 '소희' 중심의 시대와 이후의 '대희' 중심의 시대로 나누어진다고 하였다. 그런데 중국희극은 시가와 음악과 춤을 통해서 연출되는 종합예술이기 때문에 그러한 예술의 성격상의 변화는, 곧 중국의 문화 또는 예술 전반에 걸친 변화를 증명하는 것으로 보아야 한다. 따라서 실상 희극뿐만이 아니라 중국문화사 전체가 북송 말엽을 전후하여 앞뒤로 크게 나누어진다. 따라서 중국의 문학사도 그 시기를 분계로 하여 크게 전후로 나누어짐은 물론이다.

문화사상 앞의 시기는 이른바 한문화漢文化가 생성된 이래 계속 눈부신 발전을 이룩해왔던 시기이다. 그러나 뒤의 시기는 문화정도가 낮은 이족異族의 중원 지배로 말미암아 한문화가 더 이상 발전하지 못하고 이질화異質化의 길로 빠졌던 시기이다.

중국 역사상 그들 주변의 이족異族은 한족에 흡수당하기만 한 것이 아
니라, 이미 오호십육국五胡十六國(302~421) 때에도 만주족滿洲族은 남량
南涼·서진西秦·전연前燕·남연南燕 등을 세웠고, 몽고족蒙古族은 북량
北涼·전조前趙·후조後趙·하夏 등의 나라를 세워 중원을 지배했다. 그
러나 이들 이족들은 중원에 살게 되면서 곧 문화적으로 한족에 동화同化
되어 결국은 그들 자신의 독자적인 성격을 드러내지는 못했다. 그러나
북송北宋 때 중국의 동북지방을 차지했던 요遼나라(907~1125)와 서북지방
을 차지했던 서하西夏나라(1032~1227)는 제각기 자신들의 문자를 만들어
쓰면서 중국을 각자 자신들의 민족의식을 가지고 지배하기 시작하였다.

더욱이 여진女眞의 아골타阿骨打(1115~1123년 재위)에 의하여 세워진
금金나라(1115~1234)는 독자적인 문자를 만들어 쓰며 더욱 뚜렷이 자신
들의 민족의식을 드러내며 국세를 확장한 끝에 1126년에는 북송의 수도
변경汴京까지 쳐들어와 상황上皇이었던 휘종徽宗(1101~1125년 재위)과 황

제 흠종欽宗(1126년 재위) 이하 종실의 남녀 3천여 명을 잡아 북쪽으로 끌고 갔다. 이에 송은 일단 멸망했으나 다시 휘종의 아홉째 아들인 고종高宗(1127~1162년 재위)이 남쪽 임안臨安(지금의 杭州)으로 옮겨가 제위에 오름으로써 남송南宋(1127~1279)이 시작되면서 송나라의 명맥을 유지한다.

이로부터 한족과 한문화는 이족을 단순히 동화시켜 흡수하지 못하고, 오히려 문화적으로 낙후한 이족에게 지배당하면서 한족과 한문화 자체가 그들에 의하여 변질되어갔다. 1206년 몽고의 칭기즈칸〔成吉思汗〕(1206~1227년 재위)이 몽고의 제부諸部를 통일한 뒤 서하와 금나라를 모두 멸망시키며 강성해지고, 세조世祖 쿠빌라이〔忽必烈〕(1260~1294년 재위)는 나라를 원元(1206~1368)이라 고치고 마침내는 남송까지도 완전히 멸망시키고 온 중국을 지배하게 된다.

원나라는 무력으로 유럽까지도 휩쓸어 그 위세를 온 세계에 떨친 제국이며, 독자적인 문자를 만들어 쓰고 자신들만의 문화를 강조하며 자기 민족과 한족을 엄연히 구별하며 중국을 지배한 나라이다.[32] 몽고족은 본디 중국 서북지방의 유목민족으로 문화적으로 뒤져 있던 민족이었으므로, 이들이 한족과 한문화를 흡수하지는 못하였지만 한족과 한문화를 크게 변질시켜 이로부터 중국문화는 이전과는 전혀 다른 방향으로 발전하게 된다.

이러한 중국문화의 변질은 원나라 이후에도 계속 이어졌다. 이미 변

---

32 元나라 통치자들은 여러 민족을 四等으로 나누고 정치·사회·경제 등 여러 면에서 크게 차별대우하였다. 第一等은 蒙古人, 第二等은 色目人(西夏人·維吾爾人·西域人·回回人 포함), 第三等은 漢人(金朝 統治下의 漢人·契丹人·女眞人·高麗人 포함), 第四等은 南人(南宋 統治下의 漢人 및 西南의 各族 人民) (『元史』 참조).

질에 젖은 남방 출신의 명明나라[33]로서는 그 대세를 만회할 수가 없었고, 만주족의 청淸나라에 이르러서는 더욱 변질의 정도가 심해졌다. 따라서 북송 말엽 이전의 시대란, 한족이 이족들을 동화시키며 끊임없이 고도의 문화를 창조하여 세계에서 가장 높은 수준의 정통문화를 발전시켰던 시기이며, 그 이후의 시대는 한족이 이족의 지배로 말미암아 낙후된 문화의 영향 아래 중국문화가 모든 면에서 달라지기 시작했던 시대이다.

그것은 중국문학사에 있어서도 엄연히 드러나는 사실이다. 북송 말엽 이전의 시대란 시詩·문文을 중심으로 한 정통문학이 선진先秦 이래로 꾸준히 위대한 발전을 이룩한 시기이나, 그 이후로는 시·문은 더 이상 발전을 못하고 옛것을 배우기에만 급급한 상태를 보여준다. 그러나 후기에는 이전에는 저속한 것으로 여겼던 희곡과 소설이 새로이 등장하여 크게 발전을 이루게 된다.

중국문학에 있어서 북송 말엽 이전에는 고사를 위주로 하는 문학은 별로 발달하지 못하였다. 샤셰시〔夏寫時〕는 이렇게 말하고 있다.

"서정예술抒情藝術은 중시했지만 고사예술故事藝術은 가벼이 여겨 서정문학은 중국문학의 정종正宗으로 여겨지고, 서사문학은 방지旁支라고 배척되던 시대였다."[34]

---

33 明 太祖 朱元璋은 安徽 鳳陽 출신이며, 太祖(1368~1398년 在位)는 南京에 도읍을 정했는데, 惠帝(1399~1402년 在位)를 거쳐 成祖(1403~1424년 在位)의 永樂 19年(1421년)에 다시 北京으로 천도하였다.

34 『中國戱劇起源』, 李初冰 等 編(上海, 知識出版社, 1990년)의 夏寫時「序言」; "國人重抒情藝術, 輕敍事藝術, 抒情文學被認爲是中國文學的正宗, 敍事文學則斥之爲旁支."

「공작동남비孔雀東南飛」나 백거이白居易(772~846년)의 「장한가長恨歌」 같은 고사를 다룬 장시도 있었지만, 이들도 실은 초중경焦仲卿 부처夫妻의 이야기나 현종玄宗과 양귀비楊貴妃의 이야기를 독자들에게 알리는 것보다도, 이들의 이야기로 말미암아 우러나는 감정을 아름다운 필치로 노래하는 데 주력한 시들이었다.

이 시대는 서정 위주의, 시 위주의 문학이 정통을 이루던 때였다. 지괴志怪나 전기傳奇 같은 고사를 다룬 작품들도 있었지만 이들은 어느 시대든지 본격적인 문학으로 받아들여지지 않았다. 따라서 북송 말엽 이후의 시대에 있어서도 희곡과 소설이 문학발전의 중심을 이루지만, 이전 정통문학의 영향으로 얘기를 새로이 꾸며서 작품을 쓰는 것은 그다지 중시하지 아니하며 수사修辭를 가벼이 여기지 않는 경향도 함께 지니게 되었던 것이다.

무엇보다도 북송 말엽 전후의 문화적인 특징을 잘 대변하는 것은 앞에서도 이미 이야기했듯이 희극이라 할 수 있다. 곧 이전의 시대는 '소희'가 대표하고, 이후의 시대는 '대희'가 대표하는 것이다. '소희'는 다시 '가무희'가 그 중심을 이루고, '가무희'는 또 가면희가 그 주류를 이룬다. 실상 '가무희'는 여러 가지 잡희雜戲와 함께 연출되고 연출자와 관중이 한 덩어리가 되어 즐기는 형식이었다.

거기에는 그 시대의 음악·시가·무용뿐만이 아니라, 연출에는 회화·조각·건축 등의 미술 및 재주넘기·줄타기·공놀이·힘겨루기 등 온갖 스포츠까지 동원되기 때문에 무엇보다도 그 시대의 문화를 잘 대변하고 있는 것이다. 그리고 특히 '가무희'는 이 시대의 서정 위주의 문학정신, 시 위주의 문학정통을 가장 잘 대변하는 형식과 내용으로 이루어져 있는 것이다.

'가무희'는 가면희가 다시 주류를 이룬다고 했지만, 얼굴 화장만 보더라도 이전의 시대는 가면이 위주였던 데 비하여 이후의 시대는 얼굴에 물감으로 칠을 하는 도면塗面 위주로 변한다. 물론 이전에도 도면을 하는 경우가 있었고, 이후에도 가면이 남아 있었지만 그 주류를 그렇게 파악할 수 있다는 것이다.

결론적으로 중국의 정통문화를 대변하는 것은 '가무희'라 할 수 있다. 원잡극이나 명전기 같은 '대희'들은 그 규모나 구성면에서 '가무희'보다 훨씬 발달한 것이고, 또 '가무희'가 지니지 못했던 문학성도 지니게 된 것이었다. 그러나 중국희극의 중요한 표현수단인 시가와 음악과 무용에 있어서 '대희'는 '가무희'보다도 오히려 어느 면에서는 뒤지는 수준으로 변질된 것이라 할 수 있다. '대희'에 있어서는 이전의 시가와 음악이 이루었던 우아함과 세련미를 상실했고 중국무용이 지녔던 예술성을 저하시켰다고 보여지기 때문이다. 그러므로 원대의 잡극雜劇으로부터 명대의 전기傳奇 및 청淸대의 화부희花部戲로 이어지는 '대희'의 용속화庸俗化는 바로 위대한 중국문명의 쇠로과정을 대변하는 것이라 할 수도 있을 것이다.

끝으로, '가무희'는 중국의 정통문화를 대변하는 종합예술의 성격을 띤 희극이기 때문에, '가무희'에 대한 올바른 이해는 결국 중국의 정통문화를 올바로 파악하는 데에도 큰 도움이 되리라 생각한다.

제2장

진秦나라 이전
시대의 '가무희'

B.C. 221년 이전

1. 진나라 이전 시대 '악樂'의 개념

　중국 고대의 전통적인 악론樂論의 기록으로는 『예기禮記』의 악기樂記,
『순자』의 악론樂論, 『여씨춘추呂氏春秋』의 중하기仲夏紀와 계하기季夏紀
등의 기록이 가장 구체적이다. 그밖에 『묵자墨子』의 비악非樂편, 『한비자
韓非子』의 십과十過편 등, 악론을 펴고 있는 기록은 진나라 이전 시대의
옛날 책들 중에 상당히 많은 편이다.

　이들을 종합해 보면, 그 시대의 '악'이란 말에는 시가 · 음악과 무용이
다 포함됨은 누구나 다 알고 있는 사실이다. 꿔머러〔郭沫若〕(1892~1978
년) 같은 이는 「악기樂記」를 논하면서, 옛날의 '악'에는 이상의 세 가지
뿐만 아니라 회화 · 조각 · 건축 등 조형미술造形美術도 포함되며, 심지어
는 의장儀杖 · 전렵田獵 · 효찬肴饌 등까지도 포함되는 말이라 하였다.[1]
그러나 아무래도 시가 · 음악 · 무용이 삼위일체를 이룬 것이 그 뜻의 중

　1　郭沫若, 『靑銅時代』公孫尼子與其音樂理論 참조.

심을 이루고 있음은 부인할 길이 없다.

한편 "악樂은 락樂의 뜻이다."라는 정의도 『예기』와 『순자』 등에 거듭 보인다. 즉, '악'에는 본시 "즐긴다"는 오락적인 성격의 뜻도 담겨 있다는 것이다. 『예기』의 악기에서는 그러한 '악'의 성격을 다음과 같이 설명하고 있다.

> "시詩란 그 뜻을 표현한 것이요, 가歌란 그 소리를 길게 늘여 읊은 것이요, 무舞란 그 모습을 움직이는 것인데, 이 세 가지는 마음에 근본을 두고 있다."[2]

> "기뻐서 그것을 말로 표현하게 되며, 말로 표현해도 부족하여 말을 길게 늘이게 되며, 말을 길게 늘여도 부족하여 차탄嗟嘆을 하게 되며, 차탄을 해도 부족하여 알지도 못하는 사이에 손을 흔들고 발을 구르며 춤추게 되는 것이다."[3]

「악기」의 기본적인 악론도 말하자면 사람의 기쁨이나 즐거움을 자연스럽게 '시와 노래와 춤'으로 표현하는 것이 '악'이라는 입장에서 출발한 것이다.

그런데 이 "즐긴다"는 '악'의 성격이 약간 속화俗化되면서 그 노래와 춤에 '놀이'의 성격이 보태져 쉽사리 '가무희'로 발전하였던 듯하다. 「악기」에는 위문후魏文侯와 자하子夏가 음악을 논하는 대목이 있는데, 거기에서 자하는 '고악古樂'의 대가 되는 '신악新樂'을 다음과 같이 설명

---

2 『禮記』 樂記 ; "詩, 言其志也, 歌, 咏其聲也, 舞, 動其容也, 三者本乎心."
3 『禮記』 樂記 ; "說之故言之, 言之不足故長言之, 長言之不足故嗟嘆之, 嗟嘆之不足故不知手之舞之, 足之蹈之也."

하고 있다.

지금의 신악이란, 나아가다 구부리고 물러나다 구부리고 하며, 간사한 소리가 넘쳐흘러 사람들이 빠져도 멈추지를 못하고, 배우와 난쟁이들이 어울리며, 원숭이처럼 남녀가 뒤섞여 춤추고, 아비와 자식 사이도 모르게 된다.[4]

여기에서 "배우와 난쟁이들이 어울린다."고 한 것은 '배우잡희俳優雜戲'의 모양을 설명한 것이 분명하고, "원숭이처럼 남녀가 뒤섞여 춤춘다."라고 한 것은 일종의 '가무희' 연출을 두고 한 말이라 보아야 할 것이다. 그러니 '악'의 개념 속에는 골계희滑稽戲나 '가무희'도 포함되어 있었음이 분명하다.

그러나 유가儒家에서는 '예禮'와 함께 '악樂'을 매우 존중하였다. "'악'은 마음속으로부터 나오지만 '예'는 밖에서 생겨나는 것"[5]이라 하여 '악'으로써 사람들의 성정性情을 다스리고, '예'로써 사람들의 몸가짐을 다스리려 했었다. 그러기에 '악'은 무엇보다도 위대하고 거창한 것이 되지 않을 수가 없었다. 「악기」만 보더라도 '악'에 대한 이러한 설명이 보인다.

위대한 음악은 천지와 동화同和된다.

악이란 천지의 조화이다.[6]

---

4 『禮記』樂記 ; "今夫新樂, 進府退府, 姦聲以濫, 溺而不止, 及優侏儒, 獶雜子女, 不知父子."

5 『禮記』樂記 ; "樂由中出, 禮自外作."

6 『禮記』 ; "大樂與天地同和." "樂者, 天地之和也."

따라서 '악'은 그 시대와 사회를 대표하고 "그들의 춤을 보면 그들의 덕德을 알게 된다."[7]고도 하였다.

유가에서는 이처럼 '악'을 존중하였기 때문에 민간의 속된 음악을 경계하고 가무의 '놀이' 화化를 멀리하려 하였다. 「악기」에는 민간 음악의 속된 성격에 대하여 이렇게 말하고 있다.

"정鄭나라 음악은 넘쳐나길 좋아하여 뜻을 음란케 하며, 송宋나라 음악은 여자를 좋아하여 뜻이 빠져 들어가게 하며, 위衛나라 음악은 절주가 다급하여 뜻을 번거롭게 하고, 제齊나라 음악은 분에 넘치고 편벽되어 뜻을 오만하게 한다. 이 네 가지 것들은 모두 여색女色으로 음란하고 덕德에 해가 되는 것이어서 제사에 쓰지 않는 것이다."[8]

이러한 민간음악은 궁중의 아악雅樂보다는 훨씬 '놀이'의 성격이 짙고 가무희 종류의 것도 많았을 것이다. "여색으로 음란하다"할 정도였기 때문에 제사에 쓸 수 없는 것은 당연하다.

그러나 아정雅正하지 못하다, 곧 "덕에 해가 된다"고 생각된 민간음악이 궁중에서 완전히 행해지지 않았던 것은 아니다. "악樂이란 락樂의 뜻"을 지닌 말이어서, 음악을 통하여 즐기기 위하여는 '가무희' 종류의 '악'도 완전히 거부할 수가 없었을 것이다. 「악기」를 보면 위문후魏文侯가 자하子夏에게 자신은 "배우와 난쟁이들이 어울리고" "원숭이처럼 남

---

7 『禮記』; "故觀其舞, 知其德."

8 『禮記』; "鄭音好濫淫志, 宋音燕女溺志, 衛音趨數煩志, 齊音敖辟喬志. 此四者皆淫於女而害於德, 是以祭祀不用也."

녀가 뒤섞여 춤추는" 신악新樂을 좋아한다고 말하고 있는 것은 한편 당연한 일이라고도 할 수 있다. 『주례周禮』 권24 모인耗人 대목을 보면, 이런 기록이 보인다.

　　모인耗人은 산악散樂을 춤추고 이악夷樂을 춤추는 것을 가르치는 일을 관장한다.[9]

　정현鄭玄(127~200년)은 주注에서 "산악이란 야인野人으로 음악을 잘하는 자들로서 지금의 황문창黃門倡과 같은 것으로, 자연히 춤이 있게 된다."[10]라고 하였다. 『구당서舊唐書』의 음악지音樂志를 보면 "산악이란 역대마다 있었으나 정식 아악이 아닌 배우가무잡주俳優歌舞雜奏이다."[11]라고 하면서 여러 가지 잡희雜戲와 환술幻術 및 가무희 등을 여기에 속하는 것으로 보고 해설하고 있다. '이악夷樂'에 대해서도 정현이 "사이지악四夷之樂으로 역시 모두 성가聲歌와 무舞가 있다."[12]라고 설명하고 있으니, 역시 '산악'이나 마찬가지로 속되고, '가무희'도 포함하고 있는 것이었음이 분명하다. 그러니 '가무희'는 아정雅正한 것이 못 된다고 여겼으면서도 옛날 궁중에서도 일찍부터 연출되었음을 알 수 있다.

　중국 고대의 '악'이란 말에는 시가・음악・무용이 모두 포함되었음은 물론 '가무희'까지도 거기에 포함되어 있었다. 따라서 '가무희'는 상당히 일찍부터 중국의 궁중은 물론 민간에 널리 행해졌다고 보아야만 할 것이다.

---

9 『周禮』; "旄人掌敎舞散樂, 舞夷樂."

10 『周禮』 鄭注; "散樂, 野人爲樂之善者, 若今黃門倡矣, 自有舞."

11 『舊唐書』; "散樂者, 歷代有之, 非部伍之聲, 俳優歌舞雜奏."

12 『周禮』 鄭注; "夷樂, 四夷之樂, 亦皆有聲歌及舞."

2. 정악正樂 속의 '가무희'

앞에서 이야기한 것처럼 중국에서는 옛날부터 음악이 매우 존중되어 왔다. 그런데 '가무희'는 일종의 민간의 놀이였기 때문에 주로 민간에만 이것이 유행했다고 여겨지기 쉽다. 그러나 중국의 옛 전적典籍을 보면 궁중을 비롯하여 귀족 및 봉건封建 지배계급에서 쓰던 '정악' 중에도 가무희적인 요소가 적지 않게 눈에 띈다. 여기의 '정악'이란 속악俗樂의 대가 되는 일반적인 뜻으로 쓰인 것이다.

우신 『서성書經』을 보면, 「순전舜典」에서는 나라의 음악을 관장하는 관리인 전악典樂 기夔가 이런 말을 하고 있다.

"제가 경磬을 치고 두드리니 여러 짐승들도 어울려 춤을 추었습니다."[13]

---

13 『書經』; "予擊石拊石, 百獸率舞."

동한東漢 때의 금琴을 타고 있는 도용陶俑

「익직益稷」편에서는 다시 기夔가 이런 말을 하고 있다.

　"뜰 아래에 적笛과 손북과 북을 벌여 놓고 축枳과 어敔로 음악
을 합주케 하고 멎게 하며, 생笙과 큰 종鐘도 간간이 쓰니 새와 짐
승들도 춤을 추었고, 소소구성簫韶九成을 연주하니 봉황새가 날아
와 법식에 따라 춤추었습니다."[14]

　"짐승들도 어울려 춤추고, 새와 짐승들이 춤추고, 봉황새도 춤을 추었
다."는 것은, 중국에는 이미 상고시대에서부터 가무희적인 춤이 있었음
을 알려준다. 이는 실제로 새나 짐승이 춤추었다기보다는 새나 짐승으로

<hr />

14 『書經』; "下管鼗鼓, 合止枳敔, 笙鏞以間, 鳥獸蹌蹌 ; 簫韶九成, 鳳凰來儀."

분장한 사람들이 춤춘 것으로 보는 것이 옳기 때문이다. 이는 한漢의 '어룡만연지희魚龍曼衍之戲'[15] 같은 동물과 새들의 춤의 선성先聲이었을 것이다.

또한, 중국의 제왕들은 태곳적부터 나라를 세운 다음에는 나라를 다스릴 때 쓸 음악을 작곡하였다고 하는 이른바 공성작악功成作樂을 하고, 자신의 정치와 교화敎化를 대표하는 음악을 작곡하여 세상을 올바로 다스리는 데에 이바지하려 하였다. 따라서 주周대까지도 선왕들의 여러 가지 음악이 전해지고 있었다. 『주례周禮』 춘관春官 대사악大司樂에는 또 이런 기록이 보인다.

"악무樂舞로써 국자國子들을 가르쳤는데, 운문雲門 · 대권大卷 · 대함大咸 · 대소大韶 · 대하大夏 · 대호大濩 · 대무大武를 추게 하였다."

정현鄭玄의 주에 의하면 '운문' 과 '대권' 은 황제黃帝의 음악이고, '대함' 은 함지咸池라고도 하는 요堯임금의 음악이고, '대소' 는 소소구성簫韶九成이라고도 하는 순舜임금의 음악이고, '대하' 는 우禹임금, '대호' 는 탕湯임금, '대무' 는 주周나라 무왕武王의 음악이다. 그리고 '운문' 은 하늘의 신인 천신天神을 제사지낼 때, '함지' 는 땅의 신인 지기地祇를 제사지낼 때, '대소' 는 대표적인 중국의 산 다섯인 오악五嶽을 제사지낼 때, '대하' 는 산천山川을 제사지낼 때, '대호' 는 선비先妣(周의 시조로서 后稷을 낳은 姜嫄)를 제사지낼 때, '대무' 는 선조를 제사지낼 때 추었다고도

15 張衡, 西京賦, 『漢書』 西域傳贊 등 참조.

하였다.

반고班固(32~92년)의 『백호통白虎通』 예악禮樂편에는 『예기禮記』를 인용하면서 전욱顓頊의 음악으로 육경六莖, 제곡帝嚳의 음악으로 오영五英을 더 들어 설명하고 있다. 그 밖에도 소호小昊의 음악으로 구연九淵(『帝王世紀』), 전욱의 음악으로 오경五莖(『樂緯』), 요의 음악으로 대장大章(『樂緯』), 제욱帝頊의 음악으로 승운承雲(『呂氏春秋』 仲夏紀) 등도 보인다.

『예기禮記』 권39 악기樂記에는 공자孔子와 빈모가賓牟賈가 '대무'를 논하는 대목이 있는데, 공자는 '대무'의 연출에 대하여 다음과 같이 설명하고 있다.

'악'이란 것은 상징을 통하여 이루어지는 것이다. 방패를 들고 우뚝 서 있는 것은 무왕의 일을 상징하는 것이요, 소매를 휘두르며 발을 구르는 것은 태공太公의 뜻을 상징하는 것이요, 춤추던 행렬이 어지러워지며 모두가 앉는 것은 주공周公과 소공召公의 다스림을 상징하는 것이다.

또한 '무武'를 추기 시작할 적에는 북쪽으로 나아갔다가, 재성再成(곧 第2章)에는 상商나라를 멸망시키고, 삼성三成(곧 第3章)에는 남쪽으로 내려가고, 사성四成에는 남쪽 나라들이 평정되며, 오성五成에는 섬주陝州를 나누어 주공周公은 왼편, 소공召公은 오른편을 다스리게 되며, 육성六成에는 다시 제자리로 돌아와 자리를 채우게 되는 것이다.

천자와 대장이 방울을 흔들며 춤을 지휘하여 네 번 치고 찌르고 하는 것은 온 중국에 위세가 극성極盛함을 뜻하는 것이다. 부서에 따라 나누어져 나아가는 것은 일이 이미 다 끝났음을 뜻하는 것이다. 제자리에 오래 서 있는 것은 제후諸侯들의 내조來朝를 기다리

는 것이다.[16]

이상 공자의 설명에 따르면, 이미 '대무' 자체가 상당한 정절情節을 표현하고 있는 가무였음을 알 수 있다. 육성六成의 '대무' 가 이러할진대 구성九成인 '소소簫韶' 는 더욱 그러하였을 것이며, '운문' 이하 기타의 가무도 상당히 복잡한 정절을 표현하는 춤이었다고 여겨진다.

명明 말의 하해何楷는 주송周頌의 「무武」·「작酌」·「뇌賚」·「반般」·「시매時邁」·「환桓」의 여섯 편이 '대무' 에서 순서대로 노래불리워지던 가사라 하였고, 왕꿔웨이는 주송周頌 중의 「호천유성명昊天有成命」·「무武」·「작酌」·「환桓」·「뇌賚」·「반般」의 여섯 편을 대무大武의 악장樂章이라 주장하였다.[17]

『여씨춘추呂氏春秋』고악古樂편에는 또 이런 설명이 보인다.

옛날 갈천씨葛天氏의 음악은 세 사람이 소꼬리를 들고 발을 구르며 노래 팔결八闋을 불렀는데, 첫째 재민載民, 둘째 현조玄鳥, 셋째 수초목遂草木, 넷째 분오곡奮五穀, 다섯째 경천상敬天常, 여섯째 달제공達帝功, 일곱째 의지덕依地德, 여덟째 총만물지극總萬物之極이었다.[18]

---

16 『禮記』；"夫樂者, 象成者也. 摠干而山立, 武王之事也. 發揚蹈厲, 大公之志也. 武亂皆坐, 周召之治也. 且夫武始而北出, 再成而滅商, 三成而南, 四成而南國是疆, 五成而分, 周公左, 召公右, 六成復綴以崇. 天子夾進之, 而駟伐, 盛威於中國也. 分夾而進, 久立於綴, 以待諸侯之至也."

17 何楷『詩經世本古義』및 王國維『觀堂集林』卷2 周大武樂章考.

18 『呂氏春秋』；"昔葛天氏之樂, 三人摻牛尾, 投足以歌八闋, 一曰載民, 二曰玄鳥, 三曰遂草木, 四曰奮五穀, 五曰敬天常, 六曰達帝功, 七月依地德, 八曰總萬物之極."

갈천씨도 옛 황제의 이름이다. 이 '갈천씨'의 음악도 가무희였을 것이다.

이밖에 『예기禮記』만 보더라도 「문왕세자文王世子」에는 남이지악南夷之樂인 '남南'과 함께 무무武舞인 '상象'과 '대무'가 보이고, 「내칙內則」편에 문무文舞인 '작勺'과 함께 '상象'과 '대하大夏'가 보인다. 『장자莊子』천하天下편에도 다음과 같은 기록이 있다.

"황제黃帝에겐 함지咸池가 있고, 요堯에겐 대장大章이 있으며, 순舜에겐 대소大韶가 있고, 우禹에겐 대하大夏가 있으며, 탕湯에겐 대호大濩가 있고, 문왕文王에겐 벽옹辟雍의 음악이 있으며, 무왕武王과 주공周公은 무武를 만들었다."

다시 『주례周禮』권23 악사樂師에서는 악사가 "불무帗舞・우무羽舞・황무皇舞・모무旄舞・간무干舞・인무人舞"의 여섯 가지 '소희小戲'를 국자國子들에게 가르쳤다고 하였다. 왕꿔웨이〔王國維〕(1877~1927년)에 의하면 '작勺'과 '상象'도 '소무小舞'라고 할 수 있다.[19] 그 밖에 앞의 보기로 든 여러 '악'들은 '대무大舞'라고 보아도 좋을 것이다.

『시경詩經』에도 가무와 '가무희'의 자료가 적지 않다. 『모시毛詩』서序를 보면 "송頌이란 덕德의 성대함을 찬미하는 형용으로 이룩한 공공功을 신명神明에게 고하는 것이다."[20]라고 '송'을 설명하고 있다. 공영달孔穎達(574~648년)은 『소疏』에서 "형용이란 형상용모形狀容貌이다."라고 하

---

19 『觀堂集林』卷2 設勺舞象舞 의거.

20 『毛詩』序 ; "頌者, 美盛德之形容, 以其成功, 告於神明者也."

면서 "송頌을 용容의 뜻으로 풀이하고 있다." 하였다. 뒤에 다시 완원阮元(1764~1849년)이 「석송釋頌」[21]이란 글에서, '송'은 본시 '용容', 곧 '얼굴', '형용', '무용舞踊'의 뜻임을 자세히 설명하고 있다. 그러므로 '송'에는 음악의 반주뿐만이 아니라 춤도 깃들어 있었다는 것이다.

그러나 왕꿔웨이는 '송'의 모든 시가 무舞는 아니라고 하였다.[22] 어떻든 간에 이들 대무大武의 악장들을 「악기樂記」에서 공자가 설명한 '대무'의 구성에 배열시켜 보면, 이들 정악正樂이 더욱 가무희적인 악무樂舞였음을 느끼게 된다. 『시경詩經』에는 또 '만무萬舞'[23]와 '약무籥舞'[24]가 보이는데, 만무는 무무武舞이고 약무는 문무文舞이다.

소아小雅 「고종鼓鐘」에 보이는 "이아이남以雅以南, 이약불참以籥不僭"을 『모전毛傳』에서는 이렇게 풀이하고 있다.

　"아雅를 춤추고 남南을 춤추는 것이다. 사방 오랑캐들의 음악도
　춤추는 것은 위대한 덕이 미치기 때문이다."[25]

정현은 『전箋』에서 이에 대하여 다음과 같이 설명을 보충하고 있다.

　"아雅는 만무萬舞이다. 만萬과 남南과 약籥의 세 춤이 어지러워
　지지 않는다는 것은 나아가고 물러나고 하는 춤을 추는 사람들을

　21 『揅經室一集』卷1 釋頌 所載.
　22 『觀堂集林』卷2 說周頌.
　23 邶風 「簡兮」, 商頌 「那」에 보임.
　24 小雅 「賓之初筵」・「鼓鐘」에 보임.
　25 『毛傳』; "爲雅爲南也. 舞四夷之樂, 大德廣所及也."

두고 한 말이다."[26]

이에 따르면 아무雅舞와 남무南舞도 있었던 것이다.[27] 어떻든『시경詩經』이 각종의 가무와 관계가 깊은 것은 분명하다.

국풍國風에는 또 진풍陳風의 작품들처럼 무격巫覡의 가무와 관계되는 것들도 있다. 이는 정악이 아니므로 다음의 대목으로 설명을 미룬다. 그리고 일본의 학자 천상충웅川上忠雄은『시경詩經』의 "악무樂舞의 대부분은 은대殷代에서부터 내려오던 것이며, 시가와 음악과 무용의 세 가지가 분화되지 않았을 적의 것"이고, "이들 고대가요는 반드시 무용과 동시에 행하던 행사(祭禮 등 民俗行事, 宮廷의 祭祀 및 宴饗)를 수반하였다 하니 가무희라고 할 수 있는 것이다."라고 하면서, '가무희'의 관점에서『시경』을 연구하고 해석하고 있다.[28] 물론 그의 관점에 문제가 없는 것은 아니다.

보기를 들면, 그는 논문의 첫머리에서 "유인誘引의 가무희"로 정풍鄭風의「탁혜蘀兮」·「동문지선東門之墠」·「자금子衿」·「진유溱洧」를 비롯하여 여러 편의 시를 들어 번역과 해설을 가하고 있다. 이 부분만을 놓고 보더라도 착상은 기발하나 이들 '가무희'의 연출 양상을 뒷받침할 만한 자료가 거의 없는 점이 무척 아쉽게 느껴짐은 필자만의 느낌이 아닐 것이다. 이에 대하여도 다음 대목에서 다시 자세히 논의될 것이다. 어떻든

---

26 『鄭箋』; "雅, 萬舞也. 萬也, 南也, 籥也, 三舞不僭, 言進退之旅也."

27 雅·南·籥을 모두 樂器로 보는 학자들도 많고, 雅·南을 二雅 二南의 詩篇으로 보는 학자, 樂調名으로 보는 학자 등등 의견이 구구하다.

28 「中國의 歌垣에 있어서의 歌舞戲—詩經으로부터」(I)(II)(『千葉商大紀要』第17卷 第4號) 및 「詩經시대의 樂舞—『詩經』에 보이는 殷人의 樂舞」(I)(II)(1981年, 日本大學 史學會 發表論文) 참조.

간에 『시경』을 통하여 중국 고대의 가무와 '가무희'를 이해하는 데에는 좋은 길잡이가 되는 논문이다. 『시경』이 쓰여졌던 시대에도 '가무희'가 상당히 유행하였고, 또 이들 속에는 틀림없이 '가무희'에 쓰이던 악가樂歌가 실려 있다고 보는 게 옳을 것이기 때문이다.

최근에 와서 필자는 서한西漢 학자들이 『시경』을 해석하는 데에, 곧 『모시毛詩』나 『삼가시三家詩』 등에 여러 가지 고사故事를 인용하고 있는 것은, 『시경』의 시들이 고사를 연출하는 강창講唱이나 희곡戲曲 같은 데에서도 노래불려졌기 때문임을 증명하였다. 이는 곧 이 시들이 '가무희'에서도 노래불리어졌던 것임을 뜻하는 것이다.[29]

중국에서는 이미 주周나라 이전(기원전 1120여 년 이전)에 여러 가지 크고 작은 규모의 노래와 악무樂舞를 수반하는 정악正樂들이 성행되고 있었음이 분명하다. 『좌전左傳』 양공襄公 29년을 보면 오吳나라 공자公子인 계찰季札이 노魯나라로 와서 주악周樂을 감상하고 평하는 대목이 있다. 그는 주남周南·소남召南 등 15국풍國風에 이어 소아小雅·대아大雅·송頌을 듣고 하나하나 비평을 가한 뒤에 상소象箾·남약南籥과 대무大武·소호韶濩·대하大夏·소소韶箾 등의 춤을 감상하며 비평을 가하고 있다.

그러므로 춘추春秋시대의 노나라에까지도 이 정악들이 전승되고 있었음을 알 수 있다. 그리고 이들 음악이나 무용은 이미 상당한 예술성을 갖춘 세련된 것들이었으며, '대무大舞'들 중에서는 이미 '가무희'의 성격도 지닌, 곧 상당한 정절의 이야기를 연출하는 가무도 있었음이 분명한 것으로 보인다.

---

29 『中國文學史論』 서울대출판부, 2001, 「西漢 학자들의 『詩經』 해석에 대한 새로운 이해」 참조 바람.

3. 산악散樂과 나儺

『주례周禮』 권24 춘관春官 경사磬師를 보면, 경사는 "만악縵樂과 연악燕樂을 가르친다."라고 하였는데, 정현鄭玄은 여기에 다음과 같은 주를 달고 있다.

> "만縵은 만금縵錦(곧 비단)의 뜻으로 읽어야 하며, 잡성雜聲을 화악和樂한 것을 말한다." "연악燕樂은 방중지악房中之樂이다."[30]

이 두가지 음악 모두 정악正樂이 아닌 가벼운 음악임을 알 수 있다.[31] 또 같은 책에 '매사鞮師는 매악鞮樂을 가르치는 일을 관장한다.' 라고 하였는데, 주注에 따르면 '매악' 은 동이지악東夷之樂이다. 다시 같은 책에

---

30 『周禮』鄭注 ; "玄謂縵讀爲縵錦之縵, 謂雜聲之和樂者也." "燕樂, 房中之樂."
31 郭茂倩 『樂府詩集』卷53 雜舞敍 ; "蓋自周有縵樂·散樂, 秦漢因之增廣, 宴會所奏, 率非雅舞."

동물을 부리는 상像

전국시대 청동제. 오른손으로 받쳐든 장대 위의 동물은 곰과 흡사하다. 웃옷은 허리까지 내려오는 짧은 것이고 벨트에는 주머니가 달려있다. 가무희와 함께 연출되던 잡기의 일종.(워싱턴 포리어 미술관소장)

"모인旄人은 산악散樂과 이악夷樂의 춤을 가르치는 일을 관장하였다."라고 하였는데, 정현은 주에서 이런 설명을 하고 있다.

"산악은 야인野人들의 훌륭한 음악을 뜻하니, 지금의 황문창黃門倡과 같아 자연히 춤이 있는 것이다. 이악은 사방 오랑캐들의 음악으로 역시 모두 노래와 춤이 있는 것이다."[32]

이악을 "사방 오랑캐의 음악"이라 하였지만, 그것은 동이東夷의 음악이 가장 두드러져 그렇게 불렀던 것이 아닌가 여겨진다. 옛날 동이족들이 가무를 특히 잘하였음은 뒤에 다시 설명하게 될 것이다. 곽무천郭茂倩(1804년 전후)은 『악부시집樂府詩集』 권56에서 정현의 주를 보충하여 이런 말을 하고 있다.

---

32 『周禮』; "旄人掌敎舞散樂, 舞夷樂." 鄭注; "散樂, 野人爲樂之善者, 若今黃門倡矣, 自有舞. 夷樂, 四夷之樂, 亦皆有聲歌及舞."

곧, 『한서漢書』의 이른바 황문黃門의 명창名倡 병강丙彊·경무景武의 무리들이 그것이다. 한대漢代에는 황문고취黃門鼓吹가 있었는데, 천자가 여러 신하들에게 잔치할 때 썼다. 그러므로 아악雅樂 이외에 또 연화宴和의 음악이 있었던 것이다. 『당서唐書』 악지樂志에 말하기를, 산악散樂이란 부오部伍의 음악이 아니고 배우가무俳優歌舞를 잡주雜奏하는 것이라고 하였다. 진한秦漢 이래 또 잡기雜伎가 있어 그 변화는 같지 않아서 백희百戲라 불렀으며, 또 그것들을 모두 산악이라 부르게 되었다. 이로부터 역대로 서로 이어받아 있게 된 것이다.[33]

그 시대에도 '산악' 속에서 여러 가지 기예伎藝는 몰라도 '가무희'는 포함되어 있었으리라 여겨진다. 그러므로 이미 주周대의 궁전에는 가벼운 가무들 및 사방 오랑캐들의 음악과 '가무희'가 포함된 민간음악도 도입되어 있었음을 알 수 있다. 후대의 경우로 보아 이악夷樂 속에도 틀림없이 '가무희'가 포함되어 있을 것이다. 『예기禮記』 권31 명당위明堂位를 보면, 태묘大廟에서 대무大武와 대하大夏를 춤추는 것 이외에 동이지악東夷之樂인 매昧와 남만지악南蠻之樂인 임任도 쓰게 되어 있고, 같은 책 권20 「문왕세자文王世子」에는 세자世子와 사士들이 동서東序에서 문무文舞·무무武舞와 함께 남이지악南夷之樂인 남南도 배우는 것으로 되어 있다.

---

33 『樂府詩集』; "卽漢書所謂黃門名倡丙彊·景武之屬, 是也. 漢有漢門鼓吹, 天子所以宴群臣. 然則雅樂之外, 又有宴和之樂焉. 唐書樂志曰; 散樂者, 非部伍之聲, 俳優歌舞雜奏. 秦漢以來, 又有雜伎, 其變非一, 名爲百戲, 亦摠謂之散樂. 自是歷代相承有之."

다시 『주례周禮』 권22 춘관종백하春官宗伯下의 기록에 의하면, 운문雲門은 천신天神, 함지咸池는 지기地祇로 시작하여 대무大武는 선조를 제사지낼 때 등, 여섯 가지 춤 모두 제사지낼 때 쓴다고 하였다. 그리고 앞에서 말한 모든 음악들도 연향燕饗이나 의식儀式 이외에 제사 때에도 쓰이는 것으로 되어 있다.

『주례』 권24의 여러 악관樂官들의 직분만 보더라도, 경사磬師는 "제사지낼 때 만악縵樂을 연주"하고, 종사鐘師는 "제사와 향사饗食 때 연악燕樂을 연주"하며, 매사韎師는 "제사 때 그의 무리들을 거느리고 매악韎樂을 춤추고", 모인旄人은 "제사와 손님을 대접할 때 산악散樂과 이악夷樂을 춤추었으며", 약사籥師는 "제사 때 북을 따라 우약羽籥의 춤을 추었고", 악장樂章은 "전조田祖에게 풍년을 빌 때 및 사제蜡祭에서 피리를 불고 토고土鼓를 연주하였으며", 제루씨鞮鞻氏는 "제사 때 사이지악四夷之樂을 피리로 불고 노래하였다."는 등의 기사記事가 있다. 중국에서는 여러 종류의 제사 때마다 언제나 여러 가지 악무樂舞가 동원되었음을 알 수 있다.

그런데 중국에서는 천신天神·지기地祇와 오악五嶽·산천山川 등에게 드리는 큰 제사 이외에도, 연중 사철을 따라 궁중과 민간에서 여러 가지 제례祭禮가 행해졌다. 『예기禮記』 권14 월령月令의 '맹춘지월孟春之月'만 보더라도 '호戶'를 제사[34]지내는 것 외에, 입춘立春날엔 동교東郊로 나가 '영춘迎春'을 하고, 원일元日에는 상제上帝에게 '기곡祈穀'을 하며 '자전藉田'의 의식을 행하였다. '중춘지월仲春之月'에는 백성들에게 '사

---

34 '五祀' 중의 하나. 五祀에는 여러 가지 異說이 있으나, 『禮記』月令의 五祀로는 봄엔 '戶', 여름엔 '竈', 가을엔 '門', 겨울에는 '行'을 제사지내고, 六月(中央)에는 土王인 '中霤'를 제사지냈다.

社'를 행하도록 명하고, '고매高禖'[35]를 제사지내며, 얼음을 꺼내어 침묘寢廟에 바치는 제사를 지냈다. '계춘지월季春之月'에는 '국의鞠衣'를 선제先帝에게 바치는[36] 행사가 있고, 시물時物인 '유어鮪魚'를 침묘에 올리며, 보리가 잘 여물기를 빌고, 권잠勸蠶의 행사가 있으며, 국나國儺를 행하였다. 봄에만도 이토록 제례와 관계되는 행사가 많았다.

그 밖에 '맹춘지월孟春之月'에는 "악정樂正에게 명하여 입학入學하여 습무習舞를 하고 제전祭典을 닦게 한다."[37]라고 하였으며, '중춘지월仲春之月'에도 상정일上丁日과 중정일仲丁日에 두 번 악정樂正으로 하여금 춤을 익히게 하였고, '계춘지월季春之月'에는 길일을 택하여 '대합악大合樂'을 하였다. 이는 모두 제례에 음악이 쓰였기 때문이다. 일찍이 프랑스 학자 마르셀 그라네Marcel Granet가 『중국 고대의 제의祭儀와 노래 Fétes et Chansons Anciennes de la Chine』(1919년)에서, 중국 고대사회 연구의 결과를 바탕으로 『시경』의 시들, 특히 그중에서도 국풍國風은 "고대 농민들의 전원적田園的인 계절제季節祭에서 젊은 남녀들이 창화唱和한 사랑의 노래 또는 민요"로서 "의례적儀禮的인 무용을 하면서 즉음卽吟한, 옛 농제農祭의 주요한 구두의례口頭儀禮"라는 입장에서 시를 번역하고 해설하여 신선한 반향을 일으켰다. 이 제례祭禮들에는 가무뿐만 아니라 '가무희'도 동원되었음이 확실하다.

---

35 '高禖'—제비가 떨어뜨린 알을 삼키어 娀簡이 契을 낳아 商나라 조상이 되었다. 契은 高辛氏의 아들이며, 이때 媒氏之官이 제비알을 삼키는 데 공이 있었으므로, 뒤에 이를 禖神이라 받들고 제사를 모시게 되었던 것이다.

36 鞠衣는 黃桑으로 만든 옷으로 蠶事가 잘되게 해주기를 비는 뜻이라 한다. 先帝는 注에 大皥 같은 분들이라 하였다.

37 『禮記』; "命樂正入學習舞, 乃修祭典."

그중에서도 '나儺'는 지금까지도 중국 각지에 가면회인 나희儺戲를 전승하여 행해지게 한, 특히 '가무회'와 관계가 깊은 행사였다. 『예기禮記』 권15 월령月令에는 계춘지월季春之月에 "나라에 명하여 나儺를 행하게 하고, 아홉 문에 제물을 내걸어 재난을 막아 봄 기운으로 오는 불행을 그치게 하였다.", 맹추지월孟秋之月에 "천자는 이에 나儺를 행하여 가을 기운을 통달케 하였다.", 계동지월季冬之月에 또 "관계관에게 명하여 대나大儺를 행하게 하고, 문 곁에 제물을 내걸며, 흙소를 내놓음으로써 추운 기운을 보내었다"는 기록이 있다.[38] 후세와 달리 주周나라 때에는 연말 이외에 봄 가을에도 나儺를 행하였다. 그런데 공영달孔穎達이 『소疏』에서 "계동季冬의 것만을 대나大儺라고 한 것은 귀천貴賤을 막론하고 모두가 행하기 때문이다."[39]라고 하였듯이 12월의 나儺만은 민간에서도 널리 행해졌다.

『주례周禮』 권25 춘관점몽春官占夢에는 또 "계동季冬이 되면…… 마침내 영을 내려 비로소 나儺를 행하여 역귀疫鬼들을 쫓아냈다."라고 하였는데, 정현鄭玄은 주注에서 "영을 내린다는 것은 방상씨方相氏에게 영을 내린다는 뜻이다."라고 하였다. 다시 같은 책 권31 하관사마夏官司馬에는 다음과 같은 기록이 있다.

방상씨方相氏는 곰가죽을 뒤집어 쓰고, 황금黃金의 네 눈을 달고, 검은 저고리에 붉은 치마를 입고, 창과 방패를 들고, 또 여러

---

38 『禮記』; "命國難, 九門磔攘, 以畢春氣." 又 "天子乃難, 以達秋氣." 又 "命有司, 大難, 旁磔, 出土牛, 以送寒氣." (여기의 '難'은 '儺'와 같은 글자임).

39 『疏』; "季冬稱大, 則貴賤皆爲也."

방상씨 탈. (우리나라 창덕궁 소장)

부하들을 거느리고 시나時儺를 행함으로써 집안을 뒤지며 역귀를 쫓아내는 일을 관장한다.[40]

『여씨춘추呂氏春秋』의 계춘기季春紀 제삼第三 중추기仲秋紀 제팔第八과 계동기季冬紀 제십이第十二에도 각각 『예기禮記』 월령月令과 거의 같은 나儺에 관한 기록이 있다. 『논어論語』 향당鄕黨편을 보면 공자에 대하여 이런 말을 하고 있다.

향인鄕人들이 나儺를 행할 적에는 조복朝服을 입고 동쪽 섬돌에 섰다.[41]

공자는 조복을 차려 입고 민간의 '나' 에 참석하였던 것이다.

여기에는 확실히 말하고 있지 않지만 '나' 의 주역主役인 방상씨方相氏는 '황금사목黃金四目' 이라 하였고, 또 한대漢代 이후의 '나' 로 보아 가면희였음이 분명하다. 왕꿔웨이〔王國維〕는 『고극각색고古劇脚色考』에서 이미 이곳의 방상씨가 "곰가죽을 뒤집어 쓰고 황금의 네 눈을 달고 있으니" 아마도 여기에서 가면이 시작된 듯하다고 하였다. 그리고 방상씨는 백예百隸를 거느리고 '나' 를 행한다 하였으니 그 규모도 이미 상당히 컸

---

40 『周禮』; "季冬……遂令始難歐疫." 又 "方相氏掌蒙熊皮, 黃金四目, 玄衣朱裳, 執戈揚盾, 帥百隸而時難, 以索室而歐疫."

41 『論語』; "鄕人儺, 朝服而立於阼階."

음을 알 수 있다. 그리고 『주례周禮』 권28 하관사마夏官司馬에 "방상씨에게는 광부 네 사람이 있다.(方相氏, 狂夫四人.)"고 하였다. 방상씨에게 딸려있는 사士만을 광부狂夫라 부르고 있는 것은 그가 주관하는 '나'가 광적인 동작을 수반하는 희례戲禮였기 때문이 아닐까 한다. 그리고 이 광부狂夫가 어떤 역할을 담당했는지 아무런 기록도 더 보이지 않는다.

고대 연말의 제의로는 납臘과 사蜡도 있었다. 동한東漢의 응소應劭(178년 전후)는 『풍속통의風俗通義』에서 『예전禮傳』을 인용하여 이렇게 말하고 있다.

하夏나라 때는 가평嘉平, 은殷나라 때는 청사淸祀, 주周나라 때는 대사大蜡, 한漢나라 때는 납臘이라 고쳐 불렀다.[42]

『예기禮記』 권26 교특생郊特牲에는 또 이런 기록이 보인다.

천자의 대사大蜡에는 여덟 신神을 제사지낸다. 이기씨伊耆氏가 사蜡를 시작하였는데, 사蜡는 찾는다[索]의 뜻으로, 매년 12월에 백성들에게 도움이 된 만물을 모아 찾아서 그들에게 제사를 지내는 것이다.[43]

그리고는 이어서 '여덟 신'인 선색先嗇(神農 같은 분)·사색司嗇(后稷 같은 분)·농農(田畯)·우표철郵表畷(田畯이 농민들을 밭과 우물가에서 督勵하는 곳)·고양이와 호랑이·제방·도랑·곤충 등의 제사에 대하여 설명하

---

42 『風俗通義』;"謹按禮傳, 夏日嘉平, 殷日淸祀, 周日大蜡, 漢改爲臘."

43 『禮記』;"天子大蜡八, 伊耆氏始爲蜡. 蜡也者, 索也, 歲十二月, 合聚萬物而索饗之也."

고 있다. '고양이와 호랑이'에 대한 대목만 보더라도 이렇게 설명하고 있다.

옛날의 군자君子는 부린 것에 대하여는 반드시 보답을 하였다. 고양이를 맞아들이는 것은 그것이 들쥐들을 잡아먹어 주었기 때문이다. 호랑이를 맞아들이는 것은 그것들이 멧돼지를 잡아먹어 주었기 때문이다. 그래서 그들을 맞아들여 제사지내 주는 것이다.[44]

그러므로 이 대사大蜡는 '나' 못지않은 성대한 희례戱禮였고, 고양이와 호랑이 등이 등장하기 위해서는 역시 가면희였을 수밖에 없을 듯하다.

『예기禮記』권17 월령月令 맹동지월孟冬之月에는 이런 기록이 보인다.

천자가 해와 달과 별들에게 내년의 풍년을 빌며, 공사公社와 문려門閭에 여러 희생犧牲들을 크게 마련하여 제사지내고, 선조에게 납제臘祭를 올리며 오사五祀를 지낸다.[45]

허난성河南省 짜오쥐焦作의 묘墓에서 출토出土된 악무용樂舞俑.

■

44 『禮記』; "古之君子, 使之必報之. 迎貓, 爲其食田鼠也. 迎虎, 爲其食田豕也. 迎而祭之也."

45 『禮記』; "天子乃祈來年于天宗, 大割祠于公社, 及門閭, 臘先祖, 五祀."

정현鄭玄은 주注에서 이것들이 바로 『주례』에 보이는 '사제蜡祭'라 하고, "납臘이란 전렵田獵을 해서 잡은 날짐승으로 제사를 지내는 것을 뜻한다."[46]라고 하였다. 다시 『예기』 곡례曲禮 하下의 주에서 정현은 '오사'에 대하여 "방문·부엌·대청·대문·길에 지내는 제사가 '오사'인데, 이것은 은나라 때부터 있던 제사이다."고도 설명하고 있다.[47]

이에 따르면, 납臘은 사蜡의 일부가 되고 있으며 그 제사의 뜻이 서로 다르다.

다시 『예기』 권43 잡기雜記에는 다음과 같은 기록이 있다.

자공子貢이 사蜡를 구경하고 있었는데 공자가 물었다. "사賜야! 즐거우냐?" 자공이 대답하였다. "온 나라 사람들이 모두 미친 것만 같습니다. 저는 무엇이 즐거운지 알지 못하겠습니다." 공자가 말하였다. "백일 동안의 노고에 대하여 사蜡를 행함으로써 하루의 은택이 베풀어지는 것이나, 너로서는 알 바가 못될 것이다. 당기기만 하고 늦추어 주지 않는다면 문왕文王·무왕武王도 다스릴 수 없게 된다. 늦추기만 하고 당기지는 않는 일은 문왕·무왕이라면 하지 않는다. 한 번 당기었다가 한 번은 늦추어 주는 것이 문왕·무왕의 도道인 것이다."[48]

---

46 『禮記』 鄭注 ; "臘謂以田臘所得禽祭也."

47 『禮記』 曲禮 鄭玄 注 ; "五祀, 戶·竈·中霤·門·行也. 此藍殷時祭也"

48 『禮記』 ; "子貢觀於蜡, 孔子曰, 賜也, 樂乎? 對曰, 一國之人, 皆若狂, 賜未知其樂也. 子曰, 百日之蜡, 一日之澤, 非爾所知也. 張而不弛, 文武弗能也, 弛而不張, 文武不爲也. 一張一弛, 文武之道也."(『孔子家語』卷7 觀鄉射편에도 비슷한 글이 보임).

여기서 자공子貢이 사蜡를 행하는 모습을 보고 "온 나라 사람들이 모두 미친 것만 같다."라고 표현하고 있으니, 사蜡도 '나' 못지않은 행사였음을 알 수 있다. 후세의 소식蘇軾(1036~1101년)이 『동파지림東坡志林』 권2에서 "팔사八蜡는 삼대三代의 희례戱禮"라고 말하면서, 창우倡優들이 연출하던 연희演戱임을 논하고 있다.[49] 이것 역시 '나'나 마찬가지로 온 나라에 행해지던 성대한 가무희였을 가능성이 많다.

가면은 이미 상商나라 때에도 존재하였다. 은허殷墟의 갑골복사甲骨卜辭 중에는 𡒄자가 있는데 한 사람의 머리에 두 쌍의 눈이 달린 가면을 쓰고 있는 모양이며, 꿔머러〔郭沫若〕(1892~1978)는 이것을 '기魌' 자로 풀이하였다.[50] 상주商周의 청동기靑銅器에 새겨진 금문金文 중에는 한 얼굴에 네 개의 눈이 달린 가면을 쓴 모양의 글자 𡕚가 있는데, 조우화가오〔周法高〕와 위융량〔余永梁〕은 그것도 역시 '기魌' 자라고 풀이하였다.[51] 미국의 시애틀 미술관과 시카고 예술학원에는

상나라 때 청동 가면. (미국 시애틀 미술관 소장)

49 "八蜡, 三代之戱禮焉. 歲終聚戱, 此人情之所不免也.…今蜡謂之祭, 蓋有尸也. 猫虎之尸, 誰當爲之? 置鹿與女, 誰當爲之? 非倡優而誰?"

50 郭沫若, 『卜辭通纂』 108쪽 참조.

51 周法高, 『金文詁林補』 附錄(國立中央硏究院 歷史語言硏究所 專刊之 77) 및 余永梁, 『殷墟文字考』 참조.

상나라 때 청동 가면. (미국 시카고 예술학원 소장)

서주西周 때의 청동 탈. (미국 시카고 예술학원 소장)

각각 중국 고대의 청동가면이 소장되어 있는데, 조우화빈〔周華斌〕의 고증에 의하면 모두 상商 말 주周 초의 것이라 한다.[52] 그리고 허난〔河南〕·선시〔陝西〕·쓰촨〔四川〕 등지에서는 수많은 여러 가지 상商대의 청동가면靑銅假面이 출토되었다.[53] 그러니 상대商代에도 이미 가면이 있었음이 사실이고, 또 이것들은 모두 제의祭儀와 가면희에 사용되던 것들임에 틀림없다.

'기魌'는 頪·䫏·欺·倛·䰲 등으로도 쓰는데, 모두 가면의 뜻이며, 주周나라에 와서는 가면을 '기두魌頭' 또는 '피기皮䰲' 등으로 불렀다.[54] 그리고 요堯임금과 순舜임금시대의 악정樂正이었던 기夔에 대하여도 동한東漢 허신許愼의 『설문해자說文解字』에서 이렇게 설명하고 있다.

"기夔는, 곧 호魖이다. 용龍과 같고 다리가 하나이며 쇠攵변을 따랐다. 뿔과 손이 달린 것을 나타내고 있는 사람 얼굴의 모양이다."[55]

'호魖'는 도깨비 종류이며, '기' 자 속에 들어있는 '수首'는 사람의 얼굴을 뜻한다. '기夔'는 악무樂舞를 주관하는 장관長官이지만 아무래도 그 당시 성행하던 가면희 때문에 이런 글자가 이루어진 듯하다.

52 周華斌「商周古面具和方相氏驅鬼」(『中華戲曲』第6輯 1988년) 참조.

53 顧朴光『中國面具史』1996년, 貴州民族出版社 참조.

54 『周禮』夏官司馬 '方相氏' 「鄭玄注」; "冒熊皮者, 以驚歐疫厲之鬼, 如今鬼其頭也." 『愼子』; "毛嬙·西施, 天下之至姣也, 衣之以皮䰲頁, 則見之者皆走." (魏徵·蕭德言『諸子治要』本 의거)

55 『說文解字』'夔, 卽魖也. 如龍, 一足, 从攵. 象有角手, 人面之形.'

옛날 얼굴을 뜻하는 글자인 면面·수首·혈頁 등은 각각 『설문해자』에 의하면 圁·꿤·覑이 예서체隷書 體인데, 모두 가면과 관계가 있을 성싶다. 특히 『설문해자』에서 "圁은 얼굴의 앞[顏前]이다."라고 설명하고 있는데, 얼굴을 뜻하는 '圁' 밖에 또 하나의 '冂' 가 있으니, 얼굴 위에 대던 가면을 뜻하는 것일 가능성이 많다.

다시 가면희는 역귀疫鬼를 쫓는 나儺와 관계가 깊어 가면을 '귀검鬼臉' 또는 '귀면鬼面' 이라고도 후세에는 부르게 되었다. 『설문해자』에 "鬼, 사람이 죽으면 귀鬼가 된다. 인人변을 따르고 귀두鬼頭의 형상을 따랐다."[56]

쓰촨 꽝한 싼싱투이에서 출토된 상나라 때의 청동으로 만든 사람 얼굴.

---

56 『說文解字』; "鬼, 人所歸爲鬼. 从人, 象鬼頭."

라고 설명하고 있다. '귀두鬼頭'인 '⊕'를 문자학자들은 보통 "머리가 큰 것이다.(頭大也.)"라고 설명하고 있지만, 이것도 가면에서 온 모양일 가능성이 많다. 곧 '귀두鬼頭'는 '기두魁頭'일 가능성이 많다는 것이다. 갑골문자甲骨文字에는 '⚲'로 되어 있다.[57]

어떻든 간에 이상을 종합하면, 이미 상商나라 이전에 가면이 존재하였고, 그 가면은 제의祭儀와 가면희에 쓰이던 것이 대부분이었을 것이다. 그리고 '기夔'의 경우로 보아 요堯임금과 순舜임금 때부터도 가면희인 '가무희'는 이미 '악樂'의 중요한 자리를 차지하고 있었음을 짐작하게 된다.

---

57 『殷虛文字甲編』3407.

4. 무무巫舞

일찍이 왕꿔웨이〔王國維〕가 『송원희곡고宋元戲曲考』의 첫머리에서 중국희극의 근원인 가무歌舞가 고대의 무격巫覡에서 시작되고 있음을 논하였다. 뒤에 여러 학자들이 "상고시대부터 이미 가무는 있었다."라고 주장하면서, 왕꿔웨이의 이론을 비판하며 가무의 시원을 인류문화가 시작된 때로 끌어올리고도 있다.[58] 그러나 "희극의 가무"를 논하는 데 있어서 그 근원을 '무巫'에서 찾았던 왕꿔웨이의 견해는 높이 평가되어야만 할 것이다.

『설문해자說文解字』를 보면, '무巫' 자를 이렇게 설명하고 있다.

巫, 무축巫祝이다. 여자로써 무형無形을 섬기어, 춤으로써 신神을 내리게 하는 사람이다. 사람이 양 소매로 춤추는 모양을 상징

---

58 許之衡, 『中國戲曲史』, 董每戡 『中國戲劇簡史』 등.

한 것이다. 공工자와 같은 뜻이다.[59]

라고 '무'를 설명하고 있다. 단옥재段玉裁(1735~1815년)는 주注에서 '축祝'은 '남자무당'을 뜻하는 '격覡'자의 잘못일 거라고 하였다. '무형無形'이란 신神을 뜻한다. 이 글자가 "양 소매로 춤추는 모양"을 나타낸 것이라 설명한 데 대하여는 이견이 많지만, '무'는 '무당'이며 "춤으로써 신을 섬기는 사람"임에 틀림없다. 그리고 『국어國語』 초어하楚語下에는 "남자는 격覡, 여자는 무巫라 한다."고 쓰여 있고, 대체로 후세에 이 풀이를 따르게 되었다. '무巫'와 '무舞'자는 옛날에는 본디 한 자에서 나온 것일 가능성이 많으며, '무舞'와 '무無(無形)'와 '무巫'는 모두 관계가 깊은 글자로 보는 학자들이 많은데,[60] 이유가 있다고 여겨진다.

츤멍쟈(陳夢家)는 '무舞'자 자형의 변화와 발전을 다음과 같이 배열하여 나타내었다.[61]

위의 옛 글자의 배열은 무舞와 무巫의 관계를 무엇보다도 잘 설명해준다. 갑골문甲骨文에 무無자는 '𣥂'로 보이는데, 많은 학자들이 그것은 "무舞자의 초문初文"이라 설명하고도 있다. 무無는 무형無形, 곧 신과 관

<hr />

59 『說文解字』;"巫, 巫祝也. 女能事無形, 以舞降神者也. 象人兩褎舞形, 與工同意."

60 章炳麟, 『文始』 文五, 日本 中島竦 『書契淵源』(文求堂, 1928) 第1册 등.

61 董每戡, 『中國戲劇簡史』 第二章 巫舞에서 인용.

계되는 글자이다.

중국에는 이 무巫가 상당히 일찍부터 활약하였고, 상고의 제정일치祭政一致 시대에는 '무'의 사회적 지위가 대단히 높았다. 하夏나라와 상商나라 때만 하더라도 "임금과 관리가 모두 무巫에서 나왔고", "축祝·종宗·복卜·사史 등의 여러 관원도 모두가 무巫의 변체變體로서, 모두 무巫로부터 나왔다."고 추측되고 있다.[62] 옛날 춤의 기본 보법步法인 '무보舞步'는 '우보禹步'에서 나왔고, 뒤에는 '무보巫步' 또는 '무조巫跳'로 발전했다고도 한다. 양웅楊雄(기원전 53~기원후 18년)의 『법언法言』중려重黎편에 '옛날 사씨姒氏가 물과 땅을 다스렸는데, 무巫는 보법步法에서 우禹를 많이 따른다.'[63]라고 한 말이 보이는데, 이궤李軌의 주注에서는 이를 다음과 같이 설명하고 있다.

사씨姒氏는 우禹이다. 물과 땅을 다스리느라 산천을 지나다니다 보니 발병이 나서 절름거리게 되었다. 우禹는 성인이기 때문에 귀신이나 맹수·벌·전갈·뱀·독사 등도 그를 해치지 못하였다. 그래서 세상의 무巫들이 흔히 우보禹步를 본뜨게 된 것이다.[64]

---

62 李宗侗, 『中國古代社會史』(臺北, 華岡出版社, 1954) "君及官吏皆出自巫." "祝·宗·卜·史等百官, 皆是巫的變體, 皆出自巫."

63 『法言』"昔者, 姒氏治水土, 而巫步多禹."

64 "姒氏, 禹氏. 治水土, 涉山川, 病足, 故行跂也. 禹自聖人, 是以鬼神猛獸, 蜂蠆蛇虺, 莫之螫耳, 而俗巫多效禹步." 이밖에 『荀子』非相 ; "禹跳湯偏" 楊倞注 ; "尸子曰, 禹之勞十年, 不窺其家, 手不瓜, 脛不生毛, 偏枯之病, 步不相過, 人曰禹步." 皇甫謐 『帝王世紀』 ; "堯命禹以爲司空…… 手足胼胝, 故世傳禹偏枯, 足不相過, 至今巫稱禹步是也." 등의 기록이 보인다. 日人 藤野岩友의 「禹步考」(『中國の文學と禮俗』 角川書店, 1976 所載)라는 論文도 있음.

상商대(B.C. 16세기~B.C. 1027)에도 '무'의 지위나 사회적인 역할은 대단하였다. 『서경書經』 상서商書 이훈伊訓편에 보면, "감히 언제나 집안에서 춤추고 방에서 취하여 노래하는 자가 있다면, 이것이 바로 무풍巫風이라 이르는 것"[65]이라고 하면서 탕湯임금의 재상 이윤伊尹이 무풍巫風에 대하여 관형官刑을 제정하고 있다. 『묵자墨子』에도, 탕임금이 관형을 제정하면서 "언제나 집안에서 춤추고 있는 것을 바로 무풍巫風이라 한다."[66]라고 경계하였음을 말하고 있다. 상商나라는 통치자 자신들까지도 염려해야만 할 정도로 "술 마시고 노래하며 춤추는" 무풍巫風이 널리 만연하였음을 알 수 있다.

『서경』 주서周書 군석君奭편에서 "태무太戊 때에는…… 무함巫咸이 임금의 나라를 다스렸고, 조을祖乙 때에는 또 무현巫賢 같은 사람이 있었다."[67]라고 하였다. 마융馬融(79~166년)은 무함巫咸에 대하여 "무巫는 남무男巫로써 이름이 함咸인데, 은殷나라의 무巫이다."[68]라고 주注에서 설명하고 있으며, 『설문해자』 무巫자의 해설 끝머리에 "옛날에 무함巫咸이 처음으로 무巫가 되었었다."[69]라는 설명이 첨가되어 있다. 그의 이름은 『초사楚辭』의 이소離騷, 『장자莊子』 천운天運편 등에도 보인다. 또한 그는 『열자列子』 황제黃帝편, 『장자莊子』 응제왕應帝王편 등에 보이는 후세의 계함季咸과 같은 신무神巫로 유명한 사람이다. 무현巫賢은 『공전孔傳』에

---

65 『書經』; "敢有恒舞于宮, 酣歌于室, 時謂巫風."
66 『墨子』非樂; "先王之書, 湯之官刑有之, 曰, 其恒舞于宮, 是謂巫風."
67 『書經』; "在太戊時, …… 巫咸乂王家, 在祖乙時, 則有若巫賢."
68 『書經』 馬融 注; "巫, 男巫也, 名咸, 殷之巫也."
69 『說文解字』; "古者, 巫咸初作巫."

서 "무함巫咸의 아들"이라 하였고, 『죽서기년竹書紀年』상상商 조을3년祖乙三年에도 보이는 인물이다. 어떻든 간에 '무'를 세전世傳의 직업으로 삼는 무함巫咸·무현巫賢의 부자가 상商나라의 재상 노릇까지 하였다. 이밖에 갑골문甲骨文에도 무巫자 '十 · 亞'[70]가 여러 곳에 보이고, 점복占卜을 하는 일 자체가 '무'의 직책 중 하나이니, 상나라 때 '무'가 성행하였음은 의심의 여지가 없다. 상나라 때 왕은 무사장巫師長이고, 무함巫咸·무현巫賢 같은 사람은 그 밑에서 일을 돕는 유력한 무사巫師였을 거라는 학자들도 있다. 따라서 상나라 임금들은 탕湯을 비롯하여 모두가 사제장司祭長이고 무사장巫師長이며, 이척伊陟·이윤伊尹·감반甘盤·부열傅說 등 역대의 명재상들도 '무'였으리라는 것이다.[71]

『주례周禮』권22 춘관春官 대사악大司樂을 보면 천신天神을 제사지낼 때에는 "황종黃鐘을 연주하고, 태려大呂를 노래하고, 운문雲門을 춤추었다"라고 했고, 지기地祇를 제사지낼 때엔 "태주太簇를 연주하고, 응종應鐘을 노래하고, 함지咸池를 춤추었다."라고 했으며, 사망四望의 제사에는 "고선姑洗을 연주하고, 남려南呂를 노래하고, 대소大韶를 춤추었다."했고, 산천山川의 제사에는 "유빈蕤賓을 연주하고, 함종函鐘을 노래하고, 대하大夏를 춤추었다."라고 했으며, 선비先妣의 제사에는 "이칙夷則을 연주

---

70 앞 글자는 李孝定, 『甲骨文字集釋』(中央研究院 歷史語言研究所, 1965) 第5册 참조. 이 글자를 唐蘭·郭沫若·陳夢家·饒宗頤·屈萬里 등이 巫가로 보고 있다. 뒷 글자는 『鐵雲藏龜』143葉, 『殷墟書契後編』下 4葉 등에 보이며 羅振玉이 巫자로 풀이함.

71 『呂氏春秋』順民 ; "天大旱, 五年不收, 湯乃以身禱於桑林." 『淮南子』脩務訓 ; "湯苦旱, 以身禱於桑林之山." 湯은 직접 비를 빈 巫임이 분명하며, 其他 具塚茂樹, 『中國古代史學の發展』第2部 第2章 第2節 및 藤野岩友 『巫系文學論』(東京 大學書店 昭和 44年 增補版)「巫に就いて」三. 巫の 神政 참조.

하고, 소려小呂를 노래하고, 대호大濩를 춤추었다."했고, 선조의 제사에
는 "무역無射을 연주하고, 협종夾鐘을 노래하고, 대무大武를 춤추었다."
했으며, 이런 음악을 연주하면 "사람과 신이 예禮를 지킬 수 있게 된다."[72]
라고 하였으니, 앞에서 논한 고대의 정악正樂도 '무'와 관계가 있는 듯하
다.

'무'는 본디 가무로써 신神을 부르고 또 즐겁게 해주었기 때문에, 상
대商代에는 무무巫舞도 성행되었을 것이다. 그 때문에 그들은 스스로 무
풍巫風을 경계하기도 하였다. 은허殷墟 복사卜辭 중에 기우祈雨 등과 관
계되는 골편骨片에 무舞(帝)자도 여러 곳에 보이고 있다. 그리고 무무巫
舞는 춤을 추고 노래하며 신을 내리게 하고, 신에게 바람을 나타내며, 다
시 그 바람을 이루어 주도록 유인해야 하고, 일이 끝난 다음에는 신을 전
송까지 해야 하기 때문에, 자연히 가무희적인 성격을 띠지 않을 수가 없
게 된다.

주周나라(B.C. 1027~B.C. 256)로 들어와서는 주공周公이 제례작악制禮
作樂함으로써 무풍巫風이 현저히 자취를 감추게 된다. '제례작악'은 '예
의제도를 제정하고 음악을 작곡했다.'는 뜻이나, 실은 나라를 다스리는
데 필요한 여러 가지 제도와 방향 등을 제정한 것을 가리킨다. 그러나
『주례』권26 춘관春官에는 사무司巫와 남무男巫 · 여무女巫에 관한 기록
이 있다.

사무司巫는 여러 '무'들의 정령政令을 관장한다. 만약 나라에
큰 가뭄이 들면, 곧 '무'를 거느리고, 우雩(비를 내리는 의식)를 춤

---

72 『周禮』; "人神可得而禮."

춘다. 나라에 큰 재앙이 있을 때에는…… 제사祭祀 때에는…… 제사祭事에는…… 상사喪事에는…….

남무男巫는 망사望祀·망연望衍·수호授號를 관장하고…… 겨울에는 역귀疫鬼를 쫓고…… 봄에는 복福과 평안을 빌며…… 왕의 조사弔事에는…….

여무女巫는 삼월 상사上巳날 향초香草로 목욕하고 불제祓除하는 일을 관장하며, 가뭄이 들면 우雩를 춤춘다. 왕후의 조사弔事에는…… 나라에 큰 재난이 있으면 노래하고 곡하며 재난이 물러가길 빈다.[73]

이밖에 『예기禮記』와 『의례儀禮』[74] 등에도 보이는데, 주周나라의 무관巫官은, 첫째 가뭄이 들었을 때 춤을 추며 비를 비는 일, 둘째 큰 재난을 막는 일, 셋째 여러 가지 제사에 참석하여 일정한 일을 하며, 넷째 상사喪事에서의 일정한 일, 다섯째 왕이나 왕후의 조문弔問하는 일 등을 담당하였다. 『순자荀子』 왕제王制편 서관序官에는 무巫와 격覡에 대하여 다음과 같은 설명을 하고 있다.

---

73 『周禮』; "司巫掌群巫之政令. 若國大旱, 則帥巫而舞雩. 國有大裁, 則帥巫而造舞恒. 祭祀則共匰主, 及道布, 及蒩館, 凡祭祀, 守瘞. 凡喪事, 掌巫降之禮." "男巫掌望祀·望衍·授號, 旁招以茅. 冬堂贈, 無方無筭. 春招弭, 以除疾病. 王弔, 則與祝前." "女巫掌歲時祓除釁浴. 若王后弔, 則與祝前. 凡邦之大裁, 歌哭而請."

74 『禮記』檀弓下·喪服大記, 『儀禮』士喪禮 등에 보임.

쯔퉁梓潼의 제양희에서 놀이에 앞서 문창文昌이 사악함을 몰아내는 소탕掃蕩 의식을 행하는 장면이다. 문창은 이 지역을 수호해 주는 신이다. 가운데 높이 앉아있는 분이 문창, 바로 옆의 탈이 이랑신, 앞의 흰 수염을 단 탈을 쓴 이는 토지신이다.

　　음양陰陽을 살피고, 음양과 자연의 조짐을 점치며, 거북점과 역易점을 치며, 불상不祥을 몰아내고 길한 것을 취하며, 날짜를 점쳐서 그 길흉吉凶과 요상妖祥을 알아내는 것이 곱추 무巫와 절름발이 격覡의 하는 일이다.[75]

　　『여씨춘추呂氏春秋』 물궁勿躬편에는 무팽巫彭과 무함巫咸에 대하여 이런 설명을 하고 있다.

75　『荀子』 ; "相陰陽, 占祲兆, 鑽龜陳卦, 主攘擇五卜, 知其吉凶妖祥, 偏巫跛擊(覡)之事也."

무팽巫彭은 의원 노릇을 했고, 무함巫咸은 점을 쳤다.[76]

『국어國語』에서는 '의醫' 자를 모두 '의毉'로 쓰고 있다. 또한『관자管
子』권수權修편에서는 "임금은 점을 믿고 무의巫毉를 잘 썼다."[77]라고 하
며 '무의巫毉'를 연이어 쓰고 있으니, 사람들의 병을 고치는 일도 '무'의
중요한 업무였다. 그밖에『좌전左傳』을 보면, 전장戰場에 장군을 수행하
여 전쟁의 결과를 예언하기도 하고, 임금의 꿈을 점쳐주기도 한다. 또
『주례』춘관春官에서 설명하고 있는 태복太卜·복사卜師·귀인龜人·수
씨菙氏·점인占人·서인簭人·점몽占夢·시침眡祲·대축大祝·소축小
祝·상축喪祝·전축甸祝·저축詛祝·태사大史·풍상씨馮相氏·보장씨保
章氏·내사內史·외사外史·어사御史 등도 실은 모두 무격巫覡류에 속하
는 관직들이다.

『예기』월령月令을 보면 알 수 있듯이 일 년 사철을 두고 여러 가지 제
례祭禮와 행사行事가 행해졌다. 그중에서도 농경사회에 있어서 가장 중
요한 행사는 그 해의 풍작을 비는 여러 가지 제의祭儀이다.『주례』권24
춘관春官에서는 약장籥章의 직분에 대하여 이렇게 설명하고 있다.

나라에서 풍년이 들기를 전조田祖에게 빌 때, 빈豳의 음악을 피
리로 불고 토고土鼓를 두드림으로써 전준田畯을 즐겁게 했다.[78]

'전조田祖'는 '밭의 신'으로, 정주鄭注에는 "처음 농사를 지은 사람으

<hr>

76『呂氏春秋』;"巫彭作醫, 巫咸作筮."

77『國語』;"上恃龜筮, 好用巫毉."

78『周禮』;"凡國祈年于田祖, 龡豳雅, 擊土鼓, 以樂田畯."

로 신농神農을 뜻한다."[79]라고 하였다. 다시 '전준田畯'은 주注에 정사농鄭司農을 인용하여 "옛날에 제일 먼저 밭농사를 가르친 사람"[80]이라 하였다.

『시경詩經』 소아小雅 보전甫田의 제2장·제3장에도 전조田祖와 전준田畯이 보인다.

수북히 담은 젯밥과
양을 잡아 제물로 바치며
땅의 신 사방의 신께 제사지내니,
우리 밭농사 잘되는 것
농군들 복이네.
금슬琴瑟 뜯고 북 치며
전조田祖 마중하고,
단비 빌고
우리 곡식 잘 자라길 빌며
남녀 모두 잘살게 되길 비네.

증손曾孫이 와서
부자婦子를 시키어
남쪽 밭에 음식 올리니
전준田畯 매우 기뻐하며
좌우의 음식 들어

79 『周禮』鄭注 "始耕田者, 謂神農也."
80 『周禮』注 ; "古之先教田者."

맛있는가 먹어 보네.
벼 밭 모두 김매니
훌륭하고도 풍성하여,
증손曾孫 성낼 일 없고
농부들 더욱 부지런히 일하게 되네.[81]

바로 뒤의 「대전大田」 시에도 '전조田祖'가 보이고, '전준田畯'과 '증
손曾孫', '부자婦子'가 나오는 「보전甫田」 제3장의 첫머리 4구와 똑같은
글이 들어 있다. 빈풍豳風 「칠월七月」 시에도 이런 대목이 보인다.

이월달엔 밭을 가는데,
부자婦子도 함께 가서
남쪽 밭에 음식 올리면,
전준田畯 매우 기뻐하네.[82]

중국학자들은 '전준田畯'을 일반적으로 "권농지관勸農之官"이라 풀이
하고 있으나, 앞 『주례』의 정사농鄭司農의 해석도 참작하면 '농신農神'
역할을 하는 '시尸'가 '전준'이라 보는 게 옳을 듯하다.[83] 주희朱熹
(1130~1200년)는 『시집전詩集傳』에서 '증손曾孫'을 "주제자지칭主祭者之

81 『詩經』甫田 ; "以我齊明, 與我犧羊, 以社以方. 我田既臧, 農夫之慶. 琴瑟擊鼓,
以御田祖. 以祈甘雨, 以介我稷黍, 以穀我士女. / 曾孫來止, 以其婦子, 饁彼南
畝, 田畯至喜. 攘其左右, 嘗其旨否. 禾易長畝, 終善且有. 曾孫不怒, 農夫克敏."

82 『詩經』, 七月 ; "四之日擧趾, 同我婦子, 饁彼南畝, 田畯至喜."

83 日本 白川靜, 『詩經硏究』(朋友書店, 昭和 56)의 「農事詩の硏究」, 藤田忠, 「田
畯考」(國士館大學文學部, 『人文學會紀要』15) 등.

稱"이라 하였다. 그리고 남묘南畝에 음식을 올리는 '부자婦子' 란 단순한 여자가 아닌 무巫일 것이다.[84] 따라서 '전준田畯' 은 신무神巫이고, '부자婦子' 는 축무祝巫로 볼 수도 있다. 그리고 이「보전甫田」시는『주례』에서 설명했듯이, "나라에서 풍년이 들기를 전조田祖에게 빌 때" 약장籥章이 "빈豳의 음악을 피리로 불고 토고土鼓를 두드릴 때" 축무祝巫가 전조田祖로 분장한 전준田畯인 신무神巫를 즐겁게 하려고 함께 어울리어 춤을 추며 주고받던 노래의 일장이었을 것이다.『주례』에서 약장籥章이 피리로 분다는 "빈豳의 음악"도 정현鄭玄 이하 많은 학자들이 빈풍豳風「칠월七月」시를 가리킨다고 설명하고 있으니, 그것도 이때 '무'가 부른 노래의 하나였을 것이다. 그밖에 소아小雅의「대전大田」과「초자楚茨」및「신남산信南山」시를 비롯하여 주송周頌의「신공臣工」·「희희噫嘻」·「풍년豐年」·「재삼載芟」·「양사良耜」등도 모두 자전藉田이나 풍년을 비는 제례 의식에서 쓰던 악가들이다.

관무官巫의 활동이 이러하니 민간의 무격巫覡은 그 역할과 가무가 더욱 다양했었으리라 여겨진다.「보전甫田」에서 땅의 신인 '사社' 를 제사 지낸다고 했는데,『예기』권14 월령月令에는 '중춘지월仲春之月' 에 "백성들에 명하여 사社를 제사지내게 하였다."라고 했으니, 땅의 신에게 풍년을 비는 '사' 는 민간에서도 성행되었을 것이다. 앞에서 이미 이야기했듯이, 프랑스의 학자인 마르셀 그라네가『시경』중에서도 국풍國風 대부분의 시들을 고대 농민들의 전원적인 계절제에서 젊은 남녀들이 춤을 추며 창화唱和한 노래로 본 것은 매우 빼어난 견해라 여겨진다.

---

84 中鉢雅量,『中國の祭祀と文學』(創文社, 1989) 第6章 詩經における神婚儀禮.

『시경』의 시들을 보다 적극적으로 '가무희'의 가사로 보고 새로운 해석을 시도한 일본학자로 천상충웅川上忠雄이 있다. 그에게는 「중국의 가원歌垣에 있어서의 '가무희'―시경으로부터」(I)(II)와 「시경 시대의 악무樂舞―시경에 보이는 은인殷人의 악무樂舞」(I)(II)[85]라는 논문이 있다. 그는 정풍鄭風의 「동문지선東門之墠」 같은 간단한 시도 남녀가 춤추며 창화唱和한 시라고 해석하고 있다.

동문 밖의 제 터에는
꼭두서니가 비탈진 곳에 자라고 있네.
그이 집은 가까운데
그분은 퍽 멀리 있는 듯하네.

동문 밖 밤나무 사이엔
집들이 늘어서 있네.
어이 그대 그립지 않으리?
그대가 내게 가까이 안 오는 것이지.[86]

곧 이 시의 앞장은 남자의 발창發唱이고, 뒷장은 여자의 창화唱和이며, 집단 중 젊은 두 남녀가 서로를 유인하기 위하여 춤추며 노래 부른 것이라는 것이다. 정풍鄭風의 「여왈계명女曰鷄鳴」이나 「진유溱洧」 같은 시들은 본디부터 남녀가 주고받은 노래로 해석되고 있으므로 크게 새로울 것

---

85 「中國の歌垣における歌舞戲-詩經から」(I)(II)(『千葉商大紀要』第17卷 4號)「詩經時代の樂舞-詩經に見える殷人の樂舞」(I)(II)(日本大學 史學會 발표 논문).

86 『詩經』東門之墠 ; "東門之墠, 茹藘在阪. 其室則邇, 其人甚遠. / 東門之栗, 有踐家室. 豈不爾思, 子不我卽."

이 없으나, 「탁혜攤兮」·「자금子衿」 등 많은 시들을 그런 방향으로 풀이
하고 있다. 그리고 좀 더 긴 위풍魏風의 「맹氓」 같은 시는 주인공·장사
꾼·노파 및 2명이 여자 등이 등장하여 춤을 추며 연기도 하고 노래를
주고받는 '가무희'로 구성을 하여 풀이하고도 있다.

국풍國風 중에서도 진풍陳風은 예로부터 특히 무귀음사巫鬼淫祀와 관
계되는 시들로 풀이해 왔으니, '무'의 가무와 관계가 깊은 시들일 수밖
에 없다. 정현鄭玄은 「진보陳譜」에서 이런 말을 하고 있다.

　　태희大姬는 자식이 없었는데, 무격巫覡과 기도 드리고 귀신과
　가무하는 놀이를 좋아하여 민속도 변화하여 그렇게 되었다.[87]

『한서漢書』 지리지地理志에서는 다시 이런 설명을 하고 있다.

　　주周나라 무왕武王이 순舜의 후손 규만嬀滿을 진陳나라에 봉했
　는데, 그가 호공胡公이며 원녀元女인 태희大姬를 처로 삼아 주었
　다. 부인이 존귀한 신분이었으나 제사를 좋아하고 사무史巫를 써
　서, 그곳 풍속이 무귀巫鬼를 좋아하게 되었다.[88]

같은 책의 「광형전匡衡傳」에도 "진부인陳夫人이 '무'를 좋아하여 백성
들도 음사淫祀를 좋아했다."[89]라고 하였다. 첫머리에 있는 「완구宛丘」 시
를 읽어보자.

87　鄭玄, 『陳譜』; "大姬無子, 好巫覡禱祈鬼神歌舞之樂, 民俗化而爲之."

88　『漢書』; "周武王封舜後嬀滿於陳, 是爲胡公, 妻以元女大姬, 婦人尊貴, 好祭祀,
　　　用史巫, 故其俗巫鬼."

89　『漢書』; "陳夫人好巫, 而民淫祀."

그대 거침없이
완구 위에 놀고 있는데,
정말 정이 끌리나
어쩌는 수 없네.

덩덩 북을 치며
완구 아래에서 노는데,
겨울 여름도 없이
백로 깃 들고 춤추네.

둥둥 부缶 두드리며
완구 길에서 노는데,
겨울 여름도 없이
백로 깃 들고 춤추네.[90]

이 시에 나오는 북과 부缶와 백로 깃은 '무'들이 쓰던 주구呪具이며, 이 시는 무당이 굿을 하며 춤을 추는 것을 보고 그 아름다움을 노래한 것이다.

ㄱ 뒤의 「동문지분東門之枌」 등 거의 모든 시들이 '무'의 가무와 관계되는 것으로 여겨진다. 소우 처순[周策縱]은 『고무의古巫醫와 「육시六詩」고考』[91]의 하편下篇 「고무의 악무와 시가발전에 대한 공헌古巫對樂舞及詩

90 『詩經』 宛丘 ; "子之湯兮, 宛丘之上兮. 洵有情兮, 而無望兮. / 坎其擊鼓, 宛丘 之下. 無冬無夏, 值其鷺羽. / 坎其擊缶, 宛丘之道. 無冬無夏, 值其鷺翿."

91 臺北 聯經出版社 刊, 1986.

歌發展的貢獻」에서 이른바 '시지육의詩之六義'인 풍風·흥興·부賦·비比·아雅·송頌은 본디 "여섯 가지 시체詩體"였다고 보면서, 그 명칭은 모두 고무古巫 또는 그들의 가무와 관계있는 것임을 증명하려 하였다.

그리고 그 중편中篇「무의巫醫의 공작工作과 고사古史」에서는, '무'가 고대의 구생제求生祭인 '고매高禖'와 관계가 있어서 남녀관계가 비교적 자유롭고 방임적이었으며, 또 늘 그러한 가사와 악무로 신과 사람들을 즐겁게 하는 역할을 하였기 때문에 "무술巫術은 중국 고대의 시가·문학·예술의 낭만적인 전통의 기원과 발전에 중대한 작용이 있었다고 말하지 않을 수가 없다."라고 결론을 내리고 있다. 그가 말한 '낭만적'이란 실은 '음란함'을 뜻하며, 국풍國風 중에서도 진陳·제齊·정鄭·위衛의 아름답고 요염妖艶한 정시情詩들은 모두 '무'의 영향 아래 이루어진 것이라는 것이다.

그러니 『시경』에도 실은 직접 간접으로 '무'의 가무와 관계가 깊은 시가 상당히 많고, '가무희'의 가사로 볼 수 있는 작품들도 적지 않게 들어 있다고 보아도 될 것이다.

주周나라(B.C. 1027~B.C. 256)는 춘추春秋시대(B.C. 768~B.C. 476)에 이르기까지 주공周公의 제례작악制禮作樂으로 말미암아 중원中原에서는 무풍巫風이 크게 사라져 가고 있었다. 그러나 남쪽 초楚나라를 중심으로 한 지방에는 무습巫習이 매우 성행하였다. 『한서漢書』 지리지地理志에는

초楚나라는…… '무'와 귀신을 믿으며, 음사淫祀를 중히 여긴다.[92]

---

92 『漢書』 ; "楚… 信巫鬼, 重淫祀."

라고 하였는데, 『수서隋書』지리지地理志와 『송사宋史』지리지地理志에도 비슷한 기록이 있다.[93] 『열자列子』설부說符편에도

초楚나라 사람들은 귀신을 믿고, 월越나라 사람들은 기상機祥을 중히 여긴다.[94]

라고 하였다. 초楚나라는 임금들도 모두 무당과 귀신을 좋아하였다. 초나라 임금 중에서도 뛰어난 영왕靈王이 이런 말을 하고 있다.

나는 왼편에 귀신에 관한 기록을 들고 있고, 오른편에는 죽은 자들의 처소를 잡고 있다.[95]

『태평어람太平御覽』권735에서는 환담桓譚의 『신론新論』을 인용하여 이런 기록을 남기고 있다.

옛날 초나라 영왕靈王은 교만하고 아랫사람들을 가벼이 여기며, 무축巫祝의 도술道術을 믿고 친히 신단神壇 앞에서 춤도 추었다. 오吳나라 사람들이 공격해 올 적에도 나라 사람들이 다급함을 알렸으나 영왕은 그대로 태연히 북 치며 춤을 추었다.[96]

---

93 『隋書』地理志 ; "大抵荊州率敬鬼, 尤重祠祀之事, 昔屈原爲制九歌, 蓋由此也." 『宋史』地理志 ; "荊湖北路…… 歸(州)‧峽(州), 信巫鬼, 重淫祀"

94 『列子』 ; "楚人鬼而越人禨." 『淮南子』에도 비슷한 말이 있음.

95 『國語』楚語 上 ; "余左執鬼中, 右執殤宮."

96 『太平御覽』 ; "昔楚靈王驕逸輕下, 信巫祝之道, 躬舞壇前. 吳人來攻, 其國人告急, 而靈王鼓舞自若."

『초사楚辭』 구가九歌의 왕일王逸(89?~158?)『장구章句』를 보면, '영靈'을 '무야巫也'라고 해석하고, "초나라 사람들은 무당을 영자靈子라고 부른다."라고도 했으니, 영왕 스스로가 '무'였음이 틀림없다. 『한서漢書』 교사지郊祀志 하下를 보면, 성제成帝 때의 곡영谷永이 초나라 임금에 대하여 다음과 같은 말을 남기고 있다.

초나라 회왕懷王은 제사를 성대히 지내고 귀신을 섬기며, 복福과 도움을 받아 가지고 진秦나라 군사들을 물리치려 했었다.[97]

『국어國語』 초어楚語 하下에서는 소왕昭王 때의 관사보觀射父가 '무'의 기원과 전승 및 그 역할 등을 임금에게 설명하고 있다.

이 밖에도 초나라에 무풍巫風이 성행하였음을 알리는 기록은 옛 전적 여러 곳에 보인다. 앞에서 이야기한 『시경』 국풍國風 중에서도 진陳나라 노래에 무습巫習이 두드러지는 것은 초에 인접된 나라이기 때문이며, 초에 가까운 남쪽의 오吳・월越에도 무풍이 성행되었다고 하였다. 『사기史記』 봉선서封禪書에 이런 말이 보인다.

월나라 사람들의 풍속은 귀신을 중히 여기어 그들이 제사 지낼 적에는 언제나 귀신이 나타나 자주 효험이 있었다.[98]

응소應劭(178년 전후)의 『풍속통風俗通』 권9에서도 이렇게 말하고 있다.

---

97 『漢書』; "楚懷王隆祭祀, 事鬼神, 欲以獲福助, 卻秦師."
98 『史記』; "越人俗鬼, 其祠皆見鬼, 數有功."

회계會稽의 풍속은 음사淫祀가 많고 복서卜筮를 좋아한다. …무
제武帝 때에는 귀신에게 미혹되어 특히 월무越巫를 믿었다.[99]

따라서 전국戰國시대 초나라에서 이루어졌다는 『초사楚辭』는 무습巫
習과 관계가 깊은 시가를 실은 책이다. 『초사楚辭』에 실려 있는 굴원屈原
(기원전 343?~290?년)의 작품이라는 「이소離騷」 이하 모두가 무가巫歌의
영향 아래 나온 것이라 할 수 있으며,[100] 실은 송옥宋玉의 작품은 물론 한
부漢賦 모두가 무가巫歌를 바탕으로 하여 발전한 것이라 할 수 있다. 그
중에서도 굴원屈原의 「구가九歌」는 옛날부터 무격巫覡의 가무를 보고 굴
원이 새로 지었거나(王逸, 『章句』), 그 가사를 다시 고쳐 쓴 것이라고 알려
져 왔다(朱熹 『集注』). 주희朱熹(1130~1200년)의 「구가서九歌序」를 읽어보
자.

「구가」는 굴원이 지은 것이다. 옛날 초나라 남영南郢의 고을과
원수沅水·상수湘水 지방은, 풍속이 귀신을 믿고 제사를 좋아했었
다. 그들이 제사를 지낼 적에는 반드시 무격巫覡으로 하여금 노래
를 하게 하여 노래와 춤으로써 귀신을 즐겁게 하도록 하였다. 오
랑캐 '초' 지방은 풍속이 비루하여 가사도 저속하였으며, 사람과
귀신의 음양陰陽 사이의 관계라서 간혹 지나치게 외설적이고 황음
荒淫하는 잡된 부분이 없을 수가 없었다. 굴원은 이미 조정으로 부

---

99 『風俗通』 ; "會稽俗多淫祀, 好卜筮. …武帝時迷於鬼神, 尤信越巫."

100 日人 藤野岩夫는 『巫系文學論』(東京 大學書房)에서 屈原의 작품을 모두 巫
歌系의 歌辭로 보고, 設問文學·自序文學·問答文學·神舞劇文學·招魂文
學으로 분류하고 있다.

터 쫓겨난 처지라 이것들을 보고 느끼는 바가 많았다. 그러므로 그 가사들을 상당히 개정하여 지나친 점은 없에 버렸다. 그리고 또 그들이 귀신을 섬기는 마음을 가지고 자신의 임금에게 충성을 다하고 나라를 사랑하며 임금과 나라를 잊지 않는 뜻을 거기에 실었다.[101]

왕일王逸의 서문을 대체로 본떴으나, 왕일은 "그 가사가 비루하여 그래서 「구가」의 노래를 지었다."[102]라고 설명한 데 비하여, 주희는 "그 가사를 상당히 개정하여 지은 것"이 「구가」라고 한 점이 크게 다르다. 그뒤에 진본례陳本禮(1739~1818년)는 『굴사정의屈辭精義』에서 다시 이렇게 설명하고 있다.

　「구가」의 음악에는 남무男巫가 노래하는 것이 있고 여무女巫가 노래하는 것이 있으며, 무巫와 격覡이 나란히 춤추며 노래하는 것이 있고, 한 무당이 노래한 뒤 여러 무당이 화和하는 것이 있고, 빠르고도 변화가 많으며, 소리가 처절하므로 사람과 귀신을 감동시키는 것이다.[103]

다시 그 뒤 후스〔胡適〕(1891~1962년)는 「구가」는 "당시 상강민족湘江民

101 『楚辭集注』九歌序 ; "九歌者, 屈原之所作也. 昔楚南郢之邑, 沅湘之間, 其俗信鬼而好祀. 其祀, 必使巫覡作樂歌舞以娛神. 蠻荊陋俗, 詞旣鄙俚, 而其陰陽人鬼之間, 又或不能無褻慢淫荒之雜. 原旣放逐, 見而感之. 故頗爲更定其詞, 去其泰甚. 而又因彼事神之心, 以寄吾忠君愛國, 眷戀不忘之意."

102 王逸「九歌序」; "其詞鄙陋, 因爲作九歌之曲."

103 『屈辭精義』; "九歌之樂, 有男巫歌者, 有女巫歌者, 有巫覡竝舞而歌者, 有一巫倡而衆巫和者, 游楚揚阿, 聲音凄楚, 所以動人而感神也."

族의 종교무가"라고 단언하였다.[104] 그리고 중국희극의 기원을 '무'에서 찾은 왕꿔웨이〔王國維〕는 『송원희곡고宋元戲曲考』에서 「구가」에 보이는 '영보靈保'는 『시경』의 '신보神保'와 같은 말로 신을 대표하는 '시尸'임을 논하고, 결론으로 다음과 같이 말하고 있다.

> 그러니 영靈의 직분[105]은, 혹은 옷자락 너풀거리며 신을 상징하
> 기도 하고, 혹은 너울너울 춤추면서 신을 즐겁게 하기도 하는 것
> 이었으니, 후세 희극의 싹은 이미 여기에 있었던 것이다.[106]

여기에 자극을 받아 일본학자 청목정아靑木正兒는 「초사楚辭 구가九歌의 무곡적巫曲的인 구성」[107]이란 논문에서 「구가」 11편을 독창독무獨唱獨舞・대창대무對唱對舞・합창합무合唱合舞의 세 종류로 구분하고, 등장하는 무당을 신무神巫와 제무祭巫 또는 주제무主祭巫와 조제무助祭巫, 남무男巫와 여무女巫로 구분하였다. 그리고 원이둬〔聞一多〕(1899~1946년)는 『구가신편九歌新編』에서 이 「구가」 11편의 글을 일투一套의 완전한 구성을 이루고 있는 무대가극舞臺歌劇으로 보고 장절章節을 다시 나누었다.

등야암우藤野岩友는 『무계문학론巫系文學論』에서 「구가」를 신무극문학神舞劇文學이라 분류하고 「구가」 전체를 「예혼禮魂」을 영신곡迎神曲으로 한 일조一組의 신무가곡神舞歌曲으로 보며 이를 풀이하고 있다. 어떻

---

104 『胡適文存』第2集 讀楚辭.

105 王逸 『楚辭章句』에서 '靈'을 "神也"(「離騷」・「九歌」), 또는 "巫也"라는 注를 달고 있음을 참조할 것.

106 『宋元戲曲考』"是則靈之爲職, 或偃蹇以象神, 或婆娑以樂神. 蓋後世戲劇之萌芽, 已有存焉者矣."

107 『支那文學藝術考』文學考「楚辭九歌の巫曲的結構」.

든 간에 이해의 정도는 서로 다르지만 지금에 와서 「구가」가 '무' 에 의
하여 연출되었던 '가무희' 의 가사임을 부인하는 학자는 거의 없다. 「구
가」11편이 한 조의 '가무희' 의 가사였을 가능성도 매우 크다. 그러나
여기에서는 「동군東君」 한 편을 대창대무對唱對舞하는 '가무희' 의 가사
로 보고, 가무의 구성을 살펴보기로 한다.[108] 동군東君은 해의 신이다.

먼저 아름다운 여무女巫가 등장하여 음악에 맞추어 가벼이 춤을
추면서 동쪽을 바라보며 노래 부른다. — 영신迎神

훤히 동쪽에 해가 떠오르며
부상扶桑을 거쳐 우리 집 난간 비추려 하네.
우리 화룡마火龍馬 쓰다듬으며 편히 수레 달리니
밤 부옇게 밝아 오네.

暾將出兮東方, 照吾檻兮扶桑.
돈 장 출 혜 동 방   조 오 함 혜 부 상

撫余馬兮安驅, 夜皎皎兮旣明.
무 여 마 혜 안 구   야 교 교 혜 기 명

날이 밝아오자 여무는 춤을 추며 여러 사람들과 함께 노래한다.
— 강신降神

용이 수레를 끄는 뇌거雷車를 타셨는데
구름깃발 너울거리네.
나오시려다가는 긴 한숨지으시고

108 藤野岩友의 『巫系文學論』 및 林河의 『九歌與沅湘民俗』(上海 三聯書店,
1990)을 주로 참조.

심사 어지러운 듯 머뭇거리시네.

아아, 그러나 음악과 여인들 아름다워

한번 본 이 넋빠져 돌아가지 못하게 하네.

駕龍輈兮乘雷, 載雲旗兮委蛇.
가 룡 주 혜 승 뢰　　재 운 기 혜 위 이

長太息兮將上, 心低佪兮顧懷.
장 태 식 혜 장 상　　심 저 회 혜 고 회

羌聲色兮娛人, 觀者憺兮忘歸.
강 성 색 혜 오 인　　관 자 담 혜 망 귀

노랫소리와 미모에 넋이 빠진 동군이 나와 여무와 어울리어 신
나는 춤을 춘다. 여무가 동군을 즐겁게 하기 위하여 춤을 추며 노
래한다. ― 악무이오신樂舞以娛神

슬瑟 줄을 튀기며 북을 맞추어 두드리고

편종編鐘을 치니 종대 흔들거리네.

퉁소 불고 생황 부노니

신 내린 남무男巫 현명하고 멋지네.

너울너울 나는 듯한 춤 비취새 노는 듯하고

노래하며 춤 맞추어 추네.

악률樂律에 고和되고 음절 잘 맞는데

신은 많은 종자 거느리고 해를 가리며 내려오네.

緪瑟兮交鼓, 蕭鐘兮搖簴.
긍 슬 혜 교 고　　소 종 혜 요 거

鳴鯱兮吹竽, 思靈保兮賢姱.
명 지 혜 취 우　　사 령 보 혜 현 과

翾飛兮翠曾, 展詩兮會舞.
현 비 혜 취 증   전 시 혜 회 무

應律兮合節, 靈之來兮蔽日.
응 률 혜 합 절   영 지 래 혜 폐 일

동군은 여무의 가무에 넋을 잃고 좋아하며, 여무가 사람들을 대
신하여 재난災難을 없애 달라고 비는 요구에 응답하며 노래한다.

푸른 구름 저고리에 흰 무지개 바지 입고
긴 화살 들어 하늘의 이리를 쏘네.
내 천궁天弓을 들고 서쪽으로 내려가며
북두北斗로 계장桂漿을 떠서 싸움으로 마른 목을 적시고,
내 말고삐 다시 잡고 높이 날아
아득히 어둠 속에 동쪽으로 돌아가네.

青雲衣兮白霓裳, 擧長矢兮射天狼.
청 운 의 혜 백 예 상   거 장 시 혜 사 천 랑

操余弧兮反淪降, 援北斗兮酌桂漿.
조 여 호 혜 반 륜 강   원 북 두 혜 작 계 장

撰余轡兮高馳翔, 杳冥冥兮以東行.
찬 여 비 혜 고 치 상   묘 명 명 혜 이 동 행

「구가」의 한 편이 이 정도이니, 실제로 주周대의 무당들의 가무는 상
당한 수준의 '가무희'로 발전해 있었음을 알 수 있다. 그리고 신으로 분
장하는 무당, 또는 '영보靈保'는 가면을 썼을 가능성이 많다. 따라서 「구
가」는 가면희假面戱의 가사였을 듯하다. 더욱이 『초사楚辭』며 한부漢賦
모두가 '무'의 가무와 관계있는 문학이라고 볼 때, 그 시대 '가무희'의
발달 정도는 우리의 상상을 넘어설 듯하다.

5. 우희優戱

은殷나라 말엽에 이미 조희調戱와 가무를 전문으로 하는 '우優'가 있었다. '우'는 '창우倡優' 등으로도 불리었다. 유향劉向(기원전 77~기원전 6년)의 『열녀전列女傳』에 하夏나라 걸桀왕과 말희末喜의 작태를 다음과 같이 묘사하고 있다.

창우倡優・주유侏儒・압도狎徒 등 기이하고 뛰어난 놀이를 할 수 있는 자들을 거두어들이어 옆에 모아 놓고, 난만爛漫한 즐김을 하게 하였다.[109]

『국어國語』정어鄭語에서도 시백史伯이 주周나라 유왕幽王은 "주유侏儒와 척시戚施를 곁에 두고 시중들게 하였다.'리고, 하였는데, 위소韋昭의

---

109 『列女傳』卷7 孽嬖傳 夏桀末喜 ; "收倡優侏儒狎徒, 能爲奇偉戱者, 聚之於旁, 造爛漫之樂."

주注에 "주유侏儒와 척시戚施는 모두 우소優笑를 하는 사람들이다."[110]라
고 풀이하고 있다. 여기의 '주유'는 난쟁이이고, '척시'는 꼽추의 일종
이다.[111] 그리고 우스개짓으로 사람들을 즐겁게 하는 재주를 갖고 있어
옛 임금들은 이런 사람들을 궁전에 모아들였던 것이다. 『예기禮記』악기
樂記에서도 자하子夏가 신악新樂을 논하면서 "배우와 난쟁이들이 어울리
고, 원숭이와 남녀가 뒤섞여 부자 사이도 모르게 된다."[112]라고 말하고
있다. 이 밖에도 옛 책에서 흔히 '배우'와 '주유'라는 말을 함께 연이어
쓰고 있으니,[113] 이들은 모두 같은 부류의 사람들로 여겼음이 분명하다.

　『국어國語』진어晉語를 보면, 진晉나라 헌공獻公의 궁전에서 활약한 창
우倡優인 우시優施의 이야기가 나오는데, 그는 말이나 동작으로 사람들
을 웃기고 즐겁게 할 뿐만이 아니라 노래도 잘하고 춤도 잘 춘다. 헌공獻
公의 애희愛姬인 여희驪姬는 태자인 신생申生을 죽이고 자기의 아들 해제
奚齊을 태자로 삼으려는 음모를 꾸미는데, 헌공의 내락까지도 받았으나
오직 이극里克이란 강직한 대신이 있어 방해가 되었다. 이에 여희는 우
시에게 도움을 청하였다. 우시는 응낙을 하고는, 양을 잡고 안주를 마련
하고 술자리를 벌여놓고 자기와 이극이 함께 어울릴 수 있도록 해줄 것
을 요청한다. 여희는 곧 술자리를 마련해놓고 이들을 한자리에 앉힌다.

---

110 『國語』;"侏儒戚施, 寔御在側." 注;"侏儒・戚施, 皆優笑之人. 御, 侍也."
111 『禮記』王制;"瘖聾・跛躃・斷者・侏儒・百工, 各以其器食之." 鄭注;"侏
　　儒, 短人也." 『國語』晉語四;"侏儒不可使援." 韋昭注;"侏儒, 短者." 上
　　同;"戚施不可使仰." 韋昭注;"戚施, 瘁者."
112 『禮記』樂記;"及優侏儒獿雜子女, 不知父子."
113 『孔子家語』卷1 相魯;"齊奏宮中之樂, 俳優侏儒戲於前." 『荀子』卷7 王霸;
　　"俳優侏儒婦女之請謁." 『韓非子』卷16 難三;"俳優侏儒, 固人主之所與燕也."

우시는 이극과 술을 마시다가 중도에 일어나 춤을 추면서 노래를 부른다.

> 한가히 즐기면서도 멍청히 가까이는 못하고 지내니
> 새나 까마귀만도 못한 소견일세.
> 남들은 모두 무성한 나무 위에 모여 쉬고 노는데
> 자기만이 홀로 말라 죽은 나무 위에 앉아 있네.[114]

이극이 "무엇이 무성한 나무이고, 무엇이 말라 죽은 나무인가?" 하고 묻자, 우시는 이런 대답을 한다.

> 어머니는 부인夫人이 되고 그 아들은 임금이 될 것이라면 무성한 나무라 말할 수 있겠습니까? 어머니는 이미 죽고 그의 아들은 공격을 받고 있다면 마른 나무라 할 수 없겠습니까? 이 마른 나무엔 상처까지 나 있습니다.[115]

또 『곡량전穀梁傳』 정공定公 10년을 보면, 유명한 '협곡지회頰谷之會'에서 제齊나라 사람들이 우시優施로 하여금 노魯나라 임금의 막하幕下에서 춤을 추게 한다. 공자孔子는 이때 "임금을 비웃는 자는 사형이 원칙이다."고 선언하며 우시를 처형한다. 『공자가어孔子家語』와 하휴何休(129~182년)의 『공양해고公羊解詁』에서는 협곡頰谷에서 춤춘 사람을 '주유侏儒'라 하고 있다.

---

114 『國語』; "暇豫之吾吾, 不如鳥烏. / 人皆集於苑, 己獨集於枯."
115 『國語』; "其母爲夫人, 其子爲君, 可不謂苑乎? 其母旣死, 其子又有謗, 可不謂枯乎? 枯且有傷."

이상을 종합해 보건대, 옛날 '우우(倡優, 俳優)'의 기능은 우스개짓을 위주로 하면서도 노래와 춤을 겸하여 잘하였음을 알겠다. 사마천司馬遷(기원전 145~기원전 86?년)의 『사기史記』권126 골계열전滑稽列傳에는 우스개짓을 본업으로 하면서도 뜻있는 풍자를 통하여 임금의 잘못을 깨우쳐 준 우맹優孟·우전優旃 등의 배우들에 관한 이야기가 실려 있다.

그중에서도 '우맹의관優孟衣冠'이라 하여 우맹이 초장왕楚莊王 앞에서 이전의 유명한 초나라 재상 손숙오孫叔敖로 분장했던 일은 희극사마다 연극분장의 시초로 흔히 인용되고 있다. 우맹이 손숙오의 아들이 가난하게 사는 것을 알고는, 손숙오로 분장해 가지고 장왕 앞에 나타나 다시 살아난 손숙오 노릇을 하면서 나라를 위해 많은 일을 한 재상의 후손을 박대하는 잘못을 깨우쳐 준다는 줄거리이다.

여기에서 우맹은 가무를 하지는 않고 있다. 그러나 창우倡優나 주유侏儒들은 임금을 즐겁게 하기 위하여 하는 말재주나 특이한 몸짓 이외에 노래나 춤도 익혔을 것이다. 그리고 이들의 가무는 특히 '가무희'적인 성격을 많이 띠고 있었을 것이다. 그리고 민간에는 이들처럼 우스개짓과 가무를 전문으로 하는 연예인들이 있었을 것이다. 『주례周禮』에 보인 '산악散樂'은 이러한 민간의 연예인들 중 가무에 뛰어난 자들이 궁중으로 불려 들어간 보기이다.

제3장

진한秦漢의 '가무희'

B.C. 221~A.D. 220년

1. 한漢 초 초풍楚風의 성행

춘추전국春秋戰國의 정치적 혼란은 예악제도禮樂制度의 붕괴를 가져와 정악正樂은 날로 쇠미해져 갔다. 『한서漢書』 권22 예악지禮樂志를 보면, 진秦나라 때 주周의 방중악房中樂을 고쳐 '수인壽人'이라 하고, 주周의 무무武舞를 진시황秦始皇 26년에 '오행五行'이라 고쳤다 한다. 한漢나라에 와서 고조高祖(기원전 206~기원전 195년 재위) 때에는 종묘宗廟에서 옛 주무周舞를 고친 무덕武德·문시文始·오행五行[1] 같은 춤을 추었다 하였는데, 이것들은 모두 대체로 진秦나라 제도를 따른 것이며, 내용은 더욱 형식화 또는 의식화儀式化한 것이어서 '가무희'와는 완전히 무관한 가무가 되고 말았다.

---

1 孝文廟에선 昭德·文始·四時·五行의 춤을, 孝武廟에선 盛德·文始·四時·五行의 춤을 추었고, 이후 대체로 이것들을 약간 고쳐 사용하였다.

한漢의 악무백희도용樂舞百戲陶俑

1969년 산둥성山東省 지난시濟南市 무잉산無影山 한묘漢墓에서 출토, 길이 67.8cm, 너비 44.8cm. 악대와 지휘자. 무녀舞女, 물구나무서기 연기자와 구경꾼들의 모습을 생생하게 전해준다.

1) 초가楚歌

그러나 진시황秦始皇이 천하를 통일함으로 말미암아 넓고 물산이 풍부한 남만南蠻의 지역들이 정식으로 중국 영역에 편입되었는데, 특히 전국戰國시대에 강성하였던 초楚의 영향이 한나라 문화에 크게 작용하였던 듯하다. 한고조漢高祖 유방劉邦 및 그와 천하를 다투었던 항우項羽(기원전 232~기원전 202년)가 모두 '초가楚歌'를 짓고 있는데,[2] 특히 「홍혹가鴻鵠歌」는 고조가 척부인戚夫人에게 "나를 위해 초무楚舞를 추어 주시오.

2 高祖의 「大風歌」·「鴻鵠歌」, 項羽의 「垓下歌」.

나는 당신을 위해 '초가'를 부르리다."라고 말하고 노래한 것으로 되어
있다.[3] 그러므로 '초가'에는 춤도 곁들여졌음을 알 수 있다. 『한서漢書』
권22 예악지禮樂志에 의하면, "고조가 초성楚聲을 좋아하여" 그의 당산
부인唐山夫人이 방중사악房中祠樂[4]인 「안세방중가安世房中歌」 17장을 '초
성'으로 지었다 한다. 그중 둘째 장을 보기로 든다.

칠시七始와 화시華始를
공경히 노래하고 화和하니,
신이 내려오셔서 편히 즐기시며
잘 들어 주시기 바라네.
정성스러이 음악으로 전송하니
미세한 감동으로 인정을 엄숙케 하네.
문득 푸른 하늘로 올라가시는데
복받는 일 다 이루어 주셨네.
많은 생각 그윽하고
하늘의 조화 심오하네.

七始華始, 肅倡和聲;
칠 시 화 시　숙 창 화 성

神來晏娭, 庶幾是聽.
신 래 안 애　서 기 시 청

3 『史記』卷55 留侯世家 ; "爲我楚舞, 吾爲若楚歌. 歌曰, 鴻鵠高飛, 一擧千里. 羽
翮已就, 橫絶四海. 橫絶四海, 當可奈何? 雖有矰繳, 尙安所施!"

4 『儀禮』燕禮 '房中之樂' 注 ; "弦歌周南召南之詩, 而不用鐘磬之節也. 謂之房中
者, 后夫人之所諷誦以事其君子." '祠樂'은 神을 제사지낼 때 쓰는 음악. 따라
서 '房中祠樂'은 絃樂器의 伴奏만으로 神을 제사지낼 적에 쓰던 樂歌를 뜻함.

粥粥音送, 細齊人情;
죽 죽 음 송　세 제 인 정

忽乘靑玄, 熙事備成.
홀 승 청 현　회 사 비 성

淸思眇眇, 經緯冥冥.
청 사 유 유　경 위 명 명

「구가九歌」에 비하여 훨씬 형식화된 것은 사실이나, 이 17장은 가무를 함께하는 하나의 조곡組曲이었을 것이다.

『사기史記』 권28 봉선서封禪書에 무제武帝(기원전 140~기원전 87년 재위) 는 처음 천자에 즉위하여는 "더욱 귀신에 대한 제사를 공경히 하였다." 고 말하고 있다. 그리고 직접 「호자가瓠子歌」 2수 및 「추풍사秋風辭」라는 '초가'를 남기고 있다. 『사기』 권24 악서樂書를 보면, 원수元狩 3년(기원 전 120년)에 악와수渥洼水 속에서 신마神馬를 얻고는 「태일지가太一之歌」 를 작곡하였는데, 그 가사는 다음과 같다.

> 태일신太一神께서 보내시어
> 천마天馬 내려왔는데,
> 붉은 땀 촉촉하고
> 흐르는 땀 빨갛네.
> 달리는 모습 의젓하고
> 만리를 단숨에 뛰네.
> 지금 그 무엇에 견주리?
> 용과 벗할 만하지.

太一貢兮天馬下, 霑赤汗兮沬流赭.
태 일 공 혜 천 마 하　점 적 한 혜 말 류 자

騁容與兮跇萬里, 今安匹兮龍爲友.
빙 용 여 혜 예 만 리 　 금 안 필 혜 용 위 우

이것도 초가체楚歌體이다. 다시 태초太初 4년(기원전 101년)에 서역의
대완大宛을 정벌하여 포소蒲梢라는 천리마千里馬를 얻고는 「태일지가」와
비슷한 형식의 「천마가天馬歌」를 짓는다.

그런데 이에 관한 기록에 뒤이어 중위中尉인 급암汲黯의 다음과 같은
진언進言을 싣고 있다.

왕자王者가 작악作樂을 하는 것은, 그것을 가지고 위로는 조종
祖宗을 받들고 아래로는 백성들을 교화하려는 것입니다. 지금 폐
하께서 말을 얻어서 시를 지어 노래하게 하여 종묘에서 쓰고 계신
데, 선제先帝나 백성들이 어찌 그 음악을 알 수가 있겠습니까?[5]

그러니 이 노래들은 바로 제사에 쓰였음을 알 수 있다. 『한서漢書』예
악지禮樂志에는 「안세방중가安世房中歌」 17장에 이어 「교사가郊祀歌」 19
장이 실려 있는데, 그중 제10장이 「천마天馬」로서 앞의 「태일지가太一之
歌」와 「천마가天馬歌」의 가사를 상당히 개정한 뒤 이를 합친 것이다. 이
「교사가」 19장도 한나라 궁실에서 제사 때 쓰이던 한편의 조곡組曲으로,
무제武帝 때까지만 하더라도 '초가'로서 속악적俗樂的인 퍽 자유로운 형
식의 가무였을 것으로 여겨진다. 여하튼 한나라 초기에는 '초가'가 상당
히 유행하였음을 알 수 있다.

■

5 『史記』; "凡王者作樂, 上以承祖宗, 下以化兆民. 今陛下得馬, 詩以爲歌, 協於宗
廟, 先帝百姓豈能知其音邪?"

산둥성山東省 이난沂南 한묘漢墓에서 출토된 화상석畵像石 악무백희도樂舞百戱圖.

2) 사부辭賦

『사기』악서樂書에는 "한나라에서는 늘 정월 상신上辛날 태일太一과 감천甘泉을 제사지냈다." 하였고, 같은 책「효무본기孝武本紀」와「봉선서 封禪書」에서는 "천신귀자태일天神貴者太一"이라 하였는데,『초사楚辭』의 「구가九歌」에서도 동황태일東皇太一을 가장 존귀한 신으로 모시며 사가 祠歌의 첫머리에 놓고 있으니, 이 태일신앙太一信仰도 분명히 『초사』와 관련 된 일이라 할 수 있다.

더구나 굴원의 『초사』가 사람들에게 읽혀지기 시작한 것도 한나라 초기이고,『초사』와 똑같은 문체인 부賦의 창작이 성행하기 시작한 것도 한나라 초기이다. 굴원의 제자인 송옥宋玉(기원전 290?~223?년)의「구변九辯」·「고당부高唐賦」·「등도자호색부登徒子好色賦」등은 말할 것도 없고, 한 초의 가의賈誼(기원전 201~169년)의「조굴원부弔屈原賦」·「복조부 鵩鳥賦」, 매승枚乘(~기원전 141년)의「칠발七發」, 사마상여司馬相如(기원전 179~118년)의「자허부子虛賦」·「상림부上林賦」·「대인부大人賦」·「장문 부長門賦」및 그 뒤 한부漢賦 작가들의 작품이 모두 '초풍楚風'의 계승인 것이다.

그런데 이 '초풍'은 말을 바꾸면 무풍巫風을 뜻하기도 한다. 위에서 말한 초풍楚風과 관계되는 문학들은 곧 '무'와도 관련이 깊은 것이다. 따라서 한부漢賦도 『초사』와 함께 무가巫歌의 형식을 계승한 문학이라고 할 수 있다. 그리고 악부樂府와 오언시五言詩도 그것을 바탕으로 발전하고 있는 것이다. 그리고 이러한 문화풍토는 '무'의 가무를 통하여 이루어진 것이며, 한편 그것은 '가무희'의 성행을 뜻하게도 되는 것이다.

2. 무巫와 나儺

1) 무巫

진시황秦始皇은 분서焚書를 하면서도 "의약醫藥·복서卜筮·종수種樹에 관한 책"을 제외시키는데,[6] '의약·복서'는 주로 '무'와 관계가 많은 책들이다. 다시 그는 팔신八神을 제사지냈는데, 천주天主·지주地主·병주兵主·음주陰主·양주陽主·월주月主·일주日主·사시주四時主의 여덟 가지이며, 무축巫祝이 이를 주관하였다.[7] 그 밖에 불로장생을 논했던 방사方士들이란 일산 '무'의 일종이며, 명산대천名山大川을 찾아다니며 제사를 지낸 것도 '무'의 행위이다. 그러므로 신秦나라 때는 무풍巫風이 성행하였다고 보아야 할 것이다.

한고조漢高祖는 재위 6년(기원전 201년)에 장안長安에 사당을 세우고

6 『史記』卷6 秦始皇本紀.
7 『史記』卷28 封禪書.

축관祝官·여무女巫 등을 둔다. 그중 '양무梁巫'는 천天·지地·천사天社·천수天水·방중房中·당상堂上 같은 종류를 제사지내게 하고, '진무晉巫'는 오제五帝·동군東君·운중(군)〔雲中(君)〕·사명司命·무사巫社·무사巫祠·족인族人·선취先炊 같은 종류를 제사지내게 하고, '진무秦巫'는 사주祠主·무보巫保·족루族纍 같은 종류를 제사지내게 하고, '형무荊巫'는 당하堂下·무선巫先·사명司名·시미施糜 같은 종류를 제사지내게 하고, '구천무九天巫'는 구천九天을 제사지내게 하였는데, 모두 세시歲時에 궁중에서 제사지내었다. 그리고 '하무河巫'는 임진臨晉에서 하河를 제사지내고, '남산무南山巫'는 진중秦中에서 남산南山을 제사지내었다.[8]

무제武帝도 "귀신의 제사"를 중히 여겨, 여러 가지 신의 사당을 세우고 '무'로 하여금 이들을 모시게 했다. 그리고 관무官巫로는 '월무越巫'를 두어 '천신天神·상제上帝·백귀百鬼'를 제사지내도록 했다.[9] 무제밑에서 활약했던 이소군李少君, 제齊나라 사람 소옹少翁·공손경公孫卿 등도 모두 '무'였다. 무제가 이연년李延年을 기용하여 악부樂府를 설치한 것도 "민간의 제사에도 고무악鼓舞樂이 있는데, 지금 교사郊祀에 음악이 없으니 될 일이겠는가?"[10]하는 것이 중요한 동기였다. 따라서 『한서漢

---

8 『史記』封禪書 ; "長安置祠祝官·女巫. 其梁巫, 祠天·地·天社·天水·房中·堂上之屬. 晉巫, 祠五帝·東君·雲中(君)·司令·巫社·巫祠·族人·先炊之屬. 秦巫, 祠社主·巫保·族纍之屬. 荊巫, 祠堂下·巫先·司名糜施·之屬. 九天巫, 四九天, 皆以歲時祠宮中. 其河巫, 祠河於臨晉, 而南山巫, 祠南山秦中." 又 『漢書』卷1 高帝紀贊 ; "及高祖卽位, 置祠祀官, 則有秦·晉·梁·荊之巫."

9 『史記』封禪書.

10 『史記』封禪書 ; "民間祠尙有鼓舞樂, 今郊祀而無樂, 豈稱乎?"

書』예악지禮樂志에서,

> 무제에 이르러 교사郊祀의 예禮를 정하고서 악부樂府를 세워, 시詩를 채집하여 밤 도와 읊게 함으로써 조趙·대代·진秦·초楚 지방의 민요가 있게 되었다.[11]

라고 하였는데, "조·대·진·초 지방의 노래"란 것도 모두 제사 또는 무가와 관계되는 노래들이 주종을 이루었을 것이다. 그리고 앞에서도 설명한 「안세방중가安世房中歌」 17장과 「교사가郊祀歌」 19장도 모두 '무'와 관계가 깊은 '가무희' 적인 악가였다고 생각된다. 환관桓寬(기원전 73년 전후)의 『염철론鹽鐵論』 권29 산부족散不足편을 보면 다음과 같은 기록이 보인다.

> 지금 부자들은 명악名嶽에 기도를 드리고 산천에 망제望祭를 지냄에 있어, 소를 잡고 북을 치며 희창戲倡·무상儛像을 하고 있다.[12]

여기의 '희창' 은 '가무희' 이고, '무상' 은 '가면희' 였을 가능성이 많으며 또 거기에는 잡희雜戲도 함께 연출되었을 듯하다.

동한東漢에 외 서도 사마표司馬彪의 『속한서지續漢書志』[13] 권26 백관지삼百官志三의 사사령祠祀令에 대인 유소劉昭의 주주에서는 왕륭王隆의 『한관漢官』을 인용하여 "가무팔인家巫八人"이 있었다 하였다. 다시 같은

---

11 『漢書』; "至武帝定郊祀之禮, 乃立樂府, 採詩夜誦, 有趙·代·秦·楚之謳."

12 『鹽鐵論』; "今富者祈名獄, 望山川, 椎牛擊鼓, 戲倡儛像."

13 范曄의 『後漢書』 뒷부분에 合刊되어 있음.

책 권25 「백관지이百官志二」 태사령太史令의 주에 인용된 왕륭의 『한관』
에 의하면, 그 속관屬官으로 "태사내조太史待詔 37명이 있었는데, 그중 6
명은 치력治曆, 3명은 귀복龜卜, 3명은 여택廬宅, 4명은 일시日時, 3명은
역서易筮, 2명은 전양典禳, 9명은 적씨籍氏 · 허씨許氏 · 전창씨典昌氏 각
3명, 가법嘉法 · 청우請雨 · 해사解事 각 2명, 의醫 1명이 있었다."고 하였
다. 그런데 이러한 직책들의 대부분을 '무'가 맡았을 것이다.

한대에 일어났던 반란들을 보면 특히 '무'의 활약이 두드러진다. 신
망新莽의 천봉天鳳 연간(14~19년)에 일어났던 산동山東 일대의 적미적赤
眉賊 중에서는 제무齊巫가 큰 활약을 하고 있고,[14] 동한東漢 광무제光武帝
때에도 건무建武 17년(서기 41년)에는 요무妖巫 이광李廣 등이 반란을 일
으켰고, 건무 19년(서기 43년)에는 요무妖巫인 선신單臣 · 부진傅鎭 등이
반란을 일으켰다.[15] 다시 영제靈帝의 중원中元 원년(서기 184년)에 이른바
오두미도五斗米道로 반란을 일으켰던 장수張脩 일당도 요무妖巫였고,[16]
'대의大醫'라 자칭하며 반란을 일으켰던 태평도太平道의 장각張角[17] 역시
'무'였다고 할 수 있다.

2) 신사神祀

그 밖에 한대 민간에 성행한 여러 잡신들의 제사들도 거의 모두 '무'

---

14 『後漢書』卷11 劉玄劉盆子列傳 ; "軍中常有齊巫鼓舞祠城陽景王, 以求福助.
巫狂言景王大怒, 曰, 當爲縣官, 何故爲賊? 有笑巫者輒病, 軍中驚動."

15 『後漢書』卷1 下 光武帝紀.

16 『後漢書』卷8 孝靈帝紀.

17 袁宏, 『後漢書』卷24 孝靈皇帝紀 中卷.

와 관계가 있고, 또 거기에는 모두 여러 가지 '가무희'가 쓰였다.

『사기史記』권28 봉선서封禪書를 보면, 한고조漢高祖는 재위 8년(기원전 199년)에 다음과 같은 기록이 있다.

> 나라의 온 고을에 명하여 영성사靈星祠를 세우고 늘 제때에 소를 잡아 제사지내도록 하였다.[18]

여러 주注를 종합하면 '영성靈星'은 천전성天田星이라고도 부르며, 농사를 관장하는 신이어서 그 해의 풍년을 비는 제사를 드린 것이다. 그런데 『후한서後漢書』지志 제9 제사하祭祀下에는 고조高祖가 전국 각지에 영성사靈星祠를 세우고 제사를 지냈으며, '영성'은 천전성天田星이라고 한다는 등의 이야기를 쓴 다음 다시 다음과 같은 설명을 하고 있다.

> 춤추는 사람으로는 동남童男 16명을 사용하였다. 춤추는 사람들은 교전敎田을 상징하였는데, 처음에는 풀을 뽑고 베고, 다음에는 밭을 갈고 씨를 뿌리며, 김을 맨 다음, 참새를 쫓고, 곡식을 베어 거둬들이며, 절구질·키질하는 형상을 춤추어 농사일을 상징하는 것이다.[19]

이에 의하면, 영성사靈星祠에서 제사시낼 때 추던 춤은 밭을 일구어 농사를 짓고 곡식을 거둬들여 먹을 수 있도록 손질하기까지의 모든 농사일을 상징하는 '가무희'였다.

---

18 『史記』;"其後二歲, 或曰周興而邑郵, 立后稷之祠, 至今血食天下. 於是高祖制御史, 其令郡國縣立靈星祠, 常以歲時祠以牛."

19 『後漢書』志19 ;"舞者用童男十六人. 舞者象敎田, 初爲芟除, 次耕種·芸耨·驅爵及穫刈·舂簸之形, 象其功也."

고조는 이미 군사를 일으킬 당시에도 고향인 풍豐의 분유사枌楡社에서 제사를 지냈고, 패공沛公이 된 다음엔 치우蚩尤를 제사지내고 뒤에 그 사당을 세우고. 축관祝官과 여무女巫를 두었으며, 후직后稷의 사당도 세워 제사를 지내게 하였다.[20]

그 뒤에도 한대에는 여러 신들에 대한 제사가 성행하게 된다. 따라서 각 지방마다 밭의 신을 모시는 사社에 제사를 지내게 되었고, 다시 선농 先農과 풍백風伯·우사雨師 등에게도 제사를 지냈다.[21] 이러한 제사들에 는 영성사에서 제사를 지낼 때와 비슷한 여러 가지 '가무희'가 때와 장소를 따라 다양하게 연출되었을 것이다.

3) 반무反巫

무제武帝 이후 유학儒學의 성행으로 한나라의 상층 지배계급 사이에 는 미신을 배척하려는 경향도 두드러져 형식상으로는 무풍巫風이 그다지 드러나지 않게 된다. 이미 『예기禮記』권13 왕제王制에도 무당 같은 미신적인 행위를 처벌한다는 다음과 같은 기록이 보인다.

말을 교묘히 하며 법률을 위반하고, 명분名分을 어지럽히고 법도를 바꾸고, 그릇된 도리를 주장하며 정치를 어지럽히는 자는 사형이다. …… 귀신을 빙자하여 시일時日을 택하고 점을 침으로써

---

20 『史記』卷28 封禪書 ;"漢興, ……後四歲, 天下已定, 詔御史, 令豐謹治枌楡社, 常以四時春以羊彘祠之. 令祝官立蚩尤之祠於長安, 長安置祠祝官女巫. ……高 祖十年春, ……二月及臘祠社稷以羊彘, 民里社各自財以祠."

21 『後漢書』志 卷9 祭祀 下 ;"縣邑常以乙未日祠先農於乙地, 以丙戌日祠風伯於 戌地, 以己丑日祠雨師於丑地, 用羊彘."

사람들을 의혹케 하면 사형이다.[22]

한대에 와서는 '무'를 비판하는 이론이 더욱 두드러진다. 사마천司馬遷은 사회의 육불치병六不治病을 논하면서 그중 하나가 "신무불신의信巫不信醫"라 하였고,[23] 환관桓寬의 『염철론鹽鐵論』만 보더라도 제30 구궤救匱에는 상홍양桑弘羊의 다음과 같은 말이 보인다.

역병이 도는 해는 무당처럼 부질없이 입만 놀릴 수 있을 뿐이다.[24]

같은 책 제29 「산부족散不足」에서는 다음과 같이 무속巫俗을 비판하고 있다.

세속에서 거짓을 꾸미고 속임수를 쓰게 되자, 백성들 중에는 무축巫祝이 되어 남이 주는 사례를 받는 자들이 있게 되었는데, 뻔뻔스런 얼굴로 혀를 놀리어 어떤 자는 기업을 이루어 치부도 하게 되었다. 그러므로 일하기를 꺼리는 사람들은 농사일을 버리고 그짓을 배워서 민간에는 무가 있게 되었고, 동리마다 축이 있게 된 것이다.[25]

왕충王充(27~97년) 같은 이는 『논형論衡』 해제解除편에서 이런 말도 하

22 『禮記』; "析言破律, 亂名改作, 執左道, 以亂政, 殺. ……假於鬼神, 時日, 卜筮, 以疑衆, 殺." 鄭玄 注; "左道, 若巫蠱及俗禁."

23 『史記』 卷105 扁鵲倉公列傳.

24 『鹽鐵論』 "若疫歲之巫, 徒能鼓口耳."

25 『鹽鐵論』; "世俗飾僞行詐, 爲民巫祝, 以取釐謝, 堅頟健舌, 或以成業致富. 故憚事之人, 釋本相學, 是以街巷有巫, 閭里有祝."

고 있다.

제사를 논한다면 제사는 도움되는 게 없고, 무축을 따져 보면
무축은 아무 힘도 없는 것이다.[26]

그리고 중장통仲長統(180~220년)도 『창언昌言』에서 다음과 같은 비판
을 하고 있다.

천도天道는 알면서도 인략人略이 없는 자는 바로 무의복축巫醫
卜祝과 같은 무리로 어리석은 자들도 무시하는 백성들인 것이다.[27]

이처럼 수많은 학자들이 '무'의 미신적 행위를 비판하고 있다. 그럼
에도 불구하고 민간의 무습巫習은 더욱 성행하여, 그와 함께 '가무희'도
더욱 발달하고 성행하였다.

4) 나儺

'나儺'에 관한 기록으로는, 장형張衡(78~139년)의 「동경부東京賦」[28]가
뛰어나다.

그리고 연말에는 대나大儺를 하여
여러 역귀疫鬼들을 몰아내는데,
방상씨方相氏는 도끼 들고

---

26 『論衡』; "論祭祀, 祭祀無補, 論巫祝, 巫祝無力."

27 『昌言』; "故知天道而無人畧者, 是巫醫卜祝之伍, 下愚不齒之民也."

28 蕭統『文選』卷3 京都 中 所載.

무격巫覡은 귀신 쫓는 빗자루 들고,

만 명의 아이들 진자侲子 되어

붉은 머릿수건에 검은 옷 입고 나와,

복숭아 가지 활에 가시나무 화살 매어

마구 쏘아대며,

돌 날리는 것이 비 뿌리듯 하여

억센 귀신들 모두 맞아 죽네.

불꽃 튀듯 별똥 떨어지듯 뛰다니며

적역赤疫을 사방으로 쫓아낸 뒤에,

바다 건너고 다리 뛰어 넘어가

이매螭魅를 쳐죽이고 휼광獝狂을 때려죽이고

위사蛫蛇를 베어 죽이고 방량方良의 머리를 부숴 죽이네.

경보耕父는 청령수에 잡아넣고

여발女魃은 신황수神潢水에 빠뜨리고,

기허夔魖와 망상罔象을 죽인 다음

야중野仲을 죽이고 유광游光을 없애 버리네.

팔방八方의 귀신들 두려워 떠는데

하물며 작은 귀신 늙은 귀신들이랴!

도삭산度朔山에서 못된 짓 하는 귀신들 지키고 있다가

울률鬱壘과 신서神荼²⁹ 두 사람이 갈대 새끼줄로 묶어 가고,

구석구석 잘 살피어

빠뜨린 귀신 다 잡아내니,

---

29 應劭『風俗通』祀典類;"謹按黃帝書, 上古之時有荼與鬱壘昆弟二人, 性能執鬼. 度朔山上章桃樹下, 簡閱百鬼, 無道理, 妄爲人禍害, 荼與鬱壘縛以葦索, 執以食虎."

장안의 집들 깨끗해지고

모두 인락해졌나네.

爾乃卒歲大儺, 驅除群厲,
이 내 졸 세 대 나　구 제 군 려

方相秉鉞, 巫覡操茢, 侲子萬童, 丹首玄製,
방 상 병 월　무 격 조 렬　진 자 만 동　단 수 현 제

桃弧棘矢, 所發無臬, 飛礫雨散, 剛癉必斃.
도 호 극 시　소 발 무 얼　비 력 우 산　강 단 필 폐

煌火馳而星流, 逐赤疫於四裔,
황 화 치 이 성 류　축 적 역 어 사 예

然後凌天池, 絶飛梁,
연 후 릉 천 지　절 비 량

捎螭魅, 斮獝狂, 斬蜲蛇, 腦方良,
소 리 매　착 휼 광　참 위 사　뇌 방 량

囚耕父於清泠, 溺女魃於神潢,
수 경 부 어 청 령　닉 여 매 어 신 황

殘夔魖與罔象, 殪野仲而殲游光.
잔 기 허 여 망 상　에 야 중 이 섬 유 광

八靈爲之震慴, 況魁蜮 與畢方!
팔 령 위 지 진 습　황 기 역　여 필 방

度朔作梗, 守以鬱壘, 神荼副焉, 對操索葦.
도 삭 작 경　수 이 울 률　신 서 부 언　대 조 색 위

目察區陬, 司執遺鬼, 京室密清, 罔有不韙.
목 찰 구 추　사 집 유 귀　경 실 밀 청　망 유 불 위

　여기엔 구나驅儺의 주역으로 방상方相과 무격巫覡이 등장하고, 진자만 동侲子萬童이 나오며, 다시 10여 종의 역귀疫鬼와 함께 귀신을 잡는 신서 神荼와 울률鬱壘도 나온다. 『후한서後漢書』 예의지禮儀志에도 '나'에 대

한 상세한 기록이 있다.

　섣달……납제臘祭 하루 전날 대나大儺를 하여 역귀疫鬼를 쫓는 다. 그 의식은, 먼저 중황문中黃門 자제 중 나이가 열 살에서 열두 살 사이의 아이들 120명을 골라 진자侲子로 삼는데, 모두 빨간 두 건에 검은 옷을 입히고 큰 손북을 들게 한다. 방상씨方相氏는 황금 의 네 눈이 달렸고 곰가죽을 뒤집어썼으며 검은 저고리에 붉은 바 지를 입고 창과 방패를 든다. 십이수十二獸는 거기에 맞는 옷을 입 고 털이 나고 뿔도 달렸다. 중황문에서 이를 행하되 용종복야宂從 僕射[30]가 이를 지휘하여 궁중의 악귀들을 쫓아낸다. 밤이 깊어지면 조신朝臣들이 모이는데, 시중侍中 · 상서尚書 · 어사御史 · 알자謁 者 · 호분虎賁 · 우림羽林 · 낭장郎將 · 집사執事들이 모두 붉은 두건 을 쓰고 대궐 섬돌 위에 모였다가 수레를 타고 전전前殿으로 나아 간다. 그러면 황문령黃門令이 "진자侲子도 갖추어졌으니 축역逐疫 을 하시오." 하고 아뢴다. 그러면 중황문의 노래를 따라 진자들이 이렇게 화和한다. "갑작甲作은 역귀疫鬼를 잡아먹고……." 그러면 방상方相과 십이수十二獸는 춤을 추고 소리를 지르면서 궁중을 앞 뒤로 세 번 돌고 횃불을 들고 역귀疫鬼들을 단문端門으로 내보내면 문밖의 기사騎士들이 횃불을 전해 받아 궁궐 밖으로 나가고, 문밖 의 오영기사五營騎士들이 횃불을 전해 받아 가지고 가서 낙수雒水 가운데 버린다. 여러 관청에서는 각각 목면수木面獸를 만들어서 나인儺人들로 하여금 일을 잘 마치게 하고, 도경挑梗과 울률鬱壘과 위교葦莢를 설치해 놓게 한 다음에야 집사執事와 섬돌에 있던 사람 들도 일을 끝내게 된다. 갈대 창과 복숭아나무 지팡이는 공경公

---

30 中黃門 · 宂從僕射는 少府에 속하는 관청과 벼슬 이름.

卿 · 장군將軍 · 특후特侯 · 제후諸侯들에게 내려준다.[31]

『문선文選』에 실려 있는 「동경부」의 이선李善(?~689년)의 주注에서는 『한구의漢舊儀』를 인용하면서 방상씨方相氏가 호랑이 가죽(虎皮)을 뒤집어썼다.”고 말한 뒤에 다시 이런 설명을 하고 있다.

방상씨가 여러 관리들과 아이들을 거느리고 복숭아나무 활과 가시나무 화살과 토고土鼓를 준비하여 북을 치면서 활을 쏘고, 적환赤丸과 오곡五穀을 뿌렸다.[32]

다시 『후한서後漢書』 유소劉昭의 주注에서는 「동경부東京賦」의 주注를 인용하여 이런 말을 하고 있다.

위사천인衛士千人이 단문端門 밖에 있고, 다시 오영천기五營千騎가 위사의 밖에 있다가, 삼부三部로 나뉘어 번 갈아 가며 낙수雒水로 가서 세 대열로 나뉘어 귀신을 낙수 속에 잡

---

31 『後漢書』；“先臘一日, 大儺, 謂之逐疫. 其儀, 選中黃門子弟, 年十歲以上, 十二以下, 百二十人爲侲子, 皆赤幘製, 執大鼗. 方相氏, 黃金四目, 蒙熊皮, 玄衣朱裳, 執戈揚盾. 十二獸, 有衣毛角, 中黃門行之, 冗從僕射將之, 以逐惡鬼于禁中. 夜漏上水, 朝臣會, 侍中 · 尙書 · 御史 · 謁者 · 虎賁 · 羽林郎將 · 執事, 皆赤幘陛衛, 乘輿御前殿. 黃門令奏曰, 侲子備, 請逐疫. 於是中黃門倡, 侲子和, 曰, 甲作食殃, 胇胃食虎, 雄伯食魅, 騰簡食不祥, 攬諸食咎, 伯奇食夢, 强梁祖明共食磔死寄生, 委隨食觀, 錯斷食巨, 窮奇騰根共食蠱. 凡使十二神, 追惡凶, 赫女軀, 拉女幹節, 解女肉, 抽女肺腸, 女不急去, 後者爲糧. 因作方相與十二獸儛, 嚾呼, 周徧前後省三過, 持炬火送疫出端門. 門外騶騎, 傳炬出宮, 司馬闕門, 門外五營騎士, 傳火棄雒水中. 百官官府, 各以木面獸, 能爲儺人師, 訖, 設桃梗鬱壘葦茭. 畢, 執事陛者, 罷. 葦戟桃杖, 以賜公卿將軍, 特侯諸侯云.”

32 『文選』 李善 注；“方相氏帥百隷及童子, 以桃弧棘矢土鼓, 鼓且射之, 以赤丸五穀播灑之.”

아 처넣는다.[33]

채옹蔡邕(132~192년)의 『독단獨斷』 권상卷上에도 다음과 같은 기록이
있다.

이에 방상씨에게 명하여 황금의 눈 네 개를 붙이고 곰가죽을 덮
어쓰고, 검은 저고리에 붉은 바지를 입고 창을 들고 방패를 갖고,
늘 연말 12월엔 여러 관리들을 거느리고 '나'를 행하여 집안을 뒤
져 역귀들을 몰아내게 하였다. 복숭아나무 활에 가시나무 화살을
들고 토고土鼓를 아침까지 두드리며 쏘고, 붉은 알(팥?)과 오곡을
뿌려댐으로써 병과 재앙을 물리쳤다. 그리고 나서는 도인桃人과
위색葦索과 이빨이 긴 호랑이를 세우는데, 신서神茶와 울률鬱壘이
귀신들을 잡아다가 이빨 긴 호랑이에게 갖다 준다. ……그리고는
신도와 울률을 그리어 위색과 함께 문에 걸어 놓음으로써 흉凶함
을 막았다.[34]

이처럼 서로 다른 기록이 전하는 것은 때에 따라 대나大儺의 의식이
약간씩 달랐기 때문일 것이다. 여하튼 방상씨 이외에 진자侲子가 만동萬
童(또는 120명)이나 동원되고, 12신(또는 巫覡)과 10여 종의 악귀들이 등장
하고, 다시 울률鬱壘과 신서神茶(이들 이외에 보조자로 기사 천 명과 오영기사

---

33 『後漢書』注 ; "衛士千人在端門外, 五營千騎在衛士外, 爲三部, 更送至雒水, 凡
三輩, 逐鬼投雒水中."

34 『獨斷』 ; "於是命方相氏, 黃金四目, 蒙以熊皮, 玄衣朱裳, 執戈揚楯, 常以歲竟
十二月, 從百隷及童兒而時儺, 以索宮中歐疫鬼也. 桃弧棘矢, 土鼓鼓旦射之, 以
赤丸五穀播洒之, 以除疾殃. 已而立桃人・葦索・儋牙虎, 神茶・鬱壘以執之儋
牙虎. ……乃畵茶・壘, 并懸葦索於門戶, 以禦凶也."

천 명)가 나오는데, 모두가 가면을 쓴 대규모의 '가무희'였을 것이다. 곧, '나'는 이미 한대에 궁중에 있어서도 대규모의 다양한 가면놀이로 발전했음을 알 수 있다.

민간의 '나'에 관하여는 자세한 기록이 없지만, 시대와 지역에 따라 더욱 다양하게 발전했을 것이다. 『예기禮記』권17 계동季冬 대나大儺의 『소疏』에서 공영달孔穎達(574~648년)이 계동季冬의 '나'를 '대나大儺'라 부르는 것은 "계춘季春은 국가의 '나'이고, 중추는 천자의 '나'"인데 비하여 "이것은 아래로 서인들까지도 행하기 때문"[35]이라 말하고 있다. 다시 왕충의 『논형論衡』권25 해제解除편에서는 이렇게 말하고 있다.

재화災禍와 악귀를 쫓는 법은 옛 역귀를 쫓는 예에서 나왔다. 옛날 전욱씨顓頊氏에게는 아들 셋이 있었는데, 태어나자 곧 도망가서, 하나는 강수江水에 살며 학귀虐鬼가 되고, 하나는 약수若水에 살며 망량魍魎이 되고, 하나는 틈난 구석에 살며 역병疫病을 주관하며 사람들을 앓게 하였다. 그러므로 한 해가 다 가고 일이 끝나면 역귀를 쫓아내고 낡은 것은 보내고 새로운 것을 맞이하며 길한 것을 들여놓는 것이다.[36]

왕충은 재액을 막고 역귀를 쫓는 민간의 무속 중의 하나인 해축지법解逐之法이 모두 '나'에서 발전한 것이라 논하고 있는 것이다. 그것은 민간에는 더욱 다양한 '나' 계통의 '가무희'가 발달했으리라는 것을 상상할 수 있게 한다.

■
35 『禮記』疏 ; "言大者, 以季春唯國家之難, 仲秋唯天子之難, 此則下及庶人."
36 『論衡』 ; "解逐之法, 緣古逐疫之禮也. 昔顓頊氏有子三人, 生而皆亡. 一居江水 爲虐鬼, 一居若水爲魍魎, 一居歐隅之間, 主疫病人. 故歲終事畢, 驅逐疫鬼, 因 以送陳迎新內吉也."

3. 산악散樂과 잡희雜戱

1) 각저희角抵戱

한대에 성행한 놀이로 각저희角抵戱(抵는 觝로도 씀)가 있다. 『한서漢書』 권6 무제기武帝紀에는 이런 기록이 있다.

> 원봉元封 3년(기원전 108) 봄에 '각저희'를 하였는데, 300리 안에서는 모두 와서 구경하였다.[37]

위 글의 주注에서 응소應劭는 '각저'에 대하여 다음과 같은 설명을 하고 있다.

> 각角이란 재주를 겨룬다는 뜻이며, 저抵란 서로 부딪히는 것이다.[38]

37 『漢書』; "(元封)三年春, 作角抵戱, 三百里內皆來觀."
38 『漢書』注; "角者, 角技也. 抵者, 相抵觸也."

쓰촨四川 청두成都에서 출토된 한대漢代 화상전畫像磚.

동한東漢 말의 문영文穎은 『한서』에 다음과 같은 좀 더 설명이 자세한 주注를 달고 있다.

이 음악을 '각저'라 부르게 된 것은 두 사람씩 짝을 지어 힘을 겨루기도 하고 기예技藝나 사어射御를 겨루기도 하였기 때문이다. 그래서 '각저'란 명칭이 붙었는데, 잡기악雜技樂의 일종으로 파유희巴兪戱 · 어룡만연魚龍蔓延 같은 종류이다. 한나라에서는 뒤에 평락관平樂觀이라 이름을 바꾸었다.[39]

---

39 『漢書』注 ; "名此樂爲角抵者, 兩兩相當角力, 角技藝射御, 故名角抵, 蓋雜技樂也, 巴兪戱 · 魚龍蔓延之屬也. 漢後更名平樂觀."

『한서』권23 형법지刑法志에서는 그 유래를 다음과 같이 설명하고 있다.

춘추春秋시대 이후로 약한 나라는 멸망시키고, 작은 나라는 병합시키어 몇 나라만이 서로 다투는 전국戰國시대가 되었는데, 무술을 닦는 의례儀禮를 약간 보강하여 희악戲樂으로 삼아 서로 힘을 뽐내려 했었다. 진秦나라에 와서는 그것을 '각저'라 이름을 고쳐 부르게 되어 선왕先王들의 예禮가 음란한 음악 가운데 묻히게 되었던 것이다.[40]

그 근원을 태곳적으로 잡는 이도 있다. 양梁나라 임방任昉(460~508년)은 『술이기述異記』권상卷上에서 이런 말을 하고 있다.

진한秦漢 무렵에 이르기를, 치우씨蚩尤氏는 귀와 귀밑머리가 칼과 창 같고, 머리엔 뿔이 났으며, 헌원씨軒轅氏와 싸울 적에 뿔로 사람들을 들이받아 사람들은 대항할 수가 없었다. 지금 기주冀州에는 치우희蚩尤戲라는 음악이 있는데, 백성들이 두셋씩 짝을 지어 머리에 쇠뿔을 달고 서로 들이받는 것이다. 한대에 만든 '각저희'도 그 유제遺製일 것이다.[41]

송宋나라 신양陳暘의 『악서樂書』에도 비슷한 기록이 있다. 『사기』권87 이사열전李斯列傳에도 '각저'에 대한 기록이 있다.

---

40 『漢書』; "春秋之後, 滅弱吞小, 竝爲戰國, 稍增講武之禮, 以爲戲樂, 用相戲視. 而秦更名角抵, 先王之禮没於淫樂中矣."

41 『述異記』; "秦漢間說, 蚩尤氏耳鬢如劍戟, 頭有角, 與軒轅鬪, 以角觚人, 人不能向. 今冀州有樂, 名蚩尤戲, 其民兩兩三三, 頭戴牛角而相觚. 漢造角觚戲, 蓋其遺製也."

이때 이세二世는 감천甘泉에 있으면서 각저배우角抵俳優의 연출을 구경하고 있었다.[42]

각저희角抵戱(觳은 角과 같음)는 이미 진대秦代에도 성행하였음이 분명하다.

대체로 '각저희'는 본시 '희戱' 자가 군사와 관계가 있는 글자인 것처럼 두 사람이 몸을 부딪치며 힘을 겨루는 씨름 비슷한 놀이였다. 그것이 무술이나 재주를 겨루는 것으로 발전하고, 뒤에는 서로 겨루는 형식이 남아 있는 놀이나 '가무희'로까지 발전하여 마침내는 여러 가지 잡기雜技와 놀이 및 가무까지도 다 포함하는 말로 발전한 것으로 여겨진다. 앞에 인용한 『한서』 문영文穎의 주에서도 '각저'란 뒤에는 "잡기악雜技樂의 일종으로 파유희巴兪戱·어룡만연魚龍蔓延 같은 종류가 되었다."고 그러한 뜻을 설명하고 있다. 그러니 '각저희'는 앞 장에서 설명한 '희戱' 자의 뜻의 발전과 매우 비슷한 뜻의 변화를 지닌 것이다. 그리고 끝머리에 다시 "뒤엔 평락관平樂觀이라 이름을 바꾸었다."고 하였는데, '평락관'은 한대의 "대작악처大作樂處"[43]였다. 이에 관해서는 조금 뒤 「서경부西京賦」를 인용하는 중에 다시 설명될 것이다.

그러나 가무잡희가 더욱 발달하고 대희大戱도 생겨났던 후세의 송대宋代에 이르러는 '각저'가 다시 본래의 뜻으로 되돌아가 '가무희'와 관계 없는 것이 되었다. 오자목吳自牧(1270년 전후)의 『몽량록夢粱錄』 권20 각저角觝 조목에서는 '각저'를 이렇게 설명하고 있다.

42 『史記』;"是時二世存甘泉, 方作觳抵優俳之觀."
43 蕭統, 『文選』 卷2 京都上, 張衡 「西京賦」의 薛綜 注.

'각저' 라는 것은 상복相撲의 별명으로, 또 쟁교爭交라고도 하였다.[44]

그리고 그는 조정 대회大會 때의 '각저' 와 민간의 노기인路岐人에 의한 와시瓦市에서의 상복相撲을 설명하고 있는데, 인원수나 규모만 다를 뿐 두 가지 모두 무예나 힘겨루기이다. 곧 일종의 스포츠이다. 그러므로 '각저' 는 그 본래의 모습과 뜻을 뒤에 와서 되찾았던 것이라 할 수 있다.

2) 서경부西京賦

장형張衡의 「서경부西京賦」를 보면, 중간에 평락관平樂觀의 "넓고 평탄한 광장 앞에서 '각저' 의 묘희妙戲를 연출한다."라고 하고는, 이어서 다음과 같이 연출된 기예技藝와 가무에 대하여 읊고 있다.

오획烏獲 같은 장사가 무거운 솥을 들어올리고,
도로산都盧山 사람들처럼 날래게 장대를 기어오르며,
풀 바퀴 속을 제비가 물차듯 지나가는데
바퀴에 꽂힌 칼끝 사이를 가슴으로 스쳐가네.
공과 칼 여러 개를 공중에 던지며 가지고 놀고,
줄 위를 양편에서 춤추며 건너와 공중에서 만나기도 하네.

화산華山이 우뚝하고
봉우리 들쭉날쭉한데,
신기한 나무와 신령스런 풀 자라고

<hr />

44 『夢粱錄』; "角觝者, 相撲之異名也, 又謂之爭交."

붉은 과일 주렁주렁 달린 산거山車가 있네.
신선들의 가무놀이 다 모아 놓은 듯하니
표범 재롱떨고 큰 곰 춤추며,
흰 범이 슬瑟을 타고
푸른 용이 퉁소를 부네.

아황娥皇과 여영女英이 앉아서 목청 뽑아 노래 부르니,
그 소리 맑고 아름다운 여운 남기네.
옛 음악가 홍애洪涯가 일어서서 기악伎樂을 지휘하는데,
푹신한 털과 깃으로 몸 둘렀네.

악고의 연주 끝나기도 전에
구름 일고 눈 날리니,
처음엔 풀풀 날리다가
마침내는 펑펑 쏟아지네.
지붕 덮인 복도複道 위로
돌이 구르며 우레소리 내는데,
이리저리 부딪히며 나는 벽력 같은 소리
바위가 깨지는 듯 하늘의 위엄 나타내네.

팔백 척 큰 짐승이
만연지희蔓延之戱를 연출하고,
높다란 신산神山이
문득 등뒤로 나타나니,
곰과 호랑이 기어오르며 서로 다투고

원숭이들 튀어나와 높이 기어오르네.
괴상한 짐승들 엉금엉금 기고
큰 공작 어정어정거리며,
흰 코끼리 새끼를 낳는데
늘어진 코가 휘청거리고,
바다 물고기 변하여 용이 되면서
이리저리 꿈틀거리네.

함리含利라는 짐승이 입 벌리고 숨 내뿜어
신선의 수레를 만들어 내는데,
네 마리 사슴이 나란히 수레 끌고
지초芝草로 만든 수레 지붕엔 아홉 송이 꽃이 피어 있네.
두꺼비와 거북이가 기어 나오고
땅꾼은 뱀을 놀리네.

기이한 환술幻術이 변화무쌍해서
모양을 바꾸고 형체를 달리해 놓네.
칼을 삼키고 불을 토해 내기도 하고
구름끼 안개 자욱이 피어나게 하며,
땅을 긋기만 하면 강물 이루어져
위수渭水로 흘러들기도 하고 경수涇水로 흘러가기도 하네.

동해황공東海黃公이
붉은 칼과 월인越人의 주법呪法으로,
흰 호랑이 물리치려다가

끝내 성공하지 못하니,

부정한 몸가짐에 마음도 미혹되어

제대로 하지 못하는 것일세.

그리고는 희거戱車가 나오는데,

긴 깃대가 꽂혀 있고

여러 아이들 재주 피우며,

오르락내리락하다가는

갑자기 거꾸로 떨어지다 발꿈치가 걸리는데,

마치 끊어졌다 다시 이어지는 듯하네.

백 마리 말이 고삐를 가지런히 하고

발 맞추어 나란히 달리고,

깃대 위에서 재주부리는 모습 다함이 없네.

활을 당겨 서쪽 오랑캐 쏘다가는

다시 머리 돌려 북쪽 오랑캐 쏘네.[45]

---

45 「西京賦」; "旣定且寧, 焉知傾陁. 大駕幸乎平樂, 張甲乙而襲翠被. 攢珍寶之玩
好, 紛瑰麗以奓靡. 臨逈望之廣場, 程角觝之妙戱./烏獲扛鼎, 都盧尋橦. 衝狹燕
濯, 胸突銛鋒. 跳丸劍之揮霍, 走索上而相逢./華嶽峨峨, 岡巒參差, 神木靈草,
朱實離離. 總會僊倡, 戱豹舞羆, 白虎鼓瑟, 蒼龍吹篪./女娥坐而長歌, 聲淸暢而
蜲蛇. 洪涯立而指麾, 被毛羽之襳襹./度曲未終, 雲起雪飛. 初若飄飄, 後逐霏
霏./複陸重閣, 轉石成雷. 礔礰激而增響, 磅石蓋象乎天威./巨獸百尋, 是爲蔓
延. 神山崔巍, 欻從背見. 熊虎升而挐攫, 猨狖超而高援. 怪獸陸梁, 大雀踆踆.
白象行孕, 垂鼻轔囷./海鱗變而成龍, 狀蜿蜿以蝹蝹. 含利颬颬, 化爲仙車, 驪駕
四鹿, 芝蓋九葩. 蟾蜍與龜, 水人弄蛇./奇幻儵忽, 易貌分形. 吞刀吐火, 雲霧杳
冥. 畫地成川, 流渭通涇./東海黃公, 赤刀粵祝. 冀厭白虎, 卒不能救. 挾邪作蠱,
於是不售./爾乃建戱車樹修旌. 侲僮程材, 上下翩翩. 突倒投而跟絓, 譬隕絶而復
聯. 百馬同轡, 騁足竝馳. 橦末之伎, 態不可彌. 彎弓射乎西羌, 又顧發乎鮮卑."

이상 평락관平樂觀에서 연출된 '각저지묘희角觝之妙戲' 의 내용을 분석해 보면, 대략 아래와 같은 것들이 있다.

(1) 무거운 물건을 들어 올리는 강정扛鼎·세워놓은 장대 위로 올라가며 재주 부리는 심장尋橦·재주 넘기를 하며 들뛰는 연탁燕濯·칼을 들고 재주 부리는 환검丸劍·줄타기인 주색走索 등은 지금의 서커스 비슷한 기예技藝이다.

(2) 화산華山 모양을 한 산거山車가 나오는데, 거기엔 신목神木·영초靈草에 붉은 과일이 달려 있고, 그 위에선 여러 가지 신선놀이가 행해진다. 표범·곰·호랑이·용 등이 나와 놀이도 하고 춤도 추고 악기도 연주한다.

(3) 순비舜妃인 아황娥皇과 여영女英으로 분장한 여인과 옛 음악의 명인 홍애洪涯로 분장한 사람이 나와 노래도 하고 음악도 연주한다.

(4) 무대의 구름 일고 우레소리 울리는 장치가 사람들을 놀라게 한다.

(5) 거수만연지희巨獸蔓延之戲가 나오고, 신산神山에는 곰·호랑이·원숭이 들이 나와 재주를 부리고, 코끼리가 새끼를 낳기도 하고, 큰 물고기가 용으로 변하기도 한다.

(6) 다음엔 여러 가지 환상적인 요술이 연출된다.

(7) 동해황공東海黃公이 백호白虎를 물리치려다 실패하는 내용의 연극이 나온다.

(8) 희거戲車가 나오는데, 그 위에 세워진 깃대에서 아이들이 오르락내리락하며 재주를 부리기도 하고, 활을 쏘는 인형놀이[46]도 나온다.

----

46 『文選』의 五臣 注에서 李周翰은 "言假作人形, 彎弓以射西羌北胡也."라 설명하고 있다.

사람들이 할 수 있는 온갖 재주, 곧 사람의 힘과 재주로 하는 여러 가지 기예技藝, 여러 가지 짐승들의 재주부리기, 여러 가지 요술妖術·노래·음악과 춤, 연극 및 환상적인 무대장치와 연출효과 등 온갖 기술이 총동원된 듯하다. 장형張衡은 이것들을 통틀어 '각저지묘희角觝之妙戲'라 표현하고 있는 것이다. 그리고 여기에 등장하는 동물 및 아황娥皇·여영女英·홍애洪涯·동해황공東海黃公 등은 대부분이 가면으로 분장하였을 것이다. 다만 여기의 '각저지묘희'의 중심을 이루는 것은, 후세의 잡희 연출을 참작할 때 위 (3) 아황娥皇과 여영女英의 가무 또는 가무희 및 (7) 동해황공東海黃公이란 '가무희'였음이 분명하다.

3) 평락관부平樂觀賦

이우李尤(55?~155?년)의 「평락관부平樂觀賦」[47]에도 비슷한 모습을 묘사한 대목이 있다.

> 희거戲車에는 높다란 깃대 꽂혀 있고
> 백 마리 말이 이를 끌고 달리는데,
> 높은 곳을 날 듯이 오락가락하고
> 붙었다 떨어졌다 오르락내리락하네.
> 간혹 달리다가
> 수레가 거꾸로 뒤집히기도 하네.
> 오획烏獲 같은 장사가 무거운 솥 들어올리는데
> 천 균의 무게를 새깃 다루듯 하네.

---

47 『藝文類聚』卷63 觀 所載.

칼을 삼키기도 하고 불을 토하기도 하며

제비가 물을 타듯 까마귀가 뛰어다니듯 몸을 움직이기도 하네.

높다란 줄을 타면서

팔딱팔딱 뛰고 빙글빙글 돌며 춤도 추네.

여러 개의 공과 칼을 공중에 던져 올리며 노는데

어지럽고 정신 없을 지경이네.

파유무巴渝舞를 한 편에서 추는데

서로 남의 어깨 위를 뛰어넘네.

신선이 공작을 수레에 매어 끌게 하니

그 움직이는 모양 화려하네.

나귀 타고 달리며 활을 쏘니

여우와 토끼 놀라 달아나네.

난쟁이와 거인이

짝을 지어 장난치고,

새 짐승 중엔 육박六駮이 있고

흰 코끼리가 붉은 머리를 달고 있네.

어룡魚龍이 만연蔓延하여

산 언덕처럼 들쑥날쑥하네.

거북이 교룡 두꺼비들은

금琴을 뜯고 부缶를 두드리네.[48]

---

48 「平樂觀賦」; "戲車高橦, 馳騁百馬, 連翩九仞, 離合上下. 或以馳騁, 覆車顚倒. 烏獲扛鼎, 千鈞若羽. 呑刃吐火, 燕躍烏跱. 陵高履索, 踊躍旋舞. 飛丸跳劍, 沸渭回擾. 巴渝隈一, 踰肩相受. 有仙駕雀, 其形蚴虬. 騎驢馳射, 狐兎驚走. 侏儒巨人, 戲謔爲耦. 禽鹿六駮, 白象朱首. 魚龍蔓延, 峴蜒山阜. 龜螭蟾蜍, 挈琴鼓缶."

여기의 '각저지묘희'에서도 그 중심을 이루는 놀이는 '가무희'인 파유무巴渝舞와 '난쟁이와 거인'의 놀이이다.

다시 환관桓寬의 『염철론鹽鐵論』 권29 산부족散不足에도 '지금의 민간에서' 행하여지고 있는 놀이라고 하면서 다음과 같은 것들을 소개하고 있다.

희희戲로써 포인잡부蒱人雜婦·백수百獸·마희馬戲·투호鬪虎·당제唐銻·추인追人·기충奇蟲·호달胡妲을 농롱弄하고 있다.

여기에서 '희戲'는 '놀이' 또는 '노래하고 춤추는 것' 등을 뜻하고, 끝머리의 '농롱弄'은 '놀이를 한다'는 뜻이다. 이것 역시 서한西漢대에 민간에 성행되던 '각저지묘희角觝之妙戲'였을 것이다. 그리고 이것들도 동시에 연출되었다면, '가무희'로 보이는 '포인잡부'와 '호달'이 공연의 중심을 이루었을 것으로 믿는다.

4) 호악胡樂

『사기』 권123 대완열전大宛列傳에 이런 기록이 있다.

이때 황제께선 자주 바닷가를 순수巡狩하였는데 언제나 외국 손님들을 모두 데리고 다니면서…… 이에 크게 '각저'를 행하고 기희奇戲와 괴물怪物을 보여주었으며…… 이에 눈을 돌게 하는 재주를 더 보태어 각저기희角抵奇戲는 해마다 늘어나고 변하였다.[49]

---

49 『史記』; "是時上方數巡狩海上, 乃悉從外國客, ……於是大觳抵, 出奇戲諸怪物, ……及加其眩者之工, 而角抵奇戲歲增變."

『한서』권96 하下 서역전찬西域傳贊에는 또 이런 기록이 있다.

주지육림酒池肉林을 벌여 놓고 사방 오랑캐 손님들을 대접하며, 파유巴渝·도로都盧와 해중탕극海中碭極과 만연어룡蔓延魚龍과 각저지희角抵之戲를 상연하여 구경시켰다.[50]

진晉나라 최표崔豹의 『고금주古今注』에는 한나라 때 장건張騫이 서역으로 들어가 호악胡樂을 들여온 뒤에 서쪽 오랑캐 음악이 유행한 사실을 다음과 같이 밝히고 있다.

이연년李延年은 호곡胡曲을 근거로 하여 다시 신성이십팔해新聲二十八解를 지었다.[51]

『후한서後漢書』권86 남만서남이열전南蠻西南夷列傳에는 서역으로부터 요술쟁이가 들어와 요술과 재주 부리기를 한 사실을 전하는 기록이 있다.

영녕永寧 원년(120년)에 탄국撣國의 임금 옹유조雍由調가 다시 사신을 보내어 천자를 찾아뵙고 조하朝賀하여 음악과 환인幻人을 바쳤는데, 여러 가지 변화와 불을 뿜는 요술, 사지四支를 떼어 내는 요술, 소와 말의 머리를 바꾸는 요술을 부리고 조환跳丸도 잘하였는데, 그 숫자는 천 명에 이르렀다.[52]

---

50 『漢書』; "設酒池肉林, 以饗四夷之客, 作巴兪都盧, 海中碭極, 漫衍魚龍, 角抵之戲, 以觀視之."

51 『古今注』; "李延年因胡曲更造新聲二十八解."(『晉書』樂志에도 보임.)

52 『後漢書』; "永寧元年, 撣國王雍由調復遣使者, 詣闕朝賀, 獻樂及幻人, 能變化吐火, 自支解, 易牛馬頭, 又善跳丸, 數乃至千."

이런 종류의 기록은 그 밖에도 여러 곳에 보인다.

사마상여司馬相如(기원전 179?~117년)의 「상림부上林賦」에도 당시의 음악과 춤을 서술한 대목이 있다. '도당씨지무陶唐氏之舞' · '갈천씨지가葛天氏之歌'에서 시작하여, 파유무巴渝舞와 송宋 · 채蔡의 노래가 보이고, 회남淮南의 간차곡干遮曲을 문성文成과 전顚 사람들이 노래한다. 다시 초楚 · 오吳 · 정鄭 · 위衛 지방의 음악과 대소大韶 · 대호大濩 · 무武 · 상象의 악무樂舞도 보이고, 언鄢 · 영郢의 춤과 초楚나라의 격렬한 악가樂歌에 이어 배우俳優 · 주유侏儒와 서융西戎의 음악인 적제지창狄鞮之倡도 연출된다. 중국의 정악正樂과 함께 서쪽 오랑캐의 놀이와 가무희가 함께 공연되었다.

이중 파유무巴渝舞 · 배우 · 주유 · 적제지창狄鞮之倡 등 반수 이상은 '가무희' 또는 '골계희'였을 것이다. 뒤이어 보이는 신녀神女인 청금靑琴과 복비宓妃로 분장한 여인들은 위의 '가무희'를 주도한 여기女伎들이었을 것이다. 어떻든 간에 이들 중에는 호악胡樂이 적지 않다. 서역을 중심으로 하여 들어온 호악은 한나라에 유행하며, 한대 가무와 '가무희'의 발전에도 큰 자극제가 되었을 것이다.

5) 동이지악東夷之樂

『후당서後唐書』권85 동이열전東夷列傳을 보면, 이미 하夏나라 소강少康(기원전 2100년 전후) 때 동이東夷들이 "그들의 악무樂舞를 바쳐 왔고", 그들은 "음주가무飮酒歌舞를 좋아하였다."라고 하였다. 이어서 부여국夫餘國의 풍습에 대하여 다음과 같이 쓰고 있다.

12월에 제천祭天을 하는데, 연일 대회를 열고 음식가무飮食歌舞 하면서 '영고迎鼓'라 불렀다.[53]

이어서 다시 고구려高句麗와 예濊·마한馬韓·진한辰韓의 풍속에 대하여 쓴 다음과 같은 기록이 보인다.

〈고구려〉: 그 풍속이 음란하나 모두 정결함을 좋아하며, 저녁 부터 밤까지 늘 남녀들이 무리로 모여 창악倡樂을 한다. 귀신과 사직社稷·영성零星을 제사지내기 좋아하고, 10월에는 제천대회祭天 大會를 여는데 '동맹東盟'이라 불렀다.[54]

〈예〉: 늘 10월이면 제천祭天을 하는데, 밤낮으로 먹고 마시며 노래하고 춤을 추며 그것을 '무천舞天'이라 불렀다.[55]

〈마한〉: 언제나 5월에는 밭가에서 귀신을 제사지내며 밤낮으로 모여 술 마시고 무리로 모여 노래하고 춤추었는데, 춤을 출 적에 는 늘 수십 명이 한데 어울리어 발을 구르며 절도를 맞추었다. 10 월 농사일이 끝나고도 또 그렇게 하였다. 여러 지방 고을에서는 각각 한 사람이 주主가 되어 천신天神을 제사지냈는데, 이를 '천군 天君'이라 불렀다. 또, 소도蘇塗를 세웠는데 큰 나무를 세우고 방 울과 북을 매달아 놓고 귀신을 섬기는 것이었다.[56]

---

53 『後漢書』; "以臘月祭天, 大會連日, 飮食歌舞, 名日迎鼓."
54 『後漢書』; "其俗淫, 皆潔淨自憙, 暮夜輒男女群聚爲倡樂. 好祠鬼神·社稷· 零星, 以十月祭天大會, 名日東盟."
55 『後漢書』; "常用十月祭天, 畫夜飮酒歌舞, 名之爲舞天."
56 『後漢書』; "常以五月, 田竟祭鬼神, 畫夜酒會, 群聚歌舞, 舞輒數十人相隨, 蹋 地爲節. 十月農功畢, 亦復如之. 諸國邑, 各以一人主祭天神, 號爲天君. 又立蘇 塗, 建大木以縣鈴鼓, 市鬼神."

〈진한〉: 풍속이 노래와 춤과 술 마시며 악기 연주하기를 좋아
하였다.[57]

다시 왜倭의 풍습에 대하여도 다음과 같이 쓰고 있다.

상사喪事에 가족을 제외한 가까운 사람들은 노래하고 춤추면서
즐겼다.[58]

이처럼 동쪽에서는 귀신 섬기기를 좋아하고 가무를 즐기는 민족들이
있었으니, 이들의 음악은 일찍이 주周나라 궁전에까지도 들어와 '매靺'
라 불리우며 성행되었다.[59] 그러니 한대漢代의 각저지희角抵之戲의 발달

산둥山東 대씨형당戴氏亨堂에서 출토된 화상석畫像石 악무백희도樂舞百戱圖.

57 『後漢書』;"俗憙歌舞飲酒鼓瑟."
58 『後漢書』;"其死停喪十餘日, 家人哭泣, 不進酒食, 而等類就歌舞爲樂."
59 『周禮』卷24 春官에는 '靺師'가 있어 東夷之樂인 '靺樂'을 가르치고 연주하
는 직책을 가졌고, '旄人'도 '散樂'과 함께 '매'를 포함한 四夷之樂인 '夷樂'
의 춤을 가르치는 직책을 지녔다.

은 서역西域과 남만南蠻 및 동이東夷 등 외국음악의 영향도 크게 받은 것으로 보아야 할 것이다.

그리고 중국 고대희극의 중심을 이루는 '가무희'는 「서경부西京賦」·「평락관부平樂觀賦」 및 여러 지방에서 출토된 한대漢代의 가무잡희歌舞雜戱의 연출 모양이 새겨진 화상석畵像石 등을 통해서 볼 때, 그것 한 가지만이 연출되지 않고 여러 가지 다른 가무 및 잡기雜技와 기예技藝들이 함께 공연되었음에 주의하여야만 할 것이다. 사천四川 팽현彭縣에서 출토된 반고무盤鼓舞와 함께 농환弄丸 등의 잡기가 연출되는 모습이 새겨진 한대의 화상전畵像磚, 사천 성도成都의 양자산揚子山에서 출토된 한대 화상전의 모습, 산동山東 대씨형당戴氏亨堂에서 나온 한대 악무백희樂舞百戱 화상전 등이 그 보기이다.

4. '가무희'

1) 동해황공東海黃公

『서경부西京賦』의 평락관平樂觀에서의 '각저지묘희角紙之妙戲' 중 가장
두드러지는 '가무희'는 '동해황공東海黃公'이다. 그것은 "붉은 칼과 월
인越人의 주법呪法으로 흰 호랑이를 물리치려다가 끝내 성공하지 못하
는" 이야기를 노래와 춤으로 표현한 것이다. 그 이야기는 진晉나라 갈홍
葛洪(250?~330?년)이 편찬했다는 『서경잡기西京雜記』 권3에도 실려 있는
데 다음과 같다.

내가 아는 국도룡鞠道龍이란 환술幻術을 잘하는 사람이 내게 이
러한 옛날 일을 얘기해 주었다. 동해東海에 사는 황공黃公이란 사
람이 있었는데, 젊었을 적에는 술법術法으로 용龍을 제압하고 호
랑이를 부릴 수가 있었다. 그는 붉은 금도金刀를 차고 붉은 비단으
로 머리를 묶고 있었는데, 단숨에 구름과 안개를 일으키고 앉은

자리에서 산과 강물을 만들어 놓았다. 그가 노쇠하여지자 기력도 없어진데다가 술을 지나치게 마시어 다시는 그 술법을 행할 수가 없게 되었다. 진秦나라 말년에 흰 호랑이가 동해東海 지방에 나타나자 황공黃公은 곧 붉은 칼을 가지고 그놈을 물리치러 갔었는데, 술법이 듣지를 않아 마침내는 호랑이에게 잡아먹혔다. 장안長安 근처 사람들은 그것으로써 놀이를 만들었는데, 한漢나라 황제도 그것을 가져다가 각저지희角抵之戲를 만들었다.[60]

이를 참고로 할 때『서경부』에 보인 것은 분명히 '동해황공'이 "붉은 칼과 월인越人의 주법呪法"으로 흰 호랑이를 물리치려다가 도리어 잡아먹히는 내용의 '가무희'였을 것이다. 황공黃公은 "노쇠하여 기력도 없어진 데다가 술을 지나치게 마셨다."라고 하였으니, 주인공은 이 '가무희'에서 힘도 없으면서 술에 취하여 비틀거리면서 우스꽝스러운 말과 행동을 함으로써 재미있는 가무를 연출하였을 것이다. 다시 증조曾慥(147년 전후)의『유설類說』에서는 다음과 같이『서경잡기西京雜記』를 인용하고 있다.

국도룡鞠道龍은 옛날의 황공黃公의 술법을 지니어 호랑이를 제압할 수가 있있고, 또 제자리에서 구름과 비를 일으키고 앉아서 산과 강물을 변하게 할 수가 있었다. 뒤에 노쇠해지고 술을 지나치게 마셔서 술법이 신통치 않게 되어 호랑이에게 잡아먹히고 말

60『西京雜記』; "余所知有鞠道龍, 善爲幻術, 向余說古時事. 有東海人黃公, 少時爲術, 能制龍御虎, 佩赤金刀, 以絳繒束髮, 立興雲霧, 坐成山河. 及衰老, 氣力羸憊, 飮酒過度, 不能復行其術. 秦末有白虎, 見于東海, 黃公乃以赤刀往厭之, 術旣不行, 遂爲虎所殺. 三輔人俗用以爲戲, 漢帝亦取以爲角抵之戲焉."

았다. 그래서 장안長安 지방에서는 그것으로 희상戱象을 만들었다.[61]

증조曾慥가 인용한 『서경잡기』의 기록은 지금 우리에게 전하는 판본의 기록보다 간략하다. 그러나 여기에서 우리의 눈을 끄는 것은 끝머리에 '동해황공'을 '희상戱象'으로 만들었다고 말하고 있는 것이다. '희상'은 '가면희'의 뜻임이 분명하니, '동해황공'은 '가무희'인 동시에 '가면희'였을 것이다. 『한서漢書』 권22 예악지禮樂志에는 한대 조하치주朝賀置酒 때의 여러 가지 악원樂員의 인원수를 다음과 같이 밝히고 있다.

상종창常從倡 30명, 상종상인常從象人 4명, ……진창원秦倡員 29명, 진창상인원秦倡象人員 3명.

이에 대하여 맹강孟康은 주注에서 "상인象人은 지금의 희하어사자戱蝦魚師子 같은 것"이라 하였고, 위소韋昭는 "가면을 썼던 것들(著假面者)"이라 하였다. 한대의 '상인象人'이 "가면놀이를 하는 사람"이었으니, '희상戱象'은 가면무희假面舞戱였을 것이다.

그뿐 아니라 「서경부西京賦」에 보이는 '총회선창總會仙倡'이라 한 여러 가지 신선놀이와 장가長歌를 하는 여아女娥, 모우毛羽를 걸치고 지휘指麾하는 홍애洪涯, 거수만연지희巨獸蔓延之戱에 나오는 여러 가지 동물들 모두가 일종의 가면놀이였을 것이다. 그러니 한대 평락관平樂觀의 놀이는 줄타기·공놀리기 및 요술 등의 잡기雜伎와 환술幻術을 제외하면

---

61 『類說』; "鞠道龍, 古有黃公術, 能制虎, 又能立興雲雨, 坐變山河. 後衰老, 飮酒亡度, 術不能神, 爲虎所食. 故三輔間以爲戱象."

전체적으로 거대한 규모의 '가면희'였다고 할 수 있다. 그리고 여아女娥
가 순비舜妃인 아황娥皇과 여영女英이고 홍애洪涯가 옛날의 유명한 음악
가라면, 이들의 노래나 지휘指麾에도 일정한 정절과 고사가 담겨 있었을
것이다. 환관桓寬의 『염철론鹽鐵論』 권29 산부족散不足편에도 다음과 같
은 기록이 보인다.

지금 부자들이 명산名山에 기도를 드리고 산천에 망제望祭를 지
낼 때, 소를 잡고 북을 치면서 희창무상戱倡儛像을 한다.[62]

여기의 '무상儛像'은 앞에 나온 '희상戱像'과 아울러 생각할 때 역시
'가면희'를 가리킬 것이다. 같은 책에, 그 시대 사람들은 상가喪家에서도
술과 고기를 즐기며 '가무배우歌舞俳優'와 '연소기희連笑伎戱'를 하였다
고 하였으니, 한대에는 그러한 놀이가 얼마나 성행했는지 짐작할 수 있
다.

허난성河南省 난양현南陽縣 한묘漢墓에서 출토된 악무화상전樂舞畫像磚 탁본.

62 『鹽鐵論』; "今富者祈名嶽, 望山川, 椎牛擊鼓, 戱倡儛像."

2) 포인잡부蒲人雜婦

다시 『염철론』 산부족散不足편에는 당시의 민간에 유행되던 '희戱' 로 다음과 같은 것들이 있다고 하였다.

포인잡부蒲人雜婦 · 백수百獸 · 마희馬戱 · 투호鬪虎 · 당제唐錦 · 추인追人 · 기충奇蟲 · 호달胡妲을 농롱했다.

이 가운데 '포인잡부' 와 '호달' 은 여자가 주인공 노릇을 하는 '가무희' 인 듯하고, '당제' 와 '추인' 은 잡기雜伎이고, 나머지는 백수지희百獸之戱들이다. 『서경부西京賦』의 예로 보아 '포인잡부' 나 '호달' 도 '가면희' 였을 가능성이 많으며, 이것이 후세의 요동요부遼東妖婦 · 농가부인弄假婦人 · 답요낭踏搖娘 등 여인들을 위주로 하는 '가무희' 들도 이를 바탕으로 발전한 것일 것이다. 하남河南 남양南陽에서 출토된 한대의 화상전畵像磚에는 상아분월嫦娥奔月의 이야기를 연출한 '가무희' 가 새겨져 있는 것이 있다 하니 이것도 참고할 만하다.[63] 아영阿渶의 「중국中國 고대古代의 민간무도民間舞蹈」에는 이에 대하여 자세한 설명이 실려 있으니 참고 바란다. 곧 한대에는 여인들의 얘기를 주제로 한 '가무희' 가 상당히 유행한 듯하다는 것이다.

---

63 阿英「中國古代的民間舞蹈」; "南陽畵像中, 最突出的 '故事舞', 是 '奔月舞'. 中有一皓月, 月左一鹿, 膝地坐, 頭向右, 月前一羊, 正向左行. 月右一長袖舞女, 頭高冠, 腰繫長綢, 正俯舞, 當是嫦娥. 其右吳剛, 擺射姿, 拉弓似欲射月. 左三人, 中爲老者, 左侏儒打扮, 同以急遽, 舞步右行, 舞姿亦各異."

3) 파유무巴渝舞

앞에서 인용한 이우李尤의 「평락관부平樂觀賦」에는 장형張衡의 평락관平樂觀에서의 각저묘희角抵妙戱에는 없는 '파유巴渝'가 보인다. 역시 앞의 절에서 인용한 『한서漢書』 서역전찬西域傳贊에도 '파유巴俞'와 '해중탕극海中碭極'·'만연어룡蔓延魚龍' 등의 각저지희角抵之戱를 연출했다는 기록이 보인다. 『염철론鹽鐵論』 권9 자권刺權에도 당하堂下에는 '명고파유鳴鼓巴俞'를 하였다고 했고, 『한서』 권22 예악지禮樂志에도 '회남고원淮南鼓員 4명'과 함께 '파유고원巴俞鼓員 36명'이 보인다.

『후한서後漢書』 권86 남만서남이열전南蠻西南夷列傳을 보면, 파유무巴渝舞의 유래에 관한 다음과 같은 기록이 보인다.

> 고조高祖가 한왕漢王이 되자 이인夷人을 보내어 삼진三秦을 정벌케 하고, 진秦 땅이 평정된 뒤에는 파중巴中으로 돌려보냈는데, ……세상에선 그들을 판순만이板楯蠻夷라 불렀다. 낭중閬中에는 유수渝水가 있고, 그들은 대부분이 강물 양편에 살았다. 천성이 억세고 용감하여 전에 한나라 전봉前鋒으로 여러 번 적진을 함락시켰다. 그들 풍속은 노래와 춤을 좋아했는데, 고조高祖가 그것을 보고는 "이것은 무왕武王이 주紂를 정벌하는 노래이다."고 하면서, 곧 악공들에게 명하여 그것을 익히게 하였는데, 이른바 파유무巴渝舞이다.[64]

---

64 『後漢書』; "至高祖爲漢王, 發夷人還伐三秦. 秦地旣定, 乃遣還巴中, ……世號爲板楯蠻夷. 閬中有渝水, 其人多居水左右. 天性勁勇, 初爲漢前鋒, 數陷陣. 俗喜歌舞, 高祖觀之, 曰, 此武王伐紂之歌也. 乃命樂人習之, 所謂巴渝舞也."

쓰촨성四川省 펑셴彭縣 한묘漢墓에서 출토된 화상전畵像磚 탁본.

『진서晉書』권22 악지樂志에도 그에 관한 기록이 보인다.

한漢나라 고조高祖가 촉한蜀漢으로부터 삼진三秦을 평정하려 했을 적에 낭중閬中의 범인范因이 종인賨人을 거느리고 고조高祖를 따르면서 전봉前鋒이 되었었다. 진중秦中을 평정하자 범인范因을 낭중후閬中侯로 봉하고 종인賨人들의 칠성七姓을 회복시켜 주었다. 그들 풍속은 춤을 좋아하였는데, 고조는 그 사납고 매서운 춤을 좋아하여 자주 그 춤을 구경하였고, 뒤에는 악공들로 하여금 그것을 익히도록 하였다. 낭중閬中에는 유수渝水가 있는데, 거기에 그들의 사는 고장 이름을 붙여서 그것을 파유무巴渝舞라 불렀다. 무곡舞曲에는 모유본가곡矛渝本歌曲 · 노유본가곡弩渝本歌曲[65] · 안대

---

[65] 『後漢書』에는 '弩' 자 앞에 '安' 자가 붙어 있으나 郭茂倩의 『樂府詩集』卷53, 杜佑 『通典』卷145, 陳暘 『樂書』에는 이 대목을 인용하고 있는데, 모두 '安' 자가 없으니 없는 편이 옳은 듯하다.

본가곡安臺本歌曲·행사본가곡行辭本歌曲의 네 편이 있다. 그 가사
는 오래되어 그 구두句讀를 알 수도 없다.[66]

이상을 종합해 보면, 파유무巴渝舞는 상당히 긴 정절情節을 표현하는
가무였음이 분명하다. 고조가 보고서 "무왕벌주지가武王伐紂之歌"라 말
하고 있고, 그 가사는 네 편이나 되며, 여러 가지 잡기雜伎와 함께 '각저
희'로서 한나라에서 상연되었으니 '가무희'적인 춤이었을 가능성이 많
다.

4) 공막무公莫舞

『진서晉書』악지樂志에는 다시 다음과 같은 공막무公莫舞에 관한 기록
이 보인다.

공막무公莫舞는 지금의 건무巾舞이다. 전하는 말에 의하면, 항
장項莊이 칼춤을 출 때 항백項伯이 옷소매로 그를 막아 한고조漢高
祖를 해치지 못하게 했었다. 그때 항장에게 "공께선 그러지 마시
오公莫!" 하고 말했다. 옛사람들은 상대방을 서로 '공公'이라 불렀
으니, 곧 왕께선 한왕漢王을 해치지 말라는 말이었다. 지금 수건을
쓰는 것은 항백의 옷소매를 상징하는 오래된 법식法式이나.[67]

---

66 『晉書』; "漢高祖, 自蜀漢將定三秦, 閬中范因率賨人以從帝, 爲前鋒. 及定秦中,
封因爲賨中侯, 復賨人七姓. 其俗喜舞, 高祖樂其猛銳, 數觀其舞, 後使樂人習
之. 閬中有渝水, 因其所居, 故名曰巴渝舞. 舞曲有矛渝本歌曲·弩渝本歌曲·
安臺本歌曲·行辭本歌曲, 總 四篇. 其辭旣古, 莫能曉其句度."

67 『晉書』; "公莫舞, 今之巾舞也. 相傳云, 項莊劍舞, 項伯以袖隔之, 使不得害高
祖, 且語項莊云, 公莫! 古人相呼曰公, 言公莫害漢王也. 今之用巾, 蓋像項伯衣
袖之遺式."

곽무천郭茂倩(1084년 전후)의 『악부시집樂府詩集』 권54에는 『당서唐書』 악지樂志를 인용하고 있는데, 글의 내용이 이와 별 차이가 없다. 어떻든 간에 건무巾舞 또는 공막무公莫舞는 유명한 홍문지연鴻門之宴을 춤으로 다시 표현한 것이다. 이 춤도 대략 동한東漢시대에는 이루어졌을 것이고, 그 성격으로 보아 '가무희'적인 것이었을 것이다. 실제 『사기史記』의 기록을 보아도 홍문연鴻門宴에서 항장項莊이 칼을 빼들고 춤을 추면서(發劍起舞) 한漢나라 고조高祖의 목숨을 노리자 항백項伯도 일어나 춤을 추면서 자기 몸으로 한나라 고조를 가려주어 죽이지 못하게 하였다고 했다. 그러니 홍문연鴻門宴은 그 자체가 '가무희'적인 성격의 이야기였으니, 이를 바탕으로 '가무희'가 발전한 것은 극히 자연스럽다. 그리고 당대唐代에 유행했던 '가무희'인 번쾌배군난樊噲排君難 같은 것은 이 '공막무'를 발판으로 발전한 것으로 보아야 할 것이다.

5) 관동유현녀關東有賢女

한漢나라로부터 위魏나라에 이르는 시대의 잡무雜舞에는 파유무巴兪舞 · 건무巾舞와 함께 비무鞞舞도 있다.[68] 그런데 『남제서南齊書』 권11 악지樂志에는 '비무'의 유래에 대하여 다음과 같은 설명이 있다.

한漢나라 장제章帝(76~88년 재위)가 만든 것으로, 비무가鞞舞歌에서는 "관동關東에 현녀賢女가 있었는데" 하고 노래했다.[69]

---

68 郭茂倩 『樂府詩集』 卷53 舞曲歌辭 二 雜舞 참조.
69 『南齊書』; "漢章帝造. 鞞舞歌云, 關東有賢女."

그런데 위魏나라 조식曹植(192~232년)이 개작한 「정미편精微篇」을 보면, 관동의 현녀란 자字가 소래경蘇來卿이며 장년이 되어 아버지의 원수를 갚은 여장부女丈夫이다. 그와 함께 자기 아버지의 죄를 자기 몸으로 대신하려고 나서서 아버지를 구한 한대漢代의 제영緹縈과 조趙나라 간자簡子의 부인夫人이 된 여연女娟의 이야기도 함께 읊고 있다. 그러므로 이 비무鼙舞도 본시는 용감한 여인의 이야기를 춤과 노래로 연출하였던 '가무희'였을 가능성이 많다. 적어도 비무鼙舞는 본시 「관동유현녀關東有賢女」라는 '가무희'에서 발전한 것임이 틀림없다.

6) 해중탕극海中碭極

앞에 인용한 『한서漢書』 서역전찬西域傳贊에 보인 '해중탕극海中碭極'도 일반적으로는 '악명樂名' [70]이라고만 풀이하고 있지만, 파유무巴兪舞 · 도로都盧 · 만연어룡蔓延魚龍 등과 함께 '각저지희角抵之戲'로서 상연되었으니, '가무희'였을 가능성이 많다.

7) 목후무沐猴舞와 구투무狗鬭舞

『한서漢書』권77 개관요저蓋寬饒傳을 보면, 다음과 같은 목후무沐猴舞와 구투무狗鬭舞에 관한 기록이 있다. 황태자의 외조外祖인 평은후平恩侯 허백許伯이 새 집을 짓고 베푼 축하연에 귀족과 고관들이 모인 자리에서의 사건이다.

---

70 보기 『辭海』 碭極 條.

희룡戲龍

작무雀舞

산둥山東 이난沂南 고묘에서 발굴된 한대漢代의 백희百戲 화상석畫像石 탁본.

술에 취하여 음악이 연주되자 장신소부長信少府 단장경檀長卿이 일어나 춤을 추었는데, 목후沐猴와 구투狗鬪의 춤을 추어 자리에 있던 사람들이 모두 크게 웃었다. 개관요蓋寬饒는 기분이 언짢아…… 일어나 떨치고 나와 장신소부長信少府가 열경列卿으로서 목후무沐猴舞를 추었으니 예법에 어긋나고 불경한 짓이라고 탄핵하는 상주를 하였다.[71]

71 『漢書』; "平恩侯許伯入第, 丞相御史將軍中二千石皆賀, ……酒酣樂作, 長信少府檀長卿起舞, 爲沐猴與狗鬪, 坐皆大笑. 寬饒不說……因起趨出, 劾奏長信少府以列卿而沐猴舞, 失禮不敬."

'목후무'와 '구투무'는 극히 우스꽝스러운 사람이 가면을 쓰고 하는 '가무희'였을 것이다. 원숭이가 목욕을 하면서 이상하고 우스운 동작을 하고, 개가 싸우면서 재미있는 동작을 하는 내용의 활발하고 변화가 많은 춤이었음이 분명하다. 앞에 설명한 '각저희'들 속의 동물들 중에는 이미 '목후무'와 '구투무' 종류의 가무도 포함되어 있었을 것이다.

8) 참군희參軍戱

참군희參軍戱도 동한東漢 때 시작되었을 것이다. 단안절段安節(890년 전후)의 『악부잡록樂府雜錄』 배우俳優에는 이러한 기록이 있다.

개원開元 연간(713~741년)에 황번작黃幡綽과 장야호張野狐가 참군을 연출하였는데, 후한後漢 관도령館陶令 석탐石耽[72]에게서 시작된 것이다. 석탐은 공물횡령죄公物橫領罪를 범하였으나 화제和帝 (89~105년 재위)가 그의 재능을 아끼어 죄를 면하게 해주고, 잔치에서 즐길 때마다 곧 횡령橫領했던 흰 비단옷을 입게 하고는 배우들에게 명하여 그를 희롱하며 욕뵈게 하기를 일 년이 지나도록 하고서야 용서하여 주었다. 뒤에[73] 그가 참군參軍이 되었다는 것은 잘못이다.[74]

■

72 '後漢'의 '後'자는 원본엔 없으나 『太平御覽』 卷569·『文獻通考』 卷147의 기록에 의거 보충된 것임. '耽'자는 『文獻通考』에는 '聘'으로 되어 있음.

73 끝머리 "經年乃放, 後爲參軍誤也."는 明鈔 『說郛』 卷3의 『談叢』에 들어있는 板本에서는 "終年乃復, 故爲參軍."으로 되어 있는데, 문맥상으로는 뒤의 것이 順理한 듯하다.

74 『樂府雜錄』; "開元中, 黃幡綽·張野狐弄參軍, 始自後漢館陶令石耽. 耽有贓犯, 和帝惜其才, 免罪, 每宴樂, 卽令衣白夾衫, 命優伶戱弄辱之, 經年乃放. 後爲參軍誤也."

『태평어람太平御覽』 권569 우창優倡에서는 이와는 약간 다른 내용의 『조서趙書』를 인용하고 있다.

　　석륵石勒의 참군參軍인 주연周延은 관도령館陶令이 되어 관청의 비단 수백 필을 횡령하여 하옥되었으나 재판을 거쳐 용서를 받았다. 그 뒤로 큰 모임이 있을 때마다 배우들로 하여금 개책介幘을 쓰고 누런 비단 홑옷을 입고 나와, 배우가 "너는 무슨 관원이기에 우리들 틈에 와 끼는가?"라고 물으면, "나는 본시 관도령館陶令이었네."하고 대답하고는 홑옷을 흔들면서 "이걸 좀 떼어먹다 걸렸기 때문에 너희들 틈에 끼게 된 거야!"하고 말하게 하면서 웃음거리로 삼았다.[75]

후조後趙 석륵石勒이 스스로 황제 자리에 오른 것은 동진東晉 원제元帝의 태흥太興 2년(서기 319년)이었음으로, 이는 그 뒤 몇 년 되는 해 무렵에 일어났던 일이어서 『악부잡록樂府雜錄』의 기록과는 이백 수십 년의 차이가 난다. 왕꿔웨이〔王國維〕는 『송원희곡고宋元戱曲考』에서 참군희參軍戱를 논하면서 "후한後漢의 시대에는 아직 참군參軍이란 벼슬이 없었으니, 『조서趙書』의 이론이 아마도 옳을 것이다."[76]고 하였으나, 『고극각색고古劇脚色考』에서는 참군의 근본을 논하는 대목에 주서注書하기를, "간혹 후한後漢에는 참군이란 벼슬이 아직 없었으므로 단안절段安節의 이론은 믿을 수가 없다."고 말하고 있다.

75 『太平御覽』；"石勒參軍周延爲館陶令, 斷官絹數百疋, 下獄, 以入議宥之. 後每大會, 使俳優着介幘, 黃絹單衣, 優問, 汝爲何官, 在我輩中? 曰, 我本爲館陶令. 斗數單衣 曰, 政坐取是, 故入汝輩中. 以爲笑."(『北堂書鈔』卷112에도 비슷한 글이 인용됨.)

76 『宋元戱曲考』；"然後漢之世, 尙無參軍之官, 則趙書之說殆是."

그런데 사마표司馬彪의 『속한지續漢志』에는 비록 참군이란 벼슬이 없으나, 『송서宋書』 백관지百官志에서는 참군은 후한後漢의 벼슬이며 손견孫堅이 거기참군車騎參軍이 되었던 일이 바로 그 보기라고 말하고 있다. 그러므로 화제和帝 때에 혹시 이미 그런 벼슬이 있었는지도 알 수 없는 일이다."[77]고 하였다. 『악부잡록樂府雜錄』의 근거가 확실치는 않지만 당대唐代에 성행하였던 '참군희'[78]는 후한 때부터 시작된 것이라 봄이 옳을 것이다. 『악부잡록』과 『조서趙書』의 기록만을 보면, 이는 단순한 '골계희'인 듯도 하다. 그러나 범터范攄(877년 전후)의 『운계우희雲溪友議』 권9에는 다음과 같은 육참군陸參軍에 관한 기록이 있다.

원진元稹이 절동浙東 염방사廉訪使가 되었을 때, 배우인 주계남周季南·계숭季崇과 그의 처 유채춘劉採春이 회전淮甸으로부터 왔는데 육참군陸參軍 놀이를 잘하였고 노랫소리가 구름 위로 퍼질 정도였다.[79]

이에 의하면, 한대의 '참군희'가 이미 '가무희'였다는 증거는 없지만 후세에 와서는 '가무희'로도 발전하였음을 알게 한다.

---

77 『古劇脚色考』; "或謂後漢未有參軍官, 故段說不足信. 案司馬彪續漢志雖無參軍一官, 然宋書百官志則謂參軍後漢官, 孫堅爲車騎參軍事是也. 則和帝時或已有此官, 亦未可知."

78 『樂府雜錄』 俳優條에는 開元年間에 參軍戲를 잘한 黃幡綽·張野狐의 이름이 보이고, 다시 이 놀이를 잘하여 韶州同正參軍이 되었던 李仙鶴의 기록이 보이고, 武宗(841~846년 재위) 때의 曹叔度·劉泉水, 咸通(860~873년) 이래의 范傳康·上官唐卿·呂敬遷 등, 이 놀이에 관한 전문가들의 기록이 보인다.

79 『雲溪友議』; "元稹廉訪浙東, 有俳優周季南·季崇, 及妻劉採春, 自淮甸而來, 善弄陸參軍, 歌聲徹雲."

9) 괴뢰희傀儡戲

'가무희'와 관계가 깊은 중국의 인형극인 '괴뢰희傀儡戲'도 한대에는 퍽 유행했던 듯하다. 『열자列子』권5 탕문湯問편에는 주周 목왕穆王의 공인工人 언사偃師가 나무와 가죽 등으로 인형을 만들어 진짜 배우처럼 목왕 앞에서 가무를 하게 하는 기록이 보인다. 진양陳暘의 『악서樂書』 같은 책에서는 이를 괴뢰희의 시작이라 하였으나, 이는 믿을 수 없는 기록이라는 게 일반적인 견해이다. 당唐나라 단안절段安節의 『악부잡록樂府雜錄』과 송宋나라 내득옹耐得翁(1235년 전후)의 『도성기승都城紀勝』 같은 곳에서는 한漢 고조高祖 때에 시작된 것이라 하고 있다. 『악부잡록』 괴뢰자傀儡子의 기록을 소개한다.

괴뢰희傀儡戲
청대淸代의 그림인 백영도百嬰圖의 부분도

괴뢰자傀儡子는 예로부터 전해 오기를, 한漢 고조高祖가 평성平城에서 묵특선우冒頓單于에게 포위당하였을 때 생겨난 것이라 한다. 평성平城의 한 면은 묵특冒頓의 처 연지閼氏가 맡고 있었는데, 병력이 다른 삼 면보다 강하였다. 성안은 양식이 떨어졌었다. 진평陳平은 연지閼氏가 투기심이 세다는 것을 알고 곧 나무인형을 만들어 기계작동으로 성 위 담의 사이에서 춤을 추게 하였다. 연지는 이것을 보고 산 사람들이라 생각하여, 이 성이 함락되면 묵특은 반드시 저들을 기녀妓女로 맞아들이리라 걱정이 되어 마침내 군대를 후퇴시켰다. 역사가들이 다만 진평이 비계祕計로 위기를 모면케 했다고만 말하고 있는 것은 그 계책이 지저분하다고 여긴 때문이다. 뒤에 악가樂家들이 이를 놀이로 만들었는데, 그중 가무를 인도하는 곽랑郭郎이란 자는 머리가 벗겨지고 우소優笑를 잘하여 민간에서는 그를 곽랑郭郎이라 불렀는데, 모든 희장戲場에서 반드시 배우들의 우두머리 자리를 차지하였다.[80]

우리나라 '꼭두각시놀이'의 '꼭두'도 여기에 보이는 '곽독郭禿(꿔투)'에서 나왔음은 이미 많은 학자들이 지적한 일이다. 다시 『예기禮記』권9 단궁檀弓 하下에는 다음과 같이 공자의 말을 인용하고 있다.

공자께서 말씀하시기를, 짚으로 허수아비를 만드는 것은 좋지만 용俑을 만드는 자는 어질지 못하니, 거의 사람을 쓰는 것이나

---

80 『樂府雜錄』;"傀儡子, 自昔傳云;起於漢祖在平城, 爲冒頓所圍. 其城一面, 卽冒頓妻閼氏, 兵强於三面. 壘中絶食. 陳平訪知閼氏妬忌, 卽造木偶人, 運機關, 舞於陴間. 閼氏望見, 謂是生人, 慮下其城, 冒頓必納妓女, 遂退軍. 史家但云, 陳平以祕計免, 蓋鄙其策下爾. 後樂家翻爲戲. 其引歌舞有郭郎者, 髮正禿, 善優笑, 閭里呼爲郭郎, 凡戲場必在俳兒之首也."

같기 때문이다.[81]

공자가 말하는 '용俑'은 죽은 이를 장사지낼 때 땅에 함께 묻는 명기
明器의 일종으로 인형이다. 정현鄭玄은 용俑에 대하여 다음과 같은 설명
을 하고 있다.

　　용俑은 인형이다. 얼굴과 눈이 있고 기계로 작동하여 산 사람과
비슷하다. 공자는 옛 풍습을 좋다 하고 주周나라 풍습을 비난한 것
이다.[82]

공영달孔穎達은 다시 『소疏』에서 다음과 같이 보충 설명을 하고 있다.

　　형체形體를 조작하여 사람의 모양과 아주 비슷하였다. 그러므로
『사기史記』에도 흙인형·나무인형이 있는 것이다.[83]

이에 의하면, '괴뢰희'는 한대 이전에 발생했다고 보아야 할 것이며,
한대에는 상당히 널리 보급되었을 것이다. 가의賈誼(기원전 201~169)의
『신서新書』 권4 흉노匈奴편에는 흉노의 사자가 왔을 적에 호희胡戱를 연
출하고 악무樂舞로 즐겁게 하는 것 외에 다음과 같은 놀이를 하였다고 하
였다.

　　북을 치며 인형들을 춤추게 하고, 저녁이 되면 오랑캐 음악을

---

81 『禮記』;"孔子謂爲芻靈者善, 謂爲俑者不仁, 殆於用人乎哉."
82 『禮記』注;"俑, 偶人也. 有面目, 機發, 有似於生人. 孔子善古而非周."
83 『禮記』注;"謂造作形體, 偶類人形, 故史記有土偶人·木偶人是也."

상연한다.[84]

'용俑'과의 관계 때문인지는 몰라도 '괴뢰희'는 본시 상사喪事와 관계가 깊었던 듯하다. 『후한서後漢書』 오행지五行志의 "영제삭유희어서원중靈帝數遊戲於西園中" 대목에 대한 양梁 유소劉昭(510년 전후)의 주注에 『풍속통風俗通』을 인용하여 이런 말을 하고 있다.

현재 경사京師에서는 손님을 대접하고 혼인하는 잔치에 모두 '괴뢰'를 연출하는데, 술에 얼큰히 취한 뒤에는 이어서 만가輓歌를 부른다.

그리고 다시 이어서 이런 설명도 하고 있다.

괴뢰魁櫑는 상가喪家의 음악이다. 만가輓歌는 상여줄을 잡고 서로 화창和唱하는 것이다.[85]

이상 옛글을 참고할 때 '괴뢰희'는 상가악喪家樂과도 불가분의 관계가 있었음을 알 수 있다. 어떻든 간에 이들 인형을 인용한 '가무희'는 다른 일반적인 '가무희' 발전에도 큰 공헌을 하였을 것이다. 어느 때부터 생겨난 것인지 알 수는 없지만, 후세에 사람이 인형의 가무를 흉내내는 '육괴뢰肉傀儡'[86]의 성행을 아울러 생각하면, '괴뢰희'도 그대로 '가무

---

84 『新書』; "擊鼓舞其偶人, 莫時乃爲戎樂."
85 『後漢書』 注; "風俗通曰, 時京師賓婚嘉會, 皆作魁櫑. 酒酣之後, 續以挽歌. 魁櫑, 喪家之樂, 挽歌, 執紼相偶和之者."
86 宋 耐得翁, 『都城紀勝』 瓦舍衆伎와 周密, 『武林舊事』 卷 6 諸色伎藝人 등에 보임.

쓰촨四川성 펑셴彭縣 한묘漢墓에서 출토된 관기화상전觀伎畫像磚.

허난河南성 남양南陽현 한묘漢墓에서 출토된 화상전畫像磚.

희'의 일환으로서 그 발전을 이해할 수 있을 것이다.

10) 여악女樂

한대에는 '가무희'가 발달하여 귀족들 중에는 기녀와 놀이에 빠져 음란한 생활을 하는 자들도 많았던 듯하다. 『한서漢書』 권81 장우전張禹傳을 보면 다음과 같은 기록이 있다.

장우張禹는 본성이 음악을 잘 알았고 안으로 사치스럽고 음란하였다. ……장우는 제자 대숭戴崇을 데리고 후당後堂으로 들어가 먹고 마시며, 부녀婦女들을 상대로 우희優戱를 하며,[87] 관현管絃을 연주케 하고 극도로 즐기며 밤이 새어야 그만두었다.[88]

여기의 '우優'는 '가무희'를 뜻할 것이며, 한대에는 일반 귀족들도 밤새워 '가무희'를 집에서 즐기는 사람이 있었음을 알 수 있다. 다시 같은 책 권98 「원후전元后傳」을 보면, 성제成帝(기원전 32~7년 재위) 때의 왕봉王鳳이란 세도가의 형제들은 다투어 사치스러운 생활을 하며, 후정後庭엔 희첩姬妾이 수십 명이나 되었으며, "종경鐘磬을 벌어 놓고 정녀鄭女들을 춤추게 하고, 창우倡優들을 공연케 하며 개와 말을 달리게 하였다."[89]고 하였다. 여기의 창우倡優들도 '가무희'를 위주로 하는 배우들이었을 것이다. 그러므로 귀족들의 집에서는 '가무희'가 성행되었음이 분명하다.

■
87 보통 관본에는 "婦女相對, 優人筑絃鏘鏘"으로 되어 있으나, 『太平御覽』 卷 569에 인용된 글은 "婦人相對作優, 筑絃鏘鏘"으로 되어 있어 문맥이 순리하기에 이를 따랐다.

88 『漢書』張禹傳; "禹性習知音聲, 內奢淫, ……禹將崇入後堂飲食, 婦女相對作優, 筑絃鏘鏘, 極樂, 昏夜乃罷."

89 『漢書』元后傳; "而五侯群弟, 爭爲奢侈, ……羅鐘磬, 舞鄭女, 作倡優, 狗馬馳逐."

제**4**장

위진남북조魏晉南北朝의 '가무희'

213～581년

1. 위진魏晉(213~420년)의 '가무희'

한漢 무제武帝(B.C. 140~B.C. 87 재위)가 장건張騫을 서역으로 파견하여 개척하기 시작한 실크로드는 이미 앞에서 소개한 것처럼 한나라의 산악散樂과 잡희雜戲를 다양하게 발전시킨다. 동한東漢 때에는 반초班超가 다시 서역을 개척하여 더 적극적으로 그들의 문물을 들여온다. 반초는 소륵疏勒에 주둔하며 아푸칸 북쪽 대월지大月氏와도 교류를 하고(A.D. 76) 다시 그는 서역도호西域都護가 되어 구자龜茲에 머물다가 71세가 되어서야(A.D. 102) 서역을 떠나왔다. 이에 동한은 지금의 이란 지방의 안식安息과도 교류를 하고, 화제和帝 때(89~105)에는 천축天竺(인도·파키스탄 지역)과도 교류를 하게 된다. 이를 따라 불교가 수입되고, 불교와 함께 인도와 서역의 새로운 음악·미술·연예 등이 들어와 중국문화를 자극하여 더욱 발전시켰다. 민간에는 가무희 연출이 더욱 활발하고 다양해졌다.

위魏나라(220~265)를 뒤이어 서진西晉(265~317)과 동진東晉(317~420)

악무화상전樂舞畵像磚 허난河南 등현鄧縣에서 출토. (남북조南北朝 시대)

을 거치는 동안 나라의 정치는 어지럽고 국세는 크게 떨치지 못했지만 대체로 학술과 문화를 중시하여 중국의 전통문학이 본격적으로 발전하기 시작하고 음악과 연예도 계속 발달하였다. 특히 서진 이후로는 여러 이민족들이 중원으로 진출하여 오호십륙국五胡十六國이라는 수많은 나라를 세웠다가 망한다. 이어서 남북조南北朝시대(420~581)에 이르기까지 많은 이민족이 중원에 침입하여 나라를 세우면서 중국에 대한 외국문화의 영향이 커지고 불교와 도교도 크게 유행한다.

양주涼州(지금의 甘肅省 武威)는 한나라 때부터 실크로드의 교역 거점도시였고 중국의 서역문화를 접하는 중심지였는데, 오호십륙국五胡十六國시대에는 전량前涼·후량後涼·남량南涼·북량北涼·서량西涼이 모두 여기를 도읍으로 삼았었으니 그 시대에 혼란 중에도 서역문화가 얼마나 들어왔을까 짐작이 간다.

남북조南北朝시대에 와서는 특히 북위北魏(386~534)와 남조의 양梁나

라(502~557)는 불교가 크게 성행하였고, 북위의 수도 낙양洛陽 같은 곳에
는 서역으로부터 들어와 머무는 서역 사람들이 무척 많았다.[1]

이때에 들어온 서역과 불교의 악무와 미술 조각 등은 중국의 음악과
건축 · 조각 · 회화 등과 함께 가무희를 한 차원 더 발전시켰다. 북위에서
는 서량악西涼樂을 국기國伎라 불렀을 정도이고,[2] 천축天竺이란 불교음악
도 양주涼州를 거쳐 들어왔다.[3] 그리고 중국 각지의 석굴石窟에 남아있는
이 시대의 조각에는 호희胡戱와 사자춤 등이 보이고, 양梁나라 무제武帝
(502~549 재위)의「상운악上雲樂」시 등도 천축과 서역문화의 영향을 증
명한다.

수隋나라(581~618)의 칠부악七部樂과 구부악九部樂 및 당唐나라(618~
907)의 연악燕樂 십부악十部樂을 보면, 그중 서량西涼 · 천축天竺 · 구자龜
茲 · 소륵疏勒 · 고창高昌 · 강국康國 · 안국安國 등 7종의 음악이 서역의
것이니 남북조 이후 당나라에 이르기까지 서역음악의 성행을 짐작할 수
있을 것이다.

1) 산악散樂

조조曹操의 위나라魏(220~265)는 한나라의 가무희를 이어받아 그대로
발전시켰다. 소설『삼국지연의』의 영향으로 위나라 조조曹操(155~220)

1 『洛陽伽藍記』卷3；自葱嶺以西, 至於大秦, 百國千城, 莫不歡附, 商胡販客日奔
　塞下. …樂中國土風, 因而宅者, 不可勝數, 是以附化之民萬有餘家.

2 『隋書』卷15 音樂志；西涼者, …魏太武旣平河西得之, 謂之西涼樂. 至魏周之
　際, 遂謂之國伎. …楊澤新聲 · 神白馬之類, 生於胡戎. …舞曲有于闐佛曲.

3 上同；天竺者, 起自張重華據有涼州, 重四譯來貢男伎, 天竺則其樂焉. 歌曲有沙
　石疆, 舞曲有天曲.

는 간사한 영웅으로 알고 있지만, 조조뿐만이 아니라 그의 아들 손자 모두 학술과 문화를 중시하며 백성을 돌보려고 애쓴 훌륭한 임금이었다. 그러니 가무희 같은 예능을 무시하지 않았음은 당연한 일이다. 조조의 훌륭한 정치는 한나라 황제까지도 감동시키어 조조가 죽고 그 뒤를 아들 조비曹조(220~226년 재위)가 뒤를 잇자 한나라 헌제獻帝(190~220년 재위)는 황제의 자리를 자진하여 위나라 문제文帝가 된 조비에게 넘겨주었을 정도이다. 그리고 문제가 된 조비뿐만이 아니라 다른 아들 손자들도 모두 학문과 문학을 무척 중시하고 음악과 무용도 좋아하였다.

조조의 아들 손자는 모두 문학을 좋아하여 본격적으로 자기 이름을 내걸고 자기의 생각과 느낌을 시로 써서 중국문학사상 문학 창작의 길을 처음 열어놓은 문인들이다. 자기의 이름을 내세우고 자기의 감정이나 생각을 시나 부賦로 창작하는 본격적인 문학 창작은 조조의 위나라에서 비롯된 것이다. 이는 중국문학사상 최초의 문단 형성과 본격적인 중국문학 창작의 전개를 뜻하기도 한다. 이러한 위나라에 가무희가 발전하였음은 당연한 일이다. 『삼국지三國志』 위서魏書 무제기武帝紀 배송지裵松之(422년 전후)의 주注를 보면, 『위서魏書』를 인용하여 조조曹操는 "낮에는 무책武策을 공부하고, 밤에는 반드시 시를 읊었으며, 새로운 시를 짓게 되면 관현管絃으로 연주하여 모두 악장樂章을 이루었다."[4]라고 하였으며, 또 『조만전曹瞞傳』을 인용하여 또 이런 말도 하고 있다.

"음악을 좋아했고 창우倡優들을 곁에 두고 낮부터 밤까지 늘 함

4 『三國志』 注 ; "晝則講武策, 夜則思經傳, 登高必賦. 及造新詩, 被之管絃, 皆成樂章."

께 하였다."[5]

조비曹조도 위나라 황제가 된 다음 남쪽 정벌을 마치고 초誰라는 곳에서 잔치를 크게 베풀었는데, 배송지裵松之의 주注에서는「위서魏書」를 인용하여 이런 말을 하고 있다.

"(잔치 자리에서) 기악백희伎樂百戱를 베풀었다."[6]

'기악백희'란 장형張衡(78~139)이「서경부西京賦」에서 읊은 한漢 평락관平樂觀에서 연출되던 '각저지묘희角抵之妙戱'와 같은, 여러 가지 '가무희'를 비롯하여 어룡만연지희魚龍漫衍之戱 및 백희百戱의 상연을 뜻할 것이다. 그리고 이는 옛날의 '산악'과 같은 말이라고 볼 수 있다. 조조의 밑에서는 태악령太樂令 두기杜夔를 비롯하여 등정鄧靜·윤제尹齊·윤호尹胡·풍숙馮肅·복양服養 등 수많은 아악雅樂과 가무의 전문가들이 활약하였고, 조비의 밑에서는 정성鄭聲인 신성新聲을 전문으로 하는 좌연년左延年·시옥柴玉 등이 총애를 받으며 활약하였다.[7]

앞에서 이야기한 기악백희伎樂百戱는 서진과 동진 때까지 그대로 이어진다.『진서晉書』권23 악지樂志를 보면, 동진東晉 성제成帝의 함강咸康 7년(341년)에 산기시랑散騎侍郎 고진顧臻이 황제에게 글을 올려 아악雅樂에 힘쓰고 "말세지희末世之戱"는 없앨 것을 건의한 결과, "고긍高絙·자록紫鹿·기행跂行·별식鼈食·제왕권의齊王捲衣·작아筰兒 등의 음악은

5『三國志』注;"好音樂, 倡優在側, 常以日達夕."

6『三國志』注;"設伎樂百戱."

7『三國志』권29 魏書 杜夔傳 및『晉書』권22 樂志 참조.

없애 버렸다."⁸라고 하였다. 이 없애 버렸다는 일부 잡기雜伎의 명칭을
통하여, 이 시대의 각저희角抵戲의 규모가 상당히 컸음을 짐작할 수 있
다.

다시『삼국지三國志』권29 두기전杜夔傳 배송지裵松之의 주를 보면, 부
현傳玄(217~278년)의 글을 인용하여 마균馬鈞이란 사람이 나무를 조각하
여 물의 힘으로 작동하는 정교한 인형을 만들어 놀이를 하였던 이야기를
기록하고 있다.

> 여악무상女樂舞像을 만들어 놓고 심지어 나무인형들로 하여금
> 북을 치고 퉁소를 불며, 산악山嶽도 만들어 놓고 나무인형으로 하
> 여금 도환跳丸·척검擲劍·연환緣絙·도립倒立을 하게 하였는데,
> 그들의 출입이 자유로웠으며, 절구질·맷돌질과 투계鬪鷄 등 변화
> 와 기교가 수없이 많았다.⁹

이에 의하면, 그 시대에 기악백희伎樂百戲도 성행되었음은 물론 물을
이용하는 일종의 수괴뢰水傀儡도 행하여졌음을 알 수 있다.

『삼국지三國志』위서魏書 명제기明帝紀 배송지裵松之의 주에서도『위
략魏略』을 인용하여, 황제의 밑에는 각종 여관女官과 함께 놀이하는 자들
에 대하여 이렇게 말하고 있다.

---

8 『晉書』; "散騎侍郎顧臻表曰, 臣聞聖王制樂, ……諸伎而傷人者, 皆宜除之.
……於是除高絙·紫鹿·跋行·鼈食及齊王捲衣·笮兒等樂, 又減其廩, 其後復
高絙·紫鹿焉."

9 『三國志』注; "以大木彫構, 使其形若輪, 平地施之, 潛以水發焉. 設爲女樂舞像,
至令木人擊鼓吹簫, 作山嶽, 使木人跳丸擲劍, 緣絙倒立, 出入自在. 百官行署, 舂
磨鬪鷄, 變巧百端."

기가伎歌를 익히는 자들도 각각 천千을 헤아릴 정도가 있었다.[10]

그리고 다시 이어서 이런 말이 보인다.

　곡수穀水를 구룡전九龍殿 앞으로 끌어들여 …… 물론 백희百戲
가 돌아가게 하였다. 연초年初에는 거수巨獸와 어룡만연魚龍漫延과
승마도기昇馬倒騎 등도 연출케 하여 모든 것이 한漢 서경西京의 제
도와 같았다.[11]

라고 하였다.

『진서晉書』 권20 예지禮志를 보면, 이런 기록이 있다.

　위나라 무제가 정월달에 죽었는데, 위나라 문제는 그 해 7월에
기악백희伎樂百戲를 연출하였으니, 곧 위나라는 상사喪事 때문에
음악을 폐하지는 아니하였다.[12]

이로써도 위魏나라에서는 '기악백희' 또는 '산악'이 성행하였음을
알 수 있다.

다시 곽무천郭茂倩의 『악부시집樂府詩集』 권31 상화가사相和歌辭 평조
곡平調曲에는 「동작대銅雀臺」 또는 「동작기銅雀妓」라는 시가들이 실려 있
는데, 『업도고사鄴都故事』를 인용하여 그 유래에 대해 다음과 같이 이야

---

10 『三國志』注 ; "習伎樂者, 各有千數."
11 『三國志』注 ; "通引穀水過九龍殿前, ……水轉百戲. 歲首, 建巨獸, 魚龍漫延,
　弄馬倒騎, 備如漢西京之制."
12 『晉書』; "魏武以正月崩, 魏文以其年七月設伎樂百戲, 是則魏不以喪廢樂也."

기를 하고 있다.

　위魏나라 무제武帝가 유언으로 여러 자식들에게 명하여 말하였
다. "내가 죽은 뒤에 업鄴의 서강西崗 위에 장사지내고 …… 첩과
기인들을 모두 동작대銅雀臺로 보내어 매월 보름날 아침이면 언제
나 장막 앞에서 작기作伎토록 하라."[13]

　동작대銅雀臺는 건안 15년(210년)에 조조曹操가 업鄴에 세운 웅장한 누
대이다. 어떻든 이를 통해서도 조조가 가무를 얼마나 사랑했는가를 알
수 있다. "작기作伎토록 했다"는 것은 단순한 가무뿐 아니라 여러 가지
'기악백희' 또는 '산악'을 연출하도록 했음을 뜻할 것이다.

2) 우희優戲

　위진魏晉시대에는 우희優戲도 상당히 성행하였던 듯하다. 『삼국지三
國志』권42 촉서蜀書 허자전許慈傳을 보면, 허자許慈는 촉蜀나라의 학사學
士였는데, 같은 학사인 호잠胡潛과 서로 지지 않으려고 뽐내며, 한편으로
는 서로 비방하고 헐뜯으며 다투었고, 책도 서로 빌려주지 않는 등 항상
다투며 상대를 시기하였다. 이들을 화해시키려고 촉나라 임금 유비劉備
는 배우들로 하여금 이들이 서로 다투는 모습을 놀이로 연출케 하였다는
다음과 같은 기록이 있다.

　선주先主 유비劉備는 이러한 그들을 가엾게 여기고는 군료群僚

---

13 『鄴都故事』;"魏武帝遺命諸子曰, 吾死之後, 葬於鄴之西崗上, ……妾與伎人,
皆著銅雀臺, ……每月朝十五, 輒向帳前作伎."

들이 모일 때면 창우倡優들로 하여금 그들의 모습으로 가장케 하고는, 그들이 다투며 헐뜯는 모습을 흉내내게 하면서, 술도 마시고 음악도 연주하며 놀이로써 즐겼다. 처음에는 말로 서로를 비난하다가 마침내는 칼과 몽둥이를 써서 서로 이기려고 하게 함으로써 그들이 스스로 느끼고 반성케 하였다.[14]

두 명 이상의 배우가 등장하여 서로 헐뜯고 싸우는 모습을 연출하는데, 술도 마시고 음악연주도 있었으니 필경 우스개짓과 함께 가무도 연출하여 '가무희'적인 요소도 있었을 듯하다.

『삼국지三國志』 권21 왕찬전王粲傳 배송지裵松之의 주에서는 「오질별전吳質別傳」을 인용하여 다음과 같은 이야기를 전하고 있다.

술이 얼큰해지자 오질吳質은 마음껏 즐기고자 하였다. 마침 상장군上將軍 조진曹眞은 몸이 뚱뚱하고, 중령군中領軍 주삭朱鑠은 몸이 깡말랐는데, 오질은 배우들을 불러 '설비수說肥瘦'를 하게 하였다. 조진曹眞은 귀한 신분으로 그런 놀이를 보는 것은 수치스러운 일이라 여기며 노하여 오질에게 말하였다. "경은 나를 낮은 장교로 대우하시려는 겁니까?"……[15]

여기의 「설비수說肥瘦」는 몸이 뚱뚱하고 깡마른 것을 조롱하는 놀이인데, 술자리에서 행해진 것이니 가무도 동원되었을 가능성이 많은 놀이이

---

14 『三國志』 蜀書 許慈傳 ; "先主愍其若斯, 群僚大會, 使倡家假爲二者之容, 傚其訟閱之狀, 酒酣樂作, 以爲嬉戲. 初以辭義相難, 終以刀杖相屈, 用感切之."

15 『吳質別傳』; "酒酣, 質欲盡歡. 時上將軍曹眞性肥, 中領軍朱鑠性瘦, 質召優, 使說肥瘦. 眞負貴, 恥見戲, 怒爲質曰, 卿欲以部曲將遇我邪?……"

다. 그러나 '우희'는 원칙적으로 '골계희'라고 보는 것이 옳을 것이다.

3) 잡무雜舞

위나라로 들어오면서 한대의 '가무희'인 파유무巴渝舞·건무巾舞·비무鼙舞 등이 모두 아화雅化하여 단순한 가무인 잡무雜舞의 일종으로 변하고 그 명칭까지도 바뀌는 것들이 생겨난다. 그러나 진晉나라 때의 '잡무'들을 살펴보면 아직도 '가무희'적인 성격을 간직하고 있는 것들이 여러 가지 전해지고 있었던 듯하다.

『악부시집樂府詩集』권54 무곡가사舞曲歌辭의 잡무雜舞에 실려 있는 진晉나라 때의 불무가拂舞歌를 보면, 작자를 알 수 없는 백구白鳩·제제濟濟·독록獨漉·갈석碣石·회남왕淮南王의 다섯 가지가 전한다. 『송서宋書』권19 악지樂志에서는 진晉 양홍楊泓의 『무서舞序』에 다음과 같은 기록을 인용하고 있다.

> 강남으로 와서 백부무白符舞를 보았는데, 간혹 백부구무白鳧鳩舞라고도 하며, 이미 수십 년을 전해 내려온 춤이라고 한다. 그 가사의 뜻을 살펴보면, 곧 오吳지방 사람들이 손호孫皓의 학정虐政을 걱정하면서 진晉나라에 붙게 되기를 바라는 내용이다.[16]

백구白鳩는 백부白符 또는 백부구白符鳩라고도 불렀으며,[17] 지금 전하

---

16 楊泓『舞序』; "自到江南見白符舞, 或言白鳧鳩舞, 云有此來數十年矣. 察其辭旨, 乃是吳人患孫皓之虐政, 思屬晉也."

17 『南齊書』권11 樂志에서도『舞序』를 인용하여 "百符, 或云百符鳩舞, 出江南, 吳人所造. …… 言白者金行, 符, 合也, 鳩亦合也. 符鳩雖異, 其義是同."이라고 하였다.

는 백구무白鳩舞의 진晉나라 때의 가사내용이 앞의 양홍楊泓의 설명과 다른 것은 후에 다시 개작된 가사이기 때문일 것이다.[18] 어떻든 백구白鳩는 '가무희'적인 노래와 춤이었던 듯하다.

다시 제제무濟濟舞와 독록무獨漉舞에 대하여 『남제서南齊書』 권11 악지樂志에서 진晉나라 때 가무는 두 가지가 각각 '육해六解'였다라고 하였으니, 그 춤과 노래가 표현하는 이야기 줄거리의 규모가 간단하지 않은 것이었음이 분명하다. 갈석碣石에 대하여도 『남제서南齊書』 악지樂志에 이런 설명이 보인다.

이상의 노래는 위魏나라 무제武帝의 가사로써, 진晉나라에서는 갈석무碣石舞도 만들었으며, 그 가사는 4장이었다.[19]

『악부시집樂府詩集』의 해제解題에서는 다시 『악부해제樂府解題』를 인용하여 이런 말을 하고 있다.

첫째 장(「觀滄海」)은 동쪽으로 갈석碣石에 가서 창해滄海의 넓음과 해와 달이 그 속에서 나왔다 들어갔다 하는 것을 표현한 것이다. 둘째 장(「冬十月」)은 농사일이 끝나고 장사꾼들이 왕래하는 것을 표현하고, 셋째 장(「土不同」)은 향토가 같지 않음을 따라서 사람들의 성격이 각기 다른 것을 표현하고, 넷째 장(「龜雖壽」)은 늙은 천리마千里馬가 마구 위에 엎드려 있기는 하지만 뜻은 천리 저 멀리에 있고, 열사는 나이 늙었어도 한창 때 마음이 없어지지 않

---

18 『宋書』 권19 樂志 의거.

19 『南齊書』 樂志;"右一曲, 魏武帝辭, 晉以爲碣石舞歌, 詩四章."

고 있음을 표현한 것이다.[20]

여기에 보이는 네 종류의 가무歌舞가 이 정도의 이야기 줄거리를 지녔
으면 가무극歌舞劇이라 해도 좋을 듯하다.

그리고 진晉나라 최표崔豹의 『고금주古今注』에서는 「회남왕淮南王」이
라는 가무에 대하여 다음과 같은 설명을 하고 있다.

> '회남왕'은 회남소산淮南小山이 지은 것이다. 회남왕淮南王은
> 선식仙食을 하면서 신선의 도를 닦으며 방사方士들을 두루 찾아다
> 니다가 마침내는 팔공八公과 함께 세상을 떠나 간 곳을 알지 못하
> 게 되었다. 소산小山의 무리들은 그를 사모한 나머지 회남왕곡淮南
> 王曲을 지었던 것이다.[21]

다시 『남제서』 악지樂志에서는 "진晉나라 '회남왕무가淮南王舞歌'는
육해六解"라 하였으니, 이는 상당히 큰 규모의 무가였음을 알 수 있다.
그러니 회남왕淮南王은 한漢대에 시작되어 진晉나라 때에도 유행하였던
신선과 관계되는 '가무희'였다고 볼 수 있다. 회남왕은 한漢나라 고조高
祖의 손자 유안劉安(B.C. 179~B.C. 122년)이며, 우주의 생성론生成論 같은
철학적인 책 『회남자淮南子』의 찬자이다.

다시 『악부시집』 권56 무곡가사 잡무雜舞에는 「제세창사齊世昌辭」가

---

20 『樂府解題』;"首章言, 東臨碣石, 見滄海之廣, 日月出入其中. 二章言, 農工畢
而商賈往來. 三章言, 鄕土不同, 人性各異. 四章言, 老驥伏櫪, 志在千里, 烈士暮
年, 壯心不已也."

21 崔豹『古今注』;"淮南王, 淮南小山之所作也. 淮南王服食求仙, 遍禮方士, 遂
與八公相攜俱去, 莫知所往. 小山之徒, 思戀不已, 乃作淮南王曲焉."

실려 있는데, 『남제서南齊書』 악지樂志에서는 다음과 같은 설명을 하고
있다.

오른편의 일곡은 진晉나라의 배반가杯盤歌이며 10해解인데
…… 제齊나라에서 「제세창齊世昌」으로 고쳤다.[22]

위의 『악부시집』과 『남제서』에 실려 있는 가사들이 6해解 또는 10해解
로 이루어진 무가舞歌의 한 두 해解라면, 이 노래들은 전체적으로 볼 때
모두가 가무희였던 잡무雜舞의 대부분이 아화雅化하여 단순한 가무로 변
해갔다고 했지만, 진晉대까지도 가무희의 모습을 거의 그대로 보존했던
것들도 있었음이 분명하다.

4) 요동요부遼東妖婦

위진시대에는 위와 같은 것들 이외의 가무희도 상당히 유행하였다.
이 시대에 생겨났던 대표적인 가무희로도 '요동요부'와 '명군무明君舞'
및 '예필禮畢(또는 文康樂)'을 들 수 있다.

'요동요부'에 관하여 『삼국지三國志』 위서魏書 삼소제기三少帝紀 배송
지裵松之의 주에는 「위서魏書」에 실린 사마사司馬師 등의 「폐제주廢帝奏」
를 인용하고 있는데, 거기에는 위나라의 황제 조방曹芳이 나랏일은 돌보
지 않고 음란한 놀이에 빠졌던 일을 다음과 같이 기록하고 있다.

내총內寵을 지나치게 좋아하여 여색女色에 빠져서 ……날마다
소우小優 곽회郭懷와 원신袁信 등을 불러 건시전建始殿과 부용전芙

---

22 『南齊書』;"右一曲, 晉杯盤歌十解, …… 齊改爲齊世昌."

蓉殿 앞에서 옷을 벗어젖히고 놀이를 하게 하고, …… 또 곽회郭懷
와 원신袁信 등으로 하여금 광망관廣望觀 아래에서 '요동요부遼東
妖婦'를 연출케 하였는데, 지나치게 외설하여 길을 가던 행인들이
눈을 가릴 지경이었으나, 황제는 관觀 위에서 그것을 즐기고 웃고
하였다.[23]

「위서」삼소제기三少帝紀 본문의 태후太后의「폐제령廢帝令」에도 이런
기록이 보인다.

내총內寵을 지나치게 좋아하여 여색女色에 빠져서, 날마다 창우
倡優들을 불러들여 추악한 짓을 멋대로 하였다.[24]

위나라에 연출되었던 '요동요부'는 배우들이 연출한 일종의 '가무
희'임이 틀림없다. 그리고 그 '가무희'의 주인공은 극도로 외설된 행위
를 일삼는 요부妖婦였다. 한漢대에도 있었던 '관동유현녀關東有賢女'또
는 '부인상대작우婦人相對作優'했던 여기女妓가 황제의 기호를 좇아 극
도로 외설해진 것이「요동요부」라는 '가무희'였다고 여겨진다.

6) 왕명군王明君

곽무천郭茂倩의『악부시집樂府詩集』권29 상화가사相和歌辭 음탄곡吟
歎曲에는 진晉 석숭石崇(249~300년)이 지은 '왕명군'이 실려 있는데,『구

23「魏書」三少帝紀 裴注;"皇帝……耽淫內寵, 沈漫女色, ……日延小優郭懷·
袁信等, 於建始·芙蓉殿前裸袒游戲, ……使懷·信等, 於觀下作遼東妖婦, 嬉
褻過度, 道路行人掩目, 帝於觀上以爲讙笑."

24「魏書」三少帝紀;"耽淫內寵, 沈漫女德, 日延倡優, 縱其醜謔."

당서舊唐書』권29 악지樂志에는 다음과 같은 설명을 하고 있다.

청악淸樂이란 것은 남조南朝의 옛 음악이다. ……칙천무후則天武后 때(684~701년)에도 63곡이 있었는데, 지금 그 가사가 남아전하는 것은 다만 백설白雪·공막무公莫舞·파유巴渝·명군明君…… 등 32곡이다.……「명군明君」은 한곡漢曲이다. 원제元帝 때흉노匈奴의 선우單于가 입조入朝했을 때에 조명詔命으로 왕장王嬙을 그에게 짝지어 주었는데, 그가 소군昭君이다. 떠나기에 앞서 들어와 인사를 드리는데 광채가 사람들에게 비쳐서 좌우 사람들을 감동시키니 천자도 후회를 하였다. 한나라 사람들은 그가 멀리 시집가게 된 것을 동정하여 이 노래를 지었던 것이다. 진晉나라 석숭石崇의 기생 녹주綠珠는 춤을 잘 추었는데, 이 곡조를 가르치어 스스로 새로운 노래를 짓게 되었다.[25]

'왕명군'은 '왕소군王昭君'이라고도 부르는 한대의 노래인데, 적어도 진晉나라 때에 이르러서 그것이 완전히 가무로 연출되었음을 알 수 있다. 동진東晉의 갈홍葛洪(250?~330?년)이 지었다는 『서경잡기西京雜記』에는 '왕소군王昭君'에 대하여 다음과 같은 이야기가 실려 있다.

원제元帝에게는 후궁後宮이 너무 많아 늘 만나볼 수가 없어서 화공畵工으로 하여금 그들의 모양을 그리도록 하고는 그림을 보고

---

25 『舊唐書』樂志 ; "淸樂者, 南朝舊樂也. ……武太后之時, 猶有六十三曲, 今其辭存者, 惟有白雪·公莫舞·巴渝·明君……等 三十二曲. …… 明君, 漢曲也. 元帝時, 匈奴單于入朝, 詔以王嬙配之, 卽昭君也. 及將去, 入辭, 光彩射人, 悚動左右, 天子悔焉. 漢人憐其遠嫁, 爲作此歌. 晉石崇妓綠珠善舞, 以此曲教之, 而自製新歌."

그들을 불렀다. 후궁 사람들은 모두 화공에게 뇌물을 바쳤는데,
많은 사람은 10만, 적은 사람도 5만 금에서 더 내려가지는 않았다.
소군昭君은 자기의 용모만을 믿고 홀로 뇌물을 주지 않았다. 그 때
문에 화공이 그를 추하게 그려 끝내 임금을 만날 수가 없었다. 뒤
에 흉노匈奴가 입조入朝하여 미인을 구해 연지閼氏로 삼고자 하니,
원제元帝는 그림을 보고 소군昭君을 골라 보내도록 하였다. 보내기
에 앞서 불러 보니 용모가 후궁 중에서 첫째 갈 정도였으며, 말씨
도 훌륭하고 거동도 우아하였다. 황제는 후회를 하였으나, 이미
이름을 알리어 결정한 일이고 외국에 대한 신의도 중하기 때문에
다시 사람을 바꾸지 못하였다. 그러나 그 일을 추궁한 끝에 화공畵
工들을 모두 기시棄市하였고, 그들의 재산을 조사하여 수만이 넘
는 재산 모두를 몰수하였다.[26]

이토록 복잡한 정절情節의 이야기를 가무로 연출하였으니, 그것은
'가무희'적인 성격의 것이 되지 않을 수 없었을 것이다. 『악부시집樂府
詩集』의 해제解題에서는 다시 『고금악록古今樂錄』을 인용하여 다음과 같
은 해설을 하고 있다.

　'명군明君' 가무란 것은 진晉나라 태강太康 연간(200　209년)에
계륜季倫이 만든 것이다. 왕명군王明君은 본시 이름이 소군昭君
이나 문제文帝의 휘諱에 저촉되어 '명군'이라 부르게 되었던 것

---

26 『西京雜記』；"元帝後宮旣多, 不得常見, 乃使畵工圖形, 案圖召幸之. 諸宮人皆
　　賂畵工, 多者十萬, 少者亦不減五萬, 獨王嬙不肯, 遂不得見. 匈奴入朝, 求美人
　　爲閼氏, 於是上案圖以昭君行. 及去召見, 貌爲後宮第一, 善應對, 擧止閑雅. 帝
　　悔之, 而名籍已定, 帝重信於外國, 故不復更人. 乃窮案其事, 畵工皆棄市, 籍其
　　家資, 皆巨萬."

이다.²⁷

악사樂史(930~1007년)의 『녹주전綠珠傳』에도 「명군」이란 가무에 관한 다음과 같은 기록이 있다.

> 녹주綠珠는 저笛를 잘 불었고, 또 명군무明君舞를 잘 추었다. 명군明君은 한비漢妃이다. 한나라 원제元帝 때 흉노匈奴의 선우單于가 입조入朝했는데, 왕장王嬙을 조명詔命으로 그에게 짝지어 주었으니, 그가 바로 명군明君이다. 떠나기에 앞서 들어와 인사를 하는데 광채가 사람들을 쏘는 듯하여 천자가 후회하였으나 다시 바꾸기가 어려웠다. 한나라 사람들은 그가 멀리 시집가는 것을 동정하여 이 노래를 지었다. 석숭石崇은 이 곡을 그에게 가르치고, 또 다음과 같은 새로운 노래를 스스로 지었다.
>
> > 나는 본시 양갓집 딸이었는데
> > 흉노 선우의 궁전으로 시집가게 되었네.
> > ……
> > (이하 『악부시집』에 실린 석숭石崇의 시와 같음.)²⁸

다시 『악부시집』의 해제에서는 『금집琴集』을 인용하여, '명군'은 300

---

27 『樂府詩集』 卷29 "古今樂錄曰, 明君歌舞者, 晉太康中季倫所作也. 王明君本名昭君, 以觸文帝諱, 故晉人謂之明君."

28 『綠珠傳』; "綠珠能吹笛, 又善舞明君. 明君者, 漢妃也. 漢元帝時, 匈奴單于入朝, 詔王嬙配之, 卽昭君也. 及將去, 入辭, 光彩射人, 天子悔焉, 重難改更. 漢人憐其遠嫁, 爲作此歌. 崇以此曲敎之, 而自製新歌曰, 我本良家子, 將適單于庭……"

여 농롱인데, 그중 훌륭한 것이 4농롱이며, 또 호가胡茄의 '명군별明君別'
은 5농롱이라고도 하였다. 왕소군王昭君은 그 시대 '가무희'에서 부르던
노래의 가사임이 분명하다.

6) 문강기文康伎

『수서隋書』 권15 음악지音樂志에는 '예필禮畢'이란 '가무희'에 관한
기록이 보인다.

'예필'이란 것은 본시 진晉나라 태위太尉 유량庾亮의 집에서 나
왔다. 유량이 죽자 그의 기녀妓女가 유량을 추모하여 그와 비슷한
가면을 쓰고 깃 일산을 들고 춤을 추면서 그의 형용을 드러냈는
데, 그의 시호諡號를 따라 이름을 붙여 그것을 문강악文康樂이라고
도 불렀다. 구부악九部樂을 연주할 때마다 연주가 끝나면 이것을
연출하였기 때문에 '예필'이라고도 부르게 되었다. 그 행곡行曲에
는 단교로單交路가 있고, 무곡舞曲에는 산화散花가 있다. 악기樂器
에는 적笛 · 생笙 · 소소簫 · 지篪 · 영반鈴槃 · 비鞞 · 요고腰鼓 등의 7
종이 있고, 삼현三懸이 일부一部를 이루며, 악공 22명이 연출하였
다.[29]

유량庾亮(289~340년)은 진나라 왕실의 외척으로 용모가 빼어났고 이야
기를 잘하였다. 노장老莊을 좋아하면서도 풍격風格이 엄정嚴整하고 예절

---

29 『隋書』 樂志 ; "禮畢者, 本出自晉太尉庾亮家. 亮卒, 其伎追思亮, 固假爲其面,
執翳以舞, 像其容, 取其諡以號之, 謂之爲文康樂. 每奏九部樂終則陳之, 故以禮
畢爲名. 其行曲有單交路, 舞曲有散花. 樂器有笛笙簫篪鈴槃鞞腰鼓等七種, 三
懸爲一部, 工二十二人."

이 발라서 온 집안을 잘 다스렸다고 한다. 벼슬은 중서감中書監·중서령中書令 등을 지냈고, 좌위장군左衛將軍·정서장군征西將軍으로 나라에 큰 공을 세웠다. 그리고 그의 시호諡號가 문강文康이다.[30] 이처럼 높은 벼슬을 하고 나라에 큰 공도 세워 아랫사람들이 늘 그를 흠모하고 있었던 듯하다. 따라서 그가 죽은 후에 그의 악기樂妓들이 그의 모습을 한 가면을 쓰고 가무를 하면서 생전의 그의 모습을 재현하였던 듯하다. "악공 22명이 연출하였다."라는 이 '예필'이란 '가무희'는 규모도 작지 않았을 듯하다. 그리고 수隋나라 때 연주되던 칠부악七部樂[開皇(589~600년) 初] 및 구부악九部樂[大業(605~618년) 中]에서도 끝머리에 「문강기」 또는 「예필」이 연출되었고, 당唐나라 초기에도 한동안은 연주되고 있었던 것 같다.[31]

안지추顔之推(531~591?년)의 『안씨가훈顔氏家訓』 권17 서증書證편에서 괴뢰희傀儡戲를 설명하면서 "문강기文康伎가 유량庾亮을 상징한 것과 같다."라고 말한 것을 보면 남북조南北朝시대에도 이 '문강기'가 유행하였음을 알 수 있다. 또한 그것은 가면희였음을 강력히 시사하고 있다. 그리고 그 시대의 상운악上雲樂은 뒤에 자세히 이야기하겠지만 일종의 호악胡樂인데, 그 주인공을 문강노호文康老胡라고 부르고 있는 것은 이들 '가무희'의 노래나 음악 또는 춤에 서로 통하는 점이 있었기 때문인지도 모른다.

---

30 『晉書』 권73 庾亮傳 의거.
31 『隋書』 권15 樂志 및 『新唐書』 권119 禮樂志.

7) 무무巫舞

『삼국지三國志』「위서魏書」 권3 명제기明帝紀를 보면, 청룡青龍 3년 (235년)에 천신天神이 내리어 왕실을 보호하며, 사악한 것은 내치고 복된 것을 들여놓으며, 물을 먹이기만 하면 사람들의 병을 낫게 한다는 농민의 처를 궁전으로 불러들여 총애를 하였다는 기록이 있다. 황제가 병이 났을 때 물을 먹여도 효과가 없어 결국은 그를 죽이고 말았다지만, 무습巫習은 황실에까지도 깊숙이 파고들었음을 알 수 있다. 다시 『진서晉書』 권95 예술열전藝術列傳에 실린 사람들의 행적을 보더라도 거의 모두가 무격巫覡에 가까운 사람들이다. 특히 『진서晉書』 권94 하통전夏統傳에는 장단章丹과 진주陳珠라는 아름다운 무당들의 무무巫舞에 관한 기록이 보인다. 하통夏統의 백부伯父가 제사를 지내면서 이 무당들을 불러들였는데, 이들은 초저녁부터 음악을 연주하며, 칼로 자기의 혀를 째기도 하고, 칼을 삼키고 불을 토하기도 하며, 구름과 안개를 자욱하게 피어나게도 하고, 빛이 번쩍이며 번개를 번뜩이도록 하기도 한다. 그리고 마당 가운데에서 둘이 춤을 추는데,

가벼운 발걸음으로 몸을 돌리며 춤을 추고, 혼령의 말과 귀신의 웃음을 웃고, 쟁반을 날리고 받고 하며 덩실덩실 어울려 춤을 추었다.[32]

라고 하였다. 이에 따르면 무무巫舞는 계속 민간에 널리 전해지고 있었

32 『晉書』 夏統傳；"其從父敬寧祠先人, 迎女巫章丹·陳珠二人, 並有國色, 莊服甚麗, 善歌儛, 又能隱形匿影. 甲夜之初, 撞鐘擊鼓, 間以絲竹, 丹珠乃拔刀破舌, 吞刀吐火, 雲霧杳冥, 流光電發. ……入門, 忽見丹珠在中庭, 輕步徊儛, 靈談鬼笑, 飛觸挑柈, 酬酢翩翻."

음을 짐작할 수 있다. 그리고 이것은 계속 민간의 '가무희'의 성행을 뒷받침해 주었을 것이다.

8) 호무胡舞

또 한편 위진시대에 '가무희'와 '잡희'가 성행한 것은 오랑캐 가무의 영향도 있었을 것이다. 『삼국지三國志』「위서魏書」권21 왕찬전王粲傳 배송지裵松之의 주에는 다음과 같이 『위략魏略』을 인용하여 '호무'에 대하여 설명한 글이 들어 있다.

> 태조太祖가 한단순邯鄲淳을 보내어 조식曹植을 찾아뵙게 하였는데 …… 그때 마침 날씨가 더워 조식은 아랫사람들을 불러 물을 길어오게 하고 스스로 목욕을 한 다음 분을 바르고, 마침내는 관도 쓰지 않고 알몸으로 박자를 치면서 호무胡舞를 추고, 오추단五椎鍛·도환跳丸·격검擊劍을 하며, 배우의 소설小說 오천언五千言을 암송하였다.[33]

귀족인 조식曹植이 직접 맨 머리에 옷도 벗은 채 자기 몸으로 박자를 치며 오랑캐 춤을 추고 백희百戱를 하였으니, 호무胡舞는 위나라의 '가무희'와 '잡희'의 발달에 적지 않은 자극이 되었을 것이다. 그리고 화장을 하고 오랑캐 모습까지 흉내내며 춘 이 호무는 '가무희' 적인 춤이었을 가능성이 많다. 그리고 끝머리 "배우의 소설 오천언"도 후세의 강창講唱과 비슷한 것으로 '가무희'와 밀접한 관계가 있는 것이었을 것이다.

---

[33] 『三國志』注 '太祖遣淳(邯鄲)詣植. ……時天暑熱, 植因呼常從取水自訖, 傅紛, 遂科頭, 拍袒, 胡舞, 五椎鍛·跳丸·擊劍, 誦俳優小說數千言.'

2. 남조南朝(420~589년)의 '가무희'

남북조南北朝시대로 들어오면서 악무樂舞도 북방의 흉노匈奴 · 선비족鮮卑族, 서쪽의 강족羌族 및 구자龜玆 같은 서역 여러 나라와 인도 등의 영향을 받아 더욱 다양하게 발전한다. 우선 본래는 북방의 통치자였던 사람들이 남쪽으로 옮겨와 세운 남조南朝의 경우를 보면, 한漢나라와 위魏나라의 옛 음악도 그대로 계승하여 아무雅舞와 잡무雜舞가 교묘조향郊廟朝饗과 연회宴會 때 조정에서 그대로 쓰였다. 특히 잡무雜舞의 공막무公莫舞 · 파유부巴渝舞 등 '가무희'였던 악무樂舞들도 그대로 계승되었는데, 다만 새로운 속악俗樂과 외국음악의 수입으로 이것들은 훨씬 아화雅化하여 '가무희'로서의 특성을 크게 상실했던 듯하다. 그러나 그 시대에 새로 등장했던 민가民歌와 외국음악 속에서 '가무희'의 성격을 지닌 여러 가지 악무들이 발견되고 있다.

구자악대龜玆樂隊 남북조南北朝 시대. (송宋대 화가의 그림)

1) 전계가前溪歌

먼저 남조南朝의 민가로써 오성가곡吳聲歌曲과 서곡가西曲歌가 있는
데,[34] 오성가곡은 『진서晉書』 권15 악지樂志에서 "본시는 모두가 도가徒
歌"라고 하였으나, 그중 '전계가'만을 『악부시집樂府詩集』 해제解題에서
『악부해제樂府解題』를 인용하여 '무곡舞曲'이라고 설명하고 있다. 『송서
宋書』 권19 악지樂志에서는 "전계가前溪歌라는 것은 진晉나라 거기장군
車騎將軍 심충沈充이 만든 것"[35]이라고 하였는데, 일곱 수로 된 고사古辭
를 보면 남녀가 창화唱和한 가사인 듯하다. 곧 '가무희'의 가사였을 가능
성이 많은 노래이다.

34 郭茂倩 『樂府詩集』 권44~47 清商曲辭 吳聲歌曲 및 同 권47~49 「清商曲辭」
西曲歌 참조.

35 『宋書』 樂志 ; "前溪哥者, 晉車騎將軍沈充所制."

2) 화산기華山畿

'화산기華山畿' 25수도 『악부시집』의 해제에서 『고금악록古今樂錄』을
인용하여 다음과 같이 그 유래를 설명하고 있다.

'화산기華山畿'라는 것은 송宋나라(420~479년) 소제少帝 때
(423~424년)의 오뇌懊惱라는 한 곡조였는데, 또한 변곡變曲이었
다. 소제 때 남서南徐의 한 선비가 화산기華山畿로부터 운양雲陽으
로 가다가 객사에서 십팔구 세의 여자를 만났는데, 좋아하면서도
어찌할 길이 없어 마침내 마음의 병이 들고 말았다. 그의 어머니
가 그 까닭을 묻자, 그는 모두 사실대로 이야기하였다. 어머니는
곧 화산華山으로 찾아가 그 여자를 만나 아들이 병이 든 까닭을 이
야기해 주었다. 그 여자는 앞치마를 벗어 어머니에게 주면서 몰래
아들이 누워 있는 요 밑에 깔아 두면 나을 것이라고 하였다. 며칠
뒤 정말로 병이 나았다. 그런데 아들이 우연히 요를 들다가 앞치
마를 발견하고는 끌어안고 나서 그것을 삼키고 죽어 버렸다. 숨이
끊어지려 할 때 그가 어머니에게 말하였다. "장사지낼 때 상여를
화산華山 아래로 지나가게 해 주십시오." 어머니는 그의 뜻을 따라
주었다.
상여가 여자의 집 문앞에 이르자 상여를 끌던 소가 움직이지 않
아 채찍질을 해도 꼼짝 않았다. 여자가 잠깐 기다려 달라 하고는,
목욕을 하고 화장을 한 다음 나와서 노래를 불렀다.

화산기華山畿에서
님은 나 때문에 죽었는데
홀로 누굴 위해 산단 말인가?

나를 어여삐 보았을 때처럼 좋아한다면

나 위해 관 뚜껑 열어 주오!

관 뚜껑이 노랫소리에 따라 열리자 여자는 관 안으로 빨려 들어
갔다. 가족들이 관을 두드렸지만 어찌할 수가 없어서, 마침내 합
장을 하고는 신녀총神女冢이라 부르게 되었다.[36]

이 정도의 이야기 줄거리를 지닌 가무라면 '가무희'라 하지 않을 수
가 없지만, 아름다운 여자가 앞치마로 병을 낫게 하고, 이후에 노래를 부
르며 죽은 남자의 관 속으로 빨려 들어가고, 이들을 합장한 뒤에 그 무덤
을 신녀총神女冢이라 불렀다는 전후의 상황을 미루어 보아 그 여자는 무
巫였음에 틀림이 없다. 그가 무당이라면 노래뿐만 아니라 춤도 추었을
것이고, 또 그것은 '가무희'의 성격을 띤 것이었을 것이다.

3) 신현가神弦歌

다시 청상곡사清商曲辭의 오성가곡吳聲歌曲 끝머리에는 '신현가神弦
歌' 18수의 독특한 노래들이 실려 있다. 숙아宿阿·도군道君·성랑聖郎·
교녀嬌女·백석白石·청계소고青溪小姑·호취고湖就姑·고은姑恩·채릉

---

36 『古今樂錄』曰 ; "華山畿者, 宋少帝時懊惱一曲, 亦變曲也. 少帝時, 南徐一士
子者, 從華山畿往雲陽. 見客舍有女子年十八九, 悅之無因, 遂感心疾. 母問其
故, 具以啓母. 母爲至華山尋訪, 見女具說聞感之因. 脫蔽膝令母密置其席下臥
之, 當已. 少日果差. 忽擧席見蔽膝而抱之, 遂吞食而死. 氣欲絕.', 謂曰, 葬時車
載, 從華山度. 母從其意. 比至女門, 牛不肯前, 打拍不動. 女曰, '且待須臾.' 妝
點沐浴, 旣而出. 歌曰, '華山畿, 君旣爲儂死, 獨活爲誰施? 歡若見憐時, 棺木爲
儂開.' 棺應聲開, 女透入棺, 家人叩打, 無如之何. 乃合葬, 呼曰神女冢."

동채릉童採菱童・명하동明下童・동생同生의 11종의 노래(이 중 7종은 2수임)인데, 루칸루陸侃如는 『악부고사고樂府古辭考』에서 이런 설명을 하고 있다.

내가 생각해보건대, '신현가神弦歌'는 남조南朝 민간의 제가祭歌이므로 곽무천郭茂倩은 이것을 청상곡淸商曲에 끼어넣었다. 나는 그것들 모두가 제가祭歌여서 오성가吳聲歌 및 서가西歌와는 비슷하지 않으므로 이에 교묘가郊廟歌의 뒤에 옮겨 붙여 놓는다.[37]

이들 곡명曲名이나 가사로 미루어 보더라도 이들은 단순한 제가祭歌가 아니라 무가巫歌임이 분명하다. 첫 번째 '숙아宿阿'는 강신곡降神曲임이 확실하다.

소림蘇林이 하늘 문 열고
조존趙尊이 땅의 문 닫네.
신령도 길을 함께하여
진관眞官께서 지금 내려오시네.

蘇林開天門, 趙尊閉地戶.
소 림 개 천 문   조 존 폐 지 호

神靈亦道同, 眞官今來下.
신 령 역 도 동   진 관 금 래 하

소림蘇林과 조존趙尊은 옛 신선이며, 강신降神할 때에 왕유王維 701~761년)가 「사어산신녀가祠漁山神女歌」의 영신迎神에서 "무당이 나와, 어지러이 춤을 추네.(女巫進, 紛屢舞.)"라고 하며 노래하였듯이, 음악의

---

37 『樂府古辭考』二. 郊廟歌(丁) 神弦歌 '侃如按, 神弦歌蓋南朝民家的祭歌, 故郭茂倩列入淸商曲. 我因爲他們都是祭歌, 與吳聲歌及西歌不類, 故移附郊廟歌之後.'

연주와 함께 무당은 노래를 하며 춤을 추었다. 다시 『악부시집樂府詩集』
에서는 '청계소고곡青溪小姑曲'에 해제를 하면서 다음과 같은 양梁나라
오균吳均(469~520년)의 『속제해기續齊諧記』의 청계묘신清溪廟神에 관한
기록을 인용하고 있다.

　　회계會稽의 조문소趙文韶는 송宋나라 원가元嘉 연간(424~453년)
에 동궁부시東宮扶侍가 되었는데, 관사가 청계清溪 중교中橋 옆에
있었다. 가을밤 달빛 아래 거닐면서 문득 고향생각이 간절하여 문
에 기대어 오비곡烏飛曲을 불렀다. 갑자기 나이가 열대여섯쯤 되
는 하녀가 문 앞으로 다가와 말하였다. "저희 아가씨께서 노랫소
리를 들으시고는 마음이 끌리시어 달빛을 좇아 노닐다가 일부러
저를 보내어 뵐 수 있을까 여쭤어 보도록 하셨습니다." 문소文韶는
전혀 그를 의심하지 아니하고 잠시 들러도 좋다고 초청하였다.
　　잠시 후에 아가씨가 오는데 나이는 십팔구 세 정도였고, 용모가
절색이었다. 그 여자가 문소文韶에게 말하였다. "선생님의 훌륭한
노래를 들었사온데, 다시 한 곡 불러 주실 수 있겠습니까?" 문소
는 곧 그를 위하여 '초생반석하草生盤石下'를 불렀는데 노랫소리
가 매우 아름다웠다. 아가씨는 하녀에게 공후篌篌를 가져오게 하
여 연주하였는데, 깨끗한 것이 초곡楚曲 같았다. 다시 다른 하녀에
게 「번상繁霜」을 노래하게 하고는, 자신은 금비녀를 빼 공후篌篌를
치면서 이에 화하였다. 하녀는 이런 노래를 불렀다.

　　된서리 노래하니
　　된서리 새벽 장막으로 스며드네.
　　무엇 때문에 외로운 밤 지키며
　　앉아서 된서리 내리기만 기다리나?

그대로 머물러 즐기다 자고 난 후에 아침에 떠나갈 때에 금비녀
를 문소에게 주었다. 문소도 그에게 은주발과 유리숟가락을 선물
하였다. 다음날 청계묘淸溪廟 안에서 그것들을 발견하고는 곧 지
난밤 만난 이가 청계신녀靑溪神女임을 알게 되었다.[38]

이 '청계소고곡靑溪小姑曲'의 유래 이야기를 보더라도 신현가神弦歌
18수는 무무가巫舞歌이며, '가무희'적인 놀이의 가사였음을 알 수 있다.

4) 서곡가西曲歌

서곡가西曲歌는 『고금악록古今樂錄』에 '석성악石城樂' · '오야제烏夜
啼' · '막수악莫愁樂' 등 34곡의 곡명을 열거하며, 다시 '석성악' 등 16
곡의 곡명을 열거한 후에 "모두가 무곡舞曲"이라 설명하고 있다.[39] 『고금

---

38 吳均『續齊諧記』; "會稽趙文韶, 宋元嘉中爲東宮扶侍, 廨在靑溪中橋. 秋夜步
月, 悵然思歸, 乃倚門唱「烏飛曲」. 忽有靑衣, 年可十五六許, 詣門曰; '女郞聞
歌聲, 有悅人者, 逐月遊戲, 故遣相問.' 文韶都不之疑, 遂邀暫過. 須臾, 女郞至,
年可十八九許, 容色絶妙. 謂文韶曰, '聞君善歌, 能爲作一曲否?' 文韶卽爲歌
「草生盤石下」, 聲甚淸美. 女郞顧靑衣, 取箜篌鼓之, 泠泠似楚曲. 又令侍婢歌
「繁霜」, 自脫金簪, 扣箜篌和之. 婢乃歌曰; '歌繁霜, 繁霜侵曉幕. 何意空相守,
坐待繁霜落.' 留連燕寢, 將旦別去, 以金簪遺文韶. 文韶亦贈以銀盌及瑠璃匕.
明日, 於靑溪廟中得之, 乃知得所見靑溪神女也."(『五朝小說大觀』本보다는 서
술이 간략하며, 두 곳 그것을 참고로 고쳤음.)

39 『樂府詩集』권47 西曲歌 解題; "古今樂錄曰, 西曲歌有石城樂 · 烏夜啼 · 莫
愁樂 · 估客樂 · 襄陽樂 · 三洲 · 襄陽蹋銅蹄 · 採桑度 · 江陵樂 · 靑陽度 · 靑驄
白馬 · 共戲樂 · 安東平 · 女兒子 · 來羅 · 那呵灘 · 孟珠 · 翳樂 · 夜度娘 · 長
松標 · 雙行纏 · 黃督 · 黃纓 · 平西樂 · 攀楊枝 · 尋陽樂 · 白附鳩 · 〔拔〕蒲 ·
壽陽樂 · 作蠶絲 · 楊叛兒 · 西烏夜飛 · 月節折楊柳歌三十四曲(夜黃 한 곡이
빠짐). 石城樂 · 烏夜啼 · 莫愁樂 · 估客樂 · 襄陽樂 · 三洲 · 襄陽 · 銅蹄 · 採
桑度 · 江陵樂 · 靑驄白馬 · 共戲樂 · 安東平 · 那呵灘 · 孟珠 · 翳樂 · 壽陽樂,
並舞曲."

악록古今樂錄』에는 이들 무곡舞曲 대부분이 "옛날에는 16명이 춤추었다."라고 설명하고, 다시 그중 일부에 "양梁나라(502~557년)에서는 8명이 춤추었다."라는 말을 덧붙이고 있다.

이 중 '오야제'에 대하여 『악부시집樂府詩集』 해제에서 『교방기敎坊記』를 인용하여 노래와 춤의 유래를 다음과 같이 설명하고 있다.

「오야제烏夜啼」라는 것은, 원가元嘉 28년(451년) 팽성왕彭城王 의강義康이 죄를 짓고 쫓겨나 심양潯陽을 지나다 머물게 되었는데, 강주자사江州刺史인 형양왕衡陽王 의계義季가 붙잡아 두고 잔치를 벌여 술을 마시게 하며 열흘이 지나도 떠나 보내지 않았다. 황제가 그 이야기를 듣고 노하여 두 사람을 모두 잡아 가두었다. 회계공주會稽公主는 그들의 누님이었는데, 황제가 잔치에서 즐기다가 중간에 그 자리에서 일어나 절을 하였다. 황제는 그 뜻을 알지 못하고 그런 행동을 몸소 만류하였다. 공주는 눈물을 흘리면서 말하였다. "거자車子는 한 해가 저무는 지금도 폐하에게 받아들여지지 못하고 있습니다." 거자車子는 의강義康의 소자小字이다. 황제는 장산蔣山을 가리키며 말하였다. "결코 그런 일은 없을 거요! 그렇지 않다면 곧 아버님 뜻을 어기는 거지요." 무제武帝가 장산蔣山에 묻혔기 때문에 선제先帝의 능陵을 가리키며 맹세를 하였던 것이다. 그리고는 남은 술을 봉하여 의강義康에게 보내주면서 다음날 아침에 말하였다. "어제는 회계會稽의 누님과 술을 마시며 즐기다가 아우 생각이 났기 때문에 마시던 술을 그곳으로 보내는 것이오." 그리고는 마침내 그를 용서하였다. 사신이 심양潯陽에 도착하기 전에 형양衡陽의 집 사람들이 두 왕이 잡혀 있는 집의 문을 두드리면서 말하였다. "어젯밤 까마귀가 밤에 울었으니, 관청에서 마땅히 사면이 있을 것입니다." 조금 뒤에 사신이 도착하여 두 왕이 풀려나 이 곡이 있게 된 것이다.[40]

이런 정도의 이야기 줄거리를 지닌 가무라면 '가무희' 라 불러도 좋을 듯싶다.

5) 여아자女兒子

『남제서南齊書』 권7 동혼후전東昏侯傳을 보면, 「여아자」에 대한 다음과 같은 기록이 보인다.

> 황제는 함덕전含德殿에서 생가笙歌를 불면서 여아자女兒子를 연출케 하였다.[41]

'여아자' 가 어떤 것인지 확실한 기록은 없으나, "여아자를 연출케 하였다(作女兒子)." 라고 하였으니, 이것도 여인이 주인공으로 등장하는 '가무희' 였을 가능성이 많다.

이들 이외에도 청상곡사淸商曲辭에 보이는 막수악莫愁樂 · 삼주가三洲歌 · 고객악估客樂 · 양양악襄陽樂 등이 그 악곡의 유래로 보아 '가무희'

■

40 『敎坊記』曰 ; "烏夜啼者, 元嘉二十八年, 彭城王義康有罪放逐, 行次潯陽, 江州
刺史衡陽王義季, 留連飲宴, 歷旬不去. 帝聞而怒, 皆囚之. 會稽公主, 姊也, 嘗與
帝宴洽, 中席起拜. 帝未達其旨, 躬止之. 主流涕曰, 車子歲暮, 恐不爲陛下所容!
車子, 義康小字也. 帝指蔣山曰, 必無此, 不爾, 便負初寧陵. 武帝葬於蔣山, 故
指先帝陵爲誓. 因封餘酒寄義康, 旦日曰 ; 昨與會稽姊飲樂, 憶弟, 故附所飲酒
往. 遂宥之. 使未達潯陽, 衡陽家人扣二王所囚院曰, 昨夜烏夜啼, 官當有赦. 少
頃使至, 二王得釋, 故有此曲."

41 『南齊書』; "帝在含德殿, 吹笙歌, 作女兒子."

악무화상전樂舞畫像磚 허난河南 등현鄧縣에서 출토. (남북조南北朝 시대)

인 듯하며, 강릉악江陵樂·안동평安東平 등 그 가사의 내용으로 보아 '가무희' 라고 여겨지는 작품들도 적지 않다.

6) 상운악上雲樂

다시 『악부시집樂府詩集』 권51 청상곡사淸商曲辭에는 양梁나라(502~557년) 무제武帝(502~549년 재위)와 주사周捨(469~524년)[42]가 지은 「상운악上雲樂」이 실려 있다. 양梁 무제武帝의 것은 도합 7곡인데, 모두가 청묘淸妙한 선유仙遊의 경지를 노래한 것들이다. 거기에 비하여 주사周捨의 작품은 '노호문강사老胡文康辭' 라고도 불렀다는데,[43] 그 내용을 자세히 읽어 보면 「상운악」이란 '가무희' 의 연출모습을 노래한 것임이 분명하다.

42 郭茂倩은 題辭에서 "간혹 范雲(451~503년)의 작품이라고도 한다." 라고 하였다.
43 『樂府詩集』 권51 題辭 의거.

『수서隋書』권13 음악지音樂志에는 양梁 삼조三朝의 설악設樂으로 사십구설四十九設이 기록되어 있는데, 그중 제44설設의 연출에 대하여 다음과 같이 기록하고 있다.

시자寺子가 안식安息의 공작孔雀·봉황鳳凰·문록文鹿을 인도하고, 호무胡舞와 상운악上雲樂 가무기歌舞伎를 연이어 상연하는 것이다.[44]

런반탕[任半塘]도 『당희롱唐戲弄』(제1장 總說 三. 溯源)에서 이 제44설設에 보이는 전부가 실은 한 가지 '가무희'이며, 그 중심만은 「상운악」에 있으나 모두가 연이어 상연된 것일 것이라 하였다. 이것을 종합해 보면, 「상운악」은 '가무희'임이 확실하다. 두우杜佑(735~812년)의 『통전通典』 권145에는 다음과 같은 기록이 있다.

양梁나라의 오안태吳安泰는 노래를 잘하였는데, 뒤에는 악령樂令이 되었으며 성률聲律에 정통했고, 처음으로 별강남別江南·상운악上雲樂 네 곡을 개작하였다.[45]

그러면 주사周捨의 「상운악」을 먼저 읽고, 그 '가무희'의 구성 및 내용을 분석해 보기로 하자.

서쪽의 늙은 오랑캐

■

44 設寺子導安息孔雀鳳凰文鹿, 胡舞登連上雲樂歌舞伎.

45 『通典』; "梁有吳安泰, 善歌, 後爲樂令, 精解聲律, 初改四曲, 別江南·上雲樂." 네 곡이라 하였으나, 곡명은 두 곡만이 보인다.

그 이름은 문강文康인데,
천지사방으로 노닐면서
삼황三皇에게도 거만하게 구네.
서쪽으론 해지는 몽사濛汜를 구경하고
동쪽으론 해뜨는 부상扶桑에 노니네.
남쪽으론 남극해에 배를 띄우고
북쪽으론 북극 불모의 땅에 이르네.

옛날에는 신선인 약사若士와 벗하였고
팽조彭祖와 함께 자랐다네.
옛날에 잠시 곤륜산에 갔다가
다시 요지瑤池에서 술을 들게 되었는데,
주제周帝는 맞이하여 윗자리에 앉혔고
왕모王母는 불사약 옥장玉漿을 대접하였다네.
그래서 목숨은 남산처럼 끝없이 되었고
뜻은 금강金剛처럼 단단하게 되었다네.

푸른 눈은 아련하고
흰머리는 기다랗네.
가는 눈썹은 수염난 곳까지 뻗었고
높다란 코는 입 위로 처져 있네.
놀이를 잘할 뿐만 아니라
술도 잘 마신다네.
퉁소와 저가 앞에서 울고 있고
제자들이 뒤를 따르고 있는데,
많은 사람들이 공경스런 모습으로

각기 맡은 일을 하고 있네.

봉황새는 늙은 오랑캐 집안의 닭이요,
사자는 늙은 오랑캐 집안의 개라네.
천자께서는 어지러운 세상을 올바르게 다스리어
다시 해와 달과 별빛을 밝게 하셨네.
은택이 내리는 비처럼 베풀어지고
교화가 바람처럼 백성들을 휩쓸었네.
자연현상을 살피어 모든 이치를 밝혀 내고
양粱나라를 방문하기로 뜻을 세워
수레 끄는 사마四馬를 배로 늘이고 길을 닦은 뒤
비로소 천자가 계시는 도읍에 이르렀다네.

궁전 앞에 엎드려 절하면서
옥당玉堂을 우러르는데,
따라온 하인들이 줄지어 벌여 섰고
모두가 염치와 절의를 알고
다 같이 의로운 도리를 알고 있는 듯하네.
노랫소리 피리 소리 으으히 울리고
북소리 둥둥 울리어
울림은 하늘에 진동하는데
그 소리는 봉황새 울음 같네.

나서고 물러섬이 모두 규칙에 맞고
나아가고 물러감이 모두 가락에 맞네.
모든 재주가 다 좋기는 하지만

오랑캐춤은 그중에서도 가장 잘 추네.

늙은 오랑캐가 부쳐온 상자 속에는

더 기이한 악장들이 있다네.

수만 리 길을 가져다가

성상께 바치고자 한다는 거네.

이것을 차례차례 이야기하려 하여도

늙은지라 잊은 것이 많다네.

다만 바라건대 밝으신 폐하께서

천만 년 장수하시어

즐거움이 다하는 일 없으시기를!

西方老胡, 厥名文康,
서 방 로 호　　궐 명 문 강

遨遊六合, 傲誕三皇.
오 유 륙 합　　오 탄 삼 황

西觀濛汜, 東戱扶桑.
서 관 몽 사　　동 희 부 상

南泛大蒙之海, 北至無通之鄕.
남 범 대 몽 지 해　　북 지 무 통 지 향

昔與若士爲友, 共弄彭祖扶床.
석 여 약 사 위 우　　공 롱 팽 조 부 상

往年暫到崑崙, 復値瑤池擧觴.
왕 년 잠 도 곤 륜　　부 치 요 지 거 상

周帝迎以上席, 王母贈以玉漿.
주 제 영 이 상 석　　왕 모 증 이 옥 장

故乃壽如南山, 志若金剛.
고 내 수 여 남 산　　지 약 금 강

靑眼智智, 白髮長長,
청 안 원 원　　백 발 장 장

蛾眉臨髭, 高鼻垂口.
아 미 림 자　고 비 수 구

非直能俳, 又善飮酒.
비 직 능 배　우 선 음 주

簫管鳴前, 門徒從後,
소 관 명 전　문 도 종 후

濟濟翼翼, 各有分部.
제 제 익 익　각 유 분 부

鳳凰是老胡家鷄, 獅子是老胡家狗.
봉 황 시 로 호 가 계　사 자 시 로 호 가 구

陛下撥亂反正, 再朗三光,
폐 하 발 란 반 정　재 랑 삼 광

澤與雨施, 化與風翔.
택 여 우 시　화 여 풍 상

覘雲候呂, 志遊大梁,
첨 운 후 려　지 유 대 량

重駟修路, 始屆帝鄕.
중 사 수 로　시 계 제 향

伏拜金闕, 仰瞻玉堂,
복 배 금 궐　앙 첨 옥 당

從者小子, 羅列成行,
종 자 소 자　나 렬 성 항

悉如廉潔, 皆識義方.
실 여 렴 결　개 식 의 방

歌管愔愔, 鏗鼓鏘鏘!
가 관 음 음　갱 고 장 장

響振鈞天, 聲若鵷皇.
향 진 균 천　성 약 원 황

前却中規矩, 進退得宮商.
전 각 중 규 구　진 퇴 득 궁 상

擧技無不佳, 胡舞最所長.
거 기 무 불 가　호 무 최 소 장

老胡寄篋中, 復有奇樂章,
노 호 기 협 중　부 유 기 악 장

齎持數萬里, 願以奉聖皇.
재 지 수 만 리　원 이 봉 성 황

乃欲次第說, 老耄多所忘.
내 욕 차 제 설　노 모 다 소 망

但願明陛下, 壽千萬歲,
단 원 명 폐 하　수 천 만 세

歡樂未渠央.
환 락 미 거 앙

위의 시를 근거로 하여 양梁대 '상운악'은 대체로 어떤 내용과 형식을 지닌 '가무희'였던가 분석해 보기로 한다.

〔등장인물〕

여기의 주인공은 말할 것도 없이 서역西域으로부터 온 늙은 오랑캐 '문강文康'이다. 그는 많은 종자從者들을 거느리고, 또 봉황과 사자도 데리고 다닌다. 이 봉황과 사자도 모두 사람들이 분장했을 것이다. 다시 축수를 받는 천자가 있었을 가능성도 있으며, 문강의 내력을 설명하는 앞 대목에서는 약사若士와 팽조彭祖·주제周帝·서왕모西王母 같은 신선과 선녀들이 나와 함께 어울려 춤추었을 것이다. 이 신선들의 춤은 적어도 수십 명에 달하는 인원이 가무에 동원되었을 것이다. 이 신선들의 춤은 「상운악」본래의 모습을 보여주는 부분이다.

〔분 장〕

문강文康은 눈이 새파랗고 흰머리가 길며, 긴 눈썹에 높은 코를 가졌으니 호인胡人의 얼굴모양을 한 가면을 쓰고 반인반선半人半仙의 모습으로 분장했을 것이다. 이에 따라 여러 종자들도 서역인의 복색을 하고 호인胡人의 얼굴모양을 한 가면을 모두 썼을 것이다. 약사와 팽조·주제·서왕모 등은 제각기 어울리는 분장과 화장을 하였을 것이며, 역시 가면을 썼을 가능성이 많다. 봉황과 사자도 제각기 사람들이 봉황새와 사자 모양의 껍질을 뒤집어 쓴 것일 것이다.

〔이야기 줄거리〕

서역에 문강文康이란 신인神人이 있었다. 그는 우주 안을 멋대로 노닐면서 약사若士나 팽조彭祖 같은 신선들과 어울리기도 하고 주제周帝와 서왕모西王母의 초청으로 그곳으로 가서 대접을 받기도 한다. 그는 외모도 독특하지만 우스갯소리도 잘하고 술도 잘 마신다. 그리고 많은 종자들과 봉황 및 사자가 따라다니며 함께 춤을 춘다. 그는 마침내 양梁나라 천자의 성덕聖德을 전해 듣고 멀리 중국을 찾아와 종자들을 거느리고 호무胡舞를 추고 기악奇樂을 연주하며 축수를 한다.

〔춤〕

문강은 처음에 등장하여 화려한 춤을 춘다. 다음엔 약사·팽조와 어울리어 신선의 춤을 춘다. 그리고 주제와 서왕모의 잔칫자리에서는 술과 옥장을 마시면서 술에 취한 모습과 우스개짓을 하며 호무를 출 것이다. 이 호무는 후세에 더욱 성행한다. 이어 종자들의 정제한 군무群舞가 전개된다. 다음엔 봉황과 사자가 나와 문강 및 종자들과 어울리어 양나라 천자의 성덕을 기리는 춤을 춘다. 그리고 모두 함께 다양한 춤들을 추며 천자에게 축수를 한다.

대체로 추려 보더라도 신선무·봉황무·사자무·호무 등이 있었을 것이다. 후세 '서량기西涼伎'[46] 등에 보이는 사자무獅子舞나 호등무胡騰舞[47] 같은 것은 이곳의 사자무와 호무가 발달한 것이라고 할 수 있을 것이다. 다시 말하면, 후세의 여러 가지 사자춤과 호인胡人이 술 마시고 우스개짓을 하는 호무는 모두 여기에 바탕을 두고 있다고 할 수 있다.

〔상연절차〕

대체로 이 '상운악' 가무희는 다음과 같은 7장으로 이루어졌었을 것이다. 제1장에서는 문강文康이 반인반선半人半仙의 모습으로 등장하여 자신을 소개하는 화려한 노래와 춤을 연출하였을 것이다. 제2장에서는 천지사방을 노닐면서 여러 신선들과 어울려 노는 가무, 제3장에서는 술에 취한 문강과 여러 종자들이 어울려 추는 군무, 제4장에서는 봉황새와 사자가 나와 태평성세를 상징하는 춤, 제5장에서는 문강이 양나라 천자를 찾아 뵙고 공덕을 칭송하는 가무, 제6장에서는 여러 가지 변화가 많은 호무와 새로운 음악, 제7장에서는 천자의 천년 만년의 수를 비는 가무가 전개되었을 것이다.

---

46 「西涼伎」는 뒤에 "唐代의 가무희"를 설명할 때 자세히 소개될 것임.

47 李端(785년 전후), 「胡騰兒」; "胡騰身是涼州兒, 肌膚如玉鼻如錐. 桐布輕衫前後卷, 葡萄長帶一邊垂. 帳前跪作本音語, 拈襟擺袖爲君舞. 安西舊牧收淚看, 洛下詞人抄曲與. 揚眉動目踏花氈, 紅汗交流珠帽偏. 醉却東傾又西倒, 雙靴柔弱滿燈前, 環行急蹴皆應節, 反手叉腰如却月. 絲桐忽奏一曲終, 嗚嗚畵角城頭發. 胡騰兒, 胡騰兒, 故鄕路斷知不知?"

양무제의 '상운악'은 모두 7곡인데 신선세계를 노래한 것들이다. "상운上雲"이란 본시 "구름을 타고 신선세계로 올라가 노님"[48]을 뜻한다. 그리고 『고금악록古今樂錄』에 의하면, 이 시들은 천감天監 11년(512년) 겨울에 지은 것인 듯하다.[49] 무제의 작품은 아래와 같은 것들이다.

봉대곡鳳臺曲

봉대鳳臺 위는 모두가 영원한 곳

구름 가엔 신비로운 빛이 북극을 향하고,

화려한 수레 포장이 서북녘 연주延州 땅에까지 널렸네.

신선들의 우의羽衣 번쩍이는 속에

봄은 불려 갔다가도 다시 와 머무네.

(화) 상운은 참되니 영원한 봄 즐기세!

鳳臺上, 兩悠悠,
봉 대 상　양 유 유

雲之際, 神光朝天極, 華蓋遏延州.
운 지 제　신 광 조 천 극　화 개 알 연 주

羽衣昱耀, 春吹去復留.
우 의 욱 요　춘 취 거 부 유

(和) 上雲眞, 樂萬春!
상 운 진　낙 만 춘

■
48 『莊子』天地 ; "千歲厭世, 去而上仙, 彼乘白雲, 至於帝鄉." 『黃帝九鼎神丹經』; "乘雲駕龍, 上下太淸." 여기에서 '上雲'이란 구름을 타고 '帝鄉'이나 '太淸'으로 올라감을 뜻하는 것임을 알 수 있다.
49 『樂府詩集』권50 淸商曲辭 江南弄 題辭.

동백곡桐柏曲

동백산桐柏山은 참되니 천제의 손님 올라가서

이수伊水 골짜기에서 놀고 낙수洛水 가를 유람하네.

길고 짧은 봉황 소리 나는 피리 들고 늘어서서

은은히 아름다운 풍악소리 울리네.

바라보기만 했지 갈 수는 없는 곳이라

왔다갔다 하면서 세상사람들은 사절하네.

(화) 아름다운 신선의 놀이여!

桐柏眞, 昇帝賓,
동백진 승제빈

戲伊谷, 遊洛濱.
희이곡 유낙빈

參差列鳳筦, 容與起梁塵.
참치렬봉관   용여기량진

望不可至, 徘徊謝時人.
망불가지   배회사시인

(和) 可憐眞人遊!
가련진인유

방장곡方丈曲

방장산方丈山 위엔 겹구름 산봉우리 같은데

신선이 먹는 여덟 가지 옥돌 줍고 세 가지 구름 부리네.

금빛 글이 오묘한 이치 드러내고,

푸른 글씨는 현묘한 이치를 표현하네.

지극한 도는 허공에 엉긴 듯한 것인데도

말없이 모두가 지켜가고 있네.

方丈上, 崚層雲,
방 장 상　능 층 운

挹八玉, 御三雲.
읍 팔 옥　어 삼 운

金書發幽會, 碧簡吐玄門.
금 서 발 유 회　벽 간 토 현 문

至道虛凝, 冥然共所遵.
지 도 허 응　명 연 공 소 준

방제곡方諸曲

달물 뜨는 거울 위의 상운인上雲人은

어짊〔仁〕을 지킴을 일삼고 있다네.

징 두드리면 요지瑤池로 모여

빛을 밟으며 옥당玉堂에 참례하네.

흰 수레포장의 모습은 길고도 엄숙한데

청허한 이 고장엔 신선들 늘어섰네.

(화) 방제方諸 위는 아름다운 환락을 언제나 생각케 하네.

方諸上, 上雲人,
방 제 상　상 운 인

業守仁.
업 수 인

搬金集瑤池, 步光禮玉晨.
창 금 집 요 지　보 광 례 옥 신

霞蓋容長肅, 淸虛伍列眞.
하 개 용 장 숙　청 허 오 렬 진

(和) 方諸上, 可憐歡樂長相思!
방 제 상　가 련 환 락 장 상 사

옥귀곡玉龜曲

옥귀산玉龜山엔 참되고 영원한 신선 있고,

아홉 가지 빛 빛나고 오색 구름 이네.

허리에 띤 띠 산뜻하고

머리엔 화려한 갓을 썼네.

목숨은 끝이 없어

들락날락 태청궁에서 노니네.

(화) 아름다이 놀이를 하세!

玉龜山, 眞長仙,
옥 귀 산   진 장 선

九光耀, 五雲生.
구 광 요   오 운 생

交帶要分影, 大華冠晨纓.
교 대 요 분 영   대 화 관 신 영

耇如玄羅, 出入遊太淸
구 여 현 라   출 입 유 태 청

(和) 可憐遊戲來!
가 련 유 희 래

금단곡金丹曲

자줏빛 서리 반짝이고 붉은 눈 날리는데

쫓아갔단 되돌아오고 구르다간 다시 날으네.

아홉 신선들도 도가 방금 미력해졌는가.

천 년 동안 전하지 않더니

한 벌 신선 옷을 전하였네.

(화) 금단의 모임엔 아름답게도 흰 구름을 탔네!

紫霜耀, 絳雪飛,
자 상 요　강 설 비

追以還, 轉復飛.
추 이 환　전 부 비

九眞道方微,
구 진 도 방 미

千年不傳, 一傳裔雲衣.
천 년 부 전　일 전 예 운 의

(和) 金丹會, 可憐乘白雲!
　　金 단 회　가 련 승 백 운

금릉곡金陵曲

구곡선勾曲仙은 언제나 즐거이 동천洞天을 노닐고
이승 저승 두루 돌아다니네.
묘법妙法 담긴 옥판 들고
금문金門을 올라가니,
아름다운 샘물이 감도는데
해오라기 나래 타고 내려와 구름을 찾네.
해오라기 나래 한 번 지나가면
아름다운 향기 서리네.

勾曲仙, 長樂遊洞天, 巡會迹六門.
구 곡 선　장 악 유 동 천　순 회 적 육 문

揖玉板, 登金門.
읍 옥 판　등 금 문

鳳泉廻肆, 鷺羽降尋雲,
봉 천 회 사　노 우 강 심 운

鷺羽一流, 芳芬鬱氣氳.
노 우 일 류　방 분 울 기 온

이 가사들은 분명히 위의 '5) 상연절차'에서 설명한 '상운악' 가무희 의 7장 중 제2장에서 부르도록 지은 노래라고 보아야 할 것이다. 그리고 이 부분이 '상운악'이란 가무희의 본래의 중심을 이루는 부분이었을 것 이다. 『악부시집樂府詩集』 권51에는 이어서 당唐나라 이백李白(701~762 년)과 이하李賀(791~817년)의 '상운악' 및 왕무경王無競(652~705년)의 '봉 대곡鳳臺曲', 이백李白의 '봉대곡鳳臺曲'과 '봉황곡鳳凰曲'이 실려 있고, 다시 송宋나라 포조鮑照(414~466년)의 '소사곡簫史曲', 제齊나라 장융張融 의 '소사곡簫史曲', 진陳나라 강총江總(519~594년)의 '소사곡簫史曲', 진 陳나라 사변謝變의 '방제곡方諸曲'이 실려 있다. '상운악' 이외의 시들은 모두 「상운악」에서 불리워진 노래의 한 수이거나 그것을 본뜬 작품일 것 이다.

7) 호악胡樂

'상운악'은 본시 신선의 가무였는데, 거기에 호악胡樂과 사자춤·봉 황새춤 등이 합쳐져 보다 큰 규모의 '가무희'로 발전한 것임이 분명하 다. 『악부시집』 권53 무곡가사舞曲歌辭 잡무雜舞의 「해제」에는 다음과 같은 기록이 있다.

송宋 명제明帝 때(456~472년), 또 서창西傖 강호羌胡의 잡무가 있었는데, 후위後魏(534~550년)·북제北齊(550~577년)도 모두 호 융기胡戎伎가 합쳐져 이로부터 여러 춤들이 더욱 성해졌다.[50]

---

50 『樂府詩集』; "明帝時, 又有西傖羌胡雜舞, 後魏北齊亦皆參以胡戎伎, 自此諸舞 彌盛矣."

『송서宋書』 권19 악지樂志에도 "또 서창西僧 강호羌胡의 여러 잡무雜舞가 있었다."[51]라고 기록되고 있다. 『남제서南齊書』 권1 고제본기高帝本紀를 보면, 제齊나라 고제高帝는 광명전光明殿에서 부하의 말을 죽이면서 "신하들과 함께 강호기羌胡伎를 하며 즐겼다."[52]라고 하였고, 같은 책 권4 「울림왕본기鬱林王本紀」에는 "세조世祖의 상喪 중에도 울림왕鬱林王은 곡을 하다가 후궁後宮으로 들어가서 호기胡伎 이부二部를 합閤의 양 옆으로 벌여 놓고 연주하게 하였다."[53]라고 하였으며, 같은 책 권7 「동혼후본기東昏侯本紀」에서도 "또 수부數部가 있어 모두 강호기羌胡伎를 고취鼓吹하며 연주하고 고각鼓角과 횡취橫吹를 하게 하였다."[54]라고 하였다. 『진서陳書』 권11 장소달전章昭達傳에서는 "반드시 여기잡악女伎雜樂을 성대히 마련하고 강호羌胡의 음악을 모두 갖추었었다."[55]라고 하였으니, 그 무렵 남조에는 여악女樂 및 '가무희'와 함께 강호기羌胡伎도 들어와 성행하였음을 알 수 있다. 그리고 이 강호기 같은 것들이 더욱 발전하여 '상운악上雲樂'을 이루게 하였을 것이다.

8) 배가사俳歌辭와 봉황함서기鳳凰銜書伎

『악부시집』 권56에는 무곡가사舞曲歌辭의 부록으로 「산악散樂」이 붙어 있는데, 작자를 알 수 없는 '배가사俳歌辭'와 송宋(420~479년) · 제齊

---

51 『宋書』; "又有西僧羌胡諸雜舞."
52 『南齊書』; "與左右作羌胡伎爲樂."
53 『南齊書』; "在世祖喪, 哭泣竟, 入後宮, 嘗列胡伎二部夾閤迎奏."
54 『南齊書』; "復有數部, 皆奏鼓吹羌胡伎, 鼓角橫吹."
55 『陳書』; 卷11 章昭達傳; "必盛設女伎雜樂, 備盡羌胡之聲."

(479~502년)의 '봉황함서기사鳳凰銜書伎辭' 두 수가 들어 있다. '배가사'
는 그 해제에 "주유도侏儒導라고도 부르며, 옛날부터 있어온 창우희倡優
戲이다."[56]라고 하였다. 『남제서南齊書』 권11 악지樂志에 같은 '배가사'
를 인용하고 "이 주유도侏儒導는 춤추는 사람 자신이 노래 불렀다. 옛날
가사는 여덟 곡이었는데, 이것은 맨 앞의 한 편이며, 22구였는데 지금 주
유侏儒들이 노래 부르는 것은 여기에서 일부를 취한 것이다."[57]라는 설명
을 붙이고 있다. 다시 『수서隋書』 권13 악지樂志에 양삼조설악梁三朝設樂
의 제16으로 '설배기설배伎設俳伎'가 있고,[58] 『고금악록古今樂錄』에서는 이에
대하여 다음과 같은 설명을 하고 있다.

연기자가 푸른 천으로 만든 주머니에 대바구니를 넣고, 다시 그
속에 두 난쟁이를 들어가게 한 다음, 그것을 짊어지고 나와 땅에
쏟아 놓으면 가무를 하는데, 아이들 두 사람이 난쟁이 머리 위에
무동을 서기도 하였다. 그리고 다음과 같은 배가俳歌를 읊었
다……[59]

이상을 종합하면, '배가사'는 대체로 난쟁이들이 연출하던 우희優戲
에서 발전한 '가무희'의 가사였음을 알 수 있다. 난쟁이가 주연이었기

---

56 『樂府詩集』;"一曰侏儒導, 自古有之, 蓋倡優戲也."

57 『南齊書』;"右侏儒導舞人自歌之. 古辭俳歌八曲, 此是前一篇, 二十二句. 今侏
儒所歌, 摘取之也."

58 『隋書』樂志에는 "魏晉 때 '侏儒導'이 있었으나 隋文帝 때 그것을 파하였
다."라는 기록도 있다.

59 『古今樂錄』;"技兒以青布囊盛竹簁, 貯兩踒子, 負束寫地歌舞, 小兒二人, 提沓
踒子頭, 讀俳云;……"(『樂府詩集』解題 引)

때문에 '주유도' 라고도 불렀고, 전부 여덟 곡이나 되었다니 규모도 작지 않은 '가무희' 였을 것이며, 『남제서』 악지樂志 및 『악부시집』과 『고금악록』의' 배가사' 가 비슷하면서도 서로 다르고 모두 알 수 없는 구절들이 대부분인 것으로 보아, 그것은 옛날부터 전해 내려오던 '가무희' 였음을 짐작할 수 있다. 그리고 그 내용은 난쟁이들이 연출한 것이니 우스개짓, 곧 골계滑稽 위주의 것이었을 것이다.

「봉황함서기鳳凰銜書伎」는 『수서隋書』 권13 악지樂志에도 "송宋·제齊 때부터 있었다."라고 하였고, 『남제서南齊書』 권11 악지樂志에는 이에 대하여 다음과 같은 설명을 하고 있다.

> 앞의 '봉황함서기鳳凰銜書伎' 가사는 대체로 어룡魚龍의 종류이 다. 초하룻날 시중侍中이 전전殿前에 꿇어앉아 그 글을 받았다. 송宋나라 때의 글은 이런 내용이었다. …… 제齊나라 초기에 중서랑中書郞 강엄江淹에게 명을 내리어 개작케 하였다.[60]

그리고 『악부시집』의 「해제」에는 "양梁 무제武帝 보통普通 연간 (520~526년)에 조령詔令을 내리어 그것을 파하였다."라는 말이 덧붙여져 있다. 본시 그것은 봉황새를 빌어 중국이 태평성세임과 천자의 위덕을 기리는 내용의 놀이였던 듯하다. 사자춤과 함께 봉황새춤이 '상운악上雲樂' 에 끼어들면서 단조로운 이 '봉황함서기' 는 없어지게 된 것인 듯 하다.

■
60 『南齊書』; "右鳳凰銜書伎歌辭, 蓋魚龍之流也. 元會日, 侍中於殿前跪取其書. 宋世辭云, ……. 齊初詔中書郎江淹改."

9) 나儺

양梁나라 종름宗懍(500~563?년)의 『형초세시기荊楚歲時記』에 다음과 같은 연말의 '나儺'에 관한 기록이 보인다.

12월 8일은 납일臘日인데, 속담에 말하기를 납고臘鼓가 울리면 봄풀이 솟기 시작한다고 하였다. 마을사람들은 다 같이 장구를 치며 호두胡頭를 쓰고, 또 금강역사金剛力士 모습을 해가지고 역귀들을 쫓아내었다.[61]

이는 민간의 '나'의 모습인데, 기록은 간단하지만 '나'의 행사 내용에 많은 변화가 있음을 알게 된다. 우선 '장구'가 이전의 나무儺舞에서는 쓰이지 않던 외국에서 들어온 악기이며, '호두胡頭'는 '호공두胡公頭'로 된 판본도 있는데, 아무래도 호인胡人의 모습에 가까운 가면이어서 그런 이름이 붙여진 것이 아닐까 여겨진다. 이는 궁나宮儺의 방상씨方相氏와는 다른 종류의 가면이었음이 분명하다. 『형초세시기荊楚歲時記』의 주석부분(五朝小說大觀本)에서는 '희두戲頭'를 들고 있는데, 그것은 '가무희' 같은 놀이를 할 때 쓰는 가면이란 뜻에서 붙여진 이름일 것이다. 끝으로 금강역사金剛力士는 금강저金剛杵를 들고 악귀를 물리치는 불교의 호법신護法神이니, 그 시대 불교의 성행이 민간의 풍속에도 큰 영향을 끼쳤음을 알게 된다. 『형초세시기』의 주석부분(五朝小說大觀本)에는 은운殷芸의 『소설小說』을 인용한 다음과 같은 기록이 보인다.

---

61 『荊楚歲時記』; "十二月八日, 爲臘日. 諺言, 臘鼓鳴, 春草生. 村人竝擊細腰鼓, 戴胡頭, 及作金剛力士以逐疫."

"손흥공孫興公(이름 綽, 314~371)은 늘 희두戲頭를 썼는데, 한번은 역귀를 쫓는 사람들과 함께 환선무桓宣武의 집에 갔다. 환선무는 그의 응대가 비범함을 깨닫고 따져 물은 결과 사실이 밝혀졌다."[62]

민간에서는 가면을 쓰고 나무儺舞를 하는 사람들이 집집마다 찾아다니며 역귀를 내쫓아 주었음을 알 수 있다. 따라서 이 시대에 이미 후세의 '나희儺戲'와 비슷한 '가무희'가 민간에서 행하여지고 있었음을 알 수 있다.

10) 그밖의 잡희雜戲

『태평어람太平御覽』 권569 악부樂部 7 우창優倡에 인용된 양梁 원제元帝의 『찬요纂要』를 보면, 한漢대에 발전한 '가무잡희'는 남조에도 거의 그대로 계승되었던 듯하다.

"옛 염곡豔曲에는 북리北里 · 미미靡靡 · 격초激楚 · 결풍結風 · 양아陽阿 같은 가곡이 있고, 또 '백희'는 진한秦漢에서 생겨난 것인데, 어룡만연魚龍蔓延(짐승가면을 쓰고 놀이를 한다) · 고환高絙 · 봉황鳳皇 · 안식安息 · 오안五案(모두 석계룡石季龍이 만든 것으로 『업중기鄴中記』에 보임) · 도로都盧 · 심당尋幢(지금의 연간緣竿으로 「서경부西京賦」에 보임) · 환검丸劍(환丸은 령鈴이라고도 하며 「서경부」에 보임) · 희거戲車 · 산거山車 · 흥운興雲 · 동뢰動雷(이우李尤의 「장락관부長樂觀賦」에 보임) · 근괘跟挂 · 복선腹旋(모두 연간緣竿에서 하는 것으로 부원傅元의 「서도부西都賦」에 보임) · 탄도呑刀(「서경

---

62 『荊楚歲時記』 ; "孫興公常着戲頭, 與逐除人共至桓宣武家, 宣武覺其應對不凡, 推問乃驗也."

부」에 보임) · 토화吐火(「서경부」에 보임) · 격수激水 · 전석轉石 · 수
무漱霧 · 강정扛鼎(이우의 「장락관부」와 부원의 「서도부」에 보임) · 상
인象人(『한서漢書』의 위소韋昭의 주에서 지금의 가면이라 하였다) · 괴
수怪獸 · 사리지희舍利之戱(모두 「서경부」에 보임) 등이 있다.[63]

그리고 남조로 들어와 나름대로 새로이 개발한 놀이도 그중에는 있었
던 듯하다. 다음 『남제서南齊書』 권11 악지樂志의 기록을 보면 더욱 그런
느낌을 갖게 한다.

각저角抵 · 상형像形 · 잡기雜伎는 역대로 전승되어 온 것이다.
그들의 증손增損과 기원에 관한 일은 자세히 알 수 없으나 대략 한
대의 장형張衡 「서경부西京賦」가 그 시작이라 할 것이다. ……강좌
江左의 함강咸康 중(335~342년)에 자록紫鹿 · 기행跂行 · 별식鼈
食 · 작서筰鼠 · 제왕권의齊王卷衣 · 절도絶倒 · 오안五案 등의 기예
伎藝를 파하여 중조中朝에는 없어졌다. ……태원太元 중(376~396
년)에 부견苻堅이 패한 뒤 관중關中에서 첨당호기檐橦胡伎를 얻어
태악太樂에 진상進上하였다.[64]

63 梁元章『纂要』曰："古豔曲有北里 · 靡靡 · 激楚 · 結風 · 陽阿之曲. 又有百戱,
起於秦漢, 有魚龍蔓延(假作獸以戱) · 高絙 · 鳳皇 · 安息 · 五案(並石季龍所作,
見鄴中記) · 都盧 · 尋橦(今之緣竿, 見西京賦) · 丸劒(丸一名鈴, 見西京賦) · 戱
車 · 山車 · 興雲 · 動雷(見李尤長樂觀賦) · 跟挂 · 腹旋(並緣竿所作, 見傅元西
都賦) · 吞刀(見西京賦) · 吐火(見西京賦) · 激水 · 轉石 · 漱霧 · 扛鼎(並見李
尤長樂觀, 及傅元西都賦) · 象人(見漢書, 韋昭曰, 今之假面) · 怪獸 · 舍利之戱
(並見西京賦)."

64 『南齊書』樂志；"角抵 · 像形 · 雜伎, 歷代相承有也. 其增損源起, 事不可詳,
大略漢世張衡西京賦是其始也. ……江左咸康中, 罷紫鹿 · 跂行 · 鼈食 · 筰
鼠 · 齊王卷衣 · 絶倒 · 五案等伎, 中朝所無. ……太元中, 苻堅敗後, 得關中檐
橦胡伎, 進太樂."

여기의 각저角抵는 한대부터 내려오는 '가무희'를 포함한 여러 가지 기예伎藝들을 가리키는 말이었을 것이다 상형像形은 가면을 사용하는 '가무희'를 뜻하는 말임이 분명하다. 그리고 잡기雜伎는 여기에도 보이는 여러 가지 기예들을 일컫는 말이다.

『남제서南齊書』를 보면, 권7 「동혼후기東昏侯紀」[65]에 남제南齊의 동혼왕東昏王 소보권蕭寶卷이 놀이를 한 내용이 여러 가지 기록되어 있다.

"밤낮으로 후당後堂에서 희마戲馬를 하며 친근한 내시內侍 · 창기倡伎들과 북 치며 소리질렀다."

"높은 장막 안에 오우의伍羽儀란 부서를 두고 그밖에 수부數部를 두었는데, 모두 고취강호기鼓吹羌胡伎와 고각횡취鼓角橫吹를 연주하게 하였다."

"황제는 힘이 세어 백호장白虎橦을 들 수 있었는데, 자신이 잡색雜色의 금기의錦伎衣를 만들어 입었고 거기에 금화金花 · 옥경玉鏡 같은 여러 보배로 장식을 하여 여러 가지 의태를 드러냈다."[66]

같은 책의 권28 「최조사전崔祖思傳」[67]에는 또 다음과 같은 기록이 보인다.

"지금 호구戶口는 백만百萬이 못 되는데, 태악太樂의 아雅 · 정鄭

65 『南史』 권5 廢帝東昏侯紀에도 보임.

66 『南齊書』東昏侯紀 ; "日夜於後堂戲馬, 與親近戲人倡伎鼓叫.", "高鄣之內, 設部伍羽儀, 復有數部, 皆奏鼓吹羌胡伎, 鼓角橫吹." "帝有膂力, 能擔白虎橦, 自製雜色錦伎衣, 綴以金花玉鏡衆寶, 逞諸意態."

67 『南史』 권47 崔祖思傳에도 보임.

에 속하는 음악은 원휘元徽 때(473년) 시험을 보아 뽑은 인원만도 천여 명이나 되며, 후당後堂의 잡기雜伎를 하는 사람들은 그 수에 들어 있지 않으니, …… 지금 사악함을 바로잡아 정도로 돌아가게 하려면 잡기를 없애버리는 게 좋을 것입니다."[68]

또 같은 책 권42 「소탄지전蕭坦之傳」에는 이런 기록이 보인다.

"후당後堂으로 나와서 교활한 잡희를 할 때에 탄지坦之는 언제나 (황제의) 곁에 있었다."[69]

남조南朝에서는 황제와 귀족들 사이에 '가무희'와 '잡희'가 상당히 성행하였음을 알게 한다.

다시 『남사南史』 권70 순리열전循吏列傳을 보면, 송宋나라 문제文帝 때 (424~453년)에는 다음과 같은 기록이 있다.

"모든 백 호戶의 고을이나 저자가 있는 고장이면 가요와 무용을 하느라 가는 곳마다 무리를 이루고 있었다."[70]

구체적인 자료는 전하는 것이 없지만 민간에서는 가무와 잡희가 더욱 성행하였음을 알게 한다.

---

68 『南齊書』; "今戶□不能百萬, 而太樂雅鄭, 元徽時校試千有餘人, 後堂雜伎, 不 在其數. ……今欲撥邪歸道, 莫若罷雜伎"

69 『南齊書』; "及出後堂, 雜戲狡獪, 坦之皆得在側."

70 『南史』; "凡百戶之鄉, 有市之邑, 歌謠舞蹈, 觸處成群."

3. 북조北朝(386~581년)의 '가무희'

북조北朝로 들어와서는 무엇보다도 유명한 구체적인 기록을 지닌 '가무희'로 '답요낭踏搖娘'과 '난릉왕蘭陵王'이 생겨난다. 이들은 당唐(618~907년)대에까지도 그대로 계승되어 연출되었기 때문에 보다 구체적인 기록이 전하는 것이다.

1) 답요낭踏搖娘

먼저 '답요낭'에 관한 기록은 최영흠崔令欽(749년 전후)의 『교방기教坊記』, 두우杜佑(735~812년)의 『통전通典』 권146, 단안절段安節(890년 전후)의 『악부잡록樂府雜錄』, 『구당서舊唐書』 권29 음악지音樂志 등에 보인다. 다음과 같은 『교방기教坊記』의 기록이 가장 자세한 것이다.

'답요낭踏謠娘': 북제北齊에 한 사람이 있었는데, 성은 소蘇가이고 주먹코를 하고 있었다. 실은 벼슬을 하고 있지도 않으면서 스스로 낭중郎中이라 불렀다. 술 마시기를 좋아하여 술주정을 잘했고, 술에 취할 때마다 그의 처를 잘 때렸다. 처는 슬픔을 품고 이웃 사람들에게 호소하였다. 당시 사람들이 이것을 놀이로 즐겼는데, 남자가 여자의 옷을 입고 천천히 걸어 들어오며 노래를 했었다. 노래 한 곡조가 끝날 때마다 곁의 사람들이 한목소리로 다음과 같이 그에 화창和唱하였다.

춤추며 노래하네, 화창하세!
춤추며 노래하는 여인 괴롭네, 화창하세!

그가 춤추면서 노래를 부르기 때문에 "춤추며 노래하네(踏謠)"라고 한 것이고, 그가 원망을 드러내기 때문에 "괴롭다"라고 말했던 것이다. 그의 남편이 와서 때리고 싸우는 모습을 함으로써 웃고 즐기었다. 지금은 여자가 그 역할을 하고, 마침내 낭중郎中이라 부르지 않고 아숙자阿叔子라고만 부르게 되었다. 놀이하는 중에 전당포도 보태어졌는데, 옛뜻을 완전히 상실한 것이다. 간혹 「담용낭談容娘」이라고도 부르는데 잘못된 것이다.[71]

『구당서舊唐書』 악지樂志의 기록은 이와 약간 다르다.

답요낭踏搖娘은 수隋나라(581~618년) 말엽에 생겨났다. 수隋나

---

71 『教坊記』; "踏謠娘, 北齊有人, 姓蘇, 鮑鼻. 實不仕, 而自號爲郎中. 嗜飮, 酗酒, 每醉, 輒毆其妻, 妻銜悲, 訴於隣里, 時人弄之. 丈夫著婦人衣, 徐步入場, 行歌. 每一疊, 旁人齊聲和之云, 踏謠, 和來! 踏謠娘苦, 和來! 以其且步且歌, 故謂之踏謠, 以其稱冤, 故言苦. 及其夫至, 則作毆鬪之狀, 以爲笑樂. 今則婦人爲之, 遂不呼郎中, 但云阿叔子. 調弄又加典庫, 全失舊旨. 或呼爲談容娘, 又非."

라 말엽 하내河內에 한 사람이 있었는데, 외모가 추악하면서도 술
을 좋아했고 늘 낭중郎中이라 스스로 불렀다. 술에 취하여 돌아와
서는 반드시 그의 처를 때렸다. 처는 미색이었고 노래를 잘하였는
데, 원망하고 괴로워하는 말을 했다. 하삭河朔에서는 그 노래를 연
출하고 악기로 그것을 반주하며, 그 남편의 모습을 형용하였다.
처는 슬픔을 호소할 적에 늘 그녀의 몸을 흔들었기 때문에 답요낭
踏搖娘이라 부르게 되었다. 근래의 배우들은 그 제도를 고쳐서 옛
날 뜻과는 다르게 되었다.[72]

『통전通典』의 기록과 매우 비슷한 내용이다. 다시『악부잡록樂府雜錄』
고가부鼓架部에는 또 다른 기록이 있다.

'소중랑蘇中郎' : 후주後周(557~581년)의 선비 소파蘇葩는 술을
좋아한 나머지 건달이 되어 스스로 중랑中郎이라 불렀고, 노래판
이 있으면 언제나 곧 들어가서 홀로 춤을 추었다. 지금 놀이를 하
는 사람은 붉은 옷을 입고 모자를 썼으며 얼굴은 새빨갛게 칠했는
데, 그가 취한 모습을 나타낸 것이다. 그래서 답요낭踏搖娘이 있게
되었다.[73]

런반탕〔任半塘〕은『당희롱唐戲弄』[74]에서 여기의 '소중랑'은 '답요낭'

---

72 『舊唐書』 ; "踏搖娘生于隋末河內. 河內有人, 貌惡而嗜酒, 常自號郎中. 醉歸,
必毆其妻. 其妻美色善歌, 爲怨苦之辭. 河朔演其聲, 而被之管絃, 因寫其夫之
容. 妻悲訴, 每搖頓其身, 故號踏搖娘. 近代優人改其制度, 非舊旨也."

73 『樂府雜錄』 ; "蘇中郎, 後周士人蘇葩, 嗜酒落魄, 自號中郎. 每有歌場, 輒入獨
舞. 今爲戲者, 著緋, 面正赤, 皆狀其醉也. 卽有踏搖娘."

74 『唐戲弄』(1985, 作家出版社) 下册, 三. 劇錄 七. 蘇中郎 참조.

과 다른 별개의 '가무희'라고 주장하였다. 그러나 『구당서舊唐書』악지樂志에서 "근래의 배우들이 그 제도를 고쳐서 옛날 뜻과는 다르게 되었다."고 하였으니, 대체로 같은 '답요낭'이 때와 장소에 따라 여러 가지 다른 모습으로 상연되었기 때문에 생긴 차이로 보아야 할 것이다. 『태평어람太平御覽』권573에는 『악부잡록』을 인용한 것으로 되어 있으나, 내용이 『구당서』에 가까운 것을 보면 판본에 따른 차이 때문이었는지도 모른다.

이 세 가지 기록을 견주어 보면, 우선 이 '가무희'의 발생시대가 서로 다르다. 북제北齊(550~577년)·수말隋末(618년)·북주北周(557~581년)의 차이가 있으나 대체로 북조北朝시대에 생겨난 것으로 보면 좋을 것이다. 그리고 '답요낭踏謠娘'과 '답요낭踏搖娘'으로 다르게 쓴 것은 '답요踏謠'는 춤 스텝을 밟으며 노래불렀다는 뜻을 지녔고, '답요踏搖'는 "그가 몸을 흔들며" 비소悲訴했다는 데서 붙여진 이름이다. 또 스스로 '낭중郎中'이라 부른 것이 '중랑中郎'으로 바뀐 것은 전해지는 과정에서 생긴 착오일 것이다.

어떻든 이 '가무희'는 "주먹코"[75]가 달린 "추악한 모습"의 남편이 걸핏하면 술을 마시고 취하여 자기 처를 때리는 내용이다. 이 남편은 스스로 낭중郎中이라 부르면서 하는 일 없이 술주정이나 하며 지내는 건달이다. 반대로 그의 처는 아름답고 노래를 잘하는데, 남편이 때리기만 하면 이웃 사람들에게 슬픔을 호소한다. 남편은 술에 취하여 까닭도 없이 자

---

75 "皰鼻"의 "皰"는 『玉篇』에 의하면, "面瘡", 『廣韻』에서는 "面上氣"라 하였다. 얼굴에 종기 같은 것이 난 것인데, "皰鼻"는 "종기가 난 코"이니, "주먹코"를 가리키는 듯하다.

신의 처를 때리는 과정에서 우스꽝스러운 동작과 춤으로 사람들을 웃겼을 것이다. 남편에게 얻어맞는 처는 괴롭고 억울한 처지를 춤과 노래로 표현하여 사람들의 동정을 사면서 그의 노래에 함께 화창和唱하도록 만들었던 듯하다. 간혹 술주정뱅이 혼자 나와 춤추고 노래하며 사람들을 즐겁게 하는 「소중랑蘇中郎」과 같은 경우도 있고, 전당포까지도 등장하는 많은 변화를 지닌 「답요낭」도 있었음이 분명하다.

슬픔과 억울함을 "호소"하고 "괴로움"을 말하는 과정에 설백說白, 곧 대화도 있었을 가능성이 많다. 그리고 "주먹코"에 "흉악한 모습"에다 술 취한 "새빨간 얼굴"을 하기 위해서 가면을 썼을 것이다. 왕꿔웨이[王國維]는 『고극각색고古劇脚色考』의 부록 「도면고塗面考」에서 소중랑蘇中郎의 붉은 얼굴을 도면塗面이라 하였고, 런반탕[任半塘]은 『당희롱唐戲弄』 3 극록劇錄 17에서 「난릉왕蘭陵王」과 함께 「답요낭」을 모두 '가면희'라고 한 의견을 반박하고 있다. 그러나 송宋 이전의 '가무희'는 '가면희'가 주류를 이루었음을 생각할 때, 이것들도 모두 가면놀이였다고 보는 것이 옳을 것이다.

2) 난릉왕蘭陵王

'난릉왕蘭陵王'은 '대면大面' 또는 '대면代面'이라고도 불렀다. 최영흠崔令欽의 『교방기教坊記』에 다음과 같은 기록이 있다.

「대면大面」은 북제北齊(550~577년)에서 나온 것이다. 난릉왕蘭陵王 장공長恭은 성격이 대담하고 용감하였으나, 모습이 부인과 같아 스스로 적군을 위압할 수 없다고 여기고는 곧 나무를 깎아 가면을 만들어 가지고 진지陣地에 나가서는 그것을 썼었다. 그래서 이 놀이가 이루어졌고, 또 가곡으로도 불리어졌다.[76]

『구당서舊唐書』 권29 음악지音樂志에도 이와 비슷한 기록이 있다.

「대면代面」은 북제北齊에서 나왔다. 난릉왕蘭陵王 장공長恭은 용감한 재질을 지녔지만 얼굴이 아름다워서 늘 가면을 쓰고 적과 싸웠다. 일찍이 주周나라 군대를 금용성金墉城 아래에서 친 일이 있었는데, 용감하기가 전군의 으뜸이었다. 제齊나라 사람들은 그를 장하게 여기고 이 춤을 만들어 그가 지휘하며 치고 찌르는 형용을 나타내었고, 그것을 '난릉왕입진곡蘭陵王入陣曲'이라 불렀다.[77]

『악부잡록』 고가부鼓架部에도 "희유대면戱有代面"하고 위와 비슷한 기록이 있는데, 끝머리에 "놀이하는 사람은 자색紫色 옷을 입고, 금띠를 둘렀으며, 채찍을 들었다."[78]라고 하였다. 『북제서北齊書』 권11 난릉무왕효관전蘭陵武王孝瓘傳에도 난릉왕蘭陵王의 전기에, 그가 가면을 쓰고 금용성金墉城 아래에서 주周나라 군사들을 크게 무찌른 경위가 보다 자세히 기록되어 있고, 이 위대한 승리를 기리기 위하여 군인들이 「난릉왕입진곡蘭陵王入陣曲」을 부르게 되었다는 기록도 보인다.

---

76 『教坊記』; "大面, 出自北齊. 蘭陵王長恭, 性膽勇而貌若婦人, 自嫌不足以威敵, 乃刻木爲假面, 臨陣著之. 因爲此戱, 亦入歌曲."

77 『舊唐書』; "代面出於北齊, 蘭陵王長恭才武而面美, 常著假面以對敵. 嘗擊周師金墉城下, 勇冠三軍. 齊人壯之, 爲此舞, 以効其指揮擊刺之容, 謂之蘭陵王入陣曲."

78 『樂府雜錄』; "戱者, 衣紫, 腰金, 執鞭也."

어떻든 「난릉왕」은 "자포紫袍를 입고 금띠를 두르고 채찍을 든" 장군이 부하를 "지휘하며" 적을 "치고 무찌르는 모습을 형용한" '가무희'였다. 여기에 쓰인 주제음악을 「난릉왕입진곡蘭陵王入陣曲」이라 하였고, 장군이 썼던 가면이 크고 위엄이 있는 것이어서 '대면大面'이라고도 부른 듯하다. 「대면代面」이란 말은 가면이나 비슷한 말로 쓰인 듯하다. 그리고 이 「난릉왕」은 「답요낭」과 함께 당唐대에까지도 계승되어 더욱 성행하고 발전하였다.

3) 안악安樂

『구당서舊唐書』 권29 음악지音樂志에는 「안악安樂」에 대한 다음과 같은 기록이 있다.

「안악安樂」이란 후주後周(577~581년)의 무제武帝가 제齊나라(550~577년)를 평정하고 지은 것이다. 춤의 행렬이 방정한 것은 성곽을 상징한 것이어서 주周나라에서는 성무城舞라 불렀었다. 춤추는 사람은 80명으로 나무를 깎아 가면을 만들어 개 주둥이에 짐승 귀를 달고 금으로 장식을 하고 실을 늘어뜨려 머리를 만들었으며, 화려한 짐승가죽 모자를 쓰고 춤을 추는 모습은 또한 서쪽 오랑캐의 모양을 했었다.[79]

이곳에는 고사 성분이 매우 적으므로 '가무희'라 하기 어렵게 느껴지

---

79 『舊唐書』; "安樂者, 後周武帝平齊所作也. 行列方正, 象城郭, 周世謂之城舞. 舞者八十人, 刻木爲面, 狗喙獸耳, 以金飾之, 垂線爲髮, 畵獩皮帽, 舞蹈姿制, 猶作羌胡狀."

는 춤이다. 원元 마단림馬端臨이 지은 『문헌통고文獻通考』 권145에서는
이를 「영안악永安樂」이라고도 부르고 있다. 그러나 80명의 사람들이 모
두 가면을 쓰고 춤을 추었으니, 그 시대에 가면무 또는 가면희가 상당히
유행하였음을 짐작하게 한다.

『위서魏書』 권109 악지樂志에는 이런 기록이 보인다.

> 처음에 고조高祖가 회淮·한漢 지역을 토벌하고 세종世宗이 수
> 춘壽春을 평정했을 때 그곳의 성기聲伎들도 거두어들였다. 강좌江
> 左에 전해지던 중원의 옛 악곡인 명군明君·성주聖主·공막公莫·
> 백구白鳩 같은 종류들과 강남江南의 오가吳歌와 형초荊楚의 사성四
> 聲을 전체적으로 청상淸商이라 불렀다. 전정殿庭에서 잔치를 벌일
> 때면 이들을 아울러 연주하였다.[80]

이상을 보면, 앞에서 소개한 '가무희' 인 왕명군王明君·공막무公莫
舞·백구무白鳩舞 등과 오가吳歌 등이 여전히 계승되어 연출되었음을 알
수 있다. 그러므로 실제로 '안악' 과 아울러 볼 때, 북조北朝의 궁중에서
도 여러 가지 '가무희' 가 연출되고 있었던 것이다.

4) 민간의 '가무희'

『북사北史』 권77 유욱열전柳彧列傳을 보면, 근래에 정월 보름이면 사
람들이 서로 다투어 각저희角抵戲를 하며 재력을 낭비하는 습관이 있는
데, 이를 없애야 한다고 다음과 같이 유욱柳彧이 상주上奏를 하고 있다.

---

80 『魏書』; "初高祖討淮漢, 世宗定壽春, 收其聲伎. 江左所傳中原舊曲, 明君·聖
主·公莫·白鳩之屬, 及江南吳歌, 荊楚四聲, 總謂淸商. 至於殿庭饗宴, 兼奏之."

제가 보건대 서울에서부터 바깥 고을들에 이르기까지 늘 정월 보름밤만 되면 사람들이 길과 골목을 가득 메우고, 온 세상이 요란하게 북을 치며 횃불로 땅을 밝히고서, 사람들이 짐승 가면을 쓰고 남자들이 여자 옷을 입고 나와 창우잡기倡優雜伎를 하며 이상한 모양으로 괴상한 짓들을 합니다.[81]

『북제서北齊書』권37 위수전魏收傳에도 위수魏收에 관한 다음과 같은 기록이 있다.

"성악聲樂을 좋아하고 호무胡舞를 잘 추었으며, 문선제文宣帝의 말년(599년)에는 자주 동산東山에서 여러 배우들과 원숭이와 개가 싸우는 놀이를 하였다."[82]

여기의 원숭이와 개도 가면을 쓴 사람이 연출한 것이었을 것이다. 북조北朝에서는 가면희와 창우잡기倡優雜伎가 궁전은 물론 민간에서도 상당히 유행하였음을 알 수 있다.

북조北朝에 와서는 호악胡樂과 호무胡舞를 비롯한 외국 음악과 춤이 더욱 많이 들어왔던 듯하다. 『수서隋書』권15 음악지音樂志를 보면 다음과 같은 기록이 보인다.

'서량西涼'이라는 음악은, 전진前秦(351~394년) 말엽에 여광呂光·저거몽손沮渠蒙遜 등이 양주涼州를 점령했을 때에 구자龜玆의 음악을 변개하여 만든 것이며, '진한기秦漢伎'라고 불렸다. 위魏나

---

81 『北史』; "竊見京邑, 爰及外州, 每以正月望夜, 充街塞陌, 鳴鼓聒天, 燎炬照地, 人戴獸面, 男爲女服, 倡優雜伎, 詭狀異形."
82 『北齊書』; "收 …… 好聲樂, 善胡舞. 文宣末, 數於東山與諸優爲獼猴與狗鬪."

라 태무제太武帝가 하서河西를 평정하고 그 음악을 얻어 '서량악西
涼樂'이라 불렀다. 위魏·주周나라 무렵에는 마침내 그것을 '국기
國伎'라 불렀다. 지금 곡조의 …… 등의 악기는 모두 서역에서 나
온 것이니, 중국의 옛 악기가 아니다. '양택신성楊澤新聲' '신백마
神白馬' 같은 것들도 호융胡戎에게서 나온 것이다. 호융의 노래는
…… 그 가곡에 영세악永世樂이 있고, 해곡解曲에는 만세풍萬世豐
이 있으며, 무곡舞曲에는 우전불곡于闐佛曲이 있다.[83]

위에 보인 '서량'은 남조의 「상운악上雲樂」 및 당나라의 「서량기西涼
伎」와도 관계가 있는 가무희인 듯하며, 그밖에 「양택신성」이나 「신백마」
와 「우전불곡」도 가무희였을 가능성이 짙다. 그리고 이들 호융胡戎의 오
랑캐 음악은 북조의 가무희 발전에 크게 공헌한 듯하다. 이로부터 중국
음악에 큰 영향을 끼친 '구자龜玆'는 후량後涼(386~403년)의 여광呂光이
구자龜玆를 멸망시키고 얻은 음악인데, 일단 사라졌다가 뒤에 북위北魏
(386~534년)가 중원中原을 평정한 후에 다시 얻었고, 그 뒤로 그 음악에는
많은 변화가 있었다고 하였으며,[84] 다시 그 시대에 강국康國·소륵疎勒·
안국安國 등의 음악이 수입되었다는 기록이 있다.[85]

83 『隋書』; "西涼者, 起苻氏之末, 呂光·沮渠蒙遜等, 據有涼州, 變龜玆聲爲之,
號爲秦漢伎. 魏太武旣平河西得之, 謂之西涼樂. 至魏周之際, 遂謂之國伎. 今曲
……之徒, 並出自西域, 非華夏舊器. 楊澤新聲·神白馬之類, 生於胡戎. 胡戎歌
……其歌曲有永世樂, 解曲有萬世豐, 舞曲有于闐佛曲." 『太平廣記』권569에
『後魏書』의 이와 비슷한 글을 인용하고 있음.

84 『隋書』; "龜玆者, 起自呂光滅龜玆, 因得其聲. 呂氏亡, 其樂分散, 後魏平中原,
復獲之."

85 『舊唐書』권29 樂志에도 이와 비슷한 西涼樂·龜玆·疎勒·安國·康國·北
狄樂 등이 그 무렵 들어왔다는 기록이 보인다.

5) 불교와 호악胡樂

『수서隋書』권15 음악지音樂志를 보면, '천축天竺'에 대하여 다음과 같이 기록하고 있다.

천축天竺이란, 장중화張重華(前 임금)[86]가 양주涼州를 차지하고 있을 때 네 종류의 언어의 통역을 거쳐 바쳐진 남기男伎로서, 천축天竺은 바로 그 음악이다. 가곡歌曲에는 사석강沙石疆이 있었고, 무곡舞曲에는 천곡天曲이 있었다.[87]

이에 의하면, 남북조南北朝시대에는 불교가 성행하였을 뿐 아니라 인도의 음악과 춤도 함께 들어왔음을 알게 된다.

그밖에도 북위北魏(386~534년)의 양현지楊衒之가 지은 『낙양가람기洛陽伽藍記』를 보면, 불교사원에서 행하여진 행사에는 여러 가지 가무와 잡희가 동원되었음을 알 수 있다. 예를 들면, 권1의 건중사建中寺에서는 4월 4일 석가모니 불상을 밖으로 내올 때 함께 연출한 놀이에 대하여 다음과 같이 말하고 있다.

"사악함을 물리치는 사자가 춤을 추면서 그 앞을 인도하며, 탄도呑刀 · 토화吐火 같은 재주가 한편에서는 요란하게 펼쳐지고, 채당綵幢 · 상색上索 같은 특이하고 괴상한 재주도 연출되며, 기이한

---

86 張重華는 前涼 임금 張駿의 둘째 아들로, 서기 346년부터 353년 사이 涼王 노릇을 하였다.

87 『隋書』;"天竺者, 起自張重華據有涼州, 重四譯來貢男伎, 天竺卽其樂焉. 歌曲有沙石疆, 舞曲有天曲."

재주와 특이한 의복이 전 도시에서 으뜸갔었다."[88]

다시 경락사景樂寺에서는 대재大齋 때 여악女樂을 벌였던 광경, 소의니사昭儀尼寺에서는 대단히 성대한 기악伎樂이 연출되었던 일들이 기록되고 있다.[89]

그밖에 권2의 종성사宗聖寺에서는 '묘기잡악妙伎雜樂'의 연출에 관한 기록이 보이고, 경흥니사景興尼寺에서도 여러 가지 기악伎樂과 잡기雜伎가 연출되었던 실황을 기록하고 있다. 그리고 권5의 선허사禪虛寺에서는 저각희觝角戲의 연출에 대한 기록 등이 보인다. 다시 운강석굴雲崗石窟이나 용문석굴龍門石窟과 여러 지방에서 발견된 벽화 등에는 북위北魏를 중심으로 한 시대에 만들어진 춤을 추는 멋진 비천飛天의 조각 등이 적지 않다. 이에 의하면, 이 시대의 불교사원은 여러 가지 가무와 잡희 연출의 중심지가 되기도 하였던 듯하다. 다시 말하면, 불교는 남북조시대부터 '가무희'나 여러 가지 곡예 및 잡희 같은 민간연예의 발전에 큰 뒷받침이 되고 있었다고 볼 수 있다.

6) 백희百戲

그밖에 북조에서도 백희百戲가 여전히 성행되고 있었다. 『위서魏書』 권109 악지樂志를 보면, 도무제道武帝 때의 다음과 같은 기사가 있다.

---

88 『洛陽伽藍記』卷1 建中寺;"四月四日, 此像(釋迦) 常出, 辟邪師子, 導引其前, 吞刀吐火, 騰驤一面, 綵幢上索, 詭譎不常, 奇伎異服, 冠於都市."
89 『洛陽伽藍記』卷1 景樂寺;"至於大齋, 常設女樂, ……"昭儀尼寺;"伎樂之盛, 與劉騰相比."

천흥天興 6년(403) 겨울에 태학太學에 명을 내리어 고취鼓吹를 총괄하여 정리하고 잡기雜伎를 증수增修케 하여, 오병五兵 · 각저角觝 · 기린麒麟 · 봉황鳳凰 · 선인仙人 · 장사長蛇 · 백상白象 · 백호白虎 및 여러 외수畏獸 · 어룡魚龍 · 벽사辟邪 · 녹마선거鹿馬仙車 · 고환백척高絙百尺 · 장교長趫 · 연장緣橦 · 조환跳丸 · 오안五案을 만들어 백희를 갖추었다. 큰 잔치를 베풀고 그것들을 전정殿庭에서 연출하니 한漢 · 진晉대의 옛날과 같았다. 태종太宗 초년(409)에 또 그것을 증수增修하여 대곡大曲도 여기에 맞추어 합치고 종과 북의 절주를 바꾸어 놓았다.[90]

북위北魏에서의 '백희' 의 성황을 짐작할 수 있게 한다. 『위서』권4의 공종기恭宗紀에 "또 술을 마시고 '잡희' 를 하며, 근본이 되는 일은 버리고 장사나 하는 일들을 금하였다." [91]라고 한 것도 '잡희' 의 성행을 방증하는 것이다.

---

90 『魏書』; "天興 …… 六年冬, 詔大樂, 總章鼓吹, 增修雜伎, 造五兵 · 角觝 · 麒麟 · 鳳凰 · 仙人 · 長蛇 · 白象 · 白虎, 及諸畏獸 · 魚龍 · 辟邪 · 鹿馬仙車 · 高絙百尺 · 長趫 · 緣橦 · 跳丸 · 五案, 以備百戲. 大饗, 設之於殿庭, 如漢晉之舊也. 太宗初, 又增修之, 撰合大曲, 更爲鐘鼓之節."

91 『魏書』; "又禁飮酒雜戲, 棄本沽販者."

제5장

수당隋唐의 '가무희'

581~907년

1. 수대隋代(581~618년)의 '가무희'

수隋나라는 문제文帝 양견楊堅이 나라를 세운 뒤(581년) 천하를 통일하기는 하였으나, 곧 618년에 당唐나라에 의해 망하고 만 나라이다. 천하를 다스린 기간은 짧았으나 수나라는 남북조南北朝시대의 '가무희'와 '잡희'를 종합 계승하여 당대에 이룩된 눈부신 발전의 터전을 마련한 시대이다.

1) 칠부악七部樂 구부악九部樂

『수서隋書』 권15 음악지音樂志를 보면, 개황開皇(589~600년) 초기의 칠부악七部樂[1]과 대업大業 연간(605~616년)의 구부악九部樂[2]이 실려 있다.

---

1 『隋書』; "七部樂, 一曰國伎, 二曰淸商伎, 三曰高麗伎, 四曰天竺伎, 五曰安國伎, 六曰龜玆伎, 七曰文康伎."

2 『隋書』; "煬帝乃定淸樂 · 西凉 · 龜玆 · 天竺 · 康國 · 疎勒 · 安國 · 高麗 · 禮畢, 以爲九部."

그런데 이들 중에는 '가무희'도 상당히 많은 분량이 포함되어 있었다. '칠부악'을 설명한 뒤에 우홍牛弘(545~610년)의 요청으로 비鞞·탁鐸·건巾·불拂의 네 가지 춤을 새로운 기악伎樂들과 함께 연출토록 하였다는 기록을 적고 있다.[3] 그중 비무鞞舞에는 앞에서 이미 설명한 한나라 때의 「파유무巴渝舞」와 「관동유현녀關東有賢女」가 들어 있고, 건무巾舞에는 홍문연鴻門宴을 노래와 춤으로 표현한 「공막무公莫舞」가 들어있다. '칠부악' 첫머리의 「국기國伎」는 구부九部의 「서량西涼」을 북조北朝 때에 부르던 이름이다.[4] 거기에 호융胡戎에서 생겨난 「양택신성楊澤新聲」과 「신백마神白馬」 같은 종류가 있다고 한 것은,[5] 뒤에 거기에 쓰인 가곡歌曲과 무곡舞曲은 따로 설명하고 있는 것으로 보아,[6] 런반탕〔任半塘〕이 『당희롱唐戲弄』에서 상상한 것처럼 '가무희'의 이름일 가능성이 많다.[7]

'칠부악'의 두 번째 청상기清商伎는 구부九部의 청악清樂인데, "그 가곡歌曲에는 「양반陽伴」이 있고, 무곡舞曲에는 「명군明君」·「병계幷契」가 있다."[8]고 하였다. 「명군」이 왕소군王昭君의 이야기를 연출한 '가무희'적인 춤이니, 「병계」도 '가무희'였을 가능성이 많다.

다시 칠부악·구부악에 모두 구자기龜玆伎가 보이는데, 수대에 와서 서국구자西國龜玆·제조구자齊朝龜玆·토구자土龜玆의 삼부三部가 있었다고 하였다. 그리고 악정樂正 백명달白明達로 하여금 새로운 음악을 작

---

3 『隋書』; "其後牛弘請存鞞·鐸·巾·拂等四舞, 與新伎並陳."
4 『隋書』; "西涼樂, 至魏·周之際, 遂謂之國伎."
5 『隋書』; "楊澤新聲·神白馬之類, 生於胡戎."
6 『隋書』; "西涼者, ……其歌曲有永世樂, 解曲有萬世豐, 舞曲有于闐佛曲."
7 『唐戲弄』第1章 總說 三. 溯源 (已)隋 및 第3章 劇錄 10. 神白馬 참조.
8 『隋書』; "其歌曲有陽伴, 舞曲有明君·幷契."

곡케 했는데, 그중의 「칠석상봉악七夕相逢樂」・「옥녀행상玉女行觴」・「신선유객神仙留客」・「척전속명擲磚續命」 등은 분명한 고사故事가 있어 '가무희' 였을 것으로 짐작된다.[9] 다시 구부九部 끝머리의 「예필禮罼」은 이미 앞에서 설명한 바와 같이 「문강악文康樂」이라고도 부르며, 진晉나라 유량庾亮의 집안에서 나온 '가무희' 이다.

2) 삼조설악三朝設樂

『수서隋書』권13 음악지音樂志 상上에는 삼조三朝 때, 곧 설날 아침 궁중의 잔칫자리에서 연출하던 음악과 잡기의 순서가 기록되어 있다.[10] 그것은 제일第一에서 제49에 이르는 도합 마흔아홉 단계로 이루어져 있다.

---

9 任半塘은 『唐戲弄』第1章 三. 溯源 (巳)隋에서 뒷부분의 세 가지 악곡을 들어 분명한 故事가 있는 歌舞라 설명하고 있다.

10 『隋書』卷十三 音樂志 上 ; 三朝, 第一, 奏相和五引. 第二, 衆官入, 奏俊雅. 第三, 皇帝入閤, 奏皇雅. 第四, 皇太子發西中華門, 奏胤雅. 第五, 皇帝進, 王公發足. 第六, 王公降殿, 同奏寅雅. 第七, 皇帝入儲變服. 第八, 皇帝變服出儲, 同奏皇雅. 第九, 公卿上壽酒, 奏介雅. 第十, 太子入預會, 奏胤雅. 十一, 皇帝食擧, 奏需雅. 十二, 撤食, 奏雍雅. 十三, 設大壯武舞. 十四, 設大觀文舞. 十五, 設雅歌五曲. 十六, 設俳伎. 十七, 設鼙舞. 十八, 設鐸舞. 十九, 設拂舞. 二十, 設巾舞幷白紵. 二十一, 設舞盤伎. 二十二, 設舞輪伎. 二十三, 設刺長追花幢伎. 二十四, 設受猾伎. 二十五, 設車輪折胅伎. 二十六, 設長蹻伎. 二十七, 設須彌山, 黃山, 三峽等伎. 二十八, 設跳鈴伎. 二十九, 設跳劍伎. 三十, 設擲倒伎. 三十一, 設擲倒案伎. 三十二, 設青絲幢伎. 三十三, 設一傘花幢伎. 三十四, 設雷幢伎. 三十五, 設金輪幢伎. 三十六, 設白獸幢伎. 三十七, 設擲蹻伎. 三十八, 設獼猴幢伎. 三十九, 設啄木幢伎. 四十, 設五案幢呪願伎. 四十一, 設辟邪伎. 四十二, 設青紫鹿伎. 四十三, 設白武伎, 作訖, 將白鹿來迎下. 四十四, 設寺子導安息孔雀, 鳳凰, 文鹿胡舞登連上雲樂歌舞伎. 四十五, 設緣高絙伎. 四十六, 設變黃龍弄龜伎. 四十七, 皇太子起, 奏胤雅. 四十八, 衆官出, 奏俊雅. 四十九, 皇帝興, 奏皇雅.

제1로부터 제12 단계에 이르기까지는 황제皇帝가 태자太子를 비롯한 왕공王公들 및 공경公卿들과 함께 잔칫자리로 들어와 식사를 하는 순서인데, 처음 입장할 때부터 식사가 끝나는 단계에 이르기까지 각 단계마다 서로 다른 여러 가지 음악이 연주된다. 그리고는 오락 순서로 들어가 제13으로부터 제20 단계에 이르기까지는 각 단계마다 서로 다른 춤과 노래가 연출된다.

다만 제16 단계에서 연출되던 「배기俳伎」는 '가무희'적인 성격도 띤 것이었을 가능성이 많다. 다시 제21로부터 제31 단계에 이르기까지는 여러 가지 가무와 기예技藝가 합쳐진 놀이들이 연출되며, 제32로부터 제40 단계에 이르기까지는 여러 가지 깃발을 세워 놓고 하는 기예인 당기幢伎가 연출된다. 그중에서도 동물과 관계되는 제36 단계의 백수당기白獸幢伎와 제38 단계의 미후당기獼猴幢伎 등은 '가무희'적인 성격도 띤 놀이가 아니었을까 하고 추측해본다.

제41에서 제43에 이르는 세 단계는 피사辟邪 영상迎祥 하는 놀이여서, 이는 모두 나儺나 비슷한 '가무희'의 성격을 띤 놀이였을 것이다. 특히 제44 단계에서는 호인胡人이 공작새와 봉황새 및 문록文鹿을 이끌고 등장하여 「상운악上雲樂」 가무희를 연출하고 있다. 이 단계가 삼소실익三朝設樂의 중심을 이루는 부분이며, 그 중심은 바로 '가무희'였다고 할 수가 있을 것이다. 제45 단계의 줄타기와 제46 단계의 용춤 및 거북이춤은 앞의 놀이를 끝맺는 과정으로 연출된 것이라고 볼 수 있다. 제47에서 제49에 이르는 단계는 잔치에 참여했던 사람들이 잔치를 끝내고 물러나는 단계로, 오직 서로 다른 음악만이 연주된다.

다시 설도형薛道衡(540~609년)의 「화허급사선심희장전운和許給事善心

「戲場轉韻」 시의 일부만 읽어보아도 수나라 때(581~618년)에는 여러 가지 '가무희'가 상당히 성행하였음을 알게 된다. 그 시를 아래에 소개한다.

오랑캐 피리 농두음隴頭吟 연주하고, 구자곡龜玆曲에 맞추어 오랑캐 춤 추네.

쓰고 있는 가면은 금은으로 장식했고, 화려한 옷에는 주옥까지 매달려 흔들리네.

밤 깊어도 놀이는 끝날 줄 모르고, 다투어 사람으로서는 하기 어려운 재주 부리네.

누워서 말타고 달리며 옥재갈을 날리고, 말 위에 서서는 은안장을 돌리네.

종횡으로 칼을 날리기도 하고, 여러 개의 공 던지며 놀이도 하네.

일어섰다 엎드렸다 여러 짐승들 춤추고, 어지러이 여러 새들 놀이하네.

사자는 점박이 발을 희롱하고, 큰 코끼리는 긴 코를 늘어뜨렸네.

……

羌笛隴頭吟, 胡舞龜玆曲.
강 적 롱 두 음   호 무 구 자 곡

假面飾金銀, 盛服搖珠玉.
가 면 식 금 은   성 복 요 주 옥

宵深戲未闌, 兢爲人所難.
소 심 희 미 란   긍 위 인 소 난

臥驅飛玉勒, 立騎轉銀鞍.
와 구 비 옥 륵   입 기 전 은 안

縱橫旣躍劍, 揮霍復跳丸.
종 횡 기 약 검   휘 곽 부 도 환

抑揚百獸舞, 盤跚五禽戲.
억 양 백 수 무   반 산 오 금 희

狻猊弄斑足, 巨象垂長鼻.
산 예 롱 반 족   거 상 수 장 비

이밖에도 수나라 때의 성대했던 '가무백희'에 관한 기록은 많이 있
다.

3) 창우노잡倡優獿雜

수나라는 '가무희' 뿐만 아니라 남북조南北朝시대의 온갖 가무와 잡희
를 모두 계승하여 크게 발전시켰었다. 『수서隋書』 권13 음악지音樂志에
는 다음과 같은 기록이 보인다.

> 양제煬帝(605~617 재위)는 뽐내고 사치하며 음란한 곡을 늘 즐
> 겼다. 어사대부御史大夫인 배온裵蘊이 황제의 속뜻을 헤아려 가지
> 고 남북조南北朝 나라들의 악공자제樂工子弟와 민간의 음악을 잘하
> 는 사람들 3백여 명을 모아들여 모두 태악太樂에 소속시켰다. 창우
> 倡優와 노잡獿雜[11]이 모두 모여들었다. 그 슬픈 가락과 새로운 곡
> 조, 음란한 선율과 교묘한 소리는 모두 업성鄴城 아래에서 나온 북
> 제北齊의 구곡舊曲이었다.[12]

여기의 "창우倡優와 노잡獿雜"은 '가무희' 뿐만 아니라 '백희'까지도
다 포함되는 것이다. 『수서』 권3의 양제기煬帝紀에서 대업大業 6년(610

---

11 『禮記』 樂記의 '獿雜子女' 注 ; "獿, 獼猴也. 言舞者如獼猴戲也."
12 『隋書』 ; "煬帝矜奢, 頗玩淫曲, 御史大夫裵蘊, 揣知帝情, 奏括周·齊·梁·陳
   樂工子弟, 及人間善聲調者, 凡三百餘人, 竝付太樂. 倡優獿雜, 咸來萃止. 其哀
   管新聲, 淫弦巧奏, 皆出鄴城之下, 高齊之舊曲云."

년)에 "단문가端門街에서 각저대희角觝大戱를 하였는데, 천하의 기이한 예(伎藝)들이 모두 모였었다."[13]라는 기록이 보인다. 다시 『북사北史』의 권74 배온전裵蘊傳에는 "황제의 뜻을 헤아려 가지고 남북조南北朝 나라들의 악가자제樂家子弟들을 모아들여 ……모든 음악을 잘하거나 창우倡優 백희를 잘하는 사람들을 모두 태상太常에 소속시켰다. 이 뒤로 기이한 재주와 음란한 음악이 모두 악부樂府에 모였다."[14]는 기록이 있다. 그리고 『수서』 권15 음악지音樂志에도 "그리고 천진가天津街에서 백희를 성대히 벌였는데, 천하의 모든 기이한 기예伎藝가 모이지 않은 것이 없었다."[15] 고 하였다.

사마광司馬光(1019~1086년)의 『통감通鑑』에도 수양제隋煬帝 때에 성행한 산악散樂에 관한 기록이 몇 군데에 보인다. 권180의 대업大業 2년(606년) 9월에도 다음과 같은 기록이 보인다.

본시 제온공齊溫公(高緯) 때에 어룡魚龍 · 산거山車 등의 희희가 있었는데, 그것을 산악散樂이라 하였다. ……태상소경太常少卿 배온裵蘊이 황제의 뜻에 맞추기 위하여 온 천하와 남북조南北朝 여러 나라의 악가자제樂家子弟들을 모아 모두 악호樂戶로 삼고, 육품六品 이하 서인庶人에 이르는 자들로 음악을 잘하는 사람들을 모두 태상太常에 소속시킬 것을 아뢰었다. 황제가 그 말을 따르니 사방의 '산악'이 크게 동경東京으로 모여들었고, 그것들을 방화원芳華

---

13 『隋書』; "角觝大戱於端門街, 天下奇伎異藝畢集."

14 『北史』; "揣知帝意, 奏括天下周 · 齊 · 梁 · 陳樂家子弟. ……凡庶有善音樂, 及倡優百戱者, 皆直太常. 是後異技淫聲, 咸萃樂府."

15 『隋書』; "及於天津街盛陳百戱, 自海內凡有奇伎, 無不總萃."

苑의 적취지積翠池 곁에서 연출케 하였다.[16]

대업 3년, 7월조에도 양제가 성동城東에서 '산악'을 연출케 하여 여러 오랑캐들을 놀라게 하며 즐기었다는 기록이 있고,[17] 권181 대업 6년(610년) 2월조에도 "남북조 여러 나라들의 '산악'을 모아 모두 태상太常에 배치시켰고, 모두 박사博士와 제자弟子를 두어 서로 전수케 하니 악공樂工이 3만여 명에 이르렀었다."[18]라는 기록도 보인다.

다시 『태평광기太平廣記』 권226에는 『대업습유大業拾遺』를 인용한 『수식도경水飾圖經』에 대한 설명이 실려 있다. 『수식도경』은 양제 때의 학사學士 두보杜寶가 지은 책인데, 3월 상사上巳날에 여러 신하들을 모아 놓고 곡수曲水에서 연출한 수식水飾에 관한 내용을 쓴 15권으로 이루어진 책이다. 우선 신귀神龜가 팔괘八卦를 짊어지고 황하黃河로부터 나와 그것을 복희씨伏羲氏에게 주는 것으로부터 시작하여, 큰 고래가 배를 삼키는 모습에 이르기까지 모두 72세勢의 물속 또는 물가에서 일어났던 일들을 곡수曲水에서 차례로 연출하는데, 나무를 깎아 만든 모든 인형과 여러 짐승들이 마치 살아서 움직이는 것처럼 만들어졌었다고 한다.

그밖의 열두 척의 기항妓航이 수식水飾 사이를 누비고 다니는데, 그 배에는 경종磬鐘과 생슬笙瑟 등을 연주하는 나무인형과 도검跳劍·무륜舞輪·승간昇竿·척승擲繩 등 '백희'를 연출하는 인형들이 타고 있었다고

16 『通鑑』 "初, 齊溫公之世, 有魚龍山車等戲, 謂之散樂. ……太常少卿裴蘊希旨, 奏括天下周·齊·梁·陳樂家子弟皆爲樂戶, 其六品以下至庶人, 有善音樂者, 皆直太常. 帝從之, 於是四方散樂大集東京, 閱之於芳華苑積翠池側."

17 『通鑑』 "帝於城東御大帳, 備儀衛, 宴啓民及其部落, 作散樂, 諸胡駭悅."

18 『通鑑』 "庚申, 以所徵周·齊·梁·陳散樂悉配太常, 皆置博士弟子, 以相傳受, 樂工至三萬餘人."

한다. 그리고 술통을 실은 작은 배를 나무인형들이 젓고 다니며 곡수曲水 가의 곳곳에 앉아 있는 손님들의 술잔에 술을 따라 권하기도 하였다고 한다.

이것들 모두 황곤黃袞이란 사람의 생각에 의해 만들어진 것이라 하는데, 믿기 어려울 정도로 기교가 크게 필요한 것이다. 어떻든 이 기록은 수隋대에는 인형극인 괴뢰희傀儡戲의 기교가 극도로 발달한 것 외에 가무와 '백희'도 매우 성행되었음을 짐작케 하는 기록이라 할 것이다.

『수서』권62 유욱전柳彧傳을 보면 유욱이 황제에게 올린 글에 다음과 같은 대목이 있다.

> 제가 보건대, 서울에서부터 바깥 고을에 이르기까지 늘 정월 보름달 밤이 되면 길가와 거리를 메우고 무리 지어 놀이들을 하는데, 북소리가 하늘을 소란스럽게 하고 횃불빛이 온 땅 위를 비추게 하고서, 사람들은 짐승가면을 쓰고 남자가 여자옷을 입고 창우倡優와 잡기雜技의 온갖 괴상한 모양을 다 연출합니다. 지저분한 짓을 기쁨과 즐거움으로 삼고 야비한 행동으로 웃음과 즐김을 삼으며, 안팎이 함께 보면서도 서로 피하지도 않는 실정입니다.[19]

이에 의하면, 전국의 민간에도 가면놀이를 중심으로 하는 '가무희'와 여러 가지 '잡희'가 성행되었음을 알게 된다. 따라서 수나라는 이전의 남북조시대의 '가무희'를 계승 발전시켜 그것을 당唐나라로 전승시켜 준 시대였다고 말할 수 있을 것이다.

■

19 『隋書』；"竊見京邑, 爰及外州, 每以正月望夜, 充街塞陌, 聚戱朋遊. 鳴鼓聒天, 燎炬照地, 人戴獸面, 男爲女服, 倡優雜技, 詭狀異形. 以穢嫚爲歡娛, 用鄙褻爲笑樂, 內外共觀, 曾不相避."

2. 당대唐代(618~907년)
'가무희'의 대체적 상황

1) 가무잡희의 성행

당대는 수隋나라를 이어받아 처음부터 가무잡희歌舞雜戱가 성행하였다. 처음 고조高祖(618~626년 재위)·태종太宗(627~649년 재위)시대만 하더라도 수나라로부터 전해지는 지나친 놀이들을 자제하려는 노력을 보이기도 했다.[20] 그러나 당나라의 기틀이 안정된 뒤로부터 '가무희'가 더욱 큰 발달을 이루게 된다.

『당서唐書』만 보더라도 당나라 시내에 산악백희散樂百戱가 성행하였음을 알려주는 기록이 곳곳에서 발견된다. 『구당서舊唐書』 권34 학처준열전郝處俊列傳을 보면 이런 기록이 있다.

---

20 『新唐書』卷2 禮樂志；"隋樂, 每奏九部樂終, 輒奏文康樂, 一曰禮畢, 太宗時命削去之, 其後遂亡. 及平高昌, 收其樂." 卷103 「孫伏伽傳」；"孫伏伽, ……高祖武德初, 上言三事, ……其二, 百戱散樂, 本非正聲, 隋末始見崇用, 此謂淫風, 不得不變. 近太常假民裙襦五百稱, 以衣妓工, 待玄武門游戱."(『唐會要』卷34)

상원上元 원년(674년)에 고종高宗이 함원전含元殿 동쪽 상란각翔鸞閣에 나가서 대보大酺를 구경하였다. 그때 서울의 네 현縣과 태상太常의 음악을 동서의 두 붕朋으로 나누고, 황제는 옹왕雍王 현賢에게 동붕東朋을, 주왕周王 휘諱에게 서붕西朋을 이끌게 하고 힘써 재주를 겨루게 함으로써 즐기었다.[21]

『구당서』 권7 예종본기睿宗本紀를 보면, 선천先天 2년(712년) 정월 보름날에 상황上皇께서 안복문安福門으로 나가 등불놀이를 구경하였는데, "들락거리는 사람들이 서로 몸을 부비며 노래하며 춤추었고, 모든 관리들도 나와서 구경하며 온 밤을 지새우고야 끝났다."[22]라고 하였으며, "이 월달까지도 등불놀이가 이어져 황제도 직접 연희문延喜門으로 나아가 등불을 구경하며 마음껏 즐기기를 사흘 밤이나 계속하였다."[23]라고 하였다.

이처럼 당나라 초기부터 성행한 가무잡희는 음악 황제인 현종玄宗(713~755년 재위)이 교방教坊을 둠으로써 더욱 크게 발전한다.[24] 그리고 이러한 산악잡희散樂雜戲는 이후로도 계속 성행된다. 예를 들면, 대종代

---

21 『舊唐書』;"上元元年, 高宗御含元殿東翔鸞閣觀大酺. 時京城四縣及太常音樂分爲東西兩朋, 帝令雍王賢爲東朋, 周王諱爲西朋, 務以角勝爲樂."(『新唐書』 권115, 『通鑑』 권20)

22 『舊唐書』;"二年春, …… 上元日夜, 上皇御安福門觀燈, 出內人連袂踏歌, 縱百僚觀之一夜方罷."

23 『舊唐書』;"二月 …… 皇帝於延喜門觀燈縱樂, 凡三日夜."

24 『新唐書』 권22 禮樂志;"玄宗…… 及卽位, 命寧王主藩邸樂, 以亢太常, 分兩朋以角優劣. 置內教坊於蓬萊宮側, 居新聲・散樂・倡優之伎, 有諧謔而賜金帛朱紫者." 上仝 권48 「百官志」 太樂署;"開元二年(714), 又置內教坊于蓬萊宮側, …… 京都置左右教坊, 掌俳優雜技. 自是不隷太常, 以中官爲教坊使."

宗(763~779년 재위) 때 국자학國子學에 사당祠堂·논당論堂 등이 이루어졌을 때에도 하루 종일 교방教坊의 악부잡기樂府雜伎를 연출케 하여 즐기고 있었고,[25] 목종穆宗(821~824년 재위) 같은 황제는 늘 가무잡희를 즐기었다.[26]

이처럼 가무잡희의 성행은 궁중에만 그치지 않고 귀족과 대신들 사이에도 크게 퍼졌다.『신당서新唐書』권143 고적전高適傳을 보면, 고적高適 (702~765년)이 가서한哥舒翰의 군대 안에서는 감군제장監軍諸將들이 군대의 일은 돌보지 않고 "창우倡優와 놀음으로 즐기는 일"에만 빠져 있음을 비판하고 있고,[27] 『구당서』권96 송경전宋璟傳을 보면, 송경宋璟(663~737년)의 아들 형제들이 "모두 술을 마시고 놀며 배우잡희俳優雜戲를 잘하였다."[28]고 하였다. 원재元載(?~777년)의 부자들은 "창우외설倡優猥褻의 놀이들을 친족들과 함께 보면서도 조금도 부끄럽게 여기지 않았다."[29]는 기록도 있고, 의종懿宗(860~873년 재위) 때의 "여러 왕자들은 모두 음악을 익히고 창우잡희倡優雜戲를 하였으며, 천자가 그들의 집으로 가면 곧 수

---

25 『舊唐書』권24 禮儀志 ; "永泰二年(766년) ……八月, 國子學成祠堂·論堂· 六館院 及官吏所居廳宇…… 又有教坊樂府雜伎, 竟日而罷."

26 『舊唐書』권16 穆宗本紀 , "二月(元和 十五年) ……陳俳優百戲於丹鳳門內, 上縱觀之. 丁亥, 幸左神策軍觀角抵 及雜戲, 日昃而罷. ……秋七月, ……甲寅, 御新成永安殿觀百戲, 極歡而罷. ……長慶元年 ……上觀雜伎於麟德殿."(『新唐書』권8)

27 『新唐書』 ; "天子(玄宗)西幸, ……翰忠義有素, 而病奪其明, 乃至荒跖. 監軍諸 將不恤軍務, 以倡優蒲簺相娛樂."

28 『舊唐書』 ; "宋璟……子渾·怒……然兄弟盡善飮謔, 俳優雜戲."

29 『舊唐書』권118 元載傳 ; "載在相位多年, ……名姝異樂, 禁中無者有之. 兄弟 各貯妓妾于室, 倡優猥褻之戲, 天倫同觀, 畧無愧恥."(『新唐書』권145)

레를 마중하며 음악을 연주하였다."[30]고도 하였다.

그리고 이러한 놀이들은 민간에도 널리 성행되었다. 『구당서』 권45 여복지興服志에는 태극太極 원년(712년)에 당소唐紹가 황제에게 올린 글이 실려 있는데, 다음과 같은 대목이 있다.

전에 서민들의 천한 것들이 때로는 수레를 막고 술과 음식을 요구하며 놀이를 하고 즐겼었습니다. 요새는 이러한 풍습이 더욱 성해져서 위로는 왕공들에 이르기까지 음악을 크게 연주하며 많은 무리들이 모여 길을 가득 메우고 있습니다.[31]

이것은 결혼식 때의 놀이지만 그밖에 '산악'의 공연을 전문으로 하는 유랑악인들도 많았던 듯하다. 『당회요唐會要』 권34에는 '산악'을 공연하는 유랑악단들을 없애려는 개원開元 2년(714년) 10월 6일에 내린 다음과 같은 칙령勅令이 있다.

산악散樂이 마을을 돌아다니는 것을 특별히 금하여 없게 하여야 한다. 만약 이를 범한 자가 있으면, 그들을 받아들인 주인과 촌정村正을 서른 대를 치고 결과를 관에 보고해야 하며, 산악인散樂人들은 모두 고향으로 돌려보내어 중역重役을 시키도록 한다.[32]

---

30 『新唐書』 권22 禮樂志 ; "咸通間, 諸王多習音聲, 倡優雜戲. 天子幸其院, 則迎駕奏樂."

31 『舊唐書』 ; "往者下俚庸鄙, 時有障車, 邀其酒食, 以爲戲樂. 近日此風轉盛, 上及王公, 乃廣奏音樂, 多集徒侶, 遮擁道路, ……歌舞喧譁."(『新唐書』 권113)

32 『唐會要』'開元二年十月六日勅 ; 散樂巡春, 特宜禁斷. 如有犯者, 竝容止主人及村正, 決三十, 所由官附考奏. 其散樂人, 仍遞送本貫, 入重役.'

송宋 왕당王讜(1110년 전후)의 『당어림唐語林』 권1에는 헌종憲宗의 원화元和 원년(806년)에 행하여진 다음과 같은 기록이 있다.

고숭문高崇文이 유벽劉闢의 난을 평정하러 성도成都에 들어갔을 적에 우인優人이 유벽책매극劉闢責買劇을 연출하려 하였으나 허락하지 않고 모두 매를 친 다음 수자리를 살러 가게 하였다.[33]

또 단안절段安節의 『악부잡록樂府雜錄』 배우俳優조에는 다음과 같은 대목이 있다.

희종僖宗(874~888년 재위)이 촉蜀에 갔었을 때 놀이하는 중에 유진劉眞이란 자가 있었는데, 특히 잘하여 뒤에 황제를 따라 서울로 들어와 교방敎坊에 적을 두었다.[34]

다시 범터范攄(877년 전후)의 『운계우의雲溪友議』 하下에서는 다음과 같은 말을 하고 있다.

헌종憲宗의 원화元和 말년(820년) 원진元稹이 절동浙東에 있을 때에 배우 주계남周季南·계숭季崇과 처 유채춘劉採春이 육참군陸參軍을 언춘하는데 노랫소리가 구름 위로 치솟는 듯하였다.[35]

당대에는 민간에 유랑악인들이 많았고, 또 가무와 잡희 등도 성행하

---

33 『唐語林』；"高崇文平劉闢亂, 入成都, 優人擬演劉闢責買劇, 不許, 竝被杖戍."

34 『樂府雜錄』；"僖宗幸蜀時, 戲中有劉眞者, 尤能, 後乃隨駕入京, 籍于教坊."

35 『雲溪友議』；"憲宗元和末, 元稹在浙東, 俳優周季南·季崇及妻劉採春, 弄陸參軍, 歌聲徹雲."

였음을 짐작할 수 있다.

그밖에 요합姚合(831년 전후)의「한식寒食」시에는 다음과 같은 구절이 있다.

> 기악伎樂을 하는 주州 사람들이 놀이를 하는데,
> 주목州牧의 마음은 쓸쓸하기만 하다.[36]

원진元稹(779~831년)의「곡녀번哭女樊」시에서는 다음과 같이 읊고 있다.

> 이리저리 강 배 타고 노닐고,
> 비집고 다니며 악붕樂棚을 구경하네.[37]

여기의 '기악伎樂'이란 아무래도 '가무희'가 중심이 되는 놀이를 뜻할 것이며, 원진의 시를 통해서 우리는 시골 곳곳에 여러 가지 기예伎藝를 상연하던 악붕樂棚이 마련되어 있었음을 알게 된다.

이를 종합하면, 당나라 시대에는 궁중은 물론 상류계급들로부터 아래 서민층에 이르기까지 가무잡희가 매우 성행하였음을 알 수 있다.

2) '가무희'의 성격 변화

당대의 '가무희'는 '안사安史의 난'이 일어난 이후 중당中唐(756~835년) 때에 와서 크게 성격상의 변화를 일으키게 된다. 본시 '가무희'는 난

---

36 「寒食」; "伎樂州人戲, 使君心寂寥."

37 「哭女樊」; "騰踏遊江舫, 攀援看樂棚."

룽왕蘭陵王·답요낭踏搖娘·상운악上雲樂·발두撥頭 등이 보여주듯이 성당盛唐 때까지만 해도 가면희가 중심을 이루어 왔으나 중당 때부터는 가면희가 자취를 감추게 된다. 중당 때의 '가무희'를 보면, '서량기'만이 가면희이고 한세旱稅·의양주義陽主·유벽책매劉闢責買·우호희優胡戲[38] 등 모두 가면희가 아니다. 이 뒤로 만당晚唐(836~907년)·오대五代(907~979년)·송宋(960~1279년)으로 이어지며 '가무희'에서 거의 가면이 자취를 감추게 된다. 가면희가 민간의 '나희'로 스며들어 지금까지 각지에 전하게 되는 것도 이때부터 시작된 경향이다. 런반탕은 『당희롱唐戲弄』의 1. 총설總說에서 중당中唐 시기(756~835년)를 "과백류科白類의 놀이가 공전의 발전을 이룩한 시기"라고 하였는데, '과백'의 발전은 상대적으로 '가무歌舞'의 후퇴를 뜻하고, 또 그것은 가면의 사용문제와도 연결이 되는 일인 듯하다.

후세의 중국희극에 갖추어져 있는 여러 가지 정식程式도 중당 무렵에 생겨나기 시작한다. 조린趙璘(844년 전후)의 『인화록因話錄』 권1에는 당나라 숙종肅宗(756~762년 재위) 때에 연출된 가관희假官戲의 출연자 중에 '참군장參軍椿'이 있었음이 기록되어 있는데, 왕꿔웨이〔王國維〕는 『고극각색고古劇脚色考』[39]에서 "아마도 이미 각색脚色의 호칭이 있었던 것 같다."라고 하였다. 도종의陶宗儀(1360년 전후)는 또 『철경록輟耕錄』 권25에서 "부정副淨을 옛날에는 참군參軍이라 불렀다."[40]라고 하였으니, 표현을 바꾸

---

38 任半塘, 『唐戲弄』一. 總說 六. 中唐 참조.

39 『古劇脚色考』; "似已爲脚色之稱."

40 『輟耕錄』; "副淨古謂之參軍." 明 朱權, 『太和正音譜』 권1에도 "靚古謂參軍"이란 말이 보인다.

면 부정副淨이란 각색이 '참군'에서 나왔다는 말이 된다. 만당 이상은李商隱(813-858년)의 「교아驕兒」 시에는 다음과 같은 구절이 들어 있다.

문득 다시 참군參軍을 흉내내고
소리 따라 창골蒼鶻을 부른다.[41]

이에 의하면, 만당 이전에 '참군희'에는 '참군'과 함께 '창골'이라는 각색이 있었음을 알 수 있다.

오대五代로 와서는 '가무희'의 각색이 더욱 발달하였던 듯하다. 송宋대 석문영釋文瑩(1060년 전후)의 『옥호야사玉壺野史』 권10에는 한희재韓熙載(911~970년)가 집안에 성악聲樂 40여 명을 기르며 놀이를 하였는데 "손님들과 생生 단旦이 함께 뒤섞였다." 하였고, 송대 마령馬令의 『남당서南唐書』 권22 귀명전歸明傳의 서아전舒雅傳에서는 한희재가 서아舒雅와 더불어 평복을 입고 놀이를 즐겼는데 "시비侍婢들과 뒤섞이어 말末을 반연扮演하고 산酸의 말투를 쓰면서 웃고 즐기었다."고 하였다.[42] 여기에 만도 생生·단旦·말末·산酸 등의 각색 이름이 보이고 있다.

런반탕은 『당희롱』에서 중당시대의 특색의 하나로 "가무류희歌舞類戲의 편제編制가 진보하였다."고 하였는데, "가무류희의 편제가 진보한 것"은 구성과 연출면에 있어서도 '가무희'의 정식程式이 발전하기 시작하였음을 뜻한다. 곧 '의양주義陽主'가 단설團雪과 산설散雪의 두 부분으

---

41 「驕兒」; "忽復學參軍, 案聲喚蒼鶻."

42 『玉壺野史』; "韓熙載才名遠聞, ……畜聲樂四十餘人, 閨檢無制, 往往時出外齋, 與賓客生旦雜處." 『南唐書』; "然熙載 ……常與雅易服燕戲, 猱雜侍婢, 入末念酸, 以爲笑樂."

로 나뉘어지고 있는 것 같은 것이다.[43]

그러나 '가무희'의 체재상의 정식程式은 북송北宋(960~1127년)의 송잡극宋雜劇과 금金나라(1115~1234년)의 금원본金院本에 가서야 제대로 이루어진다. '송잡극'은 "일장양단一場兩段"으로 이루어졌는데, 이는 염단艶段과 정잡극正雜劇 2단段을 뜻한다. 후에 다시 산단散段이 뒤에 더 붙여지는 경우도 있게 되었다.[44] '금원본'에는 염단艶段이 있었다는 기록밖에는 없으나 여러 가지 실정으로 미루어 그 정식은 '송잡극' 못지않게 발달했었을 것이다. 여하튼 중국 고전희극에 있어서의 정식은 이미 중당시대의 '가무희'에서 발달하기 시작하여, 송대의 '가무희'에서 거의 완벽한 수준으로까지 발달을 이룬다. 그리고 그 정식은 그대로 후세의 '대희大戱'에 흡수되고 있는 것이다.

중당시대에 '가무희'[45]에서 가면이 사라지기 시작하고, 연극의 여러 가지 정식程式이 생겨났다는 것은 중국희극의 커다란 변화를 뜻한다. 이 변화의 시작은 곧 북송 말엽 중국희극의 '소희'로부터 '대희大戱'로의 변신을 준비한 것이라 볼 수도 있을 것이다.

---

43 뒤의 「제5장 수당隋唐의 가무희」 5. 당대에 생겨난 '가무희' 참조 바람.

44 뒤의 「제6장 송대宋代와 그 후의 '가무희'」 2. 송잡극宋雜劇 참조.

45 「제6장 송대宋代와 그 후의 '가무희'」 5. 금金 원본院本 참조.

3. 옛것을 계승한 '가무희'

1) 난릉왕蘭陵王

남북조南北朝시대의 '가무희'가 당대에도 대부분 그대로 계승 발전하였다. 그 가무희 중에서도 발생 경위와 그 연출 모양 및 음악 등에 관하여 비교적 구체적으로 적어 놓은 기록이 전하는 것은 '난릉왕蘭陵王'과 '답요낭踏搖娘'이다. 이 두 가지 '가무희'에 대하여는 북조北朝의 '가무희'를 설명하는 앞의 대목에서 이미 자세히 서술하였다.

『태평어람太平御覽』권569 악부樂部 7 우창優倡을 보면,『당서唐書』악지樂志를 인용하여 당나라 초기 예종睿宗 때(684)부터 행해진 여러 가지 남북조南北朝시대부터 전해내려오고 있는 잡기雜伎에 대하여 설명한 뒤 다음과 같은 말로 그 대목을 매듭짓고 있다.

　지금은 또 완주기椀珠伎 놀이와 단주기丹朱伎 놀이를 한다. 가무
　희에는 대면大面·발두撥頭·답요낭踏搖娘·굴뢰자窟礧子 등의 놀

이가 있는데, 궁중에서 교방敎坊을 두어 이 놀이에 대처하고 있다.[46]

이 기록으로 보아 당나라에는 일찍부터 가무희가 성행하였음을 알 수 있다. 여기에 보인 가무희에 대하여는 뒤에 자세한 설명을 할 것이다. 여기에 보인 '대면'은 이제 설명할 '난릉왕蘭陵王'의 다른 이름이다.

정만균鄭萬鈞의 「대국장공주비문代國長公主碑文」[47]을 보면, 또 다음과 같은 기록이 있다.

> 전에 측천태후則天太后가 명당明堂에 나와 잔치를 벌였을 때, …… 기왕岐王은 나이 다섯 살로 위왕衛王이었는데 난릉왕蘭陵王을 연출하였다.[48]

이는 칙천무후則天武后(684~704년 재위)의 구시久視 원년(700년)의 일이며, 현종玄宗(713~756년 재위)의 동생인 기왕岐王이 다섯 살 때 추었다니, 난릉왕 '가무희'의 한 장면의 춤 동작을 연출한 것일 것이다.

당대 사람들의 기록으로는, 최영흠崔令欽(749년 전후)의 『교방기敎坊記』와 두우杜佑(735~812년)의 『통전通典』 권146(『구당서舊唐書』 음악지音樂志와 대체로 같음), 난안질段安節(890년 전후)의 『악부잡록樂府雜錄』 고가부鼓架部

---

46 『太平御覽』卷569 ; "『唐書』樂志曰 ; 睿宗時, 婆羅門樂人, 倒行而足舞. ─今又有弄椀珠伎, 弄丹朱伎. 歌舞戲有大面・撥頭・蹋搖娘・窟儡子等戲, 置敎坊於禁中以處之."

47 『全唐文』권279에 실림.

48 「對國長公主碑文」 ; "初, 則天太后於明堂宴, …… 岐王年五歲, 爲衛王, 弄蘭陵王."

가 대표적인 그에 관한 자료인데, 모두 그 내용에 약간의 차이가 있다. 북제北齊의 난릉왕蘭陵王 장공長恭이 얼굴이 여자처럼 아름다워 위엄이 없다고 해서 나무를 깎아 만든 가면을 쓰고 적과 싸워 이겼던 일을 가무로 재현시켰다는 점은 모두 같다. 그러나 그 가무에 관한 서술은 세 가지가 모두 다르다.

첫째 『교방기教坊記』에서는 "그래서 이 놀이를 만들었고, 또한 가곡歌曲으로도 지어졌다."[49]라고만 하였고, 『통전通典』에서는 약간 더 발전하여 "제齊나라 사람들이 그것을 장하게 여기어 이 춤을 만들었는데, 그가 지휘하며 치고 찌르던 형용을 본뜬 것이었으며, 그것을 난릉왕입진곡蘭陵王入陣曲이라 하였다."[50]라고 하였다. 끝으로 『악부잡록樂府雜錄』에서는 "놀이하는 사람은 자색紫色 옷을 입고, 금띠를 둘렀으며, 채찍을 들었다."[51]라고 하였다. 이는 모두 같은 '난릉왕'의 연출을 보고 기록한 것이 아니라 때와 장소에 따라 여러 가지 서로 다른 모양의 것이 연출되었음을 짐작케 한다. 위의 기록은 대략 서기 750년, 800년, 850년 정도로 시대차이가 나는데, 이러한 시대의 흐름에 따라 '가무희'의 연출기법도 더욱 발전했던 것이 아닐까 여겨지기도 한다. 그리고 거기에는 춤도 있고 노래도 있었으니, 서기 700년의 다섯 살 난 기왕岐王처럼 '난릉왕' 춤의 일부를 출 수도 있었을 것이고, 또 그 노래만을 부르는 경우도 있었을 것이다.

한편 이를 대면大面 또는 대면代面이라고도 부르고 있는데, 런반탕〔任

---

49 『教坊記』; "因爲此戲, 亦入歌曲."

50 『通典』; "齊人壯之, 爲此舞, 以効其指揮擊刺之容, 謂之蘭陵王入陣曲."

51 『樂府雜錄』; "戲者, 衣紫, 腰金, 執鞭也."

半塘)은 『당희롱唐戲弄』[52]에서 '대면大面' 은 '가무희' 의 유명類名이고 '난릉왕蘭陵王' 은 희명戲名이어서, 대면大面과 난릉왕蘭陵王을 혼동해서 는 안 된다고 주장하였다.

그러나 옛날 사람들이 유명과 희명을 엄격히 구별하였다고는 생각되 지 않는다. '난릉왕' 이 유명으로 쓰이지는 않겠지만, 대면大面 또는 대면 代面은 유명과 동시에 희명으로도 쓰였음이 분명하다. 여하튼 당나라에 서 '난릉왕' 이란 '가무희' 는 초당初唐에서 만당晚唐에 이르기까지 여러 가지 모양으로 연출되었다. 같은 '가무희' 라 하더라도 장소와 시대에 따 라 연출 기법에 많은 차이를 보이는 것이 그 특징의 하나라 할 수 있다.

2) 답요낭踏搖娘

당대에 연출된 답요낭踏搖娘도 때와 장소에 따라 일찍부터 여러 가지 다른 형식으로 연출되었다. 우선 최영흠崔令欽의 『교방기教坊記』만 보더 라도 '답요낭' 에 대하여 이렇게 기록하고 있다.

> 남자가 여자의 옷을 입고 더딘 걸음으로 입장하여 걸으면서 노 래하는데, 일첩一疊의 노래가 끝날 때마다 곁에 있던 사람들 모두 가 한목소리로 그에게 맞추어 '답요踏謠, 화래和來! 답요낭고踏搖 娘苦, 화래和來!' 하고 화창하였다.[53]

라고 하였다. 그러나 곧 "지금은 여자가 그 역할을 하여 마침내 낭중郎中

52 『唐戲弄』第2章 辨體 三. 第三種分類.

53 『教坊記』;"丈夫著婦人衣, 徐步入場, 行歌. 每一疊, 旁人齊聲和之云;踏搖, 和來!踏搖娘苦, 和來!"

이라 부르지 않고, 다만 아숙자阿叔子라 하게 되었다."[54]라고 설명하고 있다. 본시는 남자가 남편뿐만 아니라 그의 처 역할까지 하던 것이었는데, 현종玄宗(713~755년 재위) 때에 이르러서 남편 역할까지 반대로 여자가 맡게 되었고, 그 남편을 낭중郎中이라 부르지 않고 아숙자阿叔子라 부르게 되었다는 것이다. 그 후로도 더 많은 변화를 일으켜 두 부부뿐만 아니라 전당포도 등장하게 되어 옛날 놀이의 뜻과 전혀 다른 것이 되었고, 담용낭談容娘이라고 잘못 불리워지기도 하였다는 것이다.[55]

한가지 기록 안에서도 '답요낭'이란 가무희는, 남자들이 연출→여자들의 연출→전당포 등장→담용낭談容娘이라 불리워지기도 함의 순서로 여러 가지 변화를 보여주고 있다.

『구당서舊唐書』권189 유학儒學 하下 곽산운전郭山惲傳을 보면, 중종中宗(705~709년 재위)은 가까운 신하들과 수문학사修文學士들을 불러 자주 잔치를 베풀었는데, 한번은 그들에게 각각 자신의 기예伎藝를 선보이게 함으로써 웃고 즐겼다. 이때 공부상서工部尙書 장석張錫은 담용낭무談容娘舞를 추었다고 했다.[56] 장석이 춘 '담용낭무'는 앞의 기왕岐王이 추었던 '난릉왕'처럼 '답요낭' 가무희의 춤 일부를 추었던 것일 것이다.

다시 현종玄宗(713~756년 재위) 때의 사람인 상비월常非月의 「영담용낭咏談容娘」[57]이라는 다음과 같은 시가 있다.

---

54 『教坊記』; "今則婦人爲之, 遂不呼郎中, 但云阿叔子."

55 『教坊記』; "調弄又加典庫, 全失舊旨. 或呼爲談容娘, 又非."

56 『舊唐書』; "時中宗數引近臣及修文學士, 與之宴集, 嘗令各効伎藝, 以爲笑樂. 工部尙書張錫爲談容娘舞, ……."

57 『全唐書』第3函 第9册에 실림.

손 들어 꽃 머리장식 매만지고

몸 날려 비단 자리 위에서 춤추네.

말은 둘레 길거리에 빽빽하고

사람들 빽빽이 놀이마당 둥글게 에워싸네.

노래는 한목소리로 화창하고

감정은 섬세한 말 통해 전해지네.

마음의 크기는 알 수 없으되

꽤 많은 동정심 받아들이는 듯!

舉手整花鈿, 翻身舞錦筵.
거 수 정 화 전　　번 신 무 금 연

馬圍行處匝, 人簇看場圓.
마 위 행 처 잡　　인 족 간 장 원

歌要齊聲和, 情敎細語傳.
가 요 제 성 화　　정 교 세 어 전

不知心大小, 容得許多憐!
부 지 심 대 소　　용 득 허 다 련

이는 분명히 시골장터 같은 곳에서 연출되고 있던 '답요낭' 가무희를 구경하는 광경을 읊은 것이다. 대체로 '담용談容'은 '답요踏謠'가 잘못 전해신 밀인 듯하다.

두우杜佑의 『통전通典』권146(『舊唐書』音樂志와 대체로 같음)의 기록은 『교방기教坊記』와는 약간 다르다. 『교방기』는 주인공 소랑중蘇郎中이 북제北齊 사람이라 했는데, 『통전』에서는 수隋 말 사람이라 하였고, 앞에서는 "주먹코〔鮑鼻〕"라 하였는데, 뒤에서는 "추한 모습〔醜貌〕"이라 하였으며, 그의 처는 "용모가 아름답고 노래를 잘하였다."[58]라고 하였다. 그리

■
58 『通典』; "妻美色善歌."

고 그의 처가 슬피 호소를 할 때에 "언제나 그의 몸을 흔들었기 때문에 답요踏搖라 부르게 되었다."[59]라고 하였다. 위의 답요낭踏謠娘이 여기서는 답요낭踏搖娘으로 바뀌고 있는 것이다. 그리고 끝머리에 "근래 우인優人들은 그 제도를 많이 고치고 있는데, 옛 뜻은 아니다."[60]라고 설명을 덧붙이고 있으니, 두우杜佑 때에도 이미 본래의 '답요낭'과 달라진 여러 가지 형태의 '답요낭' 놀이가 연출되고 있었음이 분명하다.

단안절段安節의 『악부잡록樂府雜錄』 고가부鼓架部의 기록은 더 다르다. 우선 앞의 낭중郎中이 소중랑蘇中郎으로 변해 있고, 그는 "후주인後周人) 소파蘇葩"라 하였다. 그리고 "언제나 노래판이 있기만 하면 곧 들어가 홀로 춤추었다."[61]라고 하였다. 그러니 이는 '가무희'가 아니라 홀로 추는 춤으로써 '답요낭' 가무희에서 남편의 춤만을 가려 한 사람이 춘 것이다. 앞에 인용한 『구당서』의 중종中宗 때 공부상서工部尚書 장석張錫이 임금 앞에서 춘 담용낭무談容娘舞가 반대로 그의 처의 춤을 가려 춘 것과 대조가 된다. 그리고 "지금 이 놀이를 하는 사람은 붉은 옷을 입고, 모자를 썼으며, 얼굴은 새빨간데, 이는 그의 취한 모양을 나타낸 것이다."[62]라고 하여 출연자의 옷과 모습을 설명하고 있다.

끝으로 "즉유답요낭卽有踏搖娘"이란 구절이 붙어 있는데, 이를 뒤의 문장에 붙여 읽기보다는 소중랑蘇中郎을 설명한 글에 붙여 이해하는 것이 좋을 듯하다. 소중랑에 관한 설명을 보면, '답요낭'과는 너무나 연출

---

59 『通典』; "妻悲訴, 每搖其身, 故號踏搖云."

60 『通典』; "近代優人頗改其制度, 非舊旨也."

61 『樂府雜錄』; "每有歌場, 輒入獨舞."

62 『樂府雜錄』; "今爲戱者, 著緋, 戴帽, 面正赤, 蓋狀其醉也."

상황이 다르기 때문에 런반탕[任半塘]은 『당희롱唐戱弄』에서, 이 소중랑蘇中郞은 소랑중蘇郞中과 전혀 다른 사람이라 주장하고 있다. 그러나 옛날의 '가무희'는 노래와 춤을 분리시킬 수도 있고, 또 때에 따라서는 등장인물들 중 한 사람의 춤 일부만을 가려 추기도 하였음을 전제로 할 때, 이 소중랑蘇中郞은 '답요낭'의 소랑중蘇郞中에서 나온 것으로 봄이 무난할 것이다.

위현韋絢(840년 전후)이 유우석劉禹錫(772~842년)이 한 말을 적었다는 『유빈객가화록劉賓客嘉話錄』에는 소랑중蘇郞中을 "수隋 말 하간河間 사람"이라 하고 "사비皶鼻"[63]라 했는데, 대체로 『통전』의 기록과 비슷하다. 다만 끝머리에 "호사자好事者가 가면을 쓰고서 그 모양을 연출하고 '답요낭'이라 불렀는데, 지금와서는 담낭談娘이라고 한다."는 말을 덧붙이고 있다. 이에 의하면, '답요낭'도 가면놀이였으며, 중국의 옛날 '가무희'는 가면놀이가 중심이었음을 뒷받침해 준다. 런반탕[任半塘] 같은 이는 『당희롱』여러 곳에서 '답요낭'이 도면塗面임을 강조하고 있으나, 이는 옛 '가무희'의 특성을 제대로 이해하지 못한 탓인 듯하다. 그리고 "지금은 담낭談娘이라 부른다."[64]라고 하였는데, 담낭談娘은 담용낭談容娘의 준말인 듯하다. 이것도 옛날의 '가무희'가 여러 가지 형태로 연출되어 많은 경우 정확한 그 수세主題조차도 파악하기 어려움을 설명해 주는 것이다.

---

63 "사비皶鼻"는 코에 무엇이 난 것으로 "皰鼻"와 비슷하며, 역시 "주먹코"라 보아야 할 것이다.

64 『劉賓客嘉話錄』; "好事者乃爲假面, 以寫其狀, 呼爲踏搖娘, 今謂之談娘."

3) 상운악上雲樂

곽무천郭茂倩의 『악부시집樂府詩集』 권51 청상곡사清商曲辭에 양梁 무제武帝와 주사周捨의 「상운악上雲樂」에 이어, 당唐나라 이백李白(701~762년)과 이하李賀(791~817년)의 「상운악」 및 왕무경王無競(652~705년)의 「봉대곡鳳臺曲」, 이백李白의 「봉대곡」과 「봉황곡鳳凰曲」이 실려 있다. 그러니 '상운악'이란 가무희는 당나라 때에도 연출되고 있었음이 확실하다. 당나라 시인들의 시의 내용을 살펴보면, 이백의 「상운악」은 그 가무희를 상연하는 모양을 차례대로 묘사한 내용이어서 양나라 주사의 시와 맞먹는다. 이하李賀의 시는 팔월 초하룻날 궁중에서 연출되는 '상운악' 가무희를 보고 그 감상을 노래한 작품이다. 그리고 왕무경王無競과 이백의 「봉대곡」과 「봉황곡」은 모두 그 '가무희'에서 불리워지던 한 곡의 노래 가사이거나 그것을 본떠서 지은 작품이다. 당대의 '상운악'의 상연모습을 알려주는 이백의 「상운악」 시는 다음과 같다.

> 서쪽 하늘의 서편
> 해가 지는 곳,
> 문강文康이라는 늙은 오랑캐가 아기로
> 그곳 월굴月窟에서 태어났네.
> 험준한 용모에다
> 잘 다듬어진 풍골風骨 지녔으니,
> 두 눈동자 푸른 옥이 빛나는 듯하고
> 황금빛 꾸불꾸불한 머리의 양편 귀밑머리는 붉네.
> 아래로 처진 속눈썹은 천자의 수레 지붕 같고
> 위에 덮힌 입술은 중악中岳인 숭산崇山 같네.

이처럼 괴이한 모습 보지 않고야
어찌 조물주의 신묘함 알겠는가?

대도大道는 문강文康의 아버지이고
원기元氣는 바로 문강의 어머니인데,
머리 어루만지며 태곳적 반고盤古를 달래 주고
수레 밀며 하늘 바퀴를 돌리고 있다가
해와 달이 처음 생겨나는 것을 보고서
불의 정기와 수은을 부어서 만들었다네.
해는 아직 골짜기에서 나오지 않고
달은 몸을 반쯤 숨기고 있을 때,
여와女媧는 황토흙을 개어
뭉쳐서 어리석은 아랫사람들 만들어
이 세상에 뿌려 놓으니
자욱하기 모래먼지 같게 되었네.
낳고 죽음이 다함 없는 자들뿐인데
그 누가 이 오랑캐 진실한 신선임을 밝히겠는가?

서쪽 바다 해지는 곳에 약목若木 심고
동쪽 바다 해뜨는 곳엔 부상扶桑 심었는데,
떠나온 지 얼마나 되었는지
잎새 무성한 가지 만리나 자라 뻗었네.
중국에는 옛날 일곱 성인[65] 있었으나

---

65 "일곱 성인〔七聖〕"은 黃帝·方明·昌寓·張若·諂朋·毘閽·滑稽의 일곱 명
(『莊子』徐无鬼), 또는 黃帝·元女·文王·周公·孔子·天老·董仲舒(『協紀
辨方書』辨僞 上吉七聖) 등 옛날 중국의 일곱 성인을 말함.

중도에 모두 아득한 세상으로 가 버렸는데,

폐하께서 운수를 따라 일어나셔서

용이 날 듯 함양咸陽으로 들어가셨네.

적미赤眉가 유분자劉盆子를 황제로 세웠을 적에[66]

백수白水[67]에서 한漢나라 빛이 솟아올랐네.

크게 호령하니 사해四海가 움직이어

큰 파도가 물결쳤고,

발 들어 자미성紫微星을 밟으니

하늘문 스스로 열려졌었네.

늙은 오랑캐 지극한 덕에 감복하여

동쪽으로 와서 신선의 가무 진상하네.

오색의 사자와

구채九彩의 봉황은

늙은 오랑캐의 개와 닭 같은 것

궁전 안을 울면서 춤추고 나는데,

너풀너풀 너울너울

나아갔다 물러갔다 자연스런 절도 있네.

오랑캐 노래하면서

66 赤眉는 西漢 말엽 王莽이 新나라를 세웠을 때, 琅玡의 樊崇이 莒에서 군사를 일으켰는데, 눈썹을 붉게 칠하여 王莽의 군대와 구별함으로써 그렇게 불렀다. 그들은 劉盆子를 황제로 세우고 세력이 한때 대단했으나 결국은 光武帝에게 평정되었다.

67 白水는 湖北省 襄陽府 棗陽縣 옆을 흐르는 강물 이름. 白水 가에 後漢 光武帝의 옛집이 있어 張衡이 "龍飛白水"라 하였다.

한나라 술 올리는데,

두 무릎 꿇고

양 팔꿈치 나란히 하네.

뒤이어 꽃 뿌리며 하늘 가리켜 흰 손 들어올리고,

황제께 절하면서

성상의 수를 축원하는데,

북두칠성 일그러지고

남산이 무너질 때까지

천자께선 구구 팔십일만세 수하시며

오래도록 만세배 기울이시기를!

金天之西, 白日所沒.
금 천 지 서　　백 일 소 몰

康老胡雛, 生彼月窟.
강 로 호 추　　생 피 월 굴

巉岩儀容, 戍削風骨,
참 암 의 용　　수 삭 풍 골

碧玉炅炅雙目瞳, 黃金拳拳兩鬢紅.
벽 옥 경 경 쌍 목 동　　황 금 권 권 량 빈 홍

華蓋垂下睫, 嵩嶽臨上脣.
화 개 수 하 첩　　숭 악 림 상 순

不覩譎詭貌, 豈知造化神.
부 도 휼 궤 모　　기 지 조 화 신

大道是文康之嚴父, 元氣乃文康之老親.
대 도 시 문 강 지 엄 부　　원 기 내 문 강 지 로 친

撫頂弄盤古, 推車轉天輪.
무 정 롱 반 고　　추 거 전 천 륜

云見日月初生時, 鑄冶火精與水銀.
운 견 일 월 초 생 시　주 야 화 정 여 수 은

陽烏未出谷, 顧兔半藏身.
양 오 미 출 곡　고 토 반 장 신

女媧戲黃土, 團作愚下人,
여 와 희 황 토　단 작 우 하 인

散在六合間, 濛濛若沙塵.
산 재 륙 합 간　몽 몽 약 사 진

生死了不盡, 誰明此胡是仙眞?
생 사 료 부 진　수 명 차 호 시 선 진

西海栽若木, 東溟植扶桑.
서 해 재 약 목　동 명 식 부 상

別來幾多時, 枝葉萬里長.
별 래 기 다 시　지 엽 만 리 장

中國有七聖, 半路頹鴻荒.
중 국 유 칠 성　반 로 퇴 홍 황

陛下應運起, 龍飛入咸陽.
폐 하 응 운 기　용 비 입 함 양

赤眉立盆子, 白水興漢光.
적 미 립 분 자　백 수 홍 한 광

叱咤四海動, 洪濤爲簸揚.
질 타 사 해 동　홍 도 위 파 양

舉足蹋紫微, 天關自開張.
거 족 답 자 미　천 관 자 개 장

老胡感至德, 東來進仙倡.
노 호 감 지 덕　동 래 진 선 창

五色師子, 九苞鳳凰.
오 색 사 자　구 포 봉 황

是老胡鷄犬, 鳴舞飛帝鄉,
시로호계견　명무비제향

淋灕颯沓, 進退成行.
림리삽답　진퇴성항

能胡歌, 獻漢酒, 跪雙膝, 竝兩肘.
능호가　헌한주　궤쌍슬　병량주

散花指天擧素手, 拜龍顏, 獻聖壽.
산화지천거소수　배룡안　헌성수

北斗戾, 南山摧,
북두려　남산최

天子九九八十一萬歲, 長傾萬歲杯.
천자구구팔십일만세　장경만세배

　표현은 다르지만 당대에도 대체로 양나라 때의 '상운악'을 그대로 이어받아 상연하였던 것 같다. 앞머리에 늙은 오랑캐 문강文康의 가무가 나오고, 뒤이어 사자춤과 봉황춤이 이어지며, 천자의 만수무강을 비는 것으로 놀이는 끝난다. 이백의 시에는 문강이 "우스개짓도 잘하고 술도 잘 마신다."라는 묘사가 없는 정도의 차이밖에 없다.

　당대에도 문강의 가무와 함께 신선의 춤이 어우러졌음이 분명하다. 이하와 왕무경의 시 모두 퉁소를 잘 부는 소사蕭史를 따라 신선이 되어 간 진목공秦穆公의 딸 농옥弄玉의 이야기를 읊고 있고, 왕무경과 이백의 「봉대곡」과 「봉황곡」은 모두 양나라 무제의 시나 포조鮑照·강총江總의 시들과 같은 성격의 신선세계를 노래한 것들이다.

4) 서량기西涼伎

　중당中唐의 백거이白居易(772~846년)의 신악부新樂府와 원진元稹

(779~831년)의 신제악부新題樂府 속에는 각각 「서량기西涼伎」라는 시가 실려 있다. 앞에서 북조北朝의 '기무희' 를 설명할 때『수서隋書』권15 음악지音樂志를 인용하여 진한기秦漢伎(前秦)·국기國伎(北魏·北周)라고도 불리웠던 '서량악西涼樂' 을 간단히 소개한 일이 있다. 그러나 당대의 '서량기' 는 아무래도 이 북조의 '서량악' 을 그대로 계승한 '가무희' 는 아닌 듯하다.[68] 먼저 "봉강封疆의 신하를 풍자한다." 라는 부제가 붙은 백거이의 시를 읽어 보자(『全唐詩』7函 1册).

서량기엔
가면 쓴 오랑캐와 가짜 사자가 등장하는데,
나무 깎아 머리 만들고 실을 꼬아 꼬리 만들고
금칠을 한 눈에 은칠 입힌 이빨 달고,
털옷 털면서 두 귀 흔드는 게
마치 서쪽 사막 건너 만리길 온 듯하네.

자줏빛 수염에 눈 움푹한 오랑캐가
북 장단에 춤추며 뛰어나와 말씀 아뢰이네.
이르기를 양주涼州가 함락되기 전
안서도호부安西都護部에서 공물 바칠 적에 왔는데,
조금 뒤 새 소식 전해 오기를
안서安西로 가는 길 끊기어 돌아갈 수 없게 된 것이라 하네.
사자를 마주 보고 두 줄기 눈물 흘리며 울면서
양주涼州가 적에게 함락된 걸 아는가 모르는가 묻네.

68 혹 崔令欽의『敎坊記』曲名에 보이는 '涼州' 같은 악곡은 후세에 전수된 것인 지도 모른다.

사자가 머리 돌려 서쪽 바라보며
한 소리 슬퍼 울자 관객들도 모두 슬퍼하네.

정원貞元(785~804년)의 변경 장수들이 악곡 좋아하여
술 취해 앉아 웃으며 구경하면서 물릴 줄 모르네.
손님 즐겁게 하고 군사들 음식 먹이며
군에서 잔치 벌이는데,
사자와 오랑캐는 늘 눈앞에 있네.

한 나이 일흔 된 출정 나온 사람 있어
'서량기' 놀이를 보고 머리 숙여 울더니,
울음 그친 뒤 두 손 모아 쥐고 장군께 이렇게 아뢰네.
임금의 근심이 신하의 욕이 됨은 옛날에 이미 들은 바인데,
천보天寶 연간(742~755년) 안록산安祿山이 난을 일으킨 뒤로
서쪽 오랑캐들 밤낮으로 서쪽 변경 침략하여
양주涼州가 함락된 지는 사십 년이요,
하롱河隴 지방은 칠천 리나 침입해 왔소.
평상시는 안서 지방의 만리 영토였는데
지금은 봉상鳳翔에서 국경 방비하고 있으니,
변경의 십만 군졸은 공연히 주둔하여
배불리 먹고 따스하게 옷 입고 한가한 나날 보내고 있소.
버려진 백성들의 창자 양주涼州에서 끊어지고 있는데도
장졸들은 서로 쳐다보기만 하고 회복할 뜻도 없는 듯하오.
천자께선 이를 생각할 때마다 늘 아프고 안타까워하시니
장군들은 말하려도 부끄럽고 죄송스러울 것이어늘,

어찌하여 이처럼 '서량기' 구경하며

웃고 즐기면서 부끄러운 줄도 모르오?

비록 땅 되찾을 지혜도 능력도 없다고 해도

어찌 차마 서량西涼으로 놀이하며 즐긴단 말이오?

西涼伎, 假面胡人假獅子.
서 량 기　가 면 호 인 가 사 자

刻木爲頭絲作尾, 金鍍眼睛銀帖齒.
각 목 위 두 사 작 미　금 도 안 정 은 첩 치

奮迅毛衣擺雙耳, 如從流沙來萬里.
분 신 모 의 파 쌍 이　여 종 류 사 래 만 리

紫髯深目羌胡兒, 鼓舞跳梁前致辭.
자 염 심 목 강 호 아　고 무 도 량 전 치 사

道是涼州未陷日, 安西都護進來時.
도 시 량 주 미 함 일　안 서 도 호 진 래 시

須臾云得新消息, 安西路絶歸不得.
수 유 운 득 신 소 식　안 서 로 절 귀 부 득

泣向獅子涕雙垂, 涼州陷沒知不知?
읍 향 사 자 체 쌍 수　양 주 함 몰 지 부 지

獅子回頭向西望, 哀吼一聲觀者悲.
사 자 회 두 향 서 망　애 후 일 성 관 자 비

貞元邊將愛此曲, 醉坐笑看看不足.
정 원 변 장 애 차 곡　취 좌 소 간 간 부 족

娛賓犒士宴監軍, 獅子胡兒長在目.
오 빈 호 사 연 감 군　사 자 호 아 장 재 목

有一征夫年七十, 見弄涼州低面泣,
유 일 정 부 년 칠 십　견 롱 량 주 저 면 읍

泣罷斂手白將軍, 主憂臣辱昔所聞.
읍 파 렴 수 백 장 군   주 우 신 욕 석 소 문

自從天寶兵戈起, 犬戎日夜吞西鄙.
자 종 천 보 병 과 기   견 융 일 야 탄 서 비

涼州陷來四十年, 河隴侵將七千里.
양 주 함 래 사 십 년   하 롱 침 장 칠 천 리

平時安西萬里疆, 今日邊防在鳳翔.
평 시 안 서 만 리 강   금 일 변 방 재 봉 상

緣邊空屯十萬卒, 飽食溫衣閑過日.
연 변 공 둔 십 만 졸   포 식 온 의 한 과 일

遺民腸斷在涼州, 將卒相看無意收.
유 민 장 단 재 량 주   장 졸 상 간 무 의 수

天子每思長痛惜, 將軍欲說合慙羞.
천 자 매 사 장 통 석   장 군 욕 설 합 참 수

奈何仍看西涼伎, 取笑資歡無所愧.
내 하 잉 간 서 량 기   취 소 자 환 무 소 괴

縱無智力未能收, 忍取西涼弄爲戲?
종 무 지 력 미 능 수   인 취 서 량 롱 위 희

다음의 것은 원진元稹의 「서량기」 시(『全唐詩』 6函 10冊)에서 그 놀이모
습을 묘사한 중간 부분을 뽑은 것이다.

　　가서한哥舒翰 장군 부중府中에 성대한 잔치 벌였는데,
　　온갖 좋은 음식 귀한 술 앞머리에 널려 있네.
　　앞쪽에선 백희百戱를 다투듯 어지러이 연출하고 있는데
　　튀어오르는 환검丸劍은 서리와 눈 떠오르는 듯.
　　사자가 번쩍이는 몸 흔드니 털의 광채 뻗치고,
　　취하여 추는 호등무胡騰舞는 근육과 뼈 부드러운 듯하네.
　　대완大宛에선 적한마赤汗馬를 바쳐오고

토번吐蕃 임금도 와서 비취색 부드러운 갖옷 바치네.

哥舒開府設高宴, 八珍九醞當前頭.
가 서 개 부 설 고 연   팔 진 구 온 당 전 두

前頭百戲競撩亂, 丸劍跳躑霜雪浮.
전 두 백 희 경 료 란   환 검 도 척 상 설 부

獅子搖光毛彩豎, 胡騰醉舞筋骨柔.
사 자 요 광 모 채 수   호 등 취 무 근 골 유

大宛來獻赤汗馬, 贊普亦奉翠茸裘.
대 완 래 헌 적 한 마   찬 보 역 봉 취 용 구

이 시의 앞부분에서는 오랑캐들에게 침략당하기 이전 양주涼州 지방
의 번성했던 상황을 묘사하고 있고, 뒷부분에서는 지금은 서쪽의 일부
국토가 오랑캐들에게 점령당하고 있는데, 어찌하여 장군들은 부끄러운
줄도 모르고 이 놀이를 즐기고 있는가 하며 꾸짖고 있다.[69] 백거이와 원
진의 시를 합쳐 보면, '서량기'는 대략 다음과 같은 놀이였다.

놀이의 내용은 우선 '서량기'가 정식으로 시작되기 전에 먼저 환검丸
劍 등의 잡희雜戱가 연출되었다. 이것은 먼저 관중들의 흥미를 끄는 방법
이기도 하고, 한漢대 장형張衡의 「서경부西京賦」 평락관平樂觀에서의 놀
이방법과도 같으니, 이는 전통적인 연출형식이다. 뒤이어 머리가 자줏빛
이고 눈이 움푹 들어간 모양의 가면을 쓴 서쪽 오랑캐가 사자를 끌고 등
장한다. 사자를 모는 사자랑獅子郞까지 합쳐 두 사람이 등장했을 가능성

---

69 元稹의 「西涼伎」시 앞부분과 뒷부분은 각각 다음과 같다. "吾聞昔日西涼州,
人煙撲地桑柘稠. 葡萄酒熟恣行樂, 紅豔靑旗朱粉樓. 樓下當壚稱卓女, 樓頭伴
客名莫愁. 鄕人不識離別苦, 更卒多爲沈滯遊." "一朝燕賊亂中國, 河湟沒盡空
遺丘. 開遠門前萬里堠, 今來蹙到行原州. 去京五百而近何其逼天子, 縣內半沒
爲荒陬, 西涼之道爾阻修. 連城邊將但高會, 每聽此曲能不羞."

이 높다.[70] 사자는 만리 사막을 건너온 모습이며, 사자와 오랑캐들이 어울리어 당나라의 성덕을 칭송하며 태평성세를 기리는 춤을 추었을 것이다. 그리고 한 오랑캐는 곧 술에 취하여 사람들을 웃기는 동작을 하면서 호등무胡騰舞를 추어 관객을 즐겁게 한다. 연이어 대완大宛에서는 적한마赤汗馬를 바쳐오고, 토번吐蕃의 임금은 비취색 갖옷을 진상한다.

이처럼 한창 태평성세에 젖어 있을 때, 한 사람이 나타나 양주凉州가 오랑캐에게 함락된 것을 알린다. 양주가 적의 수중으로 들어가 자신의 고향으로 돌아갈 수 없게 되었음을 알자, 오랑캐는 사자와 마주 보며 눈물을 흘리고, 사자도 따라서 서쪽을 향하여 슬피 울부짖어 관객들까지도 모두 슬픔 속으로 몰아넣는다.

이「서량기」시는 백거이의 신악부新樂府 속에 헌종憲宗 원화元和 4년(809년)이라는 연대의 기록이 있으니, 원진의 시까지도 그 무렵에 지어진 것일 것이다. 그 주제는 당나라가 '안사安史의 난' (755~763년 무렵) 이후 변경을 돌보지 못하는 사이에 회흘回紇과 토번吐蕃이 서쪽 땅을 침입하여 대종代宗의 광덕廣德 2년(764년) 양주를 함락시키고, 연이어 791년에 이르기까지 감주甘州·숙주肅州·과주瓜州·사주沙州 등 이른바 농우육주隴右六州를 차지해 버린다. 이때 위정자들과 군인들보다도 많은 시인들이 시를 통하여 잃어버린 조국 땅에 대한 비분을 토해 냄으로써 온 나라 사람들을 각성시키려 하였다.[71]

---

70 白居易 시의 '紫髥深目兩胡兒'의 '羌'은 '兩'으로 된 판본도 있다.

71 張籍「涼州詞」;"邊將皆承恩主澤, 無人解道取涼州." 杜牧「河湟」;"唯有涼州歌舞曲, 流傳天下樂閑人." 司空圖「河湟有感」;"一自蕭關起戰塵, 河湟隔斷異鄕春. 漢兒盡作胡兒語, 却向城頭罵漢人." 李頻「聞金吾妓唱梁州」;"聞君一曲古梁州, 驚起黃雲塞上愁." 白居易「感白蓮花詩」;"忽想西涼州, 中有天寶民. 埋沒漢父祖, 孳生胡子孫."

백거이가 그의 시 제목 아래 "변경을 지키는 신하들을 풍자한다."라는 부제를 달고 있고, 후반쯤에서 일흔 살의 군인을 내세워 잃어버린 조국 땅을 찾을 생각도 않고 '서량기' 놀이만을 즐기는 장수들을 신랄하게 비판하고 있으니 역시 그런 뜻에서 지어진 것이다. 원진도 "이 곡조를 들으면서도 부끄럽지 않을 수 있느냐?"라고 신랄하게 변경의 장수들을 꾸짖고 있다. 이 하황河湟 지방은 선종宣宗의 대중大中 5년(851년)에 장의조張義潮에 의하여 다시 완전히 수복된다.[72] 따라서 이 '서량기'는 양주涼州가 함락된 764년 이후 몇 년 동안에 만들어졌을 것이며, 851년 이후에는 그 의의를 잃게 되므로 없어지거나 주제가 바뀌어졌을 것이다.

'서량기'의 가무는 크게 호등무胡騰舞와 사자춤의 두 가지로 이루어지는데, 경우에 따라서는 두 가지를 따로 떼어 내어 하나씩 상연하기도 하였던 듯하다. 단안절段安節의 『악부잡록樂府雜錄』무공舞工의 기록에 따르면, 호등胡騰은 능대稜大·아련阿連·자지柘枝·검기劍器·호선胡旋 등과 함께 건무곡健舞曲에 속하는 것이며, 이단李端(785년 전후)에게는 「호등아胡騰兒」, 유언사劉言史(742?~813?년)에게는 「왕중승댁야관무호등王中丞宅夜觀舞胡騰」이란 시가 각각 있다. 이단李端의 시(『全唐詩』5函 3冊)를 보면, 호등무胡騰舞를 추는 오랑캐의 모습을 형용하여 "살갗은 옥과 같고 코는 송곳 같다."[73]고 하였으니, 그는 흰 피부에 삐죽한 코를 달고 있었을 것이다. "자줏빛 수염에 깊숙한 눈"이라 형용했던 백거이의 시와 같이 백인의 모습이며, 이는 가면으로 나타냈을 것이다.

런반탕[任半塘]은 『당희롱』 제3장 극록劇錄에서 이단의 시를 근거로

---

72 『通鑑』권 249 의거.

73 「胡騰兒」; "肌膚如玉鼻如錐."

이 춤을 진짜 호아胡兒가 춘 것이라 주장하였으나 역시 가면무로 봄이 옳을 것이다. 그리고 그는 '서량기'에 나오는 호인胡人인 가면을 쓴 사자랑獅子郎과는 다르다고 했는데, 그것은 말할 필요도 없는 것이다. '서량기'에도 사자랑獅子郎 이외에 오랑캐춤 또는 호등무胡騰舞를 추는 호인胡人은 따로 있었다. 또 이단의 시에서 "취하여 비틀거리며 동쪽으로 기울었다 서쪽으로 넘어졌다 한다."[74]하고, 유언사劉言史의 시(『全唐詩』7函 9冊)에서 "손에 든 포도주 잔을 아래로 팽개친다."[75] 한 것은, 원진이 "취하여 추는 호등무胡騰舞는 근육과 뼈 부드러운 듯하네."라고 읊은 것처럼 술취한 동작을 춤에 섞은 것이 확실하며, 여기에는 관객들을 "웃으며 보게하는" 우스꽝스러운 몸짓들이 있었을 것이다. 끝으로 이단의 시에는 "호등아胡騰兒야, 호등아야! 고향길 끊긴 것을 아는가 모르는가?"[76] 유언사의 시에는 "서쪽 돌아보며 문득 고향길 먼 것을 생각하네."[77]라는 구절이 있으니, 모두 「서량기」 시처럼 잃어버린 서쪽의 조국 땅에 대한 각성을 촉구하려는 뜻을 담고 있음이 분명하다.

'서량기'의 사자는 "나무를 깎아 머리 만들고, 실을 꼬아 꼬리 만들고, 금칠한 눈에 은칠 입힌 이빨 달고", 몸은 "털옷"으로 감쌌으며, 그 속에 사람이 들어가 놀이를 하는 것이다. 본시 오랑캐는 이 사자와 함께 중국을 방문하여 천자의 성덕을 기리려는 것이었으나, 뒤에 양주 지방이 외족에게 함락되었다는 소식이 전해지자 다시는 돌아갈 수 없게 된 고국을 생각하며 슬퍼하는 장면으로 끝을 맺고 있다.

74 「胡騰兒」; "醉却東傾又西倒."

75 「王中丞宅夜觀胡騰舞」; "手中抛下葡萄盞."

76 「胡騰兒」; "胡騰兒, 胡騰兒, 故鄉路斷知不知?"

77 「王中丞宅夜觀胡騰舞」; "西顧忽思鄉路遠."

사자춤은 이미 '상운악'에도 보였지만, 당대에는 그밖에도 여러 가지 사자춤이 있었다. 우선『악부잡록樂府雜錄』고가부鼓架部에는 구두사자九頭獅子가 보이는데, 양두혼탈羊頭渾脫·농백마弄白馬·익전益錢 등 가무희적인 놀이로 보이는 것들과 함께 나열되어 있다. 또 구자부龜玆部에는 오방사자五方獅子('五常獅子'로 된 판본도 있다)가 보이는데, "높이는 1장丈이 넘고, 각각 오색의 옷을 입었다. 한 사자마다 열두 명이 붙었는데, 붉은 두건을 쓰고 호화로운 빛깔의 옷을 입었으며 붉은 털이개를 들었는데, 그들을 사자랑獅子郎이라 불렀으며 태평악곡太平樂曲을 춤추었다."[78]라고 하였다.

두우杜佑의『통전通典』권146 및『구당서舊唐書』등에도 오방사자무五方獅子舞가 보이는데, 연출모양은 서로 약간 다르다. 이백의「상운악」에는 '오색사자五色獅子'가 나오는데, 같은 성질의 놀이였을 것으로 여겨진다.『교방기敎坊記』곡명曲名 속에는 서하사자西河獅子가 보이고, 남탁南卓(848년 전후)의『갈고록羯鼓錄』곡명曲名에는 태주각太簇角에 서하사자삼대무석주西河獅子三臺舞石州가 보인다. 이처럼 여러 가지 곡에 따라 춘 사자춤이 각각 어떻게 서로 다른 것이었는지에 대한 설명은 없지만, 서하西河가 섬서성陜西省 황하黃河의 서쪽 지방을 가리키는 말로 농우육주隴右六州와 비슷한 방향으로 생각되어 '서량기'의 사자춤과 비슷한 성격의 것이었을 가능성이 많다.

이상을 종합해 보면 결국 '서량기'란, 대략 8세기 후반에서 9세기 전반에 걸친 시대에 하황河湟 지방을 토번吐蕃에게 빼앗겼던 사실을 온 나

78『樂府雜錄』; "戲有五方獅子, 高丈餘, 各衣五色. 每一獅子有十二人, 戴紅抹額, 衣畫衣, 執紅拂子, 謂之獅子郎. 舞太平樂曲."

라에 일깨우려고 '상운악'을 당시 실정에 맞도록 개작했던 '가무희'임을 알 수 있다. 여기서 주인공인 오랑캐 모두는 눈이 움푹하고 코가 큰 서양사람 모습의 가면을 썼고, 또 이들 모두 호무胡舞를 추는데 그중에는 술에 취하여 우스꽝스러운 몸짓을 하는 대목들이 들어 있으며, 다 같이 사자춤이 나오고 모두 중국의 성덕을 칭송하는 내용이 담겨 있다. 당대에 유행한 오방사자五方獅子나 서하사자西河獅子 모두 '상운악'이나 '서량기'에도 쓰였던 것들인 듯하며, 때로는 구두사자九頭獅子까지도 응용되었을 가능성이 많다.

다만 '상운악'에 들어 있던 신선무神仙舞와 봉황춤이 '서량기'에서는 보이지 않는데, 이는 태평성세를 상징하는 놀이라서 '서량기'의 혼란한 시대상을 고발하려는 주제와는 맞지 않기 때문에 빼버린 것인 듯하다. 따라서 놀이의 주인공인 오랑캐도 '상운악'에서는 신선이나 다름없는 늙은 오랑캐 문강文康인 데 비하여, '서량기'에서는 보통 서양사람 모습의 오랑캐가 나오는 것이다.

'서량기'가 '상운악'과 다른 점은 우선 오랑캐의 춤이 호등무胡騰舞라는 데 있다. 이는 신선의 성격이 빠진 대표적인 오랑캐 춤으로 새로이 등장하는 것이다. 그리고 '서량기'에서는 오랑캐와 사자가 다 같이 끝머리에서 양주涼州의 함락소식을 전해 듣고 돌아가지 못하게 된 고향을 생각하고는 울부짖는 장면으로 마무리를 하고 있다. 이는 잃어버린 조국땅에 대한 위정자와 국민들의 관심을 자극하려는 이 놀이의 주제 때문에 덧붙여진 대목이다.

끝으로 원진의 「서량기」에만 환검丸劍 같은 백희百戲의 연출이 묘사되고 있는데, 실제로 옛날부터 '상운악'이나 '서량기'는 말할 것도 없고 모든 '가무희'는 대부분의 경우 그러한 백희들도 함께 연출되는 것이 관습이었다. 간혹 '가무희'만이 연출되는 경우도 있었겠지만, '서량기'에서의 환검丸劍의 병연은 특별한 경우라 할 수는 없는 것이다.

양주 지방을 다시 되찾은 851년 이후의 '서량기'는 더 이상 잃어버린 조국 땅을 슬퍼하는 대목이 소용없게 되었다.「하황河湟」시에서 잃어버린 양주 땅에 대한 비분을 노래했던 두목杜牧(803~852년)도, 그 지방을 수복한 후에 지은「금황제폐하일조징병불일공집하황제군차제귀항신획도성공첩헌가영今皇帝陛下一詔徵兵不日功集河湟諸郡次第歸降臣獲覩聖功輒獻歌詠」이란 긴 제목의 시(『全唐詩』8函 7冊) 끝머리에서 "성 가득히 울리는 가무곡조 들어 보니, 양주곡凉州曲의 가락도 기쁨에 오르락내리락하네."[79] 라고 노래하고 있다. 세상이 달라지자 같은 놀이의 음악도 바로 악상이 바뀌었던 것이다. 런반탕〔任半塘〕은『당희롱』제3장 극록劇錄에서 '서량기'를 논하면서, 송宋 태종太宗 순화淳化 4년(993년) 분양汾陽 무덕선사無德禪師의『어록語錄』하下(『大正藏』47권 628쪽)에 실린 서하사자西河獅子를 읊은 다음과 같은 시를 인용하며, 후세에도 '서량기'가 전하여졌었을 것이라는 추측을 하고 있다.

> 서하사자西河獅子는 온 나라에 유명한데
> 금빛 털 한 번 털기만 하면 모든 짐승 굴복하네.
> 한 번 울부짖으면 온 천지 고요해지며
> 온 천하가 명군明君 받들게 되네.[80]

---

79 杜牧 ; "聽取滿城歌舞曲, 涼州聲韻喜參差."

80 「西河師子」; "西河師子九州聞, 抖擻金毛衆獸賓. 哮吼一聲天地靜, 五湖四海奉明君."

서하사자西河獅子도 이제는 못 돌아가게 된 고향을 슬퍼하는 대목은
소용이 없게 된 것이다.

사자춤뿐만 아니라 호등무胡騰舞도 852년 이후로 잃어버린 양주 땅에
대한 비분을 나타낼 필요는 없게 되었다. 『송사宋史』 권142 악지樂志를
보면 소아대小兒隊의 네 번째로 취호등대醉胡騰隊가 보이는데, 이것은 호
등무胡騰舞가 변화한 것일 가능성이 많다. 여하튼 당대에 한동안 유행했
던 '서량기'는 그 후에 다른 성격의 '가무희'로 변화하여 민간에 전승되
었을 것이다.[81]

5) 참군희參軍戲

후한後漢 때(25~220년) 관도령館陶令 석탐石耽에게서 시작되었다는 참
군희參軍戲는 당나라 시대에도 성행되었다. 단안절段安節의 『악부잡록』
배우俳優조에는 다음과 같은 기록이 있다.

> 개원開元 연간(713~741년)에 황번작黃幡綽·장야호張野狐가 참
> 군參軍놀이를 하였다. ……개원 연간에 이선학李仙鶴이 이 놀이를
> 잘 하여 명황明皇이 소주韶州의 동정참군同正參軍 벼슬을 특별히
> 내리고 ㄱ 녹祿을 먹게 하였다. 그래서 육홍점陸鴻漸(이름은, 羽, 鴻
> 漸은 字, ?~804년)이 글을 지어 「소주참군韶州參軍」이라 하였는데,
> 대체로 이로 말미암은 것이다.
> 무종武宗 때(841~846년) 조숙도曹叔度·유천수劉泉水가 있었는

81 任半塘, 『唐戲弄』 第3章 劇錄에는, 明 顧景星의 『蘄州志』의 기록 등을 인용한
近人 楊憲益의 「民間保存的唐西涼伎」(『零墨新箋』에 실림)라는 논문을 소개
하고 있다.

데 함담鹹淡[82]을 가장 묘하게 하였다.

함통咸通(860~873년) 이래로는 범전강范傳康 · 상관당경上官唐
卿 · 여경천呂敬遷 등 세 사람이 있었다.[83]

'참군희'는 자세한 기록이 없어 대화를 위주로 하여 시사時事를 풍자
하는 일종의 '골계희'로 보려는 경향이 많았다. 그러나 범터范攄(877 전
후)의 『운계우의雲溪友議』하下 염양사豔陽詞조에 그 놀이의 실상에 대하
여 다음과 같이 말하고 있다.

배우 주계남周季南과 계숭季崇 및 그의 처 유채춘劉採春이 회전
淮甸으로부터 왔는데, 육참군陸參軍놀이를 잘하였고 노랫소리가
구름 위로 치솟았다.[84]

그리고 설능薛能(?~880년)의 「오희吳姬」(『全唐詩』9函 2册) 시에는 '참군
놀이'에 대하여 다음과 같이 읊은 대목이 있다.

겹겹이 솟은 누각엔 하늘의 구름 자욱한데
둥둥 울리는 북소리 온 세상에 들리네.

82 鹹淡의 뜻에 관하여는 학자들의 의견이 모두 다르며, 이 "鹹淡最妙" 구절이
빠진 판본도 있어(예 : 『文獻通考』), 본래는 없던 말이 잘못 끼어든 구절로 보
는 이도 있다.

83 『樂府雜錄』; "開元中, 黃幡綽 · 張野狐弄參軍. ……開元中有李仙鶴善此戲,
明皇特授韶州同正參軍, 以食其祿, 是以陸鴻漸詞云, 韶州參軍, 蓋由此也. 武宗
朝有曹叔度 · 劉泉水, 鹹淡最妙. 咸通以來, 即有范傳康 · 上官唐卿 · 呂敬遷等
三人."

84 『雲溪友議』; "有周季南 · 季崇及妻劉採春, 自淮甸而來, 善弄陸參軍, 歌聲徹
雲."

이날 버들솜은 눈처럼 날리기 시작하는데

여아는 악기 연주하며 참군參軍놀이를 하네.[85]

'참군희'에 음악과 노래가 있었음이 분명하다. 앞의 '육참군陸參軍'
이 본래 관리의 부정을 조롱하며 즐기던 '참군희'와 어떻게 달라진 것인
지 알 길은 없으나, 놀이내용에 많은 변화가 있었음을 짐작하게 한다. 그
리고 주계남周季南 형제와 그의 처 유채춘劉採春은 함께 '육참군' 놀이를
하였음이 분명하니, 출연 인원에도 변화가 있은 성싶다. 또 설능薛能의
시에 나오는 "북소리"는 춤의 박자를 맞추었음이 분명하고, '참군' 놀이
에서 "여아女兒가 악기를 연주"하였으니 노래뿐만 아니라 춤도 있었을
가능성이 많다.[86] 그리고 여기의 여아女兒란 바로 오희吳姬이며, 기생이
었을 것이다. 조린趙璘(844년 전후)의 『인화록因話錄』 권1에는 '참군장參
軍椿'에 관한 이런 기록이 있다.

숙종肅宗(756~762년 재위) 때 궁중에서 잔치를 할 적에 여자 배
우가 가관희假官戲 놀이를 하였는데. 그중 녹색 옷을 입고 죽간竹
簡을 들고 있는 사람을 참군장參軍椿이라 불렀다.[87]

그리고 육우陸羽는 「육문학자전陸文學自傳」(『全唐文』 권433)에서 앞의
'가관희'와 비슷한 '가리假吏'라는 놀이에 대하여 다음과 같이 쓰고 있
다.

<hr>

85 「吳姬」;"樓臺重疊滿天雲, 殷殷鳴鼉世上聞. 此日楊花初似雪, 女兒弦管弄參
軍."

86 任半塘『唐戱弄』第2章 辨體 參軍戲 참조.

87 『因話錄』;"肅宗宴於宮中, 女優有弄假官戲, 其綠衣秉簡者, 謂之參軍椿."

옷을 말아 올리고 배우 무리들을 찾아가 『학담謔談』 3편을 지었고. 스스로 배우들의 우두머리가 되어 나무 인형 놀이와 가리假吏와 장주藏珠의 놀이를 하였다.[88]

'가관희假官戲'나 '가리假吏' 모두 '참군희' 계열의 놀이일 것이나 호칭이 바뀌었고 여자가 가관假官 노릇을 하고 있으니 내용이 모두 같지 않은 듯하다. 『인화록因話錄』에서는 위의 글 바로 뒤에 다음과 같은 참군장參軍椿에 대한 설명을 덧붙이고 있다.

천보天寶 말년에 오랑캐 장수 아포사阿布思가 법을 어기어 그의 처는 궁정에 배정되었는데, 배우 노릇을 잘하였기 때문에 악공樂工에 소속되었으며, 그날로 마침내 가관假官의 우두머리가 되었는데 이른바 '장춘'이라는 것이다.[89]

가관假官의 우두머리가 있다는 것은 그 가관희假官戲에 아포사阿布思의 처 이외에도 다른 몇 명의 출연자가 더 있었음을 뜻한다.

어떻든 '참군희'는 당대에 와서 여러 가지 성격의 놀이로 발전하였으며, 그중에는 간단한 고사故事를 연출하는 '가무희'로 발전한 것들도 있었음이 확실하다.

이밖에도 진晉나라 때 만들어진 '예필禮畢'이라고도 부르는 '문강악

<hr />

88 「陸文學自傳」; "卷衣詣伶黨, 著謔談三篇, 以身爲伶正, 弄木人・假吏・藏珠之戲."

89 「陸文學自傳」; "天寶末, 蕃將阿布思伏法, 其妻配掖庭, 善爲優, 因此隸樂工. 是日, 遂爲假官之長, 所爲椿者."(끝 구절의 所爲의 爲는 謂의 잘못인 듯. 任半塘 依據.)

文康樂'이 한때 연출되었으며,[90] 그밖에 이전의 여러 가지 '가무희'들이 민간에 전승되었었을 것이다. '가무희'와 아주 가까운 형식의 인형극인 괴뢰희傀儡戲도 그대로 이어져 성행되었다.[91]

90 『新唐書』 권21 禮樂志; "隋樂每奏九部樂終, 輒奏文康樂, 一曰禮畢. 太宗時, 命削去之, 其後遂亡. 及平高昌, 收其樂. ……自是初有十部樂."

91 孫楷第『傀儡戲考原』(上雜出版社, 1952) 및 任半塘『唐戲弄』第2章 辨體 傀儡戲 참조.

4. 호희胡戱

　　당나라 시대에는 앞에서 설명한 바와 같이 위魏·진晉·남북조南北朝
를 거치면서 성행한 호악胡樂과 호희胡戱를 계승 발전시킨 위에, 국세의
신장에 따라 주변 다른 나라와의 접촉도 매우 활발하여 호희胡戱가 매우
성행하였다. 당대의 시만 놓고 보더라도 이백李白(701~762)과 이하李賀
(791~817)의 「상운악上雲樂」·백거이白居易(772~846)와 원진元稹(779~
831)의 「서량기西涼伎」·이단李端(785 전후)과 유언사劉言史(772?~813?)의
「호등무胡騰舞」·백거이와 유우석劉禹錫(772~842)의 「자지무柘枝舞」·장
열張說(677~730)의 「소막차蘇莫遮」·장호張祜(?~853?)의 「용아발두容兒鉢
頭」·이백의 「사리불舍利弗」 등 일일이 보기를 들 수 없을 정도로 많다.
여기에서는 그중 당나라 때 가장 성행하였다고 생각되는 호희를 몇 가지
들어 설명하고자 한다.

1) 소막차蘇莫遮

당나라 때에는 소막차蘇莫遮라는 호희가 크게 유행하였다. 『구당서舊唐書』권7 중종기中宗紀를 보면, 신룡神龍 원년(705년) 11월에 발한호희潑寒胡戲, 경룡景龍 3년(709년) 12월에 '발호왕걸한희潑胡王乞寒戲'를 임금의 명으로 연출한 것으로 되어 있다. 이에 대하여 병주幷州 청원현위清源縣尉였던 여원태呂元泰가 다음과 같은 상소문[92]을 올리고 있다.

근래에 보건대, 고을과 동리마다 다투어 혼탈대渾脫隊를 하면서 좋은 말을 타고 오랑캐 옷을 입는데, '소막차'라 부르고 있습니다. 깃발 세우고 북 치며 서로 다투고 있는 것은 군진軍陣의 형세이고, 날뛰고 뒤쫓으며 소란을 피우는 것은 전쟁의 형상이며, 비단에 수 놓은 것을 뽐내고 다투는 것은 여인들의 하는 일에 해를 끼치는 것이고, 가난하고 약한 사람들에게서 거두는 것을 독려하는 것은 정치를 손상시키는 것이며, 오랑캐 옷을 입고 서로 좋아하는 것은 우아한 즐김이 못 되고, 혼탈渾脫이란 칭호는 아름다운 이름이 아닙니다. 어찌 예의를 존중하는 조정에서 오랑캐들의 풍습을 본뜰 수 있겠습니까? ……어찌 반드시 몸의 옷을 벗고 길거리에 물을 뿌리며 북장단에 춤추고 날뛰며 추위를 추구해야만 한단 말입니까?[93]

92 『新唐書』권118 宋務光傳,『全唐文』권270 등에 실림.

93 『新唐書』; "時又有清源尉呂元泰, 亦上書言時政曰, ……比見坊邑, 相率爲渾脫隊, 駿馬胡服, 名曰蘇莫遮. 旗鼓相當, 軍陣勢也 ; 騰逐喧譟, 戰爭象也, 錦繡夸競, 害女工也, 督斂貧弱, 傷政體也, 胡服相歡, 非雅樂也, 渾脫爲號, 非美名也. 安可以禮義之朝, 法胡虜之俗? ……何必羸形體, 灌衢路, 鼓舞跳躍而索寒焉?"

이에 의거하면, '발한호희' 또는 '발호왕걸한희'는 그 놀이를 '소막차'라고도 부르며, '걸한乞寒'을 '색한索寒(추위를 추구함)'이라고도 한다. 그 놀이의 주역은 혼탈대渾脫隊인데, 좋은 말을 타고 오랑캐 옷을 입은 사람들로 이루어져 있다. 그들은 깃발을 세우고 북을 울리며 서로 대적하는 모양을 하며, 날뛰고 뒤쫓으며 소란을 피우는 듯한 동작의 춤을 추며 놀이를 한다. 그리고 그 오랑캐 옷은 화려한 수가 놓인 비단으로 지은 것이다.

그리고 끝에 가서는 또 웃통을 벗은 사람들이 등장하여 길거리에서 물을 뿌리며 추위를 쫓아낸다. 이 놀이는 지금의 중앙아시아 지방인 서역으로부터 들어온 놀이여서,[94] 본시는 "추위를 불러들여 더위를 쫓는" 놀이였을 것이나, 중국으로 들어와서 반대로 "추위를 찾아서 쫓는" 놀이처럼 변하였을 것이다.

『북주서北周書』 권7 선제기宣帝紀를 보면, 대상大象 원년(579년) 12월에 행한 '걸한' 놀이에 대하여 이렇게 쓰고 있다.

> 정무전正武殿에 나가 백관百官과 궁인宮人 및 내외 명부命婦들을 모아 놓고 기악妓樂을 크게 벌이고, 또 오랑캐 사람들을 풀어놓아 걸한乞寒을 하게 하여 물을 뿌리며 놀이를 하고 즐기게 하였다.[95]

---

94 『舊唐書』 권198 西戎傳에서 康國은 "其人皆深目高鼻, 多鬚髯. ……人多嗜酒, 好歌舞於道路. ……至十一月, 鼓舞乞寒, 以水相潑, 盛爲戲樂."(『新唐書』 권221下 西域傳 略同)이라 했고,『宋史』 권490 高昌傳 등에도 潑寒戲를 하는 풍속에 대한 기록이 있으니, 이 놀이는 康國·高昌 같은 西域 나라들로부터 들어온 것인 듯하다.

95 『北周書』;"御正武殿, 集百官及宮人·內外命婦, 大列妓樂, 又縱胡人乞寒, 用水澆沃爲戲樂."

이 '발한호희'는 이미 북조北朝에도 수입되었음을 알 수 있다. 그러나 '가무희'로써 본격적으로 유행하기 시작한 것은 당대인 듯하다. 『구당서舊唐書』권97 장열전張說傳을 보면 다음과 같은 기록이 있다.

칙천무후則天武后(684~701년 재위) 말년부터 늦은 겨울이 되면 발한호희潑寒胡戲를 하였는데, 중종中宗도 누각에 나가 그것을 구경한 일이 있다.[96]

당나라에서는 중종 이후로도 예종睿宗(710~712년 재위)의 경운景雲 2년 12월에 '발한호희'를 하였다는 기록이 있고,[97] 장열張說(667~730년)은 현종玄宗(712~755년 재위) 초년[98]에 「소마차蘇摩遮」시 5수를 짓고 있다. 그리고 같은 해에 장열이 이 놀이를 금할 것을 상주하여, 이듬해인 개원開元 원년(713년)에 이를 금하는 영을 내리어 이 놀이가 세상에서 자취를 감추게 된다.[99]

이 '발한호희'에 보이는 '혼탈대渾脫隊'란 혼탈무渾脫舞를 추는 무대舞隊일 것이다. '혼탈渾脫'의 뜻에 대하여는 명明대 진사원陳士元(1550년 전후)의 『제사이어해의諸史夷語解義』에서는 다음과 같은 설명을 하고 있다.

---

96 『舊唐書』; "自則天末年季冬, 爲潑寒胡戲, 中宗嘗御樓以觀之."(『新唐書』권 125 張說傳에도 보임)

97 『新唐書』권5 睿宗紀.

98 「蘇摩遮」시 제5수에 보이는 '昭成皇后'는 睿宗의 后 竇氏로 玄宗의 어머니인데, 則天武后에게 죽음을 당한 뒤 玄宗이 즉위한 다음 다시 皇太后로 追尊된 데 근거를 둔 것이다.

99 『新舊唐書』張說傳 및 『通典』권146, 『大唐詔令』등 참조.

혼탈渾脫이란 자루나 주머니를 뜻한다.[100]

그리고 이심형李心衡의 『금천쇄기金川瑣記』에는 이런 기록이 보인다.

　감숙甘肅 부근 황하黃河의 서녕西寧 일대에는 혼탈渾脫이 많은
데, 양가죽에서 그 뼈와 고기를 빼내고 만든 것으로 가벼워 물 위
에 뜬다.[101]

다시 섭자기葉子奇의 『초목자草木子』에도 다음과 같은 '혼탈'에 대한
설명이 보인다.

　북쪽 사람들은 작은 소를 잡아 등 위에 한 구멍을 뚫고 속의 뼈
와 고기를 하나하나 돌아가며 뜯어내면, 밖의 가죽은 온전하면서
도 부드러워 거기에 우유와 술 따위를 담는데, 이것을 혼탈渾脫이
라 부른다.[102]

이들과 비슷한 시대인 16세기 중엽 조선朝鮮에서 간행된 중국어 해설
서인 『증정주의택고집람增定奏議擇稿輯覽』[103] 권4 상上에서는 '혼탈'에
대하여 다음과 같은 해설을 하고 있다.

　혼탈渾脫: 북쪽 사람들이 소를 잡아 등에 큰 구멍을 뚫고, 그 구

---

100 『諸史夷語解義』; "渾脫, 華言囊橐也."
101 『金川瑣記』; "甘肅隣近黃河之西寧一帶, 多渾脫. 蓋取羊皮, 去骨肉製成, 輕
　　浮水面."
102 『草木子』; "北人殺小牛, 脊上開一孔, 逐旋取去內頭骨肉, 外皮皆完, 揉軟, 以
　　盛乳酪酒渾, 謂之渾脫."
103 韓國 高麗大學校 圖書館 所藏本(『書誌學報』 第8號(韓國書誌學會, 1992刊)
　　載 複印本)

멍을 통하여 머리와 뼈와 고기 등을 모두 빼내고 가죽만을 완전히 남기어 거기에 우유제품을 담기도 하고 또 그것을 타고 물을 건너 기도 하였다.[104]

그러니 '혼탈' 이란 16세기 무렵에 양이나 소 같은 짐승의 살과 뼈를 다 빼내고 그 가죽만을 완전히 남기어 우유나 술 같은 것을 담는 자루로도 쓰고, 거기에 바람을 넣어 물 위로 띄우고 물을 건너는 데 쓰던 물건이었음을 알 수 있다.

그런데『신당서新唐書』권34 오행지五行志를 보면, 복요服妖의 예로 다음과 같은 보기를 들고 있다.

태위太尉 장손무기長孫无忌가 검은 양털로 혼탈渾脫 털모자를 만들었는데, 많은 사람들이 이것을 본뜨면서 조공혼탈趙公渾脫이라 불렀다.[105]

그래서 런반탕〔任半塘〕은『당희롱』제3장 극록劇錄 소막차蘇莫遮에서 다음과 같이 설명을 하고 있다.

소막차희蘇莫遮戱 안의 혼탈대渾脫隊는 혼탈모渾脫帽를 쓰고 혼탈무渾脫舞를 춘 네서 붙여진 이름이다. 중국인들은 오랑캐 말 혼탈渾脫에서 그 속이 비고 주머니 모양이라는 뜻을 취한 것이다.[106]

---

104 『增定奏議擇稿輯覽』; "渾脫, 北人殺牛, 作大孔於脊, 由孔中去其頭及骨及肉, 令皮皆完, 因用盛酪, 又乘以渡水."

105 『新唐書』; "太尉長孫无忌, 以烏羊毛爲渾脫氈帽, 人多效之, 謂之趙公渾脫."

106 『唐戱弄』; "蘇莫遮戱內之渾脫隊, 乃因戴渾脫帽, 作渾脫舞而得名. 漢人於胡語渾脫, 取其中空與囊形之義."

그런데 여기에 보이는 '혼탈모' 란 자루 모양의 털가죽을 뒤집어 쓰는 일종의 가면 모양의 것이었다고 여겨진다. 혜림慧琳(730년 전후)의 『일체경음의一切經音義』 권41 대승리취륙바라밀다경음의大乘理趣六波羅蜜多經音義를 보면 다음과 같은 '소막차' 에 대한 보다 상세한 설명이 있다.

'소막차' 는 서융西戎의 오랑캐 말로서 삽마차颯麠遮라 말하는 것과 같다. 이 놀이는 본시 서구자국西龜玆國에서 나온 것인데, 지금도 이 곡이 있으며 그 나라의 혼탈渾脫·대면大面·발두撥頭의 종류이다. 혹은 짐승의 얼굴을 하기도 하고, 혹은 귀신 모습을 하기도 하며, 여러 가지 가면의 모양을 빌었었다. 혹은 진흙물을 행인들에게 뿌리기도 하며, 혹은 올가미를 던져 사람을 얽어 가지고 잡음으로써 놀이를 하였다. 매년 7월 초에 공개적으로 이 놀이를 행하여 7일에야 멈추었다. 토속적으로 전하는 말에, 늘 이 방법을 가지고 나찰羅刹과 악귀惡鬼를 물리치고 쫓아내어 인민의 재난을 먹어 없앤다고 하였다.[107]

여기에서 '소막차' 를 "혼탈渾脫·대면大面·발두撥頭[108]의 종류"라고 한 것은 무엇보다도 이것들 모두가 가면놀이임을 뜻하는 것임이 분명하다.

런반탕〔任半塘〕은 『당희롱』에서 '혼탈무' 를 설명하면서, 앞머리에서

107 『一切經音義』;"蘇莫遮, 西戎胡語也, 正云颯麠遮. 又戱本出西龜玆國, 至今猶有此曲, 此國渾脫·大面·撥頭之類也. 或作獸面, 或象鬼神, 假作種種面具形狀. 以泥水霑灑行人, 或持羂索搭鉤, 捉人爲戱. 每年七月初, 公行此戱, 七日乃停. 土俗相傳云, 常以此法攘厭驅趁羅刹惡鬼, 食啗人民之災也."

108 撥頭는 뒤에 다시 자세히 설명할 것임.

인용한 여원태呂元泰의 상소문을 근거로 "군진軍陣의 형세"와 "전쟁의 형상"을 나타내는 춤임을 강조하고 있다. 그러나 이것은 "말을 타고 오랑캐 옷을 입고" 물을 뿌리며 법석을 떠는 이 놀이의 나쁜 점을 특히 꼬집은 표현이지, '혼탈'이라는 말과 직접 관계가 있는 것은 아니다. 『구당서』권24 예의지禮儀志를 보면, 대종代宗의 영태永泰 연간(765년)에 국자학國子學을 다시 이룩하고 강론講論을 하면서 교방教坊의 악부잡기樂府雜伎를 벌였으며, 얼마 뒤에는 그곳 논당論堂 앞에서 내교방음악內教坊音樂과 간목혼탈竿木渾脱[109]을 벌였다고 하였다. 두보杜甫(712~770년)의 「관공손대낭무검기행觀公孫大娘舞劍器行」(『全唐詩』4函 2册) 시 서문에 검기혼탈劍器渾脱이라는 말이 보이고, 이백李白(701~762년)의 「초서가행草書歌行」(『全唐詩』3函 4册)에 "공손대낭혼탈무公孫大娘渾脱舞"라는 말이 보인다.

돈황敦煌에서 나온 대곡大曲의 「검기사劍器詞」(任二北 『敦煌曲校錄』 第三 大曲) 끝머리에 다시 "칼춤을 얼마나 잘 추는가? 혼탈渾脱이 앞으로 나오네.(劍器呈多少, 渾脱向前來.)"라는 구절이 보인다. 소악蘇鶚(890년 전후)의 『두양잡편杜陽雜編』권 중中을 보면, 경종敬宗(825~826년 재위) 때 궁전에서 음악과 백희百戲를 크게 벌였는데, 기녀妓女인 석화호石火胡의 양녀 다섯 명이 그의 지휘에 따라 백척간상百尺竿上에서 가무를 하다가 "갑자기 손발을 한꺼번에 들면서 답혼탈踏渾脱을 하는데, 노랫소리따라 오르내리면서 마치 평지를 밟는 듯하였다."[110]는 이야기를 적고 있다. 앞에 보인 간목혼탈竿木渾脱은 『두양잡편杜陽雜編』의 백 척이나 되는 간상

109 '竿木渾脱'인지, '竿木과 渾脱'인지 분명치 않다.
110 『杜陽雜編』; "俄而手足齊擧, 爲之踏渾脱, 歌呼仰揚, 若履平地."

竿上에서의 혼탈渾脫과 같은 것인 듯하며, '답혼탈踏渾脫'은 가무를 하다가 재주를 넘는 것(翻觔斗) 같은 격렬한 동작을 수반하는 춤인 듯하다.

어원태呂元泰의 상소문에서 "깃발을 세우고, 북을 치며, 서로 대적하고" "들뛰고 뒤쫓으며 법석"을 떤다고 한 것도 그 춤의 격렬한 동작에서 나온 표현일 것이며, 그런 동작이 칼춤과 결합되어 검기혼탈劍器渾脫이 이루어진 것인 듯하다. 돈황敦煌의 「검기사劍器詞」에 의하면, 칼춤과 혼탈渾脫은 별개의 것이며, 공손대낭公孫大娘은 칼춤에나 혼탈무도 곁들여 추었기 때문에 이백은 칼춤의 명인인 공손대낭의 춤을 혼탈무渾脫舞라고 표현했을 것이다.

『악부잡록樂府雜錄』 고가부鼓架部에는 양두혼탈羊頭渾脫이 구두사자九頭獅子·농백마弄白馬 등 동물놀이 등과 함께 보이고, 『송사宋史』 권142 악지樂志의 대무隊舞에는 일곱 번째로 옥토혼탈대玉兎渾脫隊가 보이는데 옥토관玉兎冠을 머리에 썼다고 하였다. 이런 경우엔 짐승 털가죽으로 만든 자루처럼 덮어쓰는 가면도 혼탈渾脫과 관련이 있는 듯하다. 그러나 『교방기敎坊記』 곡명曲名 속에는 취혼탈醉渾脫이 보이는데, 이것은 취호醉胡와 관계가 있을 것이며, 가면과 함께 격렬한 동작의 춤 모두 관련이 있는 듯하다.

다음에는 장열張說(617~730)의 「소막차蘇莫遮」 시 5수(『全唐詩』 2函 4冊)를 음미해 보기로 한다.

마차摩遮는 본시 바다 서쪽 오랑캐에서 나왔으니
유리 보배 눈에 자줏빛 수염 지녔네.
황제의 은혜 온 우주에 펼쳐 있다는 말 듣고
와서 노래하고 춤추며 기쁨과 즐거움 돕는 걸세.

만만년 즐기세!

수놓은 옷에 붉은 천으로 머리 두르고 보배로운 화관 썼으며
오랑캐 노래에 말 타고 춤추어 구경거리 만들어 주네.
스스로 물 뿌려 음기陰氣 이루니
올해 추위와 더위 걱정할 것 없겠네.
만만년 즐기세!

섣달의 엉긴 음기陰氣 제왕의 누대에 쌓이어
호쾌한 노래와 빠른 북소리에 추위 실리어 오네.
기름 자루에 은하수 물 담아다가
축수하는 만년 술잔에 더 보태어 드리네.
만만년 즐기세!

찬 기운 사람과 잘 어울리는 것이 가장 좋아서
일부러 찬물을 뜰 앞에 뿌리네.
오직 성군聖君의 무한한 수 바라노니
영원히 새해로 낡은 해 이으소서!
만만년 즐기세!

소성황후昭成皇后는 황실의 어른
영예와 즐김 사람들 중엔 비할 바 없네.
지난날 서리 앞에 꽃 지듯 하셨으나
올해엔 눈 온 다음 봄 만난 나무처럼 피어나시리!
만만년 즐기세!

摩遮本出海西胡, 琉璃寶眼紫髯鬍.
마 차 본 출 해 서 호　유 리 보 안 자 염 호

聞道皇恩遍宇宙, 來將歌舞助歡娛.
문 도 황 은 편 우 주　내 장 가 무 조 환 오

億歲樂!
억 세 락

繡裝帕額寶花冠, 夷歌騎舞借人看.
수 장 파 액 보 화 관　이 가 기 무 차 인 간

自能激水成陰氣, 不慮今年寒不寒.
자 능 격 수 성 음 기　불 려 금 년 한 불 한

億歲樂!
억 세 락

臘月凝陰積帝臺, 豪歌急鼓送寒來.
납 월 응 음 적 제 대　호 가 급 고 송 한 래

油囊取得天河水, 將添上壽萬年杯.
유 낭 취 득 천 하 수　장 첨 상 수 만 년 배

億歲樂!
억 세 락

寒氣宜人最可憐, 故將寒水散庭前.
한 기 의 인 최 가 련　고 장 한 수 산 정 전

惟願聖君無限壽, 長取新年續舊年.
유 원 성 군 무 한 수　장 취 신 년 속 구 년

億歲樂!
억 세 락

昭成皇后帝家親, 榮樂諸人不比倫.
소 성 황 후 제 가 친　영 락 저 인 부 비 륜

往日霜前花委地, 今年雪後樹逢春.
왕 일 상 전 화 위 지   금 년 설 후 수 봉 춘

億歲樂!
억 세 락

앞에 인용한 『일체경음의一切經音義』의 소막차蘇莫遮에 대한 설명과
이 시 다섯 수를 종합해 보면 좀 더 많은 것을 알 수 있다.

첫째, '소막차'는 삽마차颯應遮 또는 마차摩遮라고도 불렸는데, 서융西
戎 오랑캐 말이다. 런반탕[任半塘]은 혜림慧琳의 『일체경음의』에서 "또
소막차모蘇莫遮帽처럼 사람의 얼굴과 머리를 뒤집어 씌웠다."[111]라고 한
말과, 송宋대 왕명청王明淸(1127~1214?년)의 『휘주전록揮塵前錄』 권4의
고창高昌의 습속을 설명하면서 "부인들이 유모油帽를 쓰고서 그것을 소
막차蘇莫遮라 부르며 ……은이나 놋쇠 통에 물을 퍼다가 서로 뿌리며 끼
얹었다."[112]라고 한 것을 근거로, '소막차'는 본시 혼탈渾脫이나 같은 종
류의 머리에 뒤집어 씌우는 모자 모양의 가면과 같은 성질의 것이었다라
고 설명하고 있다.

둘째, 이 놀이는 서쪽 오랑캐 또는 서구자국西龜玆國에서 나온 것이어
서 오랑캐 노래[夷歌]를 부르기도 하였다.

셋째, 『일체경음의』에서 설명된 '소막차'라는 가무희에서는 '혼탈'
이 함께 상연되지 않았음이 분명하다. 장열張說의 시에서 "오랑캐 노래
에 말 타고 춤춘다."라고 한 것은 '혼탈무'일 가능성도 있다.

넷째, '소막차'에서는 "유리눈에 자색 수염이 달린" 오랑캐 가면을 쓴

111 『一切經音義』; "又如蘇莫遮帽, 覆人面目."
112 『揮塵前錄』; "婦人戴油帽. 謂之蘇莫遮, ……以銀或鍮爲筒貯水, 激以相射."

사람이 주역일 것이다. 그밖에 짐승이나 귀신 가면을 쓴 사람들도 여러 명 등장하여 가무를 하였다.

다섯째, 발한호희潑寒胡戱는 사람들에게 물을 서로 뿌리는 것으로 놀이가 절정을 이르게 되는데, 깨끗한 물(은하의 물)을 쓰기도 했지만 진흙물을 뿌리기도 하였다.

여섯째, 물을 뿌리기만 하는 것이 아니라 또 올가미를 던져 사람들을 잡는 놀이도 하였다.

일곱째, 놀이의 목적은 왕명청의 『휘주전록揮麈前錄』에서 고창高昌의 풍속을 설명하면서 "혹은 물을 서로 뿌리며 놀이를 하면서 양기陽氣를 누르고 병을 쫓는다."[113]라고 한 것일 것이다. 그러나 『일체경음의』에서는 "나찰羅刹과 악귀惡鬼를 물리치고 쫓아내어 인민의 재난을 없앤다."라고 하였으며, 장열張說의 시의 경우는 현종玄宗이 칙천무후則天武后에게 죽임을 당한 어머니 소성황후昭成皇后를 황태후皇太后로 추존追尊하며 명복을 비는 뜻에서 행해졌던 놀이인 것처럼 보인다. 그 시의 화성和聲을 "억만세億萬歲"라고 하였던 것을 보면 축수祝壽하는 뜻으로도 쓰였던 듯하다.

이 '소막차'란 가무희도 칙천무후 말년(704년) 무렵부터 현종의 개원開元 원년(713년)까지의 짧은 기간에 유행했던 호희胡戱인데, 여원태呂元泰・혜림慧琳・장열張說 등의 기록에 모두 차이가 있는 것으로 보아 연출 때마다 약간씩 다른 형식의 가무를 썼음이 분명하다.

113 『揮麈前錄』; "或以水交潑爲戱, 謂之壓陽氣去病."

2) 발두撥頭

두우杜佑의 『통전通典』 권146을 보면 다음과 같은 기록이 있다.

"가무희에는 대면大面 · 발두撥頭 · 답요낭踏搖娘 · 굴뢰자窟礧子 등의 놀이가 있다."

"'발두'는 서역에서 나왔다. 호인胡人이 맹수에게 물려 죽었는데, 그 아들이 짐승을 찾아 내어 죽였다. 그래서 이 춤을 만들어 그것을 형용하였다."[114]

단안절段安節의 『악부잡록樂府雜錄』 고가부鼓架部에서는 이를 발두鉢頭라 쓰고 다음과 같은 설명을 하고 있다.

옛날에 어떤 사람의 아버지가 호랑이에게 물려 죽었는데, 그는 마침내 산으로 올라가 아버지의 시체를 찾아내었다. 산에는 여덟 굽이가 있었기 때문에 그 악곡에도 여덟 첩疊이 있게 되었으며, 놀이를 하는 사람은 머리털을 풀어헤치고 흰옷을 입고서 얼굴은 우는 모습을 했는데, 상喪을 당한 형상이었다.[115]

위의 이 기록들을 종합해 보면 '발두'는 서호희西胡戱이며(『通典』), 어떤 사람이 맹수(『通典』) 또는 호랑이(『악부잡록』)에게 삼아밀렸는데, 그 아들

---

114 『通典』; "歌舞戱, 有大面 · 撥頭 · 踏搖娘 · 窟礧子等戱." "撥頭出西域. 胡人 爲猛獸所噬, 其子求獸殺之, 爲此舞以象之也."(『舊唐書』 권29 音樂志에도 같은 기록이 있음)

115 『樂府雜錄』; "昔有人, 父爲虎所傷, 遂上山尋其父屍. 山有八折, 故曲八疊. 戱 者被髮, 素衣, 面作啼, 蓋遭喪之狀也."

이 그 짐승을 찾아가 잡아 죽이고 아버지의 복수를 하는 모습을 재현한 '가무희'이다. 그런데 산에 여덟 굽이가 있는데 따라 악곡도 여덟 첩疊이라 했으니(『通典』), 그 고사의 정절情節도 아주 간단한 것은 아니었음을 알 수 있다. 그리고 그 놀이를 하는 사람은 "머리를 풀어헤치고 흰옷을 입고서 얼굴은 우는 모습을 하여 상喪을 당한 모양을 하였다"(『通典』)라고도 하였다.

다시 『통전』에서는 '발두'가 "대면大面·답요낭踏搖娘·굴뢰자窟礧子와 같은 가무희"라 하였고, 앞에서 인용한 『일체경음의』에서 '소막차'는 "이 나라의 혼탈渾脫·대면大面·발두撥頭와 같은 종류이다. 혹은 짐승 가면을 쓰기도 하고, 혹은 귀신 형상을 나타내면서 여러 가지 가면을 사용하였다."라고 설명하였다. 여기에 보이는 대면·답요낭·소막차·혼탈 등이 모두 '가무희'이며 가면놀이였음을 전제로 할 때 이 '발두'도 가면놀이였음이 분명하다. 곧 "머리를 풀어헤치고 우는 모습의 얼굴 모양"을 한 가면을 썼을 것이다.

왕꿔웨이〔王國維〕는 『송원희곡고宋元戲曲考』 첫째 장에서 '발두撥頭' 또는 '발두鉢頭'는 외국어의 역음譯音이며, 『북사北史』 서역전西域傳에 보이는 발두국拔豆國에서 온 것일 것이라고 하였다. 런반탕〔任半塘〕이 『당희롱』에서 그 근거가 약함을 논하면서, 대면大面·소막차蘇莫遮·혼탈渾脫 모두 얼굴이나 머리와 관계가 있는 말임을 생각할 때 '발두鉢頭'란 말도 머리와의 관계 때문에 생겨난 말 같다고 하였다.

그리고 『북사北史』 권96 부국전附國傳에서 "그곳 풍속은 가죽으로 모자를 만드는데, 모양이 둥글고 바리 같았다."[116]라는 말도 인용하고 있

---

116 『北史』; "其俗以皮爲帽, 形圓如鉢."

다. 이를 합쳐 생각하면, '발두'란 말이 '소막차'나 '혼탈'같은 머리에 뒤집어쓰는 모자를 뜻하는 말에서 생겨났고, 다시 '발鉢'자를 음이 같은 '발撥'자로도 쓰게 되었을 것도 같다. 그리고 음역된 말이라 하더라도 어느 정도 뜻도 암시하는 '두頭'자를 썼을 것이다.

따라서 이 놀이를 하는 사람도 코가 크고 눈이 움푹 들어간 서쪽 오랑캐의 모양을 한 가면을 썼을 것이며, '소막차'의 경우처럼 맹수나 호랑이 가면을 쓴 자들도 등장했을 것이다. "머리를 풀어헤치고 흰옷을 입고 우는 얼굴 모습을 하여 상을 당한 모양"을 하였다는 것도 오랑캐 가면 모양에 보태서 이해하여야 할 것이다.

장호張祜(?~853?년)에게는 「용아발두容兒鉢頭」(『全唐詩』 8函 5册)라는 다음과 같은 시가 있다.

> 금 수레 다투어 몰며 가죽띠 두른 소 꾸짖는 속에
> 웃음소리는 오직 천추절千秋節을 기뻐하는 것이네.
> 양편 모퉁이 곁문 안에서는[117]
> 용아容兒를 본뜨면서 발두鉢頭놀이를 하네.

> 爭走金車叱鞅牛, 笑聲唯是說千秋.
> 쟁 주 금 거 질 앙 우   소 성 유 시 설 천 추

> 兩邊角子羊門裏, 猶學容兒弄鉢頭.
> 양 변 각 자 양 문 리   유 학 용 아 롱 발 두

용아容兒는 '발두'놀이를 잘하던 기인伎人의 이름일 것이다. 그리고

---

117 이 구절 "角子羊門"은 무슨 뜻인지 알 수 없어 "角子"는 "모퉁이", "羊門"은 "작은 문", "곁문"이란 뜻으로 적당히 번역하였다.

여기의 '천추千秋'는 당 현종玄宗의 생일인 8월 5일이니, 황제의 생신을 축하하는 뜻으로 '발두'가 연출되고 있는 것이다. 이 경우에는 맹수에게 잡아먹힌 아버지의 원수를 갚는 내용의 '가무희'나 '상을 당한 모습'의 출연자는 분위기와 맞지 않는다. 그러므로 '발두'도 다른 '가무희'들과 마찬가지로 성격이 전혀 다른 가무가 연출되기도 하였다고 보아야 할 것이다. 대체로 보다 즐거운 모양 또는 우스운 모습을 한 가면을 쓰고 여러 짐승들과 어울리어 노래하고 춤추며 축수를 하는 성격의 '발두'도 있었음이 분명하다.

3) 합생合生

『신당서新唐書』권119 무평일전武平一傳에는 다음과 같은 합생合生에 관한 기록이 보인다.

뒤에 양의전兩儀殿에서 잔치를 벌였는데, 황제中宗(705~709년 재위)가 황후의 오빠 광록소경光祿少卿 영휘에게 명하여 감주監酒를 하게 하였다. 영휘는 웃기는 짓을 잘하고 민첩하여 여러 학사學士들에게 명하여 그를 조롱토록 하였으나 영휘는 여러 명을 잘 대적하였다.

술이 얼큰해지자 호인胡人인 말자襪子·하의何懿 등이 합생合生을 노래하였는데 노랫말이 천박하였다. 그리고 오만하여 사농소경司農少卿 송정유宋廷瑜에게 하사한 어대魚袋를 뺏으려고도 하였다. 무평일武平一이 글을 올려 다음과 같이 간하였다.

음악은 하늘의 조화요, 예의는 땅의 질서입니다. …… 엎드려 생각하건대 오랑캐 음악을 성률聲律에 따라 연주케 하는 것은 본시 사방 오랑캐들의 수를 갖추어 놓으려는 것이었는데, 근래에는 날로 방탕하여져서 기이한 악곡과 새로운 노래가 슬픔과 애틋함에 빠지게 하고 있습니다. 왕공王公에서 시작하여 서민들에 이르기까지도 요상한 기예伎藝를 지닌 호인들과 거리의 아이들 및 저자 사람들이, 혹은 후비后妃와 공주公主들의 실정과 모양을 이야기하기도 하고, 혹은 왕공王公의 이름과 실상을 나열하기도 하면서 읊고 노래하며 춤을 추면서 이를 합생合生이라 부르고 있습니다.[118]

이에 따르면, 앞머리에서 "합생合生을 노래했다"라고 했는데, 그것은 "술에 취한 호인胡人 두 명 이상"이 불렀으며, 그 "노랫말이 천박"하고 그자들이 "오만하다" 하였으니 연출자들은 행동이 천박하면서도 황제의 대우를 잘 받았음이 분명하다.

그리고 뒤의 무평일武平一이 간하는 글 속의 '합생'은 "오랑캐 음악"이며 "왕공으로부터 서민들 사이"에 널리 유행하였고, 연기자 중에는 "호인胡人"도 있었지만 "길거리의 아이들과 저자 사람들"도 가담하였으며, 그 내용은 "혹은 후비后妃와 공주公主들의 실정과 모양을 이야기하기도 하고, 혹은 왕공의 이름과 실상을 나열하기도 하면서", "읊고 노래하고 춤을 추는" 분명한 '가무희'이다. 초순焦循(1976~1820년)은 『극설劇說』 권1에서 왕당王棠이 『지신록知新錄』에서 위 『구당서舊唐書』에 보이는

---

118 『新唐書』; "後宴兩儀殿, 帝命后兄光祿少卿嬰監酒. 嬰滑稽敏給, 詔學士嘲之, 嬰能抗數人. 酒酣, 胡人襪子 · 何懿等唱合生, 歌言淺穢. 因倨肆, 欲奪司農少卿宋廷瑜賜魚. 平一上書諫曰, 樂, 天之和 ; 禮, 地之序. ……伏見胡樂施於聲律, 本備四夷之數. 比來日益流宕, 異曲新聲, 哀思淫溺. 始自王公, 稍及閭巷, 妖伎胡人, 街童市子, 或言妃主情貌, 或列王公名質, 詠歌蹈舞, 號曰合生." (『全唐文』 권268 「諫大饗用倡優媟狎書」에도 보임)

'합생'은 "곧 원본院本 · 잡극雜劇이다."라고 한 말을 인용하고 있는 것
도, 그것이 '가무희' 임이 분명하였기 때문이다. 그리고 '합생'의 악상은
"방탕하며" "슬픔과 애틋함에 빠진" 것이었다.[119]

　'합생'이란 기예는 송宋대에도 크게 성행하여 맹원로孟元老(1126년 전
후)의 『동경몽화록東京夢華錄』, 서호노인西湖老人(1210년 전후)의 『번승록
繁勝錄』, 내득옹耐得翁(1235년 전후)의 『도성기승都城紀勝』, 오자목吳自牧
(1270년 전후)의 『몽량록夢粱錄』, 주밀周密(1232~1308년)의 『무림구사武林
舊事』[120] 등에 보이고 합생合笙이라고도 쓰고 있는데, 리샤오창〔李嘯倉〕의
『송원기예잡고宋元伎藝雜考』 합생고合生考, 런반탕〔任半塘〕의 『당희롱』
제2장 변체辨體 합생合生 등에서, 이것들은 당대의 '합생'과는 완전히 달
라진 강창講唱에 속하는 것임을 증명하고 있다. 리샤오창〔李嘯倉〕은 송宋
대 사람들의 '합생'은 민간의 영물詠物 또는 서정抒情 등의 민가民歌와
거기에다 옛사람들의 잡조雜嘲가 합쳐져 변화하여 이루어진 것인 듯하
다고 주장하며, 이를 증명하려 노력하고 있다. 그리고 그는 '합생'과 잡
조雜嘲를 함께 설명한 보기를 여러 책에서 들며, 그 두 가지 기예伎藝의
관계를 설명하고 있다.

　그런데 『신당서新唐書』 무평일전武平一傳의 기록에서도 맨 앞머리에,
잔치의 감주監酒 노릇을 한 황후의 오빠 영뾍이 "웃기는 짓을 잘하고 민

---

119 宋 曾慥의 『類說』권6에도 『景龍文館記』의 "殿內奏合笙歌, 其言淺穢. 武平
　一諫曰, 妖胡娼妓, 街童市女, 談妃主之情貌, 列王公之名質, 詠歌蹈舞, 號曰合
　笙, 不可施於宮禁."이란 글을 싣고 있다.

120 『東京夢華錄』권5 京瓦伎藝와 권8 六月六日崔府君生日, 『繁勝錄』瓦市, 『都
　城紀勝』瓦舍衆伎, 『夢粱錄』권20 小說講經史, 『武林舊事』권6 諸色伎藝人
　등에 보임.

첩하여 여러 학사學士들에게 명하여 그를 조롱토록 하였는데 영흥은 여러 명을 잘 대적하였다."라고 한 것은, 곧 잡조雜嘲와 함께 연출되었던 것을 말한다. 이 잡조의 영향을 받아 송대에 이르러서는 '합생'에서도 고사故事와 춤이 약화되어 버렸던 것인지도 모른다. 또 그와 함께 호악胡樂 · 호희胡戱의 성격도 없어져 버렸던 듯하다.

무평일武平一과 '합생'에 관계되는 기록은 다른 책에도 더 보이기는 하나 『신당서新唐書』 내용보다 더 자세한 것은 없다. '합생'이 민간에도 유행되었다니, 민간에서는 그 '가무희'가 더욱 다양하게 발전했을 것이지만, 더 자세한 내용은 알 길이 없다.

4) 농바라문弄婆羅門

당대는 불교가 성행하였으니, 인도 쪽에서 들어온 '가무희'도 없을 수가 없는 일이었다. 그중에서도 대표적인 것은 농바라문弄婆羅門이다. 『악부잡록』 배우俳優조에 이런 기록이 있다.

> 농바라弄婆羅로, 대중大中(847~859년) 초년에 강내康迺 · 이백괴
> 李百魁 · 석보산石寶山이 있었다.[121]

이는 수산각총서본守山閣叢書本에 의거한 것인데, "바라婆羅" 밑에 "마땅히 문門자가 있어야만 할 것 같다."[122]는 주注가 붙어 있다. 명초明鈔『설부說郛』본에는 다음과 같은 약간 다른 기록이 보인다.

---

121 『樂府雜錄』; "弄婆羅, 大中初, 有康迺 · 李百魁 · 石寶山."(守山閣叢書本)
122 "案婆羅下, 疑當有門字."

농바라문弄婆羅門으로 태화太和(827~835년) 초년에 강내康迺·미화가米禾稼·미만추米萬搥가 있었고, 근년에는 이백괴李百魁·석요산石瑤山이 있다.[123]

본시 "농弄"은 동사로 "놀이를 하다"의 뜻을 지녔을 것이며, '바라문婆羅門'은 범어梵語 "bramana"의 음역으로, 인도 사성四姓 중의 하나로 대범천大梵天을 받들어 정행淨行을 닦는 일족임을 뜻하고, 또 브라만족이 받드는 브라만교를 뜻하기도 하며, 인도의 별칭으로도 쓰였다. 농바라문弄婆羅門은 '브라만놀이' 정도의 뜻을 지녔으나, 그 가무가 어떤 것이었는지 이상의 기록만으로는 알 길이 없다. 문종文宗 초년 또는 선종宣宗 초년에 이 놀이의 전문가들로 앞에 예로 든 사람들이 있었고, "농弄"이라는 동사가 '농참군弄參軍', '농가부인弄假婦人'(『樂府雜錄』俳優), '농대면희弄大面戲'(鄭萬鈞 「代國長公主碑」), '농육참군弄陸參軍'(范攄 『雲溪友議』) 등의 예와 같이 '가무희' 등의 "놀이를 연출한다"는 뜻을 지니고 있으니, '농바라문弄婆羅門'도 '가무희'일 것이라고 추측할 수 있을 뿐이다.

『구당서舊唐書』 권29 음악지音樂志에는 또 이런 설명이 보인다.

바라문악婆羅門樂은 사방의 오랑캐와 같은 대열의 것이다. 바라문악에서는 옻칠한 피리 둘과 제고齊鼓 하나를 썼다.[124]

---

123 『樂府雜錄』;"弄婆羅門, 太和初, 有康迺·米禾稼·米萬搥, 近年有李百魁·石瑤山也."(明鈔 『說郛』 本)

124 『舊唐書』;"婆羅門樂, 與四夷同列. 婆羅門樂, 用漆篳篥二, 齊鼓一."(杜佑 『通典』 권146에도 비슷한 기록이 있음.)

진양陳暘(1105년 전후)의 『악서樂書』 권173 농바라문弄婆羅門에서는 『구당서』와 『악부잡록』에 보인 그에 관한 기록을 합쳐서 설명을 하고 있으나, 권184의 「바라문婆羅門」에는 약간 다른 설명이 보인다.

바라문무婆羅門舞는 은으로 장식한 자색의 옷을 입고 석환장錫鐶杖을 들고 추었다. 당나라 태화太和 초년(827년)에는 강내康迺·미화가米禾稼·미만추米萬搥가 있었고, 뒤에는 이백미李百媚·조촉신曹觸新·석보산石寶山이 있어, 모두 농바라문弄婆羅門을 잘했었다. 뒤에는 예상우의霓裳羽衣로 바뀌어졌는데, 그 곡조는 개원開元 연간(713~741년)에 서량부西涼府 절도사節度使 양경술楊敬述이 진상한 것이다.[125]

바라문무婆羅門舞를 "은으로 장식한 자색의 옷을 입고 석환장錫鐶杖을 들고 추었다."고 한 것으로 보아, 이는 불교 호승胡僧의 차림을 하고 춤을 추었던 것이다. 런반탕〔任半塘〕은 『당희롱』에서 윗글의 끝머리에 "뒤에는 예상우의霓裳羽衣로 바뀌었다."라고 한 것은, 진양陳暘이 전혀 다른 성격의 두 가지 춤을 혼동한 것이라 하였다.

그러나 정우鄭嵎(859년 전후)의 「진양문시津陽門詩」(『全唐詩』 9函 3冊)를 보면, "각각인간미시비却却人間迷是非"라는 구절 아래에 예상우의곡霓裳羽衣曲의 유래에 대하여 다음과 같은 수를 스스로 달고 있다.

섭법선葉法善이 황제〔玄宗〕를 인도하여 달나라에 들어갔는데,

---

125 『樂書』;"婆羅門舞, 衣緋紫色衣, 執錫鐶杖. 唐太和初, 有康迺·米禾稼·米萬搥, 後有李百媚·曹觸新·石寶山, 皆善弄婆羅門者也. 後改爲霓裳羽衣矣. 其曲, 開元中西涼府節度楊敬述所進也."

때는 가을이 이미 깊어 황제는 서늘함을 괴로워하였으므로 오래 머물 수가 없었다. 돌아오느라 하늘을 반쯤 오는데 선악仙樂이 들려왔다. 뒤에 황제가 돌아와서 기억하고 있던 그 악곡의 반을 마침내 저로써 재현하였다.

그때 마침 서량도독西涼都督 양경술楊敬述이 바라문곡婆羅門曲을 진상해 왔는데, 그 가락이 서로 잘 맞아 마침내 달나라에서 들은 곡을 그 산서散序로 삼고 양경술이 진상한 곡을 본곡으로 삼아 예상우의법곡霓裳羽衣法曲이라 부르게 되었다.[126]

막고굴莫高窟 180의 일부 모사.　　막고굴莫高窟 320의 일부 모사

성당盛唐 돈황벽화敦煌壁畫

126 「津陽門詩」自注 ; "葉法善引上入月宮, 時秋已深, 上苦凄冷, 不能久留. 歸於天半, 尙聞仙樂. 後上歸且記憶其半, 遂於笛中寫之. 會西涼都督楊敬述進婆羅門曲, 與其聲調相符, 遂以月中所聞爲之散序, 用敬述所進曲作其腔, 而名霓裳羽衣法曲."

『당회요唐會要』권33에 의하면, 바라문婆羅門을 예상우의霓裳羽衣로 고친 것은 천보天寶 13년(754년)이다.[127] 악사樂史(930~1007년)의 『양태진외전楊太眞外傳』에 의하면, 천보 4년(745년) 양태진楊太眞을 귀비貴妃로 책립册立한 날 이미 예상우의곡霓裳羽衣曲을 연주하고 있었으니, 예상우의곡은 그전부터 있었던 것이다.[128] 다시 주밀周密(1232~1308년)은 『제동야어齊東野語』권7에서 "예상霓裳 한 곡은 모두 36단으로 이루어진 대곡大曲"[129]이라 하였고, 백거이白居易(772~846년)의 「예상우의가霓裳羽衣歌」(『全唐詩』7函 5册)를 보면, "산서육주미동의散序六奏未動衣"라는 구절 아래에 "산서散序 6편은 박자拍子가 없기 때문에 춤을 추지 않는다."라고 스스로 주를 달고 있으며, 그 아래 "중서中序에서야 비로소 박자拍子가 있어서 또한 박서拍序라고도 부른다."고 주를 달고, 다시 "번음급절십이편繁音急節十二編" 아래에는 "예상파霓裳破는 모두 12편으로 끝난다."라는 주를 달고 있다.[130] 중서中序는 몇 편인지 분명히 기록되어 있지 않으나 『제동야어齊東野語』의 말을 참고하면, 중서中序 16편이었을 가능성이 많다. 그런데 『신당서』권22 예악지禮樂志를 보면 이런 기록이 있다.

127 『唐會要』; "天寶十三年, 改諸調名, 改婆羅門爲霓裳羽衣."

128 『楊太眞外傳』에는 그 이야기 바로 뒤에 注를 달아, 霓裳羽衣曲은 開元年間 (713~741년)에 玄宗이 三鄕驛에 올라가 女几山을 바라보고 일어났던 환상을 작곡한 것이라는 전설과, 天寶 初年(742년)에 玄宗이 羅公遠과 함께 달나라에 가서 보고 들은 수백 명 선녀들의 歌舞를 뒤에 재현한 것이라는 전설 두 가지를 인용하고 있다.

129 『齊東野語』; "混成集修內司所刊本, 古今歌詞之譜, 靡不備具. 只大曲一類, 凡數百解, 他可知矣, 然有譜無詞者居半. 霓裳一曲, 共三十六段."

130 「霓裳羽矣歌」自注; "散序六徧無拍, 故不舞也." "中序始有拍, 亦名拍序." "霓裳破凡十二徧而終."

그 뒤에 하서河西 절도사節度使 양경충楊敬忠이 예상우의곡霓裳羽衣曲 12편을 바쳤다.

그리고 그 뒤에 다시 이런 설명을 더 붙이고 있다.

문종文宗(827~840년 재위)은 아악雅樂을 좋아하여 태상경大常卿 풍정馮定에게 명을 내리어 개원開元 연간의 아악雅樂을 채택해 가지고 운소법곡雲韶法曲과 예상우의무곡霓裳羽衣舞曲을 짓게 하였다.[131]

이상을 종합하면, 이미 개원開元 연간(713~741년)에 현종玄宗이 만든 달나라 선녀들의 춤을 상징한 예상우의곡霓裳羽衣曲과 춤이 있었는데, 뒤에 양경술楊敬述이 서쪽에서 진상해 온 바라문곡婆羅門曲의 악상이 서로 잘 어울리어, 이들을 합쳐 모두 12편의 예상우의법곡霓裳羽衣法曲으로 개편하였다.[132] 심괄沈括(1030~1094년)이 『몽계필담夢溪筆談』 권17에서 『국사보國史補』를 인용하여 이런 말을 하고 있다.

예상곡霓裳曲은 모두 12첩疊인데. 앞의 6첩은 박자가 없고, 제7첩에 이르러서야 첩편疊遍이라 부르며 비로소 박자가 있어 춤을 추게 된다.[133]

---

131 『新唐書』;"其後, 河西節度使楊敬忠獻霓裳羽衣曲十二遍." "文宗好雅樂, 詔太常卿馮定采開元雅樂, 製雲韶法曲及霓裳羽衣舞曲."

132 楊敬述(『新唐書』作 '忠')이 진상한 것은 본시 婆羅門曲이나 뒤에 霓裳羽衣曲으로 개작되었기 때문에 『新唐書』에서는 개작된 호칭을 쓴 것이다.

133 『夢溪筆談』;"霓裳曲凡十二疊. 前六疊無拍, 至第七疊, 方謂之疊遍, 始有拍而舞."

만당晚唐 돈황벽화
막고굴 12의 일부 모사

이 말도 그 법곡法曲을 설명한 것일 것이다. 그리고 문종文宗 때에 다시 풍정馮定에게 명하여 이를 더욱 보충하여 개작함으로써 36단에 이르는 대곡大曲인 예상우의무곡霓裳羽衣舞曲이 이루어졌던 듯하다.

진양陳暘의『악서樂書』권188 호부胡部에는 다시 이런 기록이 보인다.

　　당나라 호부胡部에는 음악에 ……이 있고, 놀이에는 참군參軍·바라문婆羅門·양주곡涼州曲이 있다.[134]

도교적인 예상우의곡霓裳羽衣曲이 문종文宗 때에 바라문곡婆羅門曲도

134『樂書』;"唐胡部, 樂有……, 戲有參軍·婆羅門·涼州曲."

일부 흡수하여 규모가 큰 대곡大曲으로 발전하자, 바라문도 호곡胡曲으로서 원래의 성격을 살리어 '가무희'인 농바라문弄婆羅門으로 발전하여 한때 유행했던 듯하다. 당나라 남탁南卓의 『갈고록羯鼓錄』제궁곡諸宮曲의 태주상太簇商에는 바라문이 있고, 『교방기敎坊記』곡명曲名에는 망월바라문望月婆羅門이 보이며, 돈황곡敦煌曲에는 '망월望月' 두 글자가 허두에 붙은 네 수의 '바라문'이 있는데,[135] 모두 농바라문弄婆羅門을 연출할 때 불리워지던 악곡 중의 한 가지였을 것이다.

이공좌李公佐(813년 전후)의 『남가태수전南柯太守傳』을 보면, "영지부인靈芝夫人을 따라 선지사禪智寺에 가 천축원天竺院에서 우연右延이 바라문을 춤추는 것을 보았다."[136]라고 한 대목이 보이는데, 우연은 중의 이름일 것이니, 중당中唐시대까지도 절에서 중들에 의해 바라문이 연출되었음을 알 수 있다.

왕꿔웨이〔王國維〕는 『고극각색고古劇脚色考』에서 바라婆羅가 송宋나라 초기에는 포로鮑老로 변하였고,[137] 그리고 이후에 다시 포라抱鑼로 변하였다고 하면서 맹원로孟元老(1126년 전후)의 『동경몽화록東京夢華錄』권7의 다음과 같은 기록을 인용하고 있다.

보진루寶津樓 앞에서 백희百戲를 하는데, 가면을 쓰고 긴 이빨이 달렸으며 입에서 연기와 불을 토하는 귀신과 같은 모양을 한

任二北, 『敦煌曲校錄』第1 普通雜曲 所載.

136 『南柯太守傳』; "從靈芝夫人過禪智寺, 於天竺院觀右延舞婆羅門."

137 陳師道, 『後山詩話』에 보이는 楊大年의 「傀儡詩」에 "鮑老當筵笑郭郎……"
이라 보임.

자가 있었는데……그를 포라抱鑼라 하였다.[138]

이를 참고로 하였을 때 '농바라문'도 호승胡僧의 모습을 한 가면을 쓰고 하던 놀이가 아닐까 여겨지기도 한다.

곽무천郭茂倩의 『악부시집』권78 잡곡가사雜曲歌辭를 보면, 이백李白(701~762년)의 「사리불舍利弗」과 「마다루자摩多樓子」라는 두 수의 시가 실려 있다. 「사리불」은 불곡佛曲이다.

> 황금줄로 보배로운 땅의 경계 짓고
> 진기한 나무들 요지瑤池 가에 우거졌네.
> 구름 사이에선 오묘한 음악 들리고
> 하늘가에선 소라고동 소리 울리네.

> 金繩界寶地, 珍木蔭瑤池.
> 금 승 계 보 지   진 목 음 요 지

> 雲間妙音奏, 天際法螺吹.
> 운 간 묘 음 주   천 제 법 려 취

「마다루자」는 이하李賀(791~817년)의 것도 한 수 실려 있는데, 내용은 모두가 변새邊塞에 관한 노래이다. 런반탕〔任半塘〕은 『당희롱』제3장 극록劇錄의 사리불舍利弗에서 쉬디산〔許地山〕과 류우지〔柳無忌〕가 각각 쓴 『인도문학印度文學』이란 책에서 인용한 범극梵劇들을 근거로, 이섯들이 인도에서 들어온 '가무희'의 가사임을 증명하려고 노력하고 있다. 그러

---

138 『東京夢華錄』;"寶津樓前百戲, 有假面披髮, 口吐狼牙烟火, 如鬼神狀者. … 謂之抱鑼."

나 당대에 그런 이름의 '가무희'가 유행했다는 확증은 없다. 정초鄭樵 (1104~1162년)는『통지通志』악략樂略에서『악부시집』의 같은 권에 실려 있는「아나괴阿那瓌」와「법수곡法壽曲」을 합쳐 이들을 '범축사곡梵竺四 曲'이라 들고 있다.「아나괴」는 고사古辭이며『악부시집』해제解題에서 『북사北史』와『통전通典』을 인용하여 "아나괴阿那瓌는 흉노匈奴인 연연 국蠕蠕國의 임금"이라 설명하고 있고,「법수악法壽樂」은 제齊나라 왕융王 融(467~493년)의 작품 12수가 실려 있다. 이 네 가지를 어떤 연유로 '범축 사곡梵竺四曲'이라 하였는지 알 수 없다. 혹 '농바라문' 같은 '가무희'에 이들이 모두 불리워졌기 때문에 성격이 서로 다름에도 불구하고 '범축 사곡'으로 함께 묶여졌던 것이 아닐까 추측해 본다.

5. 당대에 생겨난 '가무희'

1) 번쾌배군난樊噲排君難

당대에 만들어진 가장 유명한 '가무희'는 왕꿔웨이[王國維]가 『송원희곡고』 첫 장에서 "당대에 스스로 만들어진 것"이라고 소개한 번쾌배군난희樊噲排君難戲이다. 이는 유명한 한왕漢王 유방劉邦과 초왕楚王 항우項羽가 만났던 홍문연鴻門宴의 이야기를 가무로 표현한 것이다. 송宋 왕부王傅(922~982년)의 『당회요唐會要』 권33에 다음과 같은 기록이 있다.

광화光化 4년(901) 정월에 보녕선保寧殿에서 잔치를 벌였을 때, 황제께서 찬성공讚成功이라는 곡을 만들었다. 이때 염주鹽州 웅의 군사雄毅軍使 손덕소孫德昭 등이 유계술劉季述을 죽이고 반정反正을 하여, 황제가 곧 작곡을 해 그 공로를 포상한 것이었다. 그와 함께 번쾌배군난희樊噲排君難戲도 만들어 즐기었다.[139]

---

139 『唐會要』; "光化四年正月, 宴於保寧殿, 上製曲, 名日讚成功. 時鹽州雄毅軍

송민구宋敏求(1019~1079년)의 『장안지長安志』 권6에도 '번쾌배군난'에 관한 다음과 같은 기록이 있다.

소종昭宗(889~903년 재위)이 이계소李繼昭 등의 장수들에게 보녕전에서 잔치를 베풀고, 친히 찬성공讚成功이라는 곡을 작곡하여 그들을 포상하였으며, 또 영관伶官들에게 명하여 번쾌배군난樊噲排君難을 연출케 함으로써 그들을 즐겁게 하였다.[140]

다시 진양陳暘(1105년 전후)의 『악서樂書』 권186 배달희排闥戲 조목에서는 이런 말을 하고 있다.

소종昭宗의 광화光化 연간에 손덕소孫德昭의 무리들이 유계술劉季述의 목을 벰으로써 황제는 반정反正을 하고, 악공들에게 명하여 번쾌배달희樊噲排闥戲를 지어 즐기게 하였다.[141]

이상의 기록을 보면, '번쾌배군난'이라는 놀이는 번쾌배달樊噲排闥이라고도 불렸음을 알 수 있다. 그리고 이 '가무희'가 만들어진 배경은 대강 다음과 같다.

광화光化 3년(900년)에 환관宦官인 유계술劉季述이 소종昭宗을 폐위시켜 동궁東宮에 가두고, 대신 태자를 왕위에 올려 놓고 천하를 주무르려

使孫德昭等, 殺劉季述反正, 帝乃制曲以褒之. 仍作樊噲排君難戲以樂焉."(宋錢易『南部新書』辛에도 같은 기록이 보임.)

140 『長安志』; "昭宗宴李繼昭等將於保寧殿, 親制讚成功曲以褒之, 仍命伶官作樊噲排君難以樂之."

141 『樂書』; "昭宗光化中, 孫德昭之徒刃劉季述, 帝反正, 命樂工作樊噲排闥戲以樂焉."

하였다. 이때 재상 최윤崔胤이 반정反正을 꾀하며 의사義士를 구하자 손덕소孫德昭 등이 이에 호응하였다. 다음 해 정월 새벽에 길가에 군인들을 매복시켰다가 유계술이 조회朝會에 나오는 것을 기습하여 죽여 버렸다. 이어 나머지 잔당들도 소탕한 뒤 소종昭宗을 불러내어 반정反正을 이룩하였다.[142] 소종은 이때 공신들을 표창한 다음 보녕전保寧殿에서 잔치를 벌이고 친히 찬성공讚成功이란 곡을 작곡하고, 또 영관伶官들에게 '번쾌배군난희'를 연출하게 하였던 것이다.

이 '번쾌배군난희'는 분명 한漢대에 만들어져 위진남북조魏晉南北朝 시대까지 유행한 공막무公莫舞 또는 건무巾舞를 발전시킨 것일 것이다. 『악부시집樂府詩集』권54 무곡가사舞曲歌辭에는 이하李賀(791~817년)의 「공막무가公莫舞歌」가 한 수 실려 있는데, 홍문연鴻門宴의 정경을 읊은 내용이다. 그의 서序에 "남북의 악부樂府에 모두 가인歌引이 있는데, 나는 여러 노래들이 천박하게 여겨져 지금 다시 공막무가公莫舞歌를 짓는 것이다."[143]라고 스스로 말하고 있다. 당나라 시대까지도 '공막무'라는 '가무희'가 전해지고 있었음이 분명하다. 그리고 홍문연鴻門宴 이야기는 너무나 유명하여 '가무희'뿐만 아니라 단순한 가무와 시詩·사詞·부賦·곡曲 등 여러 가지 형태의 문학으로도 읊어졌다.[144]

다만 '번쾌배군난' 은 소종昭宗이 반정反正을 하고 나서 "충성스런 공신들이 황제의 위난을 구해 준" 그때의 실황을 좀 더 두드러지게 드러내

---

142 『新唐書』권208 劉季述傳, 『五代史記』권43 孫德昭傳, 『通鑑』권262 天復元年 등 참조.

143 「公莫舞歌」序 ; "且南北樂府, 率有歌引, 賀陋諸家, 今重作公莫舞歌云."

144 唐代에만도 張碧의 「鴻溝」, 王轂의 「鴻門宴」 같은 시와, 敦煌曲 「酒泉子」 詠劍, 徐夤의 「樊噲入鴻門賦」 등이 있다.

려 하였을 것이다. 소종이 작곡한 찬성공讚成功도 그러한 "충신들의 공"을 노래한 것이어서, 그 '가무희'의 중심 악곡으로 쓰여졌을 것이다. 그리고 진양陳暘의 『악서樂書』에서 번쾌배달樊噲排闥이라 한 것은, 번쾌樊噲가 한왕漢王 유방劉邦의 위급함을 알고서 홍문鴻門을 밀치고 잔칫자리로 쳐들어오는 용맹스런 모습이 그 '가무희'에서 인상적이었기 때문에 붙여진 호칭일 것이다. 서인徐夤(873년 전후)의 「번쾌입홍문부樊噲入鴻門賦」(『全唐文』 권830)도 '번쾌배군난' 가무희를 보고 지은 것인 듯한데, 그 부賦의 시작이 번쾌가 맹위를 떨치며 대문을 밀치고 들어오는 '배달排闥'의 모습을 읊은 것이다.

> 한나라 장수들 지혜도 있고 용기 뛰어났었으니
> 번쾌의 맹위를 더 말해 무엇하랴!
> 죽음 무릅쓰고 칼날 가벼이 여기며
> 임금 구하려고 홍문으로 곧장 쳐들어가네!

沛中之智兮勇鵬翻, 舞陽侯兮威曷論!
패 중 지 지 혜 용 붕 번　　무 양 후 혜 위 갈 론

冒死而嘗輕白刃, 匡君而直入鴻門!
모 사 이 상 경 백 인　　광 군 이 직 입 홍 문

그리고 소종昭宗이 친히 작곡했다는 찬성공讚成功은 후세까지도 유음遺音이 전하여 『화간집花間集』 권5를 보면 모문석毛文錫(913년 전후)의 「찬성공讚成功」이라는 사詞 작품이 실려 있다.

2) 의양주義陽主

『구당서舊唐書』권142 왕무준王武俊에 붙어있는 아들「왕사평전王士
平傳」에는 이런 기록이 있다.

왕사평王士平은 정원貞元 2년(786)에 의양공주義陽公主에게 장가
들었다. ……공주는 멋대로 불법을 행하였기 때문에 왕사평이 화
가 나서 그와 다투니, 헌종憲宗은 노하여 공주를 궁중에 가두고 왕
사평은 그의 집에 가두어 출입을 하지 못하게 하였다. 뒤에 풀려
나 안주자사安州刺史로 나갔다가……하주사호賀州司戶로 내쳐졌
다. 이때 경박한 문사文士인 채남蔡南·독고신숙獨孤申叔이 의양주
義陽主 가사를 지었는데 단설團雪·산설散雪 같은 곡이었고, 그들
이 잘 놀 때와 틀어져서 이별할 때의 모습을 표현한 것이었으며,
자주 술자리에서 노래부르게 되었다. 헌종憲宗은 이를 듣고 싫어
하여 진사과進士科를 폐지하려 하였으며, ……채남과 독고신숙을
잡아 내침으로써 어느 정도 연출이 멎게 되었다.[145]

『신당서新唐書』권83 제제공주열전帝諸公主列傳의 덕종십일녀전德宗
十一女傳에도 의양공주義陽公主와 왕사평王士平 부부의 관계를 기록하고
나시 이런 말을 하고 있다.

문하객門下客 채남사蔡南史·독고신숙獨孤申叔이 공주를 위하여

■
145 『舊唐書』; "士平, ……貞元二年, 選尙義陽公主. ……時公主縱恣不法, 士平
與之爭忿, 憲宗怒, 幽公主於禁中, 士平幽於私第, 不令出入. 後釋之, 出爲安
州刺史, ……貶賀州司戶. 時輕薄文士蔡南·獨孤申叔爲義陽主歌詞, 曰團
雪·散雪等曲, 言其遊處離異之狀, 往往歌於酒席. 憲宗聞而惡之, 欲廢進士
科, ……得南·申叔貶之, 由是稍止."

단설團雪·산설散雪의 가사를 지었는데, 형용이 기이하고 뜻이 퇴폐적이었다. 황제가 듣고 노하여 남사南史 등을 잡아 그들을 몰아내었으며, 거의 진사과進士科를 폐지할 뻔하였다.[146]

이조李肇(813년 전후)의 『국사보國史補』 권3에도 다음과 같은 기록이 보인다.

정원貞元 12년(796), 부마駙馬인 왕사평王士平과 의양공주義陽公主가 반목을 하자, 채남사蔡南史와 독고신숙獨孤申叔이 이를 악곡으로 표현하여 의양자義陽子라 불렀는데, 단설團雪과 산설散雪의 노래가 있었다. 덕종德宗은 이를 듣고 노하여 과거科擧를 폐지하려 하였다. 뒤에 다만 남사南史와 신숙申叔을 귀양보냄으로써 그 일이 결말지어졌다.[147]

이를 종합해 보면, 『구당서』의 헌종憲宗(806~820년 재위)은 덕종德宗(780~804년 재위)의 잘못이고, 채남蔡南은 채남사蔡南史가 옳은 듯하다. 『구당서』에서는 '의양주義陽主' 가사, 『구사보國史補』에서는 '의양자義陽子'라는 악곡을 채남사蔡南史와 독고신숙獨孤申叔이 지었다고 했는데, 그 내용은 의양공주義陽公主가 멋대로 불법적인 행동을 일삼아 남편인 왕사평王士平과 서로 다투게 되자, 황제가 노하여 이들을 각각 궁중과 자기 집에 가두어 놓았다가 뒤에 왕사평을 변방으로 내보냈던 일을 가사

---

146 『新唐書』; "魏國憲穆公主, 始封義陽, 下嫁王士平. ……門下客蔡南史·獨孤申叔爲主作團雪·散雪辭, 狀離曠意. 帝聞怒, 捕南史等逐之, 幾廢進士科."

147 『國史補』; "貞元十二年, 駙馬王士平與義陽公主反目, 蔡南史·獨孤申叔播爲樂曲, 號義陽子, 有團雪·散雪之歌. 德宗聞之怒, 欲廢科擧, 後但流斥南史·申叔而止."

또는 악곡으로 표현한 것이다. 그런데 거기에는 단설團雪과 산설散雪이라는 노래가 쓰였는데, "눈이 뭉쳐진다"는 단설團雪과 "눈이 흩어진다"는 산설散雪은 공주 부부의 화합과 반목을 상징하는 내용이었을 것이다.

'의양주'란 가무희의 구성도 '단설'과 '산설'의 두 부분으로 이루어졌음이 분명하고, 또 이것은 중국의 고전 희극에 있어서의 구성상의 정식程式의 시초인 듯하다. 그런데 "그들이 놀 때의 기이한 모양을 표현했다."라고도 하고, "형용은 기이하고 뜻은 퇴폐적이었다."라고 하였으며, "황제는 이에 관한 이야기를 듣고 노하였다."라고 하였다. 이상의 내용을 종합해 보건대, '의양주'는 단순한 가사 또는 악곡이 아니라 의양공주 부부의 결합과 반목에서 시작하여, 그들이 각각 집안에 갇혀 있다가 왕사평이 지방의 벼슬살이로 쫓겨나는 과정을 외설적인 대목과 퇴폐적인 표현을 섞어 가면서 자세히 표현한 '가무희'였음이 틀림없다.

황제인 덕종德宗이 '의양주'에 관한 이야기를 듣고서 "그것을 싫어하고" "노하였을" 뿐만 아니라 "진사과進士科도 폐지하려 하였다" 하였으니, 이 '가무희'의 이야기 줄거리 속에는 과거를 풍자하거나 그 제도의 모순 같은 것과 관계되는 이야기도 끼어 있었음이 분명하다. 그리고 황제는 명을 내리어 그것을 지은 채남사와 독고신숙을 잡아 귀양보냄으로써 그 연출이 거의 없어지게 되었다니, 그 유행이 오래 가기는 않았던 듯하다.

그런데 앞에서 이야기한 '합생合生'이 "혹은 왕비와 공주의 실정과 모양을 표현하기도 하였다.(武平—上奏文.)"라고 하였으니, 이를 '합생'과 연결시켜 이해하려는 학자들도 있다.[148] 그러나 '합생'은 호악胡樂이었

---

148 孫楷第, 「宋朝說話人的家數問題」(1930년, 『學文雜誌』), 任半塘 『唐戲弄』 제 3장 劇錄 9. 義陽主.

던 데 비하여 '의양주'는 당대 사람의 작곡으로 이루어졌으니, 같은 것이라 할 수는 없다. 그러나 서로 영향을 받았다는 것까지는 부정할 수는 없을 것이다.

'의양주'의 연출자에 대하여는 아무런 언급이 없다. 채남사와 독고신숙은 이 '가무희'를 만들었을 뿐만 아니라 직접 연출까지 하였을 가능성이 많다.

3) 기타 '가무희'

이밖에도 런반탕〔任半塘〕은 『당희롱』에서 당대에 유행한 '가무희'로 봉귀운鳳歸雲 · 신백마神白馬 · 한세旱稅 · 농공자弄孔子 등에 대하여 논술하고 있다. 그러나 모두 연출실황에 대한 설명이 자세하지 않다. 그리고 이것들 모두 가면을 쓰지 않았던 듯한 놀이들이다. 가면희는 중국의 옛 '가무희'의 중심을 이루는 것이었으나, 이미 중당中唐시대로 들어오면서 궁중이나 상류사회의 '가무희'에서는 가면이 밀려나기 시작했던 것으로 여겨진다. 그것은 곧 중당시대부터 '가무희' 자체의 성격에 변화가 일기 시작한 것을 뜻하는 것이다.

4) 나희儺戱

어떻든 민간의 '가무희'는 변함없이 각지에 성행되고 있었다. 나儺만 하더라도 궁중이나 민간에서 모두 더욱 발전하였다. 『신당서』 권16 예악지禮樂志 '대나지례大儺之禮'와 두우杜佑(735~812년)의 『통전』 권133, 단안절段安節(890년 전후)의 『악부잡록』 구나驅儺를 보면, 궁나宮儺 또는 관나官儺에 관한 설명이 자세하다.

우선 성당盛唐시대(713~755년)로 들어와서는 대나大儺의 규모가 더욱 커졌다. 무엇보다도 역귀를 쫓아내는 주역인 네 개의 황금눈이 달린 가면을 쓴 방상씨方相氏가 네 명으로 늘어났고,[149] 열두 살에서 열여섯 살난 아이들이 가면을 쓰던 진자侲子는 5백 명으로 늘어났다.[150] 이밖에도 집사執事·공인工人·고鼓·각角 등 각각 10여 명 또는 수십 명이 동원되었고, 창수唱帥·고취령鼓吹令·태복령太卜令·무사巫師·태축太祝·재랑齋郎·시백寺伯 등이 역귀를 쫓는 데 참여하였다.[151]

당대 대나大儺의 한 가지 특징은 이 행사에 참여하는 사람들이 사전에 모두 고취령鼓吹令의 지휘 아래 궁성 문밖에 모여 대기하고 있는 것이다. 그러다가 때가 되면 시백寺伯의 인솔로 북소리를 울리고 소리치고 기세를 올리며 궁성 문 안으로 쳐들어와, 노래 부르고 춤추면서 궁성 안을 누비며 역귀들을 잡아내는 것이다. 교림喬琳의 「대나부大儺賦」(『全唐文』권356)를 보면, 5백 명의 진자侲子들이 펼치는 화려한 가무를 다음과 같이 읊고 있다.

> 진동侲童들 붉은 머리로
> 여러 가지 가락 맞추어 춤추는데,
> 춤추는 웃 볕을 놀라게 하고
> 노랫소리 봉황새 내려앉게 한다.

---

149 『樂府雜錄』의거. 『舊唐書』의 大儺之禮에는 方相氏가 한 명이나, 玄宗 때의 『開元禮』에서 정한 州縣의 儺(杜佑『通典』권133)에도 '方相四人'이라 했으니, 宮中의 大儺에서도 네 명의 方相氏를 쓰는 경우가 많았을 것이다.

150 『樂府雜錄』의거.

151 『舊唐書』권16 禮樂志 의거.

侲童丹首, 操縵雜弄,
진 동 단 수 조 만 잡 롱

舞服驚春, 歌聲下鳳.
무 복 경 춘 가 성 하 봉

주현州縣의 관나官儺는 고을의 등급에 따라 그 규모가 작고 컸을 뿐 기본적인 역귀疫鬼를 쫓아내는 방식은 같았다. 주현州縣의 '나'에서는 "방상方相 4명, 창솔唱率 4명이고, 진자侲子는 부府와 상주上州에선 60명, 중하주中下州에선 40명"이었고, 현縣에서는 "방상方相과 창솔唱率이 각각 2명에 진자侲子는 20명"[152]의 규모였다.

당대의 민간 '나'는 나은羅隱(833~909년)이 「시나市儺」(『全唐文』권896)에서 이런 말을 하고 있다.

'나'라는 명칭은 시령時令에 기록되어 있다. 궁중으로부터 민간에 이르기까지 모두 재난을 쫓고 역귀를 몰아내었던 것이다.[153]

이에 의하면, 당대에 '나'가 널리 유행하고 있었음을 알 수 있다. 그런데 돈황敦煌에서 나온 기록들을 보면, 당대로 들어와 민간의 '나'에 큰 변화가 일기 시작했음을 알 수 있다.[154] 본시 관나官儺의 주역은 방상씨方相氏와 십이수十二獸였다. 이미 앞에서 이야기한 것처럼 양梁나라 종름宗

152 『開元禮』의거.

153 羅隱「市儺」; "儺之爲名, 著於時令矣. 自宮禁至於下俚, 皆得以逐災邪而驅疫癘."

154 이하 高國藩「驅儺風俗和敦煌民間歌謠兒郎偉」(『文史』第29輯); 同人 『敦煌古俗與民俗流變』(海河大學出版社, 1990); 黃征「敦煌民謠兒郎偉的價値」(『文史知識』第7期, 1990) 등 참조.

懍(500?~563?년)의 『형초세시기荊楚歲時記』에는 민간의 연말 구나驅儺에 마을 사람들이 "호공두胡公頭를 쓰고 또 금강역사金剛力士 모습을 하고서 축제逐除를 하였다."라고 하였으니, 이미 남북조南北朝시대부터 민간의 '나'에는 여러 가지 속신俗神이 등장하기 시작했음을 알 수 있다. 그런데 돈황문권敦煌文卷을 보면, 중당中唐 무렵에 와서는 그 경향이 더욱 두드러졌던 듯하다.

먼저 후세에 민간에서 문신門神으로 크게 유명해진 종규鍾馗는 대체로 현종玄宗의 개원開元 연간(713~741년)부터 문신門神으로 유행하기 시작한 것으로 알려지고 있으나,[155] 중당中唐 무렵에는 이미 대나大儺의 구역신驅疫神으로도 활약하였다.[156] 돈황문권敦煌文卷에는 「제석종규구나문除夕鍾馗驅儺文」(s.2055), 「아랑위구나兒郎偉驅儺」에 관한 p.3270, p.4011, p.3552, p.4976의 문권文卷 등이 보인다.

> 구나驅儺의 법도는 옛 황제黃帝로부터 비롯되었는데, 종규鍾馗와 백택白澤이 여러 신선들 거느리네.(p.3552)[157]

> 낡은 해를 현진玄津에서 보내고, 새로운 절기 봄을 맞으려 하는데, ……떠돌아다니는 못된 귀신들 잡는 일은 종규鍾馗 대랑大郞에게 맡겨 처리하네.(p.4976)[158]

---

155 宋 沈括 『夢溪筆談』 補 26卷 所引 「吳道子鍾馗畵之唐人題記」 ; 趙翼 『陔餘叢考』 引 『天中記』 所引 『唐逸史』 등 참조.

156 金學主 「鍾馗의 演變과 處容」(『한·중 두 나라의 가무와 잡희』, 서울대출판부, 1991 所載 참조 바람)

157 "驅儺之法, 自昔軒轅. 鍾馗白澤, 統領居仙."(p.3552)

158 "舊年初送玄津, 迎取新節靑陽. ……膺是浮游浪鬼, 付却鍾大郞."(p.4976)

앞에 종규鍾馗와 함께 보인 백택白澤도 중국에 전설로 전해지던 귀신에 관하여 잘 안다는 신수神獸이다.[159] 그밖에 배화교拜火敎인 요교祆敎의 신도 등장한다.

오늘밤 구나驅儺의 대열에는 성을 편안케 할 불의 신도 거느리고 있다.(p.3552)[160]

중당中唐(756~835년) 무렵의 민간의 '나'에는 그 시대에 행해지던 여러 종교의 신들이 모두 구나驅儺의 주역으로 등장하게 되고, 이에 따라 여기에서 쫓아내는 귀신들의 종류도 더욱 많아졌음을 알 수 있다. 그것은 한편 '나'에 쓰이던 가면과 가무의 종류도 때와 곳에 따라 크게 여러 가지로 발전하였음을 상상케 한다. 앞에서 보기로 든 '아랑위구나兒郎偉驅儺'에 관한 돈황문권敦煌文卷 등은 특히 이러한 '나'의 성격변화를 잘 설명해 주고 있다.

한목소리로 아랑위兒郎偉!
오늘 밤 낡은 해 다 가지 않았으나
내일 아침이면 바로 새해일세.
모든 낡은 해의 잡귀들을
경내로부터 다른 곳으로 몰아내세.(p.3270)[161]

---

159 宋 張君房『雲笈七籤』卷100 引『軒轅本紀』云；"帝巡狩, 東至海, 登桓山, 于海濱得白澤神獸, 能言, 達于萬物之情. 因問天下鬼神之事. 自古精氣爲物, 游魂爲變者凡萬一千五百二十種. 白澤言之, 帝令以圖寫之, 以示天下."

160 "令夜驅儺隊仗, 部領安城火祆."(p.3552)

161 "齊聲兒郎偉! 今夜舊歲未盡, 明招便是新年, 所有舊歲鬼魅, 逐出境內他地."(p.3270)

'아랑위'가 무엇을 뜻하는지 확실치는 않다. 어떤 학자는 대나大儺에서 중요한 역할을 하던 젊은이를 가리키는 말이었는데, 뒤에 가서는 귀신을 쫓을 때의 일종의 고함 소리로 변한 것이라 하고,[162] 어떤 이는 '아랑위兒郞偉'는 바로 '위아랑偉兒郞'이며, 나의儺儀에서 역귀를 쫓아내는 신령 역할을 하던 용감한 남자라고 하였다. 그래서 사람들은 그때 부르던 노래도 '아랑위兒郞偉'라 불렀다는 것이다. 돈황敦煌 부근 사람들은 위아랑偉兒郞을 국가를 보위하는 상징이라 생각했기 때문에 '아랑위兒郞偉'라 부를 수도 있었던 것[163]이라고도 하였다.

'아랑위'가 많이 보이는 곳은 집을 지으며 대들보를 올릴 때 지은 '상량문上梁文'이다. 중국의 대표적인 사전 『사해辭海』(1958. 4. 臺灣 中華書局)에서는 '상량문上梁文'을 이렇게 설명하고 있다.

집을 지을 적에 송축頌祝을 하는 글이다. 끝에 시를 붙이는데, 동서남북과 위 아래 모두 6장이다. 글의 첫머리와 모든 시의 첫머리가 모두 '아랑위兒郞偉' 세 글자로 이루어지는데, 그 문체는 남북조南北朝시대(317~589)에 시작된 것이다. 송宋나라 왕안석王安石(1021~1086)의 『임천집臨川集』에도 보인다. 후세의 상량문은 대부분 이를 본떴다.[164]

'상량문'이 남북조시대에 시작되었다는데, 글이나 시의 첫머리에 놓

162 耿升「法國學者近年來對敦煌民俗文化史的研究」(『中國史研究動態』1990, 第6期)

163 高國藩「驅儺風俗和敦煌民間歌謠兒郞偉」(『文史』第29輯).

164 "建宅頌祝之駢文也. 末附詩東西南北上下凡六章, 文之首及每章詩首, 均冠以兒郞偉三字, 其體始於六朝, 宋王臨川集亦見之. 後世上樑文, 多倣爲之."

여있는 '아랑위'가 무엇을 뜻하는지 잘 몰랐던 것 같다.

다행히 우리나라 국립민속박물관에서 내는 『생활문물연구』제9호에서는 기량紀亮 학예연구사學藝研究士가 쓴 「경기도 민가 상량문上樑文[165] 고찰考察」이라는 우리나라 '상량문'에 대한 연구를 한 글이 실려 있다. '상량문'과 함께 '아랑위'도 우리나라에 들어와 일부 쓰여졌다. 그에 의하면 '상량'은 '량樑'이 '들보 량' 자이기 때문에 집을 지을 때 대들보를 올리는 것으로 보통 알고 있지만, 들보가 아닌 '종도리'를 올리는 것이라 한다. '종도리' 또는 "도리는 보와 직각 방향을 걸어 서까래를 받게 되는 부재"라고 한다. 이 해석은 여기에서는 크게 문제 되지 않는다. 이 논문에는 뒤편에 「자료편」이라 하여 '상량문'의 '국역자료' 6편과 '원문자료' 13편이 실려 있는데, '국역자료' 중 3편과 '원문자료' 중 2편에만 '아랑위'라는 말이 보인다. '국역자료'의 번역을 보면, 두 편의 번역에는 '아랑위'라고 그대로 독음을 적어놓았고, 다른 한 편에는 '어영차', 곧 일하는 사람들이 함께 내는 소리로 옮겨 놓았다.

'아랑위'는 앞에서 얘기한 것처럼 나쁜 귀신을 쫓을 때의 고함소리이거나, 나쁜 귀신을 몰아내주는 유익한 신의 호칭이다. 그런데 우리나라 선조宣祖(1568~1608 재위)가 "상량문은 몽고蒙古의 일"이라고 말하고 있는 것을 보면,[166] '상량문'을 짓는 풍습은 '아랑위'라는 말과 함께 오랑캐 나라로부터 들어와 주로 민간에 유행했던 것으로 여겨진다. 우리 조상들이 '아랑위'에서 오랑캐 냄새를 짙게 느끼고 있었음에 틀림이 없다.

----

165 梁자는 樑으로도 쓴다. 두 글자 모두 '들보'의 뜻.

166 『宣祖實錄』卷220 ; 宣祖 41年 1月 24日(壬子), 紀亮의 『경기도 민가 上樑文 考察』의 인용문에서 인용하였음.

또 돈황사본敦煌寫本에는 「진야호사進夜胡詞」 3수(p.3468)가 있는데, 잔문殘文이기는 하나 당대 구나驅儺의 모습을 비교적 자세히 서술한 기록이다. 그 첫째와 둘째 글만 보더라도 수많은 귀신들이 등장하고 있어, 이전과는 크게 달라진 '나'의 성격을 알려준다. 그리고 셋째 글에서는 귀신을 백성들을 고난으로 몰아넣은 외족外族 통치자들에게 비유하고 있어, '나'의 시대적인 의의도 느끼게 한다. '아랑위'에 대하여 노래한 문권(p.3552)에도 "해마다 야호아를 한다.(歲歲夜狐兒.)"는 구절이 보이니, "야호夜胡"는 "야호夜狐"라 쓰기도 하였음을 알 수 있다. 뒤에 이야기할 송宋대 민간의 '타야호打夜胡'도 여기에서 나온 것인 듯하다. 이러한 '나'의 변화는 송宋대에 가서 더욱 두드러진다. 그리고 이처럼 변화한 '나'는 더욱 민속화하여 시대와 지역에 따라 이후에 여러 가지 나희儺戱가 생겨나고 수많은 나신儺神들이 출현하게 되는 것이다.

당나라 사람 이작李綽이 쓴 『진중세시기秦中歲時記』에는 이런 대목이 있다.

'나'를 할 적에는 모두 귀신 모습을 하고 나오는데, 그중 두 노인이 나공儺公과 나파儺婆로 나와 역귀를 몰아낸다.[167]

여기의 '나공'은 나쁜 귀신을 쫓아내는 할아버지이고, '나파'는 '나공'과 어울려 함께 놀이를 하면서 귀신을 쫓는 일을 도왔을 것이다. 노인이기는 하지만 '나'에 남녀가 등장한 것은 '나'가 놀이와 함께 그 정절情節을 추구하게 되었음을 뜻할 것이다. 현대 후난〔湖南〕 청부〔城步〕 묘

---

167 唐 李綽 『奉中歲時記』; "儺皆作鬼神狀, 二老人爲儺公·儺婆·以逐疫."

족苗族의 나희儺戲인 경고당慶鼓堂과 꾸이조우〔貴州〕 퉁런〔銅仁〕 토가족土家族의 나희 나당희儺堂戲 등에 나오는 '나공'과 '나파'는 이 당나라 때의 '나'로 부터 유래된 것일 것이다.

이상 '나'의 변화를 통해 보더라도, 중당中唐 무렵부터 중국의 '가무희'의 성격에 큰 변화가 일기 시작했음을 알 수 있다. 대체로 전통적으로 '가무희'의 중심을 이루어 오던 '가면희'는 표면상으로는 '가무희'에서 사라지기 시작하고 있다. 그러나 이후의 '가면희'는 각자의 '나'로 발달하여, 각 지방의 민속에 따라 여러 가지로 변화하며 민간에 깊숙이 뿌리를 내리기 시작했다.

6. 오대五代(907~979년)의 '가무희'

　　오대五代는 907년부터 959년에 이르는 53년 사이에 후량後梁·후당後唐·후진後晉·후한後漢·후주後周를 중심으로 하여 모두 열다섯 나라가 연이어 일어났다 망한 혼란했던 과도기적인 시대이다. 그러나 런반탕〔任半塘〕이 『당희롱』(제1장 總說, 8.五代)에서 이미 지적한 것처럼 이 시대는 풍자극諷刺劇이 성행하고 가무극歌舞劇이 매우 발전하였던 시기이다.

　　특히 후당後唐(923~936)의 장종莊宗(923~925년 재위) 때에는 황제 스스로 음악을 좋아하니 많은 곡곡을 하였고, 이천하李天下라는 예명을 쓰면서 직접 배우들과 어울려 연극을 하기도 하였다.[168] 따라서 많은 배우들이 황제의 총애를 받고 정치와 군사에 간섭하게 되어 결국은 나라를 망치는 지경에까지 이르게 된다.[169] 심지어 『신오대사新五代史』 권37 영관

---

168 『新五代史』 권37 伶官傳 참조.
169 『舊五代史』 권27~권34 莊宗本紀 참조.

전령관傳에는 황제와 황후의 행동으로서는 상상하기조차 힘든 다음과 같은 이야기가 실려 있다.[170]

황후 유씨劉氏는 본시 천한 출신이다. 그의 아버지 유수劉叟는 약을 팔며 점을 잘 쳐서 유산인劉山人이라 불렸었다. 유씨는 성질이 독살스러웠는데, 마침 여러 여자들과 임금의 총애를 다투는 터이라서 늘 그의 집안을 스스로 부끄럽게 여기며 그 일을 특히 숨기려 하고 있었다.

장종莊宗은 그때 유수劉叟의 옷을 입고 자신이 점가치 전대와 약상자를 둘러메고서, 그의 아들 계급繼岌에게는 해진 모자를 들고 자신을 따르게 하여, 그의 내실로 찾아가서 "유산인 딸을 뵈러 왔소" 하고 말하였다. 유씨는 크게 노하여 계급을 매질하고 쫓아내었다. 궁중에서는 그것을 웃고 즐기는 것으로 삼았다.[171]

『구오대사舊五代史』권49 후비열전后妃列傳에 인용된『북몽쇄언北夢瑣言』에서는 장종莊宗이 '유아추방녀劉衙推訪女' 놀이를 한 기사의 끝머리에 다음과 같은 말을 잇고 있다.

이에 앞서 장종은 스스로 배우가 되어 이름을 이천하李天下라

■
170 『舊五代史』권49 后妃列傳 莊宗神閔敬皇后劉氏 아래에는『北夢瑣言』에 실린 비슷한 이야기를 싣고 있는데, 伶官傳 "劉山人來省女"를, 여기서는 "劉衙推訪女"라 하고 있다.

171 『新五代史』; "皇后劉氏素微, 其父劉叟, 賣藥善卜, 號劉山人. 劉氏性悍, 方與諸姬爭寵, 常自恥其世家, 而特諱其事. 莊宗乃爲劉叟衣服, 自負著囊藥笈, 使其子繼岌提破帽而隨之, 造其臥內, 曰劉山人來省女. 劉氏大怒, 笞繼岌而逐之. 宮中以爲笑樂."

부르며, 분장을 하고 배우들이 놀이를 하는 사이에 뒤섞이어 때로
는 여러 배우들과 부딪치고 때리고 하였다. 그러나 마침내는 시끄
러운 여자들과 은총을 입힌 배우들로 말미암아 멸망하게 되었으
니, 나라를 다스리는 사람들이 거울로 삼지 않을 수가 있겠는
가?[172]

이밖에도 『신오대사新五代史』 영관전伶官傳에서는 배우 경신마敬新磨
가 장종 앞에서 재치있는 말로 풍자하여 잘못을 바로잡아 주고 또 기발
한 말로 주위 사람들을 즐겁게 하는 우어優語가 세 대목 적혀 있고, 또 장
종의 총애를 받던 배우 주잡周匝과 경진景進 등에 관한 이야기도 보인다.
런반탕〔任半塘〕이 이미 『당희롱』(제1장 總說, 8.五代)에서 논하고 있듯이
후량後梁 때(907~922년) 촉蜀 고조高祖 왕건王建 아래의 배우들이 참군희
參軍戲를 연출하였고,[173] 오吳나라(892~937년) 임금 양융연楊隆演은 서지
훈徐知訓과 참군희參軍戲를 함께 연출하였다니,[174] 이 무렵 참군희가 상당
히 유행하였음을 알 수 있다. 그밖에도 오대五代에 연출되었던 희극으로
런반탕은 앞에 예로 들었던 유산인성녀劉山人省女 이외에, 맥수량기麥秀兩
岐[175] · 약지피掠地皮 · 초호작달焦湖作獺[176] · 이왕연위희以王衍爲戲[177] · 자가

---

172 『北夢瑣言』 ; "先是, 莊宗自爲俳優, 名曰李天下, 雜於塗粉優雜之間, 時爲諸
優朴扶搊搭, 竟爲嚚婦恩伶之傾玷, 有國者得不以爲前鑒!"
173 宋 胡仔, 『苕溪漁隱叢話』 後集 16 의거.
174 『新五代史』 권61 楊隆演傳 의거.
175 『太平廣記』 권257 引 『王氏見聞錄』.
176 위 두 가지는 宋 鄭文寶 『江表志』에 보임.
177 宋 張唐英 『蜀檮杌』 下 의거.

하용다배自家何用多拜[178]·오현천자五縣天子[179]·관구신대灌口神隊[180] 등
을 들어 설명하고 있다.

이만하면 오대五代에도 희극이 상당히 성행하였음을 알 수 있다. 그러
나 이들 희극을 보면 당나라 중엽부터 보이기 시작한 변화가 더욱 두드
러지게 자리를 잡고 있음을 알 수 있다. 곧 앞에 든 오대의 희극들은 모
두가 가무를 위주로 하는 '가무희' 라기보다는 골계滑稽와 풍자諷刺를 위
주로 하는 것이었으며, 또 대부분의 연출에 있어 가무는 없이 과백科白만
이 사용되었던 것으로 여겨진다. 이것은 곧 과백과 가무가 나뉘어져 전
날과 같은 '가무희' 는 사라져 갔음을 뜻한다. 그리고 '가면극' 은 하나도
보이지 않게 되었음에 주의하여야 할 것이다.

한편 이후에 잡극雜劇·전기傳奇 등 대희大戲에 이르러 크게 갖추어진
여러 가지 중국 극의 정식程式은 소희小戲이면서도 중당中唐에 갖추어지
기 시작하여, 오대에 이르러는 상당한 발전을 보여주고 있다. 송宋 마령馬
令의『남당서南唐書』권22 귀명전歸明傳과 문영文瑩(1060년 전후)의『옥호
야사玉壺野史』권10에는 후주後周(951~960년) 세종世宗(954~959년 재위) 때
남당南唐(937~975년)의 한희재韓熙載와 서아舒雅가 시비侍婢들과 뒤섞이어
연희를 한 기록이 실려있는데, 이미 생生·단旦·말末·산酸의 여러 각색脚
色들이 갖추어져 있었다.[181] 이에 앞서 참군희參軍戲도 이상은李商隱(812~

178 宋 馬令『南唐書』권25 의거.
179 宋 錢易『南部新書』癸 의거.
180 宋 張唐英『蜀檮杌』下 의거.
181 앞「제5장 수당隋唐의 가무희」2.당대 '가무희' 의 대체적 상황, 2) '가무희'
    의 성격 변화 참조 바람.

858?년)의 「교아驕兒」(『全唐詩』8函 9冊) 시에 다음과 같은 구절이 보인다.

문득 다시 참군參軍을 흉내내고
소리 따라 창골蒼鶻을 부른다.

忽復學參軍,　按聲喚蒼鶻
홀 부 학 참 군　　안 성 환 창 골

이에 의하면, '참군'과 함께 '창골'이란 각색이 이미 있었음을 알 수
있다. 다시 『신오대사新五代史』 권61 오세가吳世家에도 다음과 같은 기록
이 있다.

"일찍이 누각 위에서 술을 마시는데, 우인優人 고귀경高貴卿에
게 명하여 술시중을 들게 하고, 서지훈徐知訓이 참군參軍이 되고,
양륭연楊隆演은 해어진 옷을 입고 상주喪主가 하는 상투머리를 하
고는 창골蒼鶻이 되었었다."[182]

적어도 만당晩唐시대부터 참군희參軍戱도 정식화程式化의 경향을 보
여 참군參軍과 함께 창골蒼鶻이라는 각색脚色이 있었는데, 오대에 와서는
더욱 보편화되었던 듯하다.[183]

이처럼 이 시대의 연극에 여러 가지 각색脚色이 갖추어져 있었다면,
이미 연극의 정식화程式化가 상당히 진행되었던 것이 아닐까 여겨진다.
그리고 이것은 비교적 자유로운 가무의 표현을 위주로 하던 중국의 옛

---

182 『五代史』 ; "嘗飮酒樓上, 命優人高貴卿侍酒, 知訓爲參軍, 隆演鶉衣髽髻爲蒼
鶻."
183 王國維 『古劇脚色考』 餘說一 ; "唐中葉以後, 乃有參軍·蒼鶻."

전통적인 '가무희'에 성격상 큰 변화가 일어났음을 뜻한다.

따라서 이미 오대五代 이전부터 가면놀이를 중심으로 하던 이전의 '가무희'의 전통은 민간으로 스며들어 지금껏 중국 각지에 남아 전하는 여러 가지 나희儺戲에 의하여 전승되고, 표면상으로는 완전히 다른 성격의 연극이 대신 유행했기 시작했던 듯하다. 만당晚唐 이덕유李德裕 (787~847년)의 『이문요문집李文饒文集』 권12 「제이장봉선령갱상량주래자第二狀奉宣令更商量奏來者」[184]에 "음악기교音樂伎巧"에 관한 사람으로 보이는 성도成都 사람으로, "자녀금금子女錦錦, 잡극장부량인雜劇丈夫兩人"이라는 말이 보인다.[185] 여기의 잡극雜劇이 어떤 것이었는지 자세히 알 길은 없다.

그러나 이 잡극雜劇은 이후 송宋대의 잡극雜劇과 연결시켜 생각할 때, 여기에서 말한 '가무희'의 변화와 정식화程式化 등이 이미 만당 무렵에도 상당히 진전되었음을 상상케 한다. 그리고 런반탕〔任半塘〕이 『당희롱』에서 논했듯이, 오대의 '가무희'는 특히 촉蜀을 중심으로 성행하였기 때문에, 그러한 '가무희'의 변화는 또한 성도成都를 중심으로 한 지방에서 선도된 것인 듯도 하다.

---

184 『四部叢刊』本.『全唐文』권703에도 보임.

185 「論故循州司馬杜元穎追贈」;"比聞外議, 皆以元穎不能綏撫南蠻, ……蠻退後, 京城傳說, 驅掠五萬餘人, 音樂伎巧無不蕩盡. ……蠻共掠九千人, 成都郭下, 成都華陽兩縣, 只有八十人. 其中一人是子女錦錦, 雜劇丈夫兩人, 醫眼太秦僧一人. 餘竝是尋常百姓, 竝非工巧. ……"

제6장

송대宋代와 그 후의
'가무희'

960~1279년 ; 1115~1911년

1. 송대宋代(960~1279년) '가무희'의 발전

1) 송대 '가무희'의 개황

송나라는 다시 북송北宋(960~1127)과 남송南宋(1127~1279)으로 나뉘어 진다. 북송은 국세는 크게 떨치지 못했지만 문화면에 있어서는 중국 역사상 모든 면에 걸쳐 최고의 발전을 이룩하였던 시대이다. 자연히 남송은 중국문화가 정체停滯 또는 이질화異質化 경향을 보여주기 시작한 시대이다. 북송은 문학면에 있어서도 중당中唐시대에 일기 시작하였던 개혁운동을 바탕으로 시詩·고문古文·사詞·강창講唱·소설小說·희곡戱曲 등이 다양하게 발전하였던 시대이다. 따라서 궁중의 여러 가지 행사에 쓰이던 가무歌舞와 잡희雜戱도 다른 어떤 시대보다도 다양하게 널리 발전하였던 시대이다.

그것은 대체로 숭녕崇寧에서 선화宣和에 이르는 사이(1102~1125년)의 북송北宋의 수도인 변량汴梁의 모습을 적은 맹원로孟元老(1126년 전후)의

『동경몽화록東京夢華錄』만 보더라도 쉽사리 알게 된다. 권5의 「경와기예京瓦伎藝」에는 변량汴梁의 와사瓦舍에서 이름을 날리던 가수와 괴뢰희傀儡戲 및 춤·잡극雜劇을 포함하는 여러 가지 백희百戲, 각종 강창講唱(講史·小說·諸宮調 등), 영희影戲와 신귀神鬼 등에 관한 명인名人들이 소개되고 있다.

권6의 「원소元宵」를 보면, 정월 보름날 밤 대내大內 앞에서 "기술이능奇術異能·가무백희歌舞百戲"가 연출되는데, 잡극雜劇·잡반雜扮을 비롯하여 격환축국擊丸蹴踘·답색상간踏索上竿 등 명인名人들의 백희百戲가 20종류 가까이 상연되었다고 열거하고 있다. 권7의 「가행임수전관쟁표사연駕幸臨水殿觀爭標賜宴」을 보면, 임수전臨水殿 앞의 수붕水棚에서는 신귀神鬼·잡극雜劇을 비롯한 여러 가지 '백희'가 상연되고, 물 안의 배에서는 수괴뢰水傀儡·수추천水秋千 등의 수희水戲가 연출된다. 그리고 소룡선小龍船 20척·호두선虎頭船 10척·비어선飛魚船 2척·추어선鰍魚船 2척과 대룡선大龍船이 나와 악무樂舞를 연출하며 여러 가지 진열陣列을 만들어 보여준다.

같은 권의 「가등보진루제군정백희駕登寶津樓諸軍呈百戲」에서는 여러 가지 '백희'와 함께 가면을 쓴 각종 귀신들의 다양한 춤과 신기에 가까운 승마술乘馬術·무술武術 등이 연출되었음을 시곡하고 있다. 이밖에도 권8 「유월육일최부군생일이십사일신보관신생일六月六日崔府君生日二十四日神保觀神生日」, 권10의 「제석祭席」 같은 대목에도 여러 가지 '백희'와 가무들이 보인다. 오자목吳自牧(1270년 전후)의 『몽량록夢粱錄』, 주밀周密(1232~1308년)의 『무림구사武林舊事』 등의 기록을 통해서 볼 때, 남송은 중국문화의 발전이 정체되기 시작한 시대라 하지만 그러한 가무와 '백희'들은 남송의 임안臨安에서만은 북송 못지않게 성행되었음을 알 수 있다.

2) 대희大戱의 출현

그러나 중국희곡사中國戱曲史에 있어서는 송대는 이러한 소희小戱의 성행에도 불구하고 북송 말 남송 초에 대희大戱의 출현으로 말미암아 중국 연극의 일대 전기가 마련되었던 시대이다. 이 새로운 '대희'의 출현은, 중국의 희곡학자들조차도 이전의 '소희'는 불완전하고 아직 충분히 발전하지 못한 미숙한 연극이고, '대희'야말로 본격적인 진정한 연극이라 여기도록 만든다. 이에 따라 오랜 세월을 두고 중국 역사와 함께 발전하여 왔던 '가무희' 중심의 '소희'는 연극학자들의 관심 밖으로 밀려나게 된다.

대체로 중국 최초의 '대희'인 남희南戱 또는 희문戱文은 북송北宋 말엽 또는 남송 초에 생겨난 듯하다. 축윤명祝允明(1460~1526년)은 『외담猥談』에서 이렇게 말하고 있다.

남희南戱는 선화宣和(1119~1125년) 이후 남도南渡할 무렵(1127년)에 생겨났는데 그것을 온주잡극溫州雜劇이라고 불렀었다.[1]

서위徐渭(1521~1593년)는 『남사서록南詞敍錄』에서 또 이와 약간 다른 다음과 같은 주장을 하고 있다.

남희는 송宋 광종光宗 때(1190~1194년) 시작되었는데, 영가永嘉

---

1 『猥談』; "南戱出於宣和之後, 南渡之際, 謂之溫州雜劇."

사람이 만든 '조정녀趙貞女'와 '왕괴王魁' 두 가지가 실로 첫째 것이었다. ……어떤 이는 선화宣和 연간에 이미 시작되었고 그것이 성행된 것은 남도南渡한 이후라고도 한다. 그것을 영가잡극永嘉雜劇 또는 골령성수鶻怜聲嗽라고도 불렀다.[2]

영가永嘉는 온주溫州(浙江)의 옛 이름이다. 대체로 희문戲文은 북송 말엽 또는 남송 초에 온주에서 생겨난 것이라 보면 될 것이다.

한편 북쪽의 중원 땅은 금金나라(1115~1234)와 원元나라(1206~1368)가 서기 전의 몽고蒙古나라(1188~1205)가 다 차지하고 세력을 떨치면서, 또 다른 '대희'인 원잡극元雜劇을 이룩하여 성행시키기 시작한다.[3] 그렇다고 '가무희'를 중심으로 한 '소희'들이 '대희'에 밀려 완전히 없어질 수는 없는 것이었다. 남송의 수도인 항주杭州를 중심으로 한 지역에는 북쪽에서 옮겨 온 사람들이 주류를 이루어 실제로 '소희'는 그대로 북송을 계승 발전시키고 있었다. 따라서 여기에서는 송대의 '가무희'를 논함에 있어 남송을 분명하게 따로 떼어 다루지 않기로 하고 있다. 다만 이후의 '소희'는 학자들에 의하여 중국희곡사의 주류가 아니라 하여 '대희'에서 밀려난 것도 사실이다.

3) 송대 '가무희'의 변화

송대의 '가무희'는 중당中唐에서 일기 시작한 변화를 이어받은 오대

---

2 『南詞敍錄』;"南戲始於宋光宗朝, 永嘉人所作趙貞女·王魁二種實首之. ……或云, 宣和間已濫觴, 其盛行則自南渡, 號曰永嘉雜劇, 又曰鶻伶聲嗽."

3 張庚·郭漢城, 主編『中國戲曲通史』등 참조.

五代의 것을 더욱 발전시키고 있다. 이미 오대에 보인 과백科白과 가무의 분리경향은 송대에 이르러 더욱 뚜렷해져서, 이미 왕꿔웨이〔王國維〕는 『송원희곡고宋元戲曲考』에서 제2장 「송지골계희宋之滑稽戱」, 제4장 「송지악곡宋之樂曲」으로 이를 나누어 논술하고 있다. 즉 골계滑稽와 풍자諷刺를 위주로 하는 과백희科白戱와 가무를 위주로 하는 악곡樂曲으로 나누고 있는 것이다.

그러나 가무를 위주로 하는 악곡樂曲 중에는 고사故事의 성분이 상당히 많은 것들도 있다. 류융지〔劉永濟〕가 『송대가무극곡록요宋代歌舞劇曲錄要』(上海, 古典文學出版社, 1957)에 모아놓은 대곡大曲·곡파曲破·법곡法曲을 사용한 '가무희' 등이 그 보기이다. 다만 이것들은 모두 가무의 연출이나 전체적인 구성에 있어 정식화程式化를 보여주고 있어 원잡극元雜劇으로의 접근을 느끼게 한다. 이 점들에 관하여는 뒤에 다시 상세히 설명될 것이다.

'가무희'의 중심을 이루던 '가면희'는 대체로 상류사회로부터 자취를 감추고, 각 지방의 '나'와 같은 민속과 결합하여 지금도 중국 각지에 성행하고 있는 나희儺戱를 형성하기 시작한다. 그러나 이 민속과 결합된 '나희'는 사대부나 지식인들의 관심 밖으로 벗어나는 것이었다. 따라서 이로부터 중국희곡은 '대희'인 희문戱文·잡극雜劇이 온 공간을 독차지하게 된다.

2. 송잡극宋雜劇

1) '잡극'의 뜻

송대의 '가무희'는 송잡극宋雜劇이 대표한다고 했지만, 실상 송대의 '잡극'이란 말은 상당히 넓은 뜻으로 쓰였던 듯하다.

첫째, '잡극'은 '백희百戲' 중의 일종이었다. 맹원로孟元老의 『동경몽화록』만 보더라도 권6의 「원소元宵」에는 정월 보름날 연출된 "기술이능奇術異能·가무백희歌舞百戲"를 설명하면서, 격환축국擊丸蹴鞠·답색상간踏索上竿·도긱냉도倒喫冷淘·단칠겸百鐵劍·약법괴뢰藥法傀儡·토오색수吐五色水·선소니환자旋燒泥丸子·회약灰藥 등에 이어 '잡극'을 들고, 다시 혜금嵇琴·소관簫管·소련약방燒煉藥方·작극술作劇術·잡반雜扮·축구築毬·오대사五代史·충의虫蟻·고적鼓笛 등의 명인들과 또다른 잡희雜戲들을 소개하고 있다.

권7의 「가행임수전관쟁표사연駕幸臨水殿觀爭標賜宴」에는 '제군백희諸

쓰촨四川 청두成都 청회산天回山에서 출토된 설창용說唱俑

軍百戲'로 대기大旗・사표獅豹・도도棹刀・만패蠻牌・신귀神鬼 등과 함께 '잡극'을 들고 있다. 권8의 「유월육일최부군생일이십사일신보관신생일六月六日崔府君生日二十四日神保觀神生日」에서는, 신보관神保觀에서 상연된 백희로 상간上竿・적농趯弄・도색跳索・상복相撲・고판鼓板・소창小唱・투계鬪鷄・설원화說諢話・잡반雜扮・상미商謎・합생合笙・교근골喬筋骨・교상복喬相撲・낭자浪子・규과자叫果子・학상생學像生・탁도倬刀・장귀裝鬼・아고砑鼓・패봉牌棒・도술道術 등 중간에 '잡극'을 들고 있다.

그러므로 '잡극'은 '백희百戲'의 일종으로 여겨졌음이 분명한데, 경우에 따라서는 '백희'와 같은 뜻의 말인 '잡희'와 같은 말을 쓰기조차 하였던 듯하다. 『동경몽화록』권9 「재집친왕종실백관입내상수宰執親王宗室百官入內上壽」를 보면, '제오잔第五盞'에서 소아대무小兒隊舞를 연출하고 난 뒤에 일장양단一場兩段의 '잡극'을 연출하게 된다. 그리고 그때의 교방敎坊 잡극색雜劇色을 소개하고 나서, "내전內殿의 잡희는 잔치에 참여하는 외국 사신들이 있기 때문에 감히 심한 익살을 하지는 못하고, 오직 무리를 이용하여 그 비슷한 형상만을 연출했기 때문에 세간의 말로는 예천拽串이라 불렀다. 잡희가 끝나면 참군색參軍色이 작어作語를 하고 소아대小兒隊를 퇴장시킨다."[4]고 하였나.

다시 '제칠잔第七盞'에서도 여동대무女童隊舞의 끝머리에 '잡희'를 인도하여 가지고 들어와 일장양단一場兩段의 연출을 하게 한다. 이에 의하면 '잡희'는 '잡극'과 같은 말로 쓰이고 있음이 분명하다. 오자목吳自

---

4 『東京夢華錄』; "內殿雜戲, 爲有使人預宴, 不敢深作諧謔, 惟用群隊裝其似像, 市語謂之拽串. 雜戲畢, 參軍色作語, 放小兒隊."

牧(1270년 전후)의 『몽량록夢梁錄』권3 「재집친왕종실백관입내상수宰執親王宗室百官入內上壽」를 보면, 역시 제오잔第五盞과 제칠잔第七盞에서는 '일장양단一場兩段'의 '잡극'을 연출하고 있으니, 이를 통해서도 앞의 '잡희'는 '잡극'의 뜻이었음을 알 수 있다.

둘째, 과백科白을 위주로 하는 '골계희'도 '잡극'이라 불렸다. 그것은 이미 왕꿔웨이〔王國維〕가 『송원희곡고』제2장 송지골계희宋之滑稽戲에서 지적한 바이며, 그가 인용하고 있는 '골계희'의 예문 중 여러 곳에서 '잡극'이라 이를 부르고 있다. 홍매洪邁(1123~1202년)의 『이견지夷堅志』「정집丁集(권4)」에서는 '잡극'의 뜻을 다음과 같이 설명하고 있다.

배우와 난쟁이는 주周나라 기예技藝 중에서도 낮고도 천한 자들이다. 그러나 농담으로써 정치를 바르게 풍자하여 옛날 장님이 글을 외우고 악공으로써 간하던 뜻과 합치되는데, 세상에서 '잡극'이라 부르는 것이 그것이다.[5]

곧, '골계희'를 세상에서는 '잡극'이라 부르고 있다는 것이다.

한편 런얼베이〔任二北〕는 『돈황곡초탐敦煌曲初探』에서 당唐대의 희극을 가무류희歌舞類戲와 과백류희科白類戲의 두 가지로 크게 나누고 있는데, 제5장 「잡고여억설雜考與臆說」의 당대 희극의 체제를 논한 대목에서 "과백류희 안에는 가곡이 중간에 쓰여지는 것들도 있었다."고 지적하고 있다. 과백류희는 '골계희'가 그 중심을 이루고 있고, 과백科白이 위주이기는 하지만 몇 곡의 가곡도 쓰인 것을 흔히 발견하게 된다.

---

5 『夷堅志』; "俳優侏儒, 周技之下且賤者, 然亦能因戲語而箴諷時政, 有合于古矇誦工諫之義, 世目爲雜劇者是已."

셋째, 송잡극宋雜劇은 '가무희'를 가리키기도 한다. 『송사宋史』권142 악지樂志에는 이런 기록이 있다.

진종眞宗(998~1022년 재위)은 정성鄭聲을 좋아하지 않아 어떤 이가 잡극사雜劇詞를 짓기도 하였으나 밖으로 그것을 선포한 일은 없었다.[6]

여기의 "잡극사雜劇詞"는 '가무희'의 가사라고 보아야 할 것이다. 『몽 량록夢粱錄』권20 기악伎樂에는 다음과 같은 기록이 있다.

전에 변경汴京의 교방대사敎坊大使 맹각구孟角毬가 잡극본자雜 劇本子를 지은 일이 있고, 갈수성葛守誠은 사십대곡四十大曲을 지 었으며, 정선현丁仙現은 재주가 뛰어나고 음악을 잘 알았다.[7]

다시 주밀周密(1232~1308년)의 『무림구사武林舊事』권10 관본잡극단 수官本雜劇段數에는 모두 280본本의 '잡극' 명목名目이 실려 있는데, 그 중 대곡大曲을 쓰고 있는 것이 103본, 법곡法曲을 쓴 것이 4본, 제궁조諸 宮調를 쓴 것이 2본, 보통 사조詞調를 쓴 것이 35본이나 되니,[8] 이를 통하 여 여기의 '잡극'은 태반이 '가무희'였음을 알 수 있다.

넷째, 송잡극宋雜劇 속에는 괴뢰희傀儡戲도 포함되었다. 『동경몽화록』 권5 경와기예京瓦伎藝에 이런 대목이 보인다.

---

6 『宋史』; "眞宗不喜鄭聲, 而或爲雜劇詞, 未嘗宣布于外."
7 『夢粱錄』; "向者, 汴京敎坊大使孟角毬曾做雜劇本子, 葛守誠撰四十大曲, 丁仙 現捷才知音."
8 王國維 『宋元戲曲考』五. 宋官本雜劇段數 참조.

장두괴뢰杖頭傀儡에는 임소삼任小三이 있는데, 매일 이른 아침의 두회頭回[9]의 소잡극小雜劇은 조금만 늦어도 볼 수가 없다.[10]

『몽량록』권20 백희기예百戱伎藝에는 또 이런 글도 보인다.

괴뢰傀儡와 연분烟紛·영괴靈怪·철기鐵騎·공안公案·사서史書와 역대 군신君臣과 장상將相의 이야기를 연출한다. 화본話本 또는 강사講史는 혹은 '잡극'으로 짓기도 하고, 혹은 애사崖詞[11]와 같게도 된다.[12]

앞에서는 '소잡극小雜劇'이라 하였으나, 어떻든 간에 이 두 가지 기록을 통하여 괴뢰傀儡 '잡극'도 연출하며, '잡극'이란 말 속에는 '괴뢰희'도 포함되었음을 알 수 있다. 『동경몽화록』권7「가행임수전관쟁표사연駕幸臨水殿觀爭標賜宴」에서는 임수전臨水殿 앞의 수붕水棚과 배 위의 채루彩樓에서 "대기大旗·사표獅豹·도도棹刀·만패蠻牌·신귀神鬼·잡극雜劇 따위 백희百戱를 연출한다."고 하였는데, 바로 뒤이어 묘사하고 있는 수괴뢰水傀儡가 '잡극'임이 분명하다. 원元 초 마단림馬端臨의 『문헌통고文獻通考』권146 악고樂考에도 송나라 운소부雲韶部에는 괴뢰傀儡 8인

<hr>

9 '頭回'는 '得勝頭回'·'笑耍頭回'라고도 하며, 說話 등에서 정식 이야기로 들어가기 전에 청중들의 관심을 모으기 위해 하는 짧은 이야기를 연출하는 것으로, 정식 이야기와 비슷하거나 정반대되는 성격의 내용이 보통이다.

10 「東京夢華錄」;"杖頭傀儡任小三, 每日五更頭回小雜劇, 差晚看不及矣."

11 '崖詞'는 '涯詞'라고도 쓰며, 宋代에 유행하던 講唱의 일종임.

12 『夢粱錄』;"凡傀儡敷演烟紛·靈怪·鐵騎·公案·史書·歷代君臣將相故事. 話本或講史, 或作雜劇, 或如崖詞."(耐得翁의『都城紀勝』瓦舍衆伎에도 비슷한 기록이 있음)

비단에 그린 송대宋代의 잡극도雜劇圖

24×24.3cm. 날씬한 두 여인은 모두 전족纏足을 하고 있다. (고궁박물관故宮博物館 소장)

이 있었는데, '잡극'은 '괴뢰'를 사용했었다고 말하고 있다.

2) 소잡극小雜劇

앞에 인용한 『동경몽화록』에 '소잡극'이란 말이 보였는데, 이에 의하면 '잡극'에는 소잡극小雜劇과 대잡극大雜劇의 구별이 있었음이 분명하다. 순카이디〔孫楷第〕는 『괴뢰희고원傀儡戲考原』 3. 송지괴뢰희宋之傀儡戲에서 다음과 같은 주장을 하고 있다.

소잡극이란 대체로 골계소극滑稽小劇으로 당시에 진짜 사람들이 연출하던 '잡극'과 같은 것이다. 소小라는 것은 연분煙紛·영괴靈怪·철기鐵騎·공안公案 같은 여러 '괴뢰희'와 구별해서 말한 것이다. 당시 진짜 사람들이 연출하던 '잡극'에 대소의 구분이 있어서 그것을 괴뢰희에도 옮겨 적용한 것이 아님이 극히 분명하다.[13]

그리고 그는 그 당시의 사람들이 연출하던 '잡극'은 모두가 '소잡극'이라고도 하였다. 그러나 사람들이 연출하는 '잡극'에도 대소大小의 구별이 있었음이 분명하다. 송대 홍손洪巽의 『양곡만록暘谷謾錄』을 보면, "경도京都의 중하中下의 집에서는 아들 낳는 것을 중히 여기지 아니하고, 딸을 낳기만 하면 구슬을 받들고 진주를 위하듯 애호하였다."고 하면서, 그 이유는 이들이 커서 기예技藝를 배워 사대부들을 위해 일하는 신변인身邊人·본사인本事人·공과인供過人·침선인針線人·당전대잡극인堂前大雜劇人 등의 일을 할 수 있기 때문이라 하였다.[14] '잡극雜劇'은 '극잡劇雜'으로 된 판본도 있으나 잘못일 것이다.

주밀周密의 『무림구사』 권1의 「천기성절배당악차天基聖節排當樂次」를 보면, 초좌初坐의 제사잔第四盞 끝머리에 가서 오사현吳師賢 이하의 영인伶人들이 먼저 '소잡극'을 연출하고 나서, 다시 '잡극' 「군성신현찬君聖臣賢爨」을 연출하고 있다. 여기에서도 '소잡극'은 두회頭回의 형식이었을 것이다. 그 뒤로도 제오잔第五盞에선 '잡극' 「삼경하서三京下書」, 재좌再坐의 제사잔第四盞에선 '잡극' 「양반楊飯」, 제오잔第五盞에선 '잡극'

---

13 『傀儡戲考原』；"小雜劇者, 蓋是滑稽小劇, 與當時以眞人扮演之雜劇同. 小者, 別於煙紛·靈怪·鐵騎·公案諸傀儡戲而言, 非因當時以眞人扮演之雜劇有大小之分, 移稱於傀儡戲甚明."

14 『暘谷謾錄』；"京都中下之戶, 不重生男, 每生女, 則愛護如捧璧擎珠. 甫長成, 則隨其資質, 敎以藝業, 用備士大夫採拾娛侍, 名目不一, 有所謂身邊人·本事人·供過人·針線人·堂前大雜劇人·折洗人·琴童·棋童·廚子."

「사야소년유四偌少年遊」가 상연되고 있으나 '소잡극'은 없다. 어떻든 이들은 모두 '대잡극'이라고 보아야 할 것이다. 『동경몽화록』권8 중원절中元節 대목을 보면, 7월 칠석이 되면 보름날에 이르기까지 「목련구모目連救母」 잡극을 연출하였다는 기록이 있다. 목련구모의 이야기로 보거나, 후세 각 지방에서 제의祭儀와 함께 연출되고 있는 여러 가지 「목련구모」희를 놓고 볼 때, 이 잡극은 '대잡극'일 뿐만이 아니라 그 구성이 거의 후세의 '대희'에 가까운 것이 아니었을까 짐작이 간다.

같은 『동경몽화록』권7의 「가등보진루제군정백희駕登寶津樓諸軍呈百戱」 대목을 보면, '아잡극啞雜劇'이라는 것을 두세 명의 흰 칠을 몸에 하고 하얀 얼굴에 금빛 눈알을 단 해골 모양의 사람들이 나와 연출한다. 무언극이어서 '아잡극'이란 호칭이 붙은 것이 아닌가 한다. 어떻든 송대의 잡극에는 성격이 다양하고, 내용도 서로 다른 여러 종류가 있었음을 알 수 있다.

3) 잔치 때 상연한 '잡극'

'잡극'은 궁전의 잔칫자리에서도 상연되었다. 『송사宋史』권142 악지樂志를 보면, 춘추성절삼대연春秋聖節三大宴의 제십第十과 제십오第十五에 '잡극'이 보인다. 『동경몽화록』권9 「재집진왕종실백관입내상수宰執親王宗室百官入內上壽」의 연회 절차를 보면, 제사잔第四盞에 여러 잡극색雜劇色이 등장하여 "작어作語"하고 대곡大曲에 맞추어 춤을 추며, 제오잔第五盞에선 소아대무小兒隊舞 끝머리에, 제칠잔第七盞에선 여동대무女童隊舞 끝머리에 "일장양단一場兩段"의 '잡극'을 연출하고 있다. 이 밖에도 궁전의 연회나 행사에 '잡극'을 상연하였다는 기록은 상당히 많다. 그

밖에 연사燕射나 유연遊宴을 비롯한 임금의 여러 가지 행사와 원소元宵 및 신관神觀에서의 행사 등에도 '잡극'이 연출되었고,[15] 다시 잡극색雜劇色이 동원된 행사도 여러 가지가 있었다.[16] 그러나 무엇보다도 '잡극'은 잔치나 술자리의 오락용이 가장 많았던 듯하다.

그런데 『동경몽화록』을 보면, 제사잔第四盞에는 "참군색參軍色이 죽간 불자竹竿拂子를 들고 나와 치어致語와 구호口號를 읊으면, 여러 잡극색雜劇色들이 이에 화和하고 다시 작어作語를 하고는 대곡大曲에 맞추어 춤을 춘다."[17]고 하였다. 이에 의하면, 잡극색雜劇色의 연출은 몇 명이 대곡大曲에 맞추어 춤을 추는 것이다. 대곡에는 음악뿐만 아니라 노래가 있고 고사故事도 있었을 것이니, 그것은 가무희歌舞戲 또는 가무극歌舞劇이라 할 만한 성격의 것이었을 것이다. 남송南宋의 기록인 오자목吳自牧의 『몽량록』 권20 「기악伎樂」을 보면,[18] '잡극'에 대한 다음과 같은 기록이 있다.

"전에 변경汴京의 교방대사敎坊大使 맹각구孟角毬가 '잡극'의 본 자本子를 만들었고, 갈수성葛守誠은 사십대곡을 지었으며, 또 정선현丁仙現이 재주가 많고 음악을 잘 알았다."

갈수성葛守誠이 지었다는 대곡大曲은 '잡극'을 위한 것이 분명하며,

<hr />

15 『東京夢華錄』 권6 「元宵」, 권7 「駕幸臨水殿觀爭標賜宴」, 「駕登寶津樓諸軍呈雜戲」, 권8 「六月六日崔府君生日二十四日神保觀神生日」, 권10 「下赦」 및 『武林舊事』 권1 「燕射」, 권3 「迎新」 등 참조.

16 『夢粱錄』 권1 「車駕詣景靈宮孟饗」, 권6 「孟冬行朝饗禮遇明禋歲行恭謝禮」; 『武林舊事』 권1 「大禮」, 「恭謝」 등 참조.

17 『東京夢華錄』; "參軍色執竹竿拂子, 念致語口號, 諸雜劇色打和, 再作語, 勾合大曲舞."

18 耐得翁의 『都城紀勝』 瓦舍衆伎에도 비슷한 기록이 있음.

"본자本子"란 대본臺本을 뜻할 것이니 상당히 긴 고사故事를 연출한 것일 것이며, 정선현丁仙現은 북송北宋 신종神宗(1068~1085년 재위) 때에 활약한 유명한 '잡극'의 명인이다.[19] 또 앞에 인용한 주밀의 『무림구사』에 실린 「관본잡극단수官本雜極段數」에는 대곡을 사용한 작품이 103본本이나 실려 있다. 그러므로 여기의 '잡극'은 대곡의 연주로 어떤 고사를 연출한 '가무희'임이 분명하다. 이에 대하여는 뒤에 좀 더 자세히 논술할 예정이다.

그러나 제오잔第五盞과 제칠잔第七盞에서 소아대무小兒隊舞와 여동대무女童隊舞 뒤에 연출된 '잡극'은 "일장양단一場兩段"이라 하였으니,[20] 이는 대곡의 연출이 아님이 분명하다. 『몽량록』권20의 「기악伎樂」을 보면 '잡극'의 "일장양단"에 대하여 다음과 같이 설명하고 있다.[21]

또한 이르기를 '잡극'중에선 말니末泥가 우두머리이며, 일장一場마다 5명 또는 6명이 한다고 한다. 먼저 보통 잘 아는 일을 1단段 연출하는데, 이를 염단艷段이라 부른다. 그 다음에야 정잡극正雜劇을 연출하는데 통틀어 양단兩段이라 부른다.[22]

그러니 이 '잡극'은 염단艷段의 일장一場 정잡극正雜劇 양단兩段으로

---

19 宋 無名氏 『續墨客揮犀』 권5, 李薦 『師友談記』 권10(以上 土國維 『宋元戲曲考』 宋之滑稽戲 引).

20 『夢梁錄』 권3 「宰執親王南班百官入內上壽賜宴」의 第五盞과 第七盞에서는 모두 隊舞없이 雜劇만을 연출하고 있고, 앞에서는 "一場兩段", 뒤에서는 "三段"이라 하였다.

21 耐得翁 『都城紀勝』 瓦舍衆伎에도 비슷한 기록이 있음.

22 『夢梁錄』; "且謂雜劇中, 末泥爲長, 每一場四人或五人. 先做尋常熟事一段, 名曰艷段. 次做正雜劇, 通名兩段."(『都城紀勝』 瓦舍衆伎도 비슷함)

이루어지고 있는데, 같은 책 권3 「재집친왕남반백관입내상수사연宰執親王南班百官入內上壽賜宴」의 제칠잔第七盞에서는 통틀어 "삼단三段"이라 말하고 있으니 '장場'과 '단段'의 차이는 아주 적었던 듯하다.

그런데 그 내용에 대하여는 『몽량록』 「기악伎樂」에서 다음과 같이 말하고 있다.

> 대체로 모두 고사故事를 연출하는데, 골계滑稽한 것을 창념唱念하기에 힘쓰며, 전체적으로 응대應對로써 하게 된다. 이것은 본시 교훈이나 훈계를 하거나, 또는 잘못을 풍자하는 뜻을 숨기고 있으므로 자유스런 방법으로 표현하여 무과충無過虫이라고도 말하였다. 만약 임금 앞에서 연출하더라도 처벌을 받는 일이 없었으며, 일시적으로 임금의 얼굴에서 웃음을 피게 하면 되었다. 무릇 누가 잘못을 간諫하거나 간관諫官이 어떤 일을 아뢰어도 임금이 따라 주지 않으면, 이들이 고사故事를 가장하여 그 실정은 숨긴 채 그 일을 간하였는데, 임금은 얼굴에 노여움이 없었다.[23]

그러므로 이 일장양단一場兩段의 '잡극'은 골계滑稽를 위주로 하고 창념唱念으로 응대應對하는 형식으로 이루어졌음을 알 수 있다. 소식蘇軾(1036~1101년)의 「집영전춘연교방사集英殿春宴敎坊詞」(『蘇東坡全集』 續集 卷9 樂語)를 보면, 소아대무小兒隊舞 뒤의 「구잡극勾雜劇」 사詞에서는 "잘 웃고 즐기게 하기 위하여 여러 배우들의 재주를 삼가 연출하겠습니다."

---

23 『夢梁錄』; "大抵全以故事, 務在滑稽唱念, 應對通徧. 此本是鑒戒, 又隱于諫諍, 故從便跣露, 謂之無過虫耳. 若欲駕前承應, 亦無責罰, 一時取聖顔笑. 凡有諫諍, 或諫官陳事, 上不從, 則此輩妆做故事, 隱其情而諫之, 于上顔亦無怒也."(『都城紀勝』 瓦舍衆伎도 비슷함)

라고 하였고, 여동대무女童隊舞 뒤의 「구잡극勾雜劇」 사에서는 "해는 마당 느티나무 가지 아래로 처졌지만 익살 피우는 배우들의 놀이를 삼가 연출하겠습니다." [24]고 하였다. 대무隊舞 뒤에 연출되던 '잡극'은 골계와 익살을 위주로 하였음이 분명하다. 그리고 단순한 골계에 그치지 않고 간쟁諫諍의 뜻이 담긴 내용을 중시하였다.

다시 『몽량록』 권20의 「기악伎樂」 대목을 보면(『都城紀勝』 瓦舍衆伎와 대체로 같음), 남송에 와서는 '잡극'의 후산단後散段으로 또 잡반雜扮(雜班·經元子·拔和 등으로도 부름)이 생겼는데, 시골 촌노인의 모습을 한 배우가 나와 우스개짓을 하는 1단段이라 하였다.

한편 이들 '잡극'은 창념唱念으로 응대하는 형식이라 하였지만, 실제로는 과백희科白戲에 가까운 것들이었다. 장단의張端義(1235년 전후)의 『귀이집貴耳集』 권 상上과 권 하下에 실린 궁전연회에서의 '잡극' 내용을 읽어보자.

효종孝宗(1163~1189년 재위)이 재상을 위해 잔치를 베풀었는데, 황제 앞에서 '잡극'을 하게 되었다. 수재秀才로 분장한 세 사람이 등장하여 먼저 물었다. '첫째 수재秀才님! 고향은 어디지요?' '상당上黨 사람입니다.' 둘째에게도 물었다. '둘째 수재님! 고향은 어디지요?' '택주澤州 사람입니다.' 그 다음에 또 물었다. '셋째 수재님! 고향은 어디지요?' '호주湖州 사람입니다.' 다시 물었다. '택주澤州 수재님! 당신 고향에선 무슨 생약이 납니까?' '저의 고향에선 감초甘草가 납니다.' 다시 물었다. '호주湖州에선 어떤 생약이 납니까?' '황벽黃蘗이 납니다.' '어째서 호주에선 황벽이 나

---

24 「勾雜劇」; "宜資載笑之歡, 少進君優之技." 又 "日轉庭槐, 少進諫優之戲."

는 거지요?' '무엇보다도 황벽은 사람들에게 쓰기 때문입니다.'
당시 황제의 형인 수왕秀王이 호주에 있었기 때문에 그런 말이 나
왔던 것이다. 효종은 그날로 수왕을 불러들여 집을 주고 조청朝請
을 받들도록 하였다.[25]

　원언순袁彦純이 경윤京尹이 되었는데, 오로지 술의 유통에만 유
의하였다. 술을 데워 다 팔아 버리고 나서는 상주常州 의흥현宜興縣
의 술과 구주衢州 용유현龍遊縣의 술을 가져다가 도성에서 팔았다.
황제 앞에서 '잡극'을 하는데, 세 벼슬아치가 나와 첫째 사람은 경
윤京尹이라 하고, 둘째 사람은 상주태수常州太守라 하고, 셋째 사람
은 구주태수衢州太守라 하였다. 이 세 사람들이 자리다툼을 하다
가, 상주태수가 먼저 경윤에게 양보하였다. "어찌 우리 두 고을 밑
으로 처져서야 되겠소?" 그러나 구주태수는 다투면서 말하였다.
"경윤이 우리 두 고을 아래 있어야만 하오!" 상주태수가 물었다.
"어째서 그렇게 말하는 거지요?" 구주태수가 말하였다. "저 사람
은 우리 두 고을의 도매 장사꾼이 아니오!" 영종寧宗(1195~1224년
재위)도 크게 웃었다.[26]

---

25 『貴耳集』;"壽皇賜宰執宴, 御前雜劇, 裝秀才三人. 首問曰, 第一秀才, 仙鄕何
處? 曰, 上黨人. 次問, 第二秀才, 仙鄕何處? 曰, 澤州人. 次問, 第三秀才, 仙鄕
何處? 曰, 湖州人. 又問, 上黨秀才, 汝鄕出甚生藥? 曰, 某鄕出人蔘. 次問, 澤州
秀才, 汝鄕出甚生藥? 曰, 某鄕出甘草. 次問, 湖州出甚生藥? 曰, 出黃蘗. 如何
湖州出黃蘗? 最是黃蘗苦人. 當時, 皇伯秀王在湖州, 故有此語. 壽皇卽日召入,
賜第, 奉朝請."

26 『貴耳集』;"袁彦純尹京, 專一留意酒政, 煮酒賣盡, 取常州宜興縣酒, 衢州龍游
縣酒, 在都下賣. 御前雜劇, 三個官人, 一曰京尹, 二曰常州太守, 三曰衢州太守.
三人爭坐位, 常守讓京尹曰, 豈宜在我二州之下? 衢守爭曰, 京尹合在我二州
之下. 常守問曰, 如何有此說? 衢守云, 他是我二州拍戶. 寧廟亦大笑."

'잡극' 중에서도 간쟁諫諍의 뜻이 있는 것들이 주로 지식인들의 기록 속에 남아 있고, 또 그 뜻을 전하는 데 목적이 있으므로 완전히 과백희科白戲인 것처럼 기록되었다고 할 수도 있다. 그러나 이를 감안하더라도 일장양단一場兩段의 '잡극'[27]은 과백희에 가까운 구성이어서 '가무희'와는 거리가 약간 멀어진 것이라 할 수도 있다. 그래도 정잡극正雜劇에는 노래와 춤의 성분이 어느 정도 남아 있었을 것이나, 앞의 염단艶段과 뒤의 산단散段은 특히 골계滑稽 위주의 '과백희' 였을 것으로 추측된다.

그리고 그 구성이 '염단' 1장場과 '정잡극' 양단兩段으로 이루어졌다는 것은 '잡극'이 더욱 정식화程式化 하였음을 뜻하는 것이다. 남송에 와서 잡반雜扮이라는 후산단後散段이 더 생겨났다는 것은 '잡극'의 정식화가 더욱 급속도로 추진되었음을 말해준다. 그리고 그것은 남송에 들어와 '잡극'에 여러 가지 각색명脚色名이 제대로 자리잡았던 것으로도 증명될 수 있는 일이다. 『몽량록』 권20 「기악伎樂」(『都城紀勝』 「瓦舍衆伎」와 대체로 같음)을 보면 이런 설명이 기록되어 있다.

또한 '잡극' 중에서도 말니末泥가 우두머리가 되는데, ……. 말니색末泥色은 주장主張을 하고, 인희색引戲色은 분부分付를 하며, 부정새副淨色은 발교發喬를 하고, 부말색副末色은 타원打諢을 한다. 간혹 한 사람을 더 보태어 장고裝孤라고도 한다.[28]

---

27 『東京夢華錄』 권9 「宰執親王宗室百官入內上壽」의 宴會節次에서 第五盞과 第七盞의 雜劇을 모두 '一場兩段'이라 설명하고 있다.

28 『夢粱錄』 "且謂雜劇中末泥爲長, ……. 末泥色主張, 引戲 色分付, 副淨色發喬, 副末色打諢. 或添一人, 名曰裝孤."

라고 하였다. 곧 '잡극'에는 말니末泥·인희引戱·부정副淨·부말副末·장고裝孤 등의 각색脚色이 있는데, '말니'는 '잡극'을 총지휘하고, '인희'는 놀이의 연출을 담당하며, '부정'은 어리석거나 잘못하는 모양을 가장하여 풍자할 자료를 만들어 주고, '부말'은 그것을 근거로 우스개짓을 하는 것이며, '장고'는 관리노릇을 하는 각색이다.[29] 주밀周密의 『무림구사』 권4 「잡극삼갑雜劇三甲」을 보면, 희두戱頭·인희引戱·차정次淨·부말副末·장단裝旦 등의 각색명이 보이는데, 희두戱頭는 말니末泥와 같고, 차정次淨은 부정副淨과 같으며, 장단裝旦은 부녀자로 분장하는 각색이었다.

주밀周密의 『무림구사』를 보면, 잔칫자리에서 연출되던 '잡극'에 모두 제명題名이 기록되어 있다. 권1 「천기성절배당악차天基聖節排當樂次」를 보면, '초좌初坐'의 제사잔第四盞에선 '잡극' 「군성신현찬君聖臣賢爨」을, 제오잔第五盞에선 '잡극' 「삼경하서三京下書」를 연출하고, '재좌再坐'의 제사잔第四盞에선 '잡극' 「양반楊飯」을, 제육잔第六盞에선 '잡극' 「사야소년유四偌少年遊」를 연출한다. 권8 「황후귀알가묘皇后歸謁家廟」에선 '사연초좌賜宴初坐'의 제사잔第四盞에서 잡극색雜劇色이 「요순우탕堯舜禹湯」을, '재좌再坐'의 제칠잔第七盞에선 '잡극' 「연년호年年好」를 연출한다. 그리고 같은 책 권10의 「관본잡극단수官本雜劇段數」에는 280본本에 달하는 '잡극'의 제명題名이 실려 있다.

앞에 이미 인용한 바와 같이 『몽량록』 권20 기악伎樂에는 "전에 변경汴京의 교방대사敎坊大使 맹각구孟角毬가 '잡극'의 본자本子를 만든 일이

---

29 王國維 『宋元戱曲考』 七. 古劇之結構 참조.

있고, 갈수성葛守誠은 사십대곡四十大曲을 지었다."고 하였으니, 이미 북송 때부터 대본臺本에 의한 '잡극'들이 연출되었음이 분명하다. 남송에 와서는 '잡극'이 더욱 정식화程式化하여 각색명脚色名도 자리를 잡고 놀이의 구성도 일정해졌으며, 사용하는 음악에도 일정한 규정이 생기면서 모두 일정한 대본에 의하여 상연되는 연극으로 발전한 것이다. 「관본잡극단수官本雜劇段數」에도 대곡大曲을 사용한 것 103본本, 법곡法曲을 사용한 것 4본本 등이 있으니, 갈수성葛守誠이 지었다는 사십대곡四十大曲도 '잡극'을 위한 것일 것이며, 또 '잡극'은 대곡大曲이나 법곡法曲 같은 음악 규범에 의하여도 정식화되었음을 알 수 있다.

특히, 당시의 극장인 와사瓦舍나 구린勾欄에서 상연되던 '잡극'은 술자리에서 연출되던 것들보다는 대체로 규모를 제대로 갖춘 '잡극'들이 위주였을 것이다. 『몽량록』권20의 「기악伎樂」(『都城紀勝』瓦舍衆伎에도 보임) 첫머리에서 이런 말을 하고 있다.

산악散樂은 교방삼십부教坊三十部에서 전해진 것인데, 오직 '잡극'으로서 정색正色을 삼는다.[30]

대체로 송대의 와사에서 상연되던 여러 가지 잡예雜藝 중에서는 '잡극'이 가장 중시되었을 것으로 추측된다.

『동경몽화록』권8 「중원절中元節」을 보면, "7월 15일을 중원절中元節이라 부르는데" "칠석날부터 『존승목련경尊勝目連經』을 찍어서 팔고" "구사枸肆의 악인樂人들은 칠석날이 지나면서부터 「목련구모目連救母」

---

30 『夢梁錄』 ; "散樂傳學教坊十三部, 唯以雜劇爲正色."

잡극을 상연하기 시작하여 15일이 되어야 멈추는데, 구경꾼들은 두 배로 늘어난다."[31]고 하였다. 이에 의하면, 이미 북송에서도 와사에서는 완전한 제명題名도 있고 이야기 줄거리도 상당히 복잡한 큰 규모의 '잡극'이 상연되었음을 알 수 있다.

31 『東京夢華錄』; "七月十五日, 中元節. ……(七夕) 及印賣尊勝目連經. …… 枸肆樂人, 自過七夕, 便般目連救母雜劇, 直至十五日止, 觀者增培."

3. 악곡樂曲을 사용한 '잡극'

앞에서 송잡극宋雜劇 중에는 대곡大曲 등의 악곡樂曲을 사용한 것들이 있음을 지적하였는데, '송잡극' 중에서 '가무희'라고 불러도 좋은 것은 이 부류에 속하는 것들이다. 류융지〔劉永濟〕의『송대가무극곡록요宋代歌舞劇曲錄要』(上海, 古典文學出版社, 1957)를 보면, 가무극歌舞劇으로서 송대 사람들의 저술이나 사집詞集 중에 보이는 것으로 다음과 같은 것들을 수록하고 있다.

1) 대곡大曲에 속하는 것들

① 동영董穎(1140년 전후)「도궁박미道宮薄媚」10편遍(曾慥, 1147년 전후, 『樂府雅詞』卷 上에 실림)

② 증포曾布(1101년 전후)「수조가두水調歌頭」7편遍(王明清, 1127~1214?년, 『玉照新志』卷2에 실림)

③ 사호史浩(1106~1194년) 「채련採蓮」 8편遍(본인의 『鄮峯眞隱大曲』 卷
　1에 실림)

2) 무곡舞曲[32]에 속하는 것들

① 사호史浩「채련무採蓮舞」(이하 모두 『鄮峯眞隱大曲』 권1·권2에 실림)

② 「화무花舞」

③ 「검무劍舞」

④ 「어부무漁父舞」

3) 곡파曲破에 속하는 것

① 무명씨無名氏「석노교惜奴嬌」 곡파曲破(『高麗史』 권71 樂志에 실림)

4) 법곡法曲에 속하는 것

① 조훈曹勛(?~1174년) 「법곡도정法曲道情」(본인의 『松隱樂府』에 실림)

그런데 류융지〔劉永濟〕는 '무곡舞曲' 도 역시 대곡大曲으로 대부분 그
입파入破 부분을 사용하고 있어 이것을 곡파曲破라 부른 사람도 있다고
설명하고 있다. '곡파曲破' 는 말할 것도 없이 '대곡' 의 입파入破 부분으
로 이루어지고, '법곡法曲' 도 역시 '대곡' 이나 그것이 법곡부法曲部에 속
했다 하여 법곡이라 부른 것이라 하였다.[33] 왕꿔웨이〔王國維〕도 『송원희

---

32 劉永濟는 「總論」에서 "舞曲" 아래 "舞曲亦大曲, 但多用入破部份, 故前人亦有
　名之爲曲破者"라고 注書하고 있음.

33 이상 劉永濟 『歌舞劇曲錄要』 總論의 自注 인용.

곡고』5. 송관본잡극단수宋官本雜劇段數에서『사원詞源』권 하下를 인용하여 "대곡大曲의 편수片數(곧 遍數)는 법곡法曲과 서로 비슷하니, 곧 이 두 가지는 대략 비슷한 것이었다."[34]고 설명하고 있다. 그러니 이것들은 모두 기본적으로 '대곡'을 사용한 것이라 하여도 좋을 것이다.

송대의 '대곡'은 당唐의 대곡을 계승 발전시킨 것인데,『송사宋史』권 142 악지樂志에 "18조調, 40대곡大曲"의 곡명曲名이 실려 있고, 왕꿔웨이의『당송대곡고唐宋大曲考』에 의하면, 그밖에도 송대의 사람들의 저술 속에는 많은 '대곡'의 곡명이 보인다. '대곡'에는 모두 노래와 춤이 쓰였을 것인데, 완전한 '대곡'의 전편全遍이 전하는 것은 없어 그 구성의 전모를 알아보기는 힘들다.

그런데 '대곡'의 구성과 연창演唱 방법에 대하여는 다음과 같은 기록이 있다. 심꽐沈括(1030~1094년)의『몽계필담夢溪筆談』권5에는 다음과 같은 설명이 보인다.

이른바 대편大偏이란 것에는 서序·인引·가歌·삽삽颯·최최嗺·초초哨·최최催·전攧·곤곤袞·파破·행行·중강中腔·답가踏歌의 종류로 수십 해解가 있고, 또 해解마다 여러 첩疊이 있다. 그것을 일부 잘라 내어 쓰는 것을 적편摘偏이라 부른다. 지금 사람들의 '대곡'은 모두가 잘라 내어 쓰는 것이니, 모두 대편大遍은 아닌 것이다.[35]

34『宋元戲曲考』; "『詞源』(卷下)謂, 大曲片數(卽遍數)與法曲相上下, 則二者畧相似也."

35『夢溪筆談』; "所謂大遍者, 有序·引·歌·颯·嗺·哨·催·攧·袞·破·行·中腔·踏歌之類, 凡數十解, 每解有數疊者. 裁截用之, 謂之摘遍. 今人大曲, 皆是裁用, 悉非大遍也."

왕작王灼(1162년 전후)의 『벽계만지碧溪漫志』 권3에도 다음과 같은 기록이 있다.

모든 '대곡'에는 산서散序 · 삽괘靸 · 배편排遍 · 전攧 · 정전正攧 · 입파入破 · 허최虛催 · 실최實催 · 곤편衰遍 · 헐박歇拍 · 쇄곤殺衰이 있어서 한 곡을 이루며, 그것을 대편大遍이라 한다. 그런데 나는 양주배편楊州排遍 10본本을 본 일이 있는데, 24단段이 있었다. 후세에 '대곡'의 가사를 짓는 사람들은 간편하게 생략하는 방법을 쓰고, 연주가들도 또 처음부터 끝까지 연주하려 들지 않게 되었으며, 심지어는 다 배우지도 못하는 경우도 있다.[36]

위의 기록 중에서 '대편大遍'이란 여러 편遍으로 이루어진 '대곡'을 이르는 말이며, 편명遍名은 여러 가지가 있었고, 또 한 편遍(또는 解)은 여러 첩疊으로 이루어지는 것이 보통이다. '배편排遍'은 "중서中序 또는 박서拍序라고도 하고", "가두歌頭라고도 하는"[37] '대곡'의 편명遍名인데, 24단段에 이르는 양주배편楊州排遍이 있었다니 대단히 큰 규모의 '대곡'이 있었음을 알게 된다.

류용지〔劉永濟〕는 여러 가지 송대의 기록들을 종합하여 송의 '대곡'은 대체로 다음과 같은 세 부분으로 구성된다고 하였다.[38]

① 산서散序 1 · 2 · 3 · 4 · 5 · 6

36 『碧雞漫志』; "凡大曲有散序 · 靸 · 排遍 · 攧 · 正攧 · 入破 · 虛催 · 實催 · 衰遍 · 歇拍 · 殺衰, 始成一曲, 此謂大遍. 而涼州排遍予曾見一本, 有二十四段. 後世就大曲製詞者, 類從簡省, 而管絃家又不肯從首至尾吹彈, 甚者學不能盡."

37 王國維『唐宋大曲考』.

38 『宋代歌舞劇曲錄要』總論.

② 배편排遍(歌頭, 引歌) 1·2·3·4·5·6·7·8·9연편延遍·
10전편攤遍

③ 입파入破 1·2허최虛催·3전곤前袞·4실최實催(催拍)·5중곤
中袞·6헐박歇拍·7쇄곤殺袞(徹)

지금 전하는 송대의 '대곡'·무곡舞曲·법곡法曲 등의 편수遍數는 서
로 같지 않지만, 기본적으로 모두 이러한 구성으로 이루어지는 것이다.
심괄沈括의 삽잠沈甑·최최嗺·초초哨·행行·중강中腔·답가踏歌와 왕작王灼의
삽삽級은 모두 '대곡'의 곡편曲遍이 아닌 것으로 여겨져 넣지 않았다고 하
였다.

『송대가무극곡록요宋代歌舞劇曲錄要』에 실린 '대곡'들은 '대곡'이 큰
규모의 조곡組曲으로서 상당히 복잡하고 긴 고사故事를 연출한 '가무희'
였음을 알기에는 충분하다. 동영董穎의 「도궁박미道宮薄媚」 10편은 서시
西施의 이야기를 중심으로 하여 춘추春秋시대에 오吳나라와 월越나라가
싸웠던 일을 연창演唱한 것이고, 증포曾布의 「수조가두水調歌頭」 7편은
당唐나라 심아지沈亞之(825 전후)의 전기傳奇『풍연전馮燕傳』을 연창한 것
이며, 사호史浩의 「채련採蓮」은 「수향사壽鄕詞」란 부제副題가 뜻하듯이
송수연頌壽宴 같은 데서 연창하던 것이다.

이들보다도 가무歌舞 연창의 내용을 보다 상세히 알려주는 것은 무곡
舞曲 4종이다. 먼저 사호史浩의 「채련무採蓮舞」의 구성을 보자.

(1) 다섯 사람이 일자一字로 대청을 향하여 선다. 그리고 죽간자竹竿子
가 구대사勾隊詞를 읊는다(16句의 勾隊詞).

(2) 구대사를 읊고 나면 뒤에서 「쌍두련령雙頭蓮令」이 연주되며, 춤이

시작되고 춤추는 사람들이 오방五方으로 나뉘어져 춤을 춘다. 죽
간자竹竿子가 또 구대사를 읊는다(10句의 勾隊詞).

(3) 구대사를 읊고 나면 뒤에서「채련령採蓮令」이 연주되며, 춤추는 사
람들은 돌아서 한 줄로 서고, 함께「채련령」을 노래한다(21句의 勾
隊詞).

(4) 노래가 끝나면 뒤에서「채련령」을 연주하고, 춤은 오방五方으로
나뉘어져 춘다. 죽간자가 구대사를 읊는다(12句의「採蓮舞」).

(5) 화심花心이 등장하여 아뢰는 말을 읊는다(12句의 念詞).

(6) 죽간자가 묻는 말을 읊는다(2句).

　회심이 대답하며 묻는다(1句).

　죽간자가 다시 묻는 말을 읊는다(1句).

　화심이 대답을 읊는다(1句).

(7) 읊고 나면 뒤에서「채련곡파採蓮曲破」를 연주하고 다섯 사람들이
어울리어「입파入破」를 춤춘다. 먼저 두 사람이 춤추며 나아와서
춤을 추다가 깔린 자리 위에 멎었다가 선 곳에서 춤을 끝내며, 다
른 두 사람도 춤을 추다가 역시 멎으며 선 곳에 그대로 있고, 그런
뒤에야 화심花心이 춤을 끝낸다. 죽간자가 읊는다(8句 勾隊詞).

(8) 읊고 나면 화심이 시를 읊는다(7言 4句 詩).

(9) 읊고 나면 뒤에서「어가오漁家傲」를 연주한다. 화심이 춤추며 나아
와 꽃을 꺾고「어가오」를 노래한다(10句「漁家傲」詞).

(10) 노래가 끝나면 뒤에서「어가오」를 연주한다. 다섯 사람이 춤추다
위치를 바꾸어 앉고, 화심에 해당하는 선 사람이 시를 읊는다(7言
4句 詩).

(11) 읊고 나면 뒤에서 「어가오」를 연주한다. 화심이 춤추며 나와 꽃을 꺾고 「어가오」를 노래한다(10句 「漁家傲」 詞).

(12) 노래가 끝나면 뒤에서 「어가오」를 연주한다. 다섯 사람이 춤추다 위치를 바꾸어 앉고, 화심에 해당하는 선 사람이 시를 읊는다(7言 4句 詩).

(13) 읊고 나면 뒤에서 「어가오」를 연주한다. 화심이 춤추며 나와 꽃을 꺾고 「어가오」를 노래한다 (10句 「漁家傲」 詞).

(14) 노래가 끝나면 뒤에서 「어가오」를 연주한다. 다섯 사람이 춤추다 위치를 바꾸어 앉고, 화심에 해당하는 선 사람이 시를 읊는다(7言 4句 詩).

(15) 읊고 나면 뒤에서 「어가오」를 연주한다. 화심이 춤추며 나와 꽃을 꺾고 「어가오」를 노래한다(10句 「漁家傲」 詞).

(16) 노래가 끝나면 뒤에서 「어가오」를 연주한다. 다섯 사람이 춤추다 위치를 바꾸어 앉고, 화심에 해당하는 선 사람이 시를 읊는다(7言 4句 詩).

(17) 읊고 나면 뒤에서 「어가오」를 연주한다. 화심이 춤추며 나와 꽃을 꺾고 「어가오」를 노래한다(10句 「漁家傲」 詞).

(18) 노래가 끝나면 뒤에서 「어가오」를 연주한다. 다섯 사람은 춤추다가 먼저처럼 위치를 바꾸어 앉는다. 죽간자竹竿子가 구대勾隊하며 읊는다(16句 勾隊詞).

(19) 읊고 나면 모두가 「화당춘畵堂春」을 합창한다(9句 「畵堂春」 詞).

(20) 노래가 끝나면 뒤에서 「화당춘」을 연주한다. 여럿이 춤을 추고 춤이 끝나면 또 「하전河傳」을 노래한다(13句 「河傳」 詞).

(21) 노래가 끝나면 뒤에서 「하전」을 연주한다. 여럿이 춤을 추고 춤이 끝나면 죽간자가 견대사遣隊詞를 읊는다(6句 遺隊詞).

(22) 읊고 나면 뒤에서 「쌍두련령雙頭蓮令」을 연주한다. 다섯 사람이 춤을 추며 돌아서 한 줄로 늘어서서 대청을 향하여 장고를 치며 퇴장한다.

여기에는 악곡 연주도 있고, 노래도 하고, 읊기도 하며, 춤을 춘다. 악곡도 있고 가사도 있으며, 구대사勾隊詞·견대사遺隊詞와 문답問答 및 시詩가 있다. 춤에는 화심무花心舞·오인무五人舞·이인무二人舞·중무衆舞가 있고, 꽃을 꺾는 동작도 하고 있다. 악곡에는 「쌍두련령雙頭蓮令」·「채련령採蓮令」·「채련곡파採蓮曲破」·「어가오漁家傲」·「화당춘畵堂春」·「하전河傳」 등이 사용되고 있는데, 「쌍두련령」만이 가사가 없다.

이밖에도 「화무花舞」·「검무劍舞」·「어부무漁夫舞」 등의 구성을 보면, 규모만 서로 작고 클 뿐 비슷한 성격의 것들이다. 특히 「검무劍舞」에는 한漢의 홍문연鴻門宴과 당唐의 공손대낭公孫大娘의 검무의 고사故事가 깃들어 있다. 이것들은 대체로 '대곡'의 입파入破 이후의 부분을 약간 변화시켜 만든 것이라 볼 수 있다. 모두 아름다운 글로 이루어진 가사들이니, 여기에 쓰이던 음악도 춤도 고도로 세련되고 우아한 성격의 것이었다고 여겨진다. 그러나 이것들은 모두 당唐 이전의 전통적인 '가무희'에 비하여 매우 정식화程式化되고 크게 달라진 성격의 것들이다.

4. 나희儺戲의 발전

1) '나'의 변화

앞에서 이미 이야기했듯이 중당中唐 무렵부터 일기 시작한 나儺의 변화는 송대에 이르러 더욱 두드러진다. 『동경몽화록東京夢華錄』 권10 「제석除夕」을 보면 제일除日에 행한 북송의 궁중의 대나大儺에 여러 사람들이 가면을 쓰고, 장군將軍·문신門臣·판관判官·종규鍾馗·소매小妹·토지土地·조신竈神 같은 종류로 분장한 천여 명이 나와 '매수埋祟'라 부르는 역귀를 쫓는 행사를 하였다고 기록되고 있다.[39] 『몽량록夢粱錄』 권6 「제야除夜」에도 궁중의 '대나'에 여러 사람들이 가면을 쓰고 장군將軍·부사符使·판관判官·종규鍾馗·육정六丁·육갑六甲·신병神兵·오방

---

39 『東京夢華錄』; "至除日, 禁中呈大儺儀. ……諸班直戴假面, 繡畫色衣, 執金槍龍旗. 教坊使孟景初身品魁偉, 貫全副金鍍銅甲裝將軍. 用鎮殿將軍二人, 亦介冑, 裝門神. 教坊南河炭醜惡魁肥, 裝判官. 又裝鍾馗·小妹·土地·竈神之類, 共千餘人, 自禁中驅祟……謂之埋祟而罷."

모남毛南족 "티아오타오〔條套〕"

귀사五方鬼使·조군竈君·토지土地·문호門戶·신위神尉 등으로 분장하
고 구수驅祟를 한다 하였으니, 남송 때도 북송과 비슷했던 듯하다. 『무림
구사武林舊事』 권3 「세제歲除」에도 궁중의 구나驅儺 의식에 관하여 『동경
몽화록』의 기록과 비슷한 내용의 글을 남기고 있다. 송대의 '나'에는 방
상씨方相氏와 진자侲子 등이 자취를 감추고 천여 명의 가면을 쓴 수많은
신들이 등장하여 가무를 하며 역귀를 몰아냈다. 종규鐘馗의 등장이 특히
두드러진다.

다시 『몽량록』 권6 「십이월十二月」을 보면 이런 기록이 있다.

　이달로 접어들면서 거리에는 가난한 거지들 네댓 명이 한 무리
가 되어, 신귀神鬼·판관判官·종규鐘馗·소매小妹 등의 형상으로
분장해서 징을 울리고 북을 치며 집집마다 찾아다니며 돈을 구걸
하는데, 이를 타야호打夜胡라 불렀으며 역시 구나驅儺의 뜻을 지닌
것이다.[40]

　여기의 소매小妹는 종규의 누이동생임이 분명하며, 이를 통하여 송대
의 '나' 에는 후세에 유명한 종규가매鐘馗嫁妹의 얘기가 연출되었음을 알
게 된다. 한편 송대의 '나' 는 상당히 구체적인 얘기를 연출하는 '가무
희' 의 성격을 띄고 있었다는 사실도 알 수 있다.

　『동경몽화록』 권10 「십이월十二月」에도 타야호打夜胡에 관한 기록이
보이는데, 이것도 앞에서 이야기한 당唐대 진야호進夜胡에서 발전한 것
일 것이다. 조언위趙彦衛(1195년 전후)의 『운록만초雲麓漫鈔』 권9에서도
"세속世俗에서는 한 해가 저물 때 마을 사람들이 어울리어 '나' 를 행하
였는데, 민간에선 그것을 타야호打夜胡라고 불렀다."[41]고 하고 있다.

　어떻든 후세 민간의 나희儺戲는 송대에 지금과 같은 성격의 놀이 또는
연극으로 발전하기 시작하니 이룩이진 것임을 알게 된다.

---

40 『夢梁錄』；"自此入月, 街市有貧丐者三五人爲一隊, 裝神鬼·判官·鍾馗·小
　　妹等形, 敲鑼擊鼓, 沿門乞錢, 俗呼爲打夜胡, 亦驅儺之意也."
41 『雲麓漫鈔』；"世俗歲將除, 鄕人相率爲儺, 俚語謂之打野胡."

2) 계림나桂林儺

주거비周去非(1177년 전후)의 『영외대답嶺外代答』 권7에는 계림나桂林儺에 관한 다음과 같은 기록이 있다.

계림桂林의 나대儺隊는 평화로웠던 때부터 서울까지 이름이 알려져 정강제군나靜江諸軍儺라 불리웠다. 그리고 그 고장의 거리와 마을에는 또 자연히 백성들의 '나'도 있었다. 몸을 꾸미는 물건들이 매우 정교했고, 동작과 언어들이 모두 볼만하여, 중원中原의 분장한 나대儺隊보다도 뛰어난 듯하였다. 그렇게 된 까닭을 따져 보니, 대체로 계림 사람들은 가면을 잘 만들어 훌륭한 것은 하나에만 천의 값이 나가고 다른 고장에서도 그것을 귀히 여기기 때문이었다.[42]

다시 육유陸游(1125~1210년)의 『노학암필기老學菴筆記』에도 다음과 같은 기록이 보인다.

정화政和 연간(1111~1117년)의 대나大儺에 계부桂府에 가면을 진상하도록 명을 내렸다. 한 죽이라면서 가면을 진상해 왔는데, 처음에는 너무 적다고 의아해 했는데 알고 보니 그 죽은 8백 장이었고, 늙고 젊고 이쁘고 못생기고 하여 하나도 서로 비슷한 것이 없어서 그제서야 크게 놀랐다.[43]

---

42 『嶺外代答』; "桂林儺隊, 自承平時, 聞名京師, 曰, 靜江諸軍儺. 而所在坊巷村落, 又自有百姓儺. 嚴身之具甚飾, 進退言語咸有可觀, 視中州裝隊仗似優也. 推其所以然, 蓋桂人善制戲面, 佳者一直萬錢, 他州貴之."

43 『老學菴筆記』; "政和中大儺, 下桂府進面具. 比進到稱一副, 初訝其少, 乃是八百枚爲一副, 老少妍陋無一相似者, 乃大驚."

연희 장면

라고 하였다. 이에 따르면 계림桂林 같은 지방은 '나'가 대단히 발달하여, 특히 그곳의 가면은 정교하기로 이름이 났었음을 알 수 있다.

3) 군나軍儺 · 귀신희鬼神戱

계림 지방은 민간에도 '나'가 성행하였지만 그 발전은 군나軍儺가 주도한 듯하다. 『위서魏書』권108의 4 예지禮志에 "고종高宗 화평和平 3년 연말 대나大儺의 예식을 행할 때 병술과 무술을 과시하였다."[44]고 기록하

---

44 『魏書』; "高宗和平三年十二月, 因歲除大儺之禮, 遂燿兵示武."

고 있으니, 군나軍儺는 일찍부터 성대한 행사로 발전하였다. 특히, 송대에 와서는 균대의 행사에시는 무위의 과시뿐만이 아니라 여러 가지 백희百戲가 아울러 펼쳐졌는데, '나'의 성격변화에 따라 크게 발전한 여러 가지 귀신가면을 쓴 귀신놀이가 큰 규모로 연출되었다. 『동경몽화록』권7 「가등보진루제군정백희駕登寶津樓諸軍呈百戲」를 보면, 황제가 보진루寶津樓에 행차했을 때 그 누각 아래에서는 제군諸軍의 백희가 다음과 같이 펼쳐진다. 먼저 수십 명이 줄을 서서 북을 치는 중에 한 사람이 나와 치어致語를 하고 노래를 합창한 뒤에, 사표獅豹 놀이, 깃발을 들고 춤을 추는 박기자撲旗子, 상간上竿·재주넘기 등의 잡희雜戲, 백여 명의 군사들이 벌이는 여러 가지 형태의 군진軍陣, 예닐곱 가지의 무술시합이 진행된다. 그리고 나서 다음과 같은 놀이가 이어진다.

갑자기 폭장爆仗이라 부르는 벽력같은 소리가 나면……연기와 불이 크게 일면서 가면에 헝클어진 머리를 하고, 입에서는 긴 이빨 사이로 연기와 불을 뿜는 귀신 모양을 한 자가 등장하여……나아갔다 물러났다 하며 춤을 추는데, 이를 포라抱鑼라고 한다…….

다시 폭장爆仗이 울리면 악부樂部에선 배신월만곡拜新月慢曲을 연주하고, 얼굴에 청록색 빛을 하고 금빛 눈망울의 가면을 쓰고 표범가죽과 수놓은 비단 넓은 띠 같은 것으로 장식한 사람이 나오는데 경귀哽鬼라 부른다. ……쫓고 잡고 보고 듣는 모양을 한다.

또 폭장이 울리면 긴 수염이 달린 가면을 쓰고……종규鐘馗의 모양을 한 사람이 옆의 한 꽹과리를 든 사람과 함께 어울리어 춤추며 왔다 갔다 하는데, 이를 무판舞判이라 한다.

이어서 두세 명의 깡마르고 흰 분을 온몸에 바른 금빛 눈망울에 흰 얼굴을 지닌 해골 모양을 한 사람들이……배희排戲 같은 거동을 하는데, 이를 아잡극啞雜劇이라 부른다.

또 폭장이 울리면 연기와 불길이 솟아나와 사람들 얼굴을 서로 분간할 수 없게 되는데, 연기 속에 일곱 명이 모두 머리를 풀어헤치고 문신을 하고서……진짜 칼을 들고 서로 싸우며 치고 찌르는데……이것을 칠성도七聖刀라 한다.

갑자기 폭장이 울리고 다시 연기와 불길이 치솟으면……수십 명이 모두 가면에 기이한 옷차림으로 줄지어 나오는데, 마치 사묘祠廟의 귀신 조각 같으며, 이를 헐장歇帳이라 부른다.

다시 폭장이 울리면 모두 물러나고 다음엔 한 사람이 꽹과리를 치며 백여 명을 끌고 나오는데……황백분黃白粉으로 그들의 얼굴을 칠하였고, 이를 말창抹蹌이라 불렀다.……함께 소리 지르며 몇 차례 군진軍陣을 변화시킨다. 일자진一字陣을 이루고는 두 사람씩 진陣에서 나와 격투를 하는데……이를 판락板落이라고 한다.[45]

이 뒤로도 시골 남녀로 분장한 사람이 나와 놀이를 하고, 잡극雜劇을 두 단段 연출한 다음에는 여러 가지 기마술騎馬術과 말을 타고 부리는 재주 등 수십 가지를 상연하고, 두 무리가 겨루는 격구擊毬로 끝을 장식하

45『東京夢華錄』: "忽作一聲如霹靂, 謂之爆仗, …… 煙火大起, 有假面披髮, 口吐狼牙煙火, 如鬼神狀者上場. ……步舞而進退, 謂之抱鑼. ……又一聲爆仗, 樂府動拜新月慢曲, 有面塗靑碌, 戴面具金睛, 飾以豹皮錦繡看帶之類, 謂之硬鬼. ……爲驅捉視聽之狀. 又爆仗一聲, 有假面長髥 ……如鍾馗像者, 傍一人以小鑼相招和舞步, 謂之舞判. 繼有二三瘦瘠, 以紛塗身, 金睛白面, 如髑髏狀, ……擧止若排戲, 謂之啞雜劇. 又爆仗響, 有煙火就湧出, 人面不相覩, 煙中有七人, 皆披髮文身, ……執眞刀, 互相擊鬪擊刺, ……謂之七聖刀. 忽有爆仗響, 又復煙火, ……列數十輩, 皆假面異服, 如祠廟中神鬼塑像, 謂之歇帳. 又爆仗響, 卷退, 次有一擊小銅鑼, 引百餘人, ……以黃白紛塗其面, 謂之抹蹌. ……喝喊變陣子數次. 成一字陣, 兩兩出陣格鬪, ……謂之板落. ……"

게 된다.

여기에서 우리는 여러 가지 귀신이 등장하는 놀이를 발견하게 된다. 포라抱鑼・경귀硬鬼・무판舞判・헐장歇帳 등은 모두 귀신의 탈을 쓴 가면놀이이나 아잡극啞雜劇・칠성도七聖刀・말창抹蹌・판락板落 등의 연출자는 모두 도면塗面을 한 귀신은 아니지만 독특한 모습을 한 사람들이다. 이것은 중국의 전통적인 연극의 성격 변화에 따라 가면으로부터 도면塗面으로 넘어가는 과도기적인 현상으로 보여진다. 같은 책의 「가행림수전관쟁표사연駕幸臨水殿觀爭標賜宴」에서도 수괴뢰水傀儡 연출의 상세한 기록에 앞서 임수전臨水殿에서 제군諸軍의 '백희'가 연출되었는데 "대기大旗・사표獅豹・도도棹刀・만패蠻牌・신귀神鬼・잡극雜劇" 같은 종류가 있었다 하였으니, 보진루寶津樓에서의 제군백희諸軍百戲와 비슷한 내용이었을 것이다.

이밖에도 『몽량록』을 보면, 권1 「원소元宵」에는 거리에서 연출되는 무대舞隊 중에 '신귀神鬼'가 보이며, 「팔일사산성탄八日祠山聖誕」에는 서호西湖에서 놀이를 하던 배에 "칠성七聖・이랑신二郎神・신귀神鬼" 등을 마련해 놓는다고 하였다. 『동경몽화록』 권8 「유월육일최부군생일이십사일신보관신생일六月六日崔府君生日二十四日神保觀神生日」에는 연출되던 '백희'에 '잡극'과 함께 '장귀裝鬼'도 끼어 있고, "장귀신裝鬼神・토연화吐煙火"에 대한 설명도 보인다. 그러므로 '나'로 말미암아 발전한 귀신놀이가 상당히 보편화되었음을 알 수 있다. 『동경몽화록』 권5 「경와기예京瓦伎藝」의 30여 종 속에도 '신귀神鬼'가 들어 있고, 『몽량록』 권20의 「백희기예百戲伎藝」 속에도 "장귀신裝鬼神・무판관舞判官"이 보이며, 『도성기승都城紀勝』 「와사중기瓦舍衆伎」에는 '장귀신裝鬼神・포라抱鑼・

무판舞判'이 보이고,『무림구사』권6「제색기예인諸色技藝人」속에도 '신귀神鬼'가 보이니, 송대에는 귀신놀이가 상당히 보편화되고 전문화되었음을 알 수 있다.

『무림구사』권2 무대舞隊에는「대소전붕괴뢰大小全棚傀儡」라는 제목 아래「사사귀査査鬼」·「할판관瞎判官」·「포라장귀抱鑼裝鬼」등의 명목名目이 보이는데, 역시 모두가 귀신놀이임이 분명하다. 다만 여기에선 연출자인 무대舞臺의 인원이 어디에서 어디까지가 인형이고 사람인지 구분이 분명치 않다. 여기에는「대소작도포로大小斫刀鮑老」·「교곤포로交袞鮑老」등이 보이는데, 순카이디〔孫楷第〕는『괴뢰희고원傀儡戱考原』1. 한조인소위괴뢰漢朝人所謂魁儡에서 다음과 같이 논하고 있다.

> 근대의 괴뢰傀儡에는 두 파가 있는데, 하나는 진짜 사람이 '괴뢰'로 분장하는 것이다. 송대의 '괴뢰'인 무포로舞鮑老·쇄화상耍和尙 같은 것이다. 무포로舞鮑老와 쇄화상耍和尙은 가수假首를 썼으므로 한漢대의 방상무方相舞와 같은 것이다. 지금의 무대에서 귀신으로 분장하거나 정월 보름 '괴뢰'로 분장하는 데에 아직도 그런 수법이 남아 있는 것이다.[46]

이에 따르면 귀신놀이의 성행에는 '괴뢰희'도 한몫하였음을 알게 된다.

이러한 귀신놀이는 앞에서 설명한 계림桂林의 경우에도 볼 수 있듯이

46『傀儡戱考原』;"近代傀儡有二派. 一以眞人扮演, 如宋之傀儡 '舞鮑老'·'耍和尙' 等是也. '舞鮑老'·'耍和尙' 戴假首, 與漢之舞方相同. 今戲臺扮鬼神及元夕扮傀儡, 尙存此制."

각 지방의 민속과 결합하여 이른바 나희儺戱로 발전하게 된다. 즉 이전 중국 '가무희'의 중심을 이루던 가면놀이는 궁전이나 사대부 계층으로 부터 완전히 밀려나 '나희'로서 민간에 숨어들게 된다. 본래 귀신과 관계가 깊었던 가면놀이는 한漢 이후 '가무희'의 발전에 따라 귀신보다도 사람들과의 관계가 가까워지다가, 송대에 와서는 다시 귀신들과 밀접해지며 '나희'로 발전하였던 것이다. 중당中唐 무렵부터 일기 시작했던 '가무희'의 변화는 송대에 이르러 중국의 연극을 완전히 다른 성격으로 바꿔 놓게 되는 것이다.

5. 금金(1115~1234년) 원본院本

　한편 북송을 멸망시킨 뒤 남송 때 몽고에게 멸망당했던 금金나라
(1115~1234)에는 남송의 '잡극'과 비슷한 성격의 원본院本이 유행하였
다. 도종의陶宗儀(1360년 전후)는 『철경록輟耕錄』권25 「원본명목院本名
目」의 해제解題에서 이런 말을 하고 있다.

　　당唐에는 전기傳奇가 있고, 송宋에는 희곡戲曲·창원唱諢·사설
　詞說이 있고, 금金에는 원본院本·잡극雜劇·제공조諸公調가 있는
　데, '원본'과 '잡극'은 사실상 같은 것이다. 원元나라에 와서야
　'원본'과 '잡극'이 비로소 둘로 변하여 나뉘어졌다. '원본'은 5명
　이 하는데, 부정副淨……부말副末……인희引戲·말니末泥·고장孤
　裝이다…… 또 염단艶段이 있는데, 역시 '원본'의 뜻이나 다만 비
　교적 간단하다.[47]

---

　47 『輟耕錄』;"唐有傳奇, 宋有戲曲·唱諢·詞說, 金有院本·雜劇·諸公調. 院
　　本·雜劇,

여진족女眞族의 금金나라는 남송 때 중원中原 땅을 지배하였으며, 앞에서 설명한 송대의 '잡극'은 여기에서 설명하려는 금대의 '원본'과 각생명脚色名이며 염단艶段(艶段)이 있는 것 등 형식이 매우 비슷하다. 그리고 원대에 와서 '잡극'과 '원본'이 둘로 나뉘어졌다고 한 '잡극'은 대희大戲인 원잡극元雜劇을 가리키는 말이다.

주권朱權(?~1448년)은 『태화정음보太和正音普』에서 "'원본'이란 행원지본行院之本이다."고 설명하고 있는데, "행원行院이란 대체로 금金·원元대의 사람들이 창기倡伎들이 있는 곳을 가리키는 말로 썼고, 거기서 연창演唱하던 대본臺本들을 곧 행원지본行院之本이라 하였다."[48]고 왕꿔웨이[王國維]는 『송원희곡고宋元戲曲考』6.금원본명목金院本名目에서 풀이하고 있다. 그리고 위에서 설명한 『철경록輟耕錄』의 「원본명목院本名目」에는 도합 11류類 690종種의 제명題名이 실려 있다. 그런데 왕꿔웨이가 지적한 바와 같이 "이 명목名目을 통해서 볼 때 「송관본잡극단수宋官本雜劇段數」와 매우 비슷하며, 그보다 좀 더 복잡해져 있다."[49]는 느낌이다.

왕꿔웨이는 『송원희곡고』에서 『무림구사』의 「관본잡극단수官本雜劇段數」와 이 「원본명목院本名目」을 비교 분석하여 대곡大曲을 사용한 것은 '잡극'이 103종인데 비하여 '원본'은 16종, 법곡法曲을 사용한 것은 '잡극'이 4종인데 비하여 '원본'은 7종, 제궁조諸宮調를 사용한 것은 '잡

其實一也. 國朝, 院本·雜劇始釐而二之. 院本則五人, 一曰副淨, ……一曰副末, ……一曰引戲, 一曰末泥, 一曰孤裝. ……又有艶段, 亦院本之意, 但差簡耳."

48 『宋元戲曲考』;"行院者, 大抵金元人謂倡伎所居, 其所演唱之本, 卽謂之院本云爾."

48 『宋元戲曲考』六. 金院本名目;"自此目觀之, 甚與宋官本雜劇段數相似, 而復雜過之."

산시성山西省 직산현稷山縣 마촌馬村 금金나라 단씨묘군段氏墓群 잡극전조雜劇磚雕 2호묘 출토

극'이 2종인데 비하여 '원본'은 1종, 보통 사조詞調를 사용한 것은 '잡극'이 35종인데 비하여 '원본'은 37종이라 하였다. 그러므로 기본적으로 '잡극'과 '원본'은 음악이나 구성이 서로 비슷한 성격의 것이라고 주장하는 것이다.

그런데 '잡극'이 모두 280종인 데 비하여 '원본'은 모두 690종으로 늘어난 데 대하여는 예위화〔葉玉華〕가 『원본고院本考』에서 대략 다음과 같은 설명을 하고 있다. 행원行院이란 일정한 장소가 있는 것이 아니기 때문에, 그곳에서 연출하던 '원본'은 자연히 민간의 취미에 알맞게 되어 시골 동리의 잡예雜藝가 끼어듦으로써, '원본'의 성격을 점차 잡극과는 다른 독립된 것이 되게 하였다. 그것은 '원본'이 '잡극'에 비하여 대곡大曲 · 법곡法曲 · 제궁조諸宮調 및 사조詞調 등의 악곡을 이용한 작품이 줄어든 데 반하여, 설창說唱 · 잡희雜戲 등이 끼어 있는 「타략전축打略拴搐」139종, 「제잡체諸雜體」30종 등으로 늘어난 사실을 통해서 알 수 있는 일이라는 것이다.

후지〔胡忌〕는 『송금잡극고宋金雜劇考』 제4장에서 「충당인수沖撞引首(109종)는 무기舞伎와 우스갯소리 및 간단한 춤으로 이루어지는 개장開場을 이끌어 내는 것들이며, 「전축염단拴搐艶段」(92종)은 '원본' 및 원찬院爨의 간단한 형식으로 중간에 끼어 연출하던 것, 「타략전축打略拴搐」(139종)은 염백念白으로 사물명事物名 같은 것을 이용하여 익살을 떠는 형식으로 역시 중간에 끼어 연출하던 것이며, 「제잡체諸雜體」(30종)는 익살과 소도구小道具로 놀이 중간에 변화를 주기 위하여 끼어 넣었던 것이라 하였다. 곧 이상의 것들은 따로 독립시켜 상연할 수는 없는 것들이니, 실제의 원본명목院本名目은 관본잡극官本雜劇보다 많은 것이라 하기에도 어려운 성질의 것이라는 것이다.

그리고 관본잡극은 본래부터 궁전이나 관청의 필요에 의하여 상연되던 '잡극' 이므로, 민간에 유행하던 '잡극' 과는 성격이 다를 수밖에 없는 것이다. 그러므로 예위화〔葉玉華〕의 추리는 꼭 옳은 것이라 할 수는 없는 것이다.

'원본' 은 그 뒤의 원잡극元雜劇이나 전기傳奇에 삽연揷演되고 있는 예들이 몇 곳에 발견된다. 그러나 그것들은 참된 그 시대의 '원본' 의 모습을 그대로 전하는 것은 아닐 듯하다. 주유돈朱有燉(?~1439년)의 「여동빈화월신선회呂洞賓花月神仙會」 잡극 제2절折에는 「장수선헌향첨수長壽仙獻香添壽」 '원본' 이 중간에 끼어 상연되고 있는데, 송대의 「헌향잡극獻香雜劇」[50]이나 비슷한 성격의 것인 듯하다.

『금병매사화金瓶梅詞話』에도 권1・권7에는 「소악원본笑樂院本」, 권8에는 백희百戲와 함께 '원본' 의 연출기록이 있고, 권4에는 「왕발원본王勃院本」 전부가 실려 있는데 술자리에서 연출되었던 것이다.

대체로 남송의 '잡극' 과 금의 '원본' 은 그 형식이나 내용의 성격이 비슷한 것이라 하겠다. 그러나 '잡극' 보다는 '원본' 이 좀 더 정식화程式化되어, 각색脚色이나 구성 및 음악을 더욱 규식화規式化함으로써 한 걸음 더 대희大戲인 희문戲文이나 원잡극元雜劇에 접근했던 것이라 하겠다.

---

50 宋 無名氏, 『續墨客揮犀』 권5 ; "熙寧九年, 太皇生辰, 敎坊例有獻香雜劇."

6. 원元(1206~1368년) · 명明(1368~1661년) · 청淸(1661~1911년)의 '가무희'

중국의 전통적인 연극이었던 '가무희'는 사회의 표면으로부터 사라져 민간으로 스며들고, 대희大戲인 원잡극元雜劇과 전기傳奇 및 경희京戲 등이 등장하여 성행한 시대이다. 곧 이전의 '가무희'는 나희儺戲로 위축되어 연극의 범주에서 밀려나 희곡 연구가들의 관심으로부터도 벗어나게 되고, '대희'만이 본격적인 중국의 연극이라 믿게 되었던 시기이다.

1) 원대元代(1206~1368년)

그러나 원대에도 가면놀이를 중심으로 하는 '가무희'의 유풍이 완전히 표면상으로부터 없어졌던 것은 아니다. 『원사元史』권22 예악지禮樂志를 보면, 원단元旦에 사용하던 악대樂隊인 악음왕대樂音王隊에서는 "차삼대次三隊는 남자 세 사람이 붉은 머리가 달린 파란색 면구面具를 쓰고" 나와 춤을 추었고, "차사대次四隊는 남자 한 사람이 공작명왕상孔雀明王

허난성河南省 짜오쮜焦作의 묘葬墓에서 출토出土된 악무용樂舞俑.

像의 면구面具를 쓰고", "비사신상毗沙神像의 면구面具를 쓴 종자從子 두 명을 데리고 나왔으며", "차오대次五隊는 남자 다섯 명이 오량관五梁冠에 용왕면구龍王面具를 쓰고 나왔으며", "차육대次六隊는 남자 다섯 명이 비천飛天과 야차夜叉의 형상을 하고 춤추며 나왔고", "차칠대次七隊는 악공樂工 여덟 명이 패왕관覇王冠에 푸른 면구面具를 쓰고 나와" 음악을 연주하였다. 인대引隊인 대악예관大樂禮官 2명, 집희죽執戲竹 2명, 악공樂工 8명, 차이대次二隊의 부녀婦女 10명, 차팔대次八隊의 부녀 20명, 차구대次九隊의 부녀 20명, 차십대次十隊의 부녀 8명은 화려한 치장을 하였으나 가면을 쓰지는 않았다. 그러나 차육대次六隊의 비천飛天과 야차夜叉의 형상을 한 5명과, 뒤의 오방보살범상五方菩薩梵像을 한 남자 5명, 악음왕보살범상樂音王菩薩梵像을 한 사람 1명 등은 모두 가면을 쓰고 분장했을 듯싶다. 이에 의하면 설날에는 가면을 쓴 사람들이 등장하는 대규모의 '가무희'가 벌어졌음을 알 수 있다. 그밖에 천수절天壽節에 쓰이던 수성대壽星隊와 조회朝會에 쓰이던 예악대禮樂隊 및 설법대說法隊에도 가면 대무隊舞가 동원되고 있다.

『원사』권77 제사지祭祀志의 국속구례國俗舊禮를 보면, 매년 12월 하순이면 날을 받아 허수아비 인형과 개를 만들어 놓고 활로 쏘고 제사를 지내는 '탈재脫災' 또는 '사초구射草狗'라는 행사를 하는데, 제사가 끝나면 몽고의 무당이 참석하여 제왕이나 귀족들을 위한 축찬祝讚을 한다고 하였다. 매년 12월 16일 이후에 행하는 "탈구재脫舊災, 영신복迎新福"의 행사에도 무당이 나와 의식을 주관한다. 모두 '나'와 같은 종류의 행사이다.

다시『원사』권105 형법刑法 사四 금령禁令에는 이런 기록이 보인다.

> 여러 민간 자제로서 생업에 힘쓰지 아니하고, 늘 성 안 저자나 고을에서 사화詞話를 담창談唱하거나 잡희雜戲를 교습敎習하면서 사람들을 모아놓고 음란한 놀이를 하는 것은 모두 금하고 다스리겠다.[51]

민간에도 가무희를 비롯하여 속강俗講 등 여러 가지 놀이가 성행하였음을 알 수 있다. 이어 거기의 금령禁令에는 괴뢰傀儡와 각저지희角抵之戲 같은 것도 들어있다.『원전장元典章』권57 형부刑部 19 금취중禁聚衆을 보면, 연우延祐 연간(1314~1320년)에만도 여러 번 "취중창사聚衆唱詞, 기신새사祈神賽社"하는 행위를 금하는 명령을 내리고 있다. 이는 민간에 사화詞話·잡희雜戲와 함께 나희儺戲라고 볼 수 있는 "기신새사祈神賽社"가 성행하였음을 뜻한다.

---

51 『元史』; "諸民間子弟, 不務生業, 輒於城市坊鎭, 演唱詞話, 敎習雜劇, 聚衆淫謔, 竝禁治之."

다시 『원전장』 권57 형부刑部 19 잡금雜禁에는 지원至元 18년(1281년)에 내린 금령禁令으로 다음과 같은 대목이 보인다.

금후로는 어떤 사람을 막론하고 십육천마十六天魔[52]를 노래하지 말 것이며, '잡극'을 연출하지도 말고 연주하지도 말 것이며, 사대천왕四大天王[53]을 분장하지 말 것이며, 고루두骷髏頭를 쓰지 말 것이다. 위반하는 자는 죄를 물 것이니 이대로 실행하기 바란다.[54]

여기의 '고루두骷髏頭'는 해골 모양을 한 가면을 뜻하는 것이며, "사대천왕四大天王을 분장하는 것"과 함께 역시 '나희'였다고 여겨진다. 그리고 무속화巫俗化·민속화民俗化한 '나희'가 있는가 하면, 불교나 도교의 영향을 받은 '나희'도 이미 유행했던 듯하다.

2) 명대明代(1368~1644년)

고기원顧起元(1565~1628년)의 『객좌취어客座贅語』 권10 국초방문國初榜文을 보면, 홍무洪武 22년(1389년)에 군인들에게 다음과 같은 엄한 금령禁令을 내리고 있다.

창唱을 배우는 자는 혀를 자르고, 바둑을 두거나 쌍륙雙陸을 하

---

52 『元史』 권43 順帝紀;"以宮女三聖奴·妙樂奴·文殊奴等一十六人按舞, 名爲十六天魔, ……遇宮中讚佛, 則按舞奏樂." 곧, 십육천마十六天魔는 원나라 궁중에서 讚佛 때 추게 하던 춤의 이름임.

53 四大天王은 불교에서 特國·廣目·增長·多聞의 四天王을 이름(『智度論』 9).

54 『元典章』;"今後不揀甚麼人, 十六天魔休唱者, 雜劇裏休做者, 休吹彈者, 四大天王休粧扮者, 骷髏頭休穿戴者. 如有違犯, 要罪過者, 仰欽此."

는 자는 손을 자르고, 축원蹴圓을 하는 자는 발을 자른다.[55]

같은 책에 또 영락永樂 9년(1411년)에 내린 다음과 같은 금령禁令이 기록되어 있다.

금후로는 인민이나 배우들이 '잡극'을 상연함에 있어서, 법률에 따른 신선도神仙道나 의부절부義夫節婦와 효자순손孝子順孫 이야기를 분장하거나 사람들에게 선을 행할 것을 권하는 것과 태평太平을 즐기는 것들만을 금하지 아니하고, 그밖에 제왕帝王과 성현聖賢을 모독하는 사곡詞曲이나 임금을 분장하는 '잡극' 같은 법률로 허락하지 않은 것들은 감히 대본을 지니고 있거나 그것을 전송傳誦하거나 인쇄하여 파는 자가 있다면, 즉시 잡아다가 관계부처로 보내어 처벌케 한다.……그러한 사곡詞曲들을 이 방문이 나간 뒤에도……감히 지니고 있는 자가 있다면 온 가족을 죽여 버릴 것이다.[56]

그리고 청淸 동함董含(1659년 전후)은 『삼강식략三綱識畧』 일一에서 이러한 명明 초의 금령을 인용하면서 "냉혹하기가 거의 걸주桀紂나 같다."고 말하고 있다.

이상과 같은 분위기 때문에 '가무희'나 가면놀이 같은 것은 표면상

55 『客座贅語』；"洪武二十二年……, 在京但有軍官軍人學唱的割了舌頭, 下棋打雙六的斷手, 蹴圓的卸脚."(明 沈德符『野獲編補遺』三. 賭博厲禁 및 淸 董含『三岡識畧』一引『遯園贅語』등에도 비슷한 기록이 보임.)

56 『客座贅語』；"永樂九年……今後人民倡優裝扮雜劇, 除依律神仙道扮義夫節婦孝子順孫, 勸人爲善及歡樂太平者不禁外, 但有褻瀆帝王聖賢之詞曲駕頭雜劇, 非律所該載者, 敢有收藏傳誦印賣, 一時拿送法司究治. ……但這等詞曲, 出榜後, ……敢有收藏的, 全家殺了."

더욱 기를 펴지 못하고 사라졌을 것이다. 그러나 "법률에 따른 신선도神仙道"에 관한 것은 금령에서 면제되었으니, 민간의 '나희'도 금지의 대상은 아니었을 것으로 여겨진다. 고경성顧景星(1621~1687년)의 『기주지蘄州志』에는 기주蘄州(지금의 湖北省 蘄春縣 남부)의 민간 '나희'에 관한 다음과 같은 기록이 있다.

초楚나라 풍속은 귀신을 숭상하는데, '나'에 있어 더욱 심하다. 기주蘄州에는 72가家가 있는데, ……황포黃袍에 원유관遠遊冠을 쓰고 당명황唐明皇이라 하고, 좌우에 붉은 얼굴에 금분金粉을 칠하고 금은색 투구를 쓴 사람 셋이 태위太尉라 하며, ……그 무리 수십 명이 기를 줄로 세우고 노래하고 춤을 추는데, 시詩도 아니고, 사詞도 아니나 길고 짧은 것이 구절을 이루며, 한 사람이 노래하면 여럿이 그에 화和하는데 흐느끼듯 애절하였다. 이어 갖가지 물건을 마련하여 태위太尉에게 바쳤다. 노래하고 춤을 추는 깃발이 올라오면 주인이 술잔을 올리고, 세 신神이 주인에게 반배하면 주인은 두 번 절을 한다. 조금 뒤에 두 만노蠻奴가 고삐를 잡고 어슬렁거리는데, 큰 사자가 머리와 꼬리를 흔들면서 뛰어나온다. 만노蠻奴가 "사자는 어디에서 오는 겁니까?"라고 물으면, 한 사람이 대답하기를 "양주涼州에서 왔습니다."라고 하면서 함께 서쪽을 향하여 울면서 고향 땅을 그리워하는 모습을 한다. 노래와 춤이 끝나면 신神을 전송하며, 북과 악기들을 함께 연주한다.[57]

---

57 『蘄州志』; "楚俗尙鬼, 而儺尤甚. 蘄有七十二家, ……黃袍, 遠遊冠, 曰唐明皇, 左右赤面, 塗金粉, 金銀兜鍪者三, 曰太尉, ……其徒數十, 列幛歌舞, 非詩非詞, 長短成句, 一唱衆和, 嗚咽哀惋. 隨設百獻, 奉太尉. 歌舞幢上, 主人獻酬, 三神酢主人, 主人再拜. 須臾, 二蠻奴持縿盤辟, 有大獅, 首尾奮迅而出. 奴問獅何來, 一人答曰, 涼州來. 相與西向而泣, 作思鄕懷土之狀. 歌舞畢, 送神, 鼓吹偕作."

명대 사대부들이 연극을 즐기는 그림

같은 사람의 『백모당집白茅堂集』 권24에는 다음과 같은 「향나鄕儺」 시가 실려 있다.

봄의 사제社祭 다 끝냈는데
이곳 풍속으로 구나驅儺를 숭상하네.
……

가운데엔 현종玄宗 황제 앉아 있고
좌우엔 두 미인이 있네.
……

술 얼큰해지자 백희百戲 불러들이는데
나홍곡囉嗊曲은 얼마나 시끄러운가!
가짜 사자가 서량무西涼舞를 추는데
길고 꾸불꾸불한 털짐승을 만노蠻奴가 모네.
서량파西涼破가 들리자마자
서쪽 향해 슬퍼하며 흐느끼네.
오랜 세월 이미 지난 일 두고
이런 춤은 왜 또 추는가?

春社作已畢, 土風尙驅儺.
춘 사 작 이 필   토 풍 상 구 나
……

中坐天寶帝, 左右雙明妹.
중 좌 천 보 제   좌 우 쌍 명 매
……

酒酣招百戲, 囉嗊何紛拏!
주 감 초 백 희   나 홍 하 분 나

假獅西涼舞, 鬈鬌騎蠻奴.
가 사 서 량 무   권 포 기 만 노

似聞西涼破, 西向悲戯噓.
사 문 서 량 파　　서 향 비 희 허

千秋事已往, 此舞胡爲乎?
천 추 사 이 왕　　차 무 호 위 호

『기주지蘄州志』와 시의 내용이 일치된다. 명明대에는 각 지방 민간에
'나희'가 상당히 정착되었음을 알 수 있다. 여러 지방지地方志에는 그러
한 사실을 알려주는 기록이 무수히 많다. 보기로 들면, 명明 만력萬曆 연
간(1573~1619년)의『자리현지慈利縣志』에는 다음과 같은 기록이 실려 있
다.

　여름과 가을에 비가 안 오면 무당을 불러다 굴을 파고 물을 불
러 내고자 하고, 또 각각 단壇을 세우고 신을 맞아다가 기도드린
다. 가을과 겨울에는 밤에 문을 열어놓고 소재素齋를 마련한 다음
이웃을 모아놓고 노사老師[58]를 청하여 삼성신三聖神을 내리게 하고
는 길흉吉凶을 물었는데, 이를 주귀做鬼라 불렀고 계신繼神이라고
도 하였는데, 와고瓦鼓와 영도鈴刀의 소리가 긴 밤을 두고 끊이지
않았다.[59]

　다시 가정嘉靖 연간(1522~1566년)의『형주부지衡州府志』에는 다음과
같은 연말 행사에 관한 기록이 있다.

---

58 胡健國은「綿亘數千載洞庭盡巫風」(『中國儺戱儺文化專輯』上 臺北『民俗曲
藝』所載)에서 '老師'는 그 지방 '巫'의 속칭이라 하였다.

59『慈利縣志』;"夏秋不雨, 則馮巫打洞請水, 又各立壇迎神以祈禱之. 秋冬, 夜排
門戶設素齋會鄰, 憑老師降三聖神以詢吉凶, 謂之做鬼, 一謂繼神. 瓦鼓鈴刀之
聲, 不絶長夜."

도주道州……섣달이 되면……여러 묘묘廟에 가서 모임을 갖는데, 대부분 무당들을 부르고 낙신樂神이라 일컬었다. 여러 사람들이 돈을 거두어 소원을 빌고, 제사를 지내고, 연희演戲를 하며 화수花樹를 전시하였다.[60]

같은 가정嘉靖 연간의 『사남부지思南府志』에는 다음과 같은 경신慶神 행사에 관한 기록이 보인다.

세상에선 6월 24일과 7월 22일을 토주土主와 천주川主의 생일이라 여기고, 이날이 되면 경신慶神을 하는 행사를 하는데, 백성들은 신神의 모습으로 성대하게 가장하고는 저잣거리를 북을 치며 다녔는데, 이를 영사화迎社火라 하였다.[61]

이밖에도 이런 종류의 기록이 많으므로, '나희'가 명대에는 각지의 민속으로 자리잡았음을 알 수 있다.

1985년 산서山西의 노성현潞城縣에서는 명대 만력萬曆(1573~1619년) 초본抄本인 「영신새사예절전부사십곡궁조迎神賽社禮節傳簿四十曲宮調」가 발견되었는데, 여기에는 진晉 동남 지방에서 행해진 대규모 제사 활동의 내용이 기록되어 있다고 한다. 이 제사 활동에서는 전문 연예인인 '악호樂戶'에 의하여 '잡희'라 할 수 있는 대희隊戲·아대희啞隊戲가 연출되었

■

60 『衡州府志』; "道州……臘月……至各廟竟會, 多延巫覡, 名曰樂神. 衆醵金酬願, 打醮·演戲·放花樹."

61 『思南府志』; "俗以六月二十四日, 七月二十二日爲土主川主生辰, 至日有慶神之擧, 居民盛裝神像, 鼓行于市, 謂之迎社火."

고, 또 '잡극'과 '원본'도 있었다고 한다. 그리고 '사십곡궁조四十曲宮調'의 극목劇目 중에는 대회·아대회·'잡극' 등이 있고, 그중에는 모두「파치우破蚩尤」·「관공참요關公斬妖」·「관대왕파치우關大王破蚩尤」등 파치우와 관계되는 것들이 들어있다 한다.[62] 이는 명대의 '나희'를 증명하는 매우 중요한 자료임이 분명하다.

『금병매사화金瓶梅詞話』제65회에서는 서문경西門慶이 셋째 첩 이병아李瓶兒의 장사를 치르는데, 중간의 10월 11일에는 '지조地弔'라 부르는 민간의 나제儺祭 의식을 행한다.

이에 앞서 가랑歌郎이 징과 북을 나란히 하고 지조地弔를 하는데, 영전靈前으로 와서 참령參靈을 하고 오귀뇨판五鬼鬧判·장천사착귀미張天師着鬼迷·종규희소귀鐘馗戲小鬼·노자과함관老子過函關·육적뇨미타六賊鬧彌陀·설리매雪裏梅·장주몽호접莊周夢蝴蝶·천왕강지수화풍天王降地水火風·동빈비검참황룡洞賓飛劍斬黃龍 같은 여러 가지 백희百戲를 연출한다. 연출이 끝나면 당객堂客들은 모두 발 안쪽에서 구경하고 있다가 참령參靈을 하고는 돌아간다.[63]

여기의 지조희地弔戲들은 그 제명題名에서 볼 때 대부분이 원명잡극元

62 曲六乙「漫話儺文化圈的分佈與儺戲的生態環境」(『中國儺戲儺文化專輯』(上)
臺北『民俗曲藝』61期) 참조.

63 『金瓶梅』; "先是, 歌郎立鑼鼓地弔, 來靈前參靈, 弔五鬼鬧判·張天師着鬼迷·
鍾馗戲小鬼·老子過函關·六賊鬧彌陀·雪裏梅·莊周夢蝴蝶·天王降地水火
風·洞賓飛劍斬黃龍, 各樣百戲. 弔罷, 堂客都在簾內觀看, 參罷靈去了."

明雜劇이나 명전기明傳奇의 일부를 응용한 것들이다.[64] '나희' 속에는 연극적인 성격이 상당히 가미된 것들도 있었음을 알게 된다.

명 서복조徐復祚(1596년 전후)의 『화당각총담花當閣叢談』(借月山房彙鈔本)의 「나儺」라는 글에는 그의 고향인 상숙常熟(江蘇)의 '도소跳宵' 라는 나제儺祭의 광경을 쓴 다음과 같은 대목이 있다.

여러 귀신들이 흉악한 모습으로 날뛰면서 제각기 한 모퉁이를 차지하고는 포악한 짓을 하고 있다. 그때 세상에서 천사天師라 일컫는 장진인張眞人이 나와서 단壇에 올라가 설법說法을 하며 흉신兇神에 관한 책을 해설하고 부적을 들고서 그들에게 겁을 주려 하지만, 여러 귀신들은 더욱 멋대로 날뛴다. 진인眞人은 계책이 다하고 나자 도리어 자신의 술법으로 말미암아 가물가물 술 취하여 꿈을 꾸는 듯이 되면서 죽으려는 듯이 보였다. 조금 뒤에 종규鍾馗가 나오자 여러 귀신들은 그를 보자마자 물러나며 머리를 감싸쥐고 사방으로 도망치며 죽음을 면하려 하였다. 종규鍾馗는 그놈들을 하나하나 잡아냈고, 그러자 진인眞人은 비로소 깨어났다.[65]

이는 앞의 『금병매金瓶梅』에 보인 「종규희소귀鍾馗戲小鬼」 같은 놀이일 것이니, 넝내 '나희' 의 성격을 이해하는 데 도움이 되는 글이다.

---

64 「五鬼鬧判」 및 「鍾馗戲小鬼」는 明 敎坊編演의 雜劇 『慶豐年五鬼鬧鍾馗』, 「莊周蝴蝶夢」은 元 史樟의 雜劇 『老莊周一枕蝴蝶夢』, 「洞賓飛劍斬黃龍」은 明 無名氏의 雜劇 『呂洞賓戲白牧丹飛劍斬黃龍』, 「雪裏梅」는 明 李長祚의 傳奇 『梅雪緣』 등에서 나온 것이다.

65 『花當閣叢談』; "羣鬼挣獰跳梁, 各據一隅, 以逞其兇悍. 而張眞人, 卽世所稱天師出, 登壇作法, 步罡書, 捏符訣, 冀以懾之. 而羣鬼愈肆, 眞人計窮, 旋爲所憑附, 昏昏若酒夢欲死. 須臾, 鍾馗出, 羣鬼一見辟易, 抱頭四竄, 乞死不暇. 馗一一收之, 而眞人始蘇."

3) 청대淸代(1644~1911년)

청대에 와서는 '나희'가 더욱 민속화하여, 중국의 여러 지방에 따라 제각기 다른 특징을 지닌 지금 우리가 보는 '나희'로 자리 잡는다. 어느 곳이나 무속巫俗이 가장 중요한 종교적 배경을 이루고 있고, 대체로 남쪽 지방이 더욱 성행하였던 듯하다.

굴대균屈大均(1637년 전후)의 『광동신어廣東新語』권6 신어神語를 보면, 청淸 초 광동廣東 지방에 행하여졌던 대나大儺에 관한 기록이 보이는데 『후한서後漢書』예의지禮義志의 의식과 거의 같다.

또 홍무예제洪武禮制를 따라서 매 1리里나 일백 호戶마다 단壇을 한 곳에 세우고 제사를 받지 못하는 귀신을 제사지냈다. 제사는 나례儺禮로 행하였는데, 혹 '나'를 행하지 못할 적에는 12월 대나大儺를 행하였다. '나'에는 광부狂夫 한 사람이 곰가죽을 뒤집어쓰고 황금의 네 눈이 달린 귀신가면을 쓰고서 검은 저고리에 붉은 치마를 입고, 창을 가지고 방패를 든다. 또 띠풀과 갈대를 엮어 만든 긴 채찍을 누런 관을 쓴 한 사람이 들며, 열 살 이상 열두 살 이하의 아이들 열두 명 또는 스물네 명을 골라 모두 붉은 두건을 쓰고 복숭아나무를 들고 소리치며, 여러 사람들의 집으로 들어가 역귀를 쫓아내고 채찍을 울리며 나온다. 여러 집에서는 간혹 식초와 숯으로 역귀들을 쫓아 보내기도 한다. 누런 관을 쓴 사람들이 창唱을 하면 아이들은 다음과 같이 화和한다……[66]

---

66 『廣東新語』; "又遵洪武禮制, 每里一百戶, 立壇一所, 祭無祀鬼神. 祭行儺禮, 或不儺則十二月大儺. 儺用狂夫一人, 蒙熊皮, 黃金四目, 鬼面, 玄衣朱裳, 執戈揚盾. 又編茅葦爲長鞭, 黃冠一人執之, 擇童子年十歲以上十二以下十二人, 或二十四人, 皆赤幘執桃木而噪, 入各人家室逐疫, 鳴鞭而出. 各家或用醋炭以送疫. 黃冠倡, 童子和曰, 甲作食呫, 胇胃食虎……"

강희황제의 생일을 축하하기 위하여 지방 도시 길거리에 희대를 세워놓고 음악연주와 연극을 공연하는 그림(1717년에 그린)의 일부. (베이징 고궁박물원 소장)

끝머리 창사唱詞도 『후한서』의 것과 완전히 같다. 옛 대나大儺 의식이 민간에 그때까지도 전래되고 있는 곳이 있었음을 알 수 있다. 강희康熙 연간(1662~1721년)에 편찬된 『악창현지樂昌縣志』에도 '나희'에 관한 기록이 보인다.

입춘立春 하루 전날 민간인들은 분장을 하고 희극戲劇을 한다. ……대보름엔……도깨비와 난쟁이 모양으로 분장하고 아름다운 옷과 장식을 하고 거리를 다니며 춤을 추는데 옛날의 '나'와 비슷하였고, 보름 뒤 닷새 동안 계속 그렇게 한다.[67]

이상의 광동廣東뿐만이 아니라 호남湖南·귀주貴州·광서廣西 지방은 지방지地方志들만 보더라도 '나희'가 매우 성행하였음을 쉽사리 발견하게 된다. 그 예로 몇 가지만 들어 보겠다.

우선 호남湖南을 보면, 강희康熙 연간의 『원릉현지元陵縣志』에는 상조린向兆麟(1686년 전후)의 「신무행神巫行」이라는 시가 실려 있다.

네게 병이 났다면, 약은 해서 무엇 하나?
신군神君이 모든 병 물리쳐 줄 수 있는 것을!
네가 복을 빌면, 좋은 보답 있을 것이니,
신군神君이 네게 복을 주어 만사가 풍족케 되리라.
가서 신神을 마중하는데, 무당이 나발 불며,
삐삐배배 무당 따라 신이 내리네.
……

---

67 『樂昌縣志』; "立春先一日, 坊民扮戲劇. ……上元, ……扮魑魅侏儒之像, 以衣飾相麗, 沿市婆娑, 類古之儺者, 望後五日皆然."

동쪽 이웃 찾아가서 다시 노래하고 춤추는데,

올해 큰 곳간엔 곡식 가득하고

내년에도 재물 늘고 장사도 잘될 것이네.

모든 일 뜻대로 되는 것은 오직 네가 하기 달렸으니

한바탕 맹강녀孟姜女 노래하려네.[68]

특히 상서湘西 지방의 '나희'에선 맹강녀孟姜女 얘기의 연출이 일반화 되었던 듯하다. 도광道光 연간(1821~1850년)의 『신계현지辰溪縣志』에는 다음과 같은 기록이 있다.

또 환나원還儺願이라는 것이 있는데, ……기일이 되면 제물을 갖추어 놓고 무당을 집으로 불러다 축문祝文을 지어 대신 빌게 한 다. 징과 북을 울리며 법사法事를 벌이고, 도원동신桃源洞神·양산 토지梁山土地·맹강녀孟姜女 같은 극을 연출하였다.[69]

「맹강녀孟姜女」이외에도 「도원동신桃園洞神」과 「양산토지梁山土地」 같은 연극이 '나희'로서 공연되었음을 알 수 있다. 도광道光 연간의 영주 永住·영원寧遠·보경寶慶 등의 지방지地方志에는 무당을 불러다 「악백 공樂伯公」·「경고파慶姑婆」·「경삼백공慶三伯公」·「경낭낭慶娘娘」 등의 '나희'를 연출한 기록도 보인다. 건륭乾隆 연간(1736~1795년)의 『신주부

---

68 『沅陵縣志』; "汝有病, 何須藥, 神君能令百病却./汝祈福, 有嘉告, 神君福汝萬事足./走迎神, 巫吹角, 嗚嗚巫來降神./……走過東鄰還歌舞, 今年高廩富禾黍, 明年多財復善賈./事事稱意惟憑汝, 願唱一部孟姜女."

69 『辰溪縣志』; "又有還儺願者, ……至期備牲牢, 延巫至家, 具疏代祝. 鳴金鼓, 作法事, 扮演桃源洞神·梁山土地, 及孟姜女等劇."

지辰州府志』·『노계현지瀘溪縣志』·『영순부지永順府志』 등의 '나희'에
관한 기록에도 모두「맹강녀孟姜女」의 연출이 보이는 것을 보면, 그중에
서도「맹강녀」놀이가 가장 보편적이었음을 알 수 있다.

동치同治 연간(1736~1795년)의 『용산현지龍山縣志』의 '나희'에 관한
기록을 보면 "무당은 종이로 만든 가면을 쓰고 옛일을 배우들처럼 연출
하였다."[70]고 하였는데, 지금 전하는 이 지방의 '나희'와 아울러 생각할
때 이 '나희'들은 모두 가면놀이였음을 알 수 있다.

귀주貴州 지방도 '나희'가 성행하였다. 도광道光 연간의 『준의부지遵
義府志』를 보면, 다음과 같은 행사 기록이 실려 있다.

　　노래와 춤으로 삼성三聖을 제사지내며 그것을 양희陽戲라 하였
　　다. 삼성三聖은 천주川州·토주土主·약왕藥王이다.[71]

그곳의 '양희'는 지금까지도 전해지고 있다. 그리고 '나희'에는 곳에
따라 여러 가지 신이 등장하였다. 광서光緒 연간(1875~1908년)의 『여평부
지黎平府志』에 실린 호봉형胡奉衡의 시「여평죽지사黎平竹枝詞」에 "무당
이 가면을 쓰고 덩실덩실 춤을 춘다."[72]라고 '나희'의 춤을 묘사했듯이,
이곳의 '나희'도 모두 가면놀이이다.

도광道光 연간의 『송도청지松桃廳志』에는 토민土民들이 묘우廟宇에서
기양祈禳을 하는데, "응답이 있을 적에 하는 희문戲文을 그때그때 상연하

---

70 『龍山縣志』；"巫者戴紙面具, 演古事如優伶."

71 『遵義府志』；"歌舞祈三聖曰陽戲. 三聖, 川主·土主·藥主也."

72 「黎平竹枝詞」；"巫師戴面舞傞傞."

였다."[73] 하였으니, 이곳의 '나희'에도 연극이 끼어 있음을 알 수 있다.

도광道光 연간의 『대정부지大定府志』에는 「동만죽지사峒蠻竹枝詞 일백수 一百首」가 실려 있는데, "응험이 있을 적엔 양가장楊家將을 연출하는데, 삼랑三郎을 보고서는 혀를 공연히 내민다."고 한 구절의 주注에 "토인土人들은 매년 초에 도신跳神으로서 '나'를 하는데, 노래하는 것은 모두 양가장楊家將이었고, 육랑六郎·칠랑七郎·팔랑八郎의 호칭이 있었다."[74]는 설명도 붙이고 있다. 송宋대에 외족의 침략에 맞서 싸운 양가장楊家將 4대에 걸친 영웅담을 쓴 명대의 작가를 알 수 없는 소설 『양가장연의楊家將演義』의 이야기를 극으로 만든 것이 「양가장楊家將」인데, 그것은 중국의 민간에 남송南宋 때부터 여러 가지 연예 형식으로 널리 전해 오던 고사故事이다. 귀주貴州의 '나희'에도 연극적인 요소가 상당히 두드러진 것들이 있었음을 알 수 있다. 그밖에도 사남思南·필절畢節·진녕鎭寧·연하沿河·안평安平·귀주貴州 등 지방지地方志에도 모두 '나희'에 관한 기록이 있다.

앞에서 설명했듯이 이미 남송南宋 때 광서廣西에는 계림나桂林儺가 있었으니, 청대에는 그곳의 '나희'가 더욱 발전했을 것이다. 가경嘉慶 연간의 『임계현지臨桂縣志』를 보기로 들면, 다음과 같은 '니희'에 관한 기록이 있다.

---

73 『松桃廳志』; "自城市及鄕村, 皆有廟宇, 土民祈禳, 各因其事, 以時致祭. 有叩許戲文, 屆時扮演者."

74 「峒蠻竹枝詞」; "憑准認待楊家將, 看到三郎舌浪伸." 原注; "土人歲首跳神, 以爲儺, 所唱皆楊家將, 有六郎·七郎·八郎之稱."

지금 고장사람들이 '나'를 행하는데, 늘 10월에 무당을 불러 도신跳神케 하였다. 그 신은 수십 명이나 되었는데, 그중 영공令公[75]이 가장 존귀하였으며, 가면을 쓰고 갑옷을 입고 너울너울 춤을 추며 째지는 소리로 노래하면서 신을 마중하고 전송하며 제사를 지냈는데, 초사楚辭의 유풍遺風을 지닌 것이다.[76]

이밖에도 계림桂林·창오蒼梧·평남平南·귀현貴縣·옹녕邕寧 등의 지방지地方志에도 모두 '나희'에 관한 기록이 보인다.

사천四川도 '나희'가 예로부터 성행한 곳이다. 동치洞治 연간(1862~1874년)의『유양직례주총지酉陽直隷州總志』에는 다음과 같은 기록이 있다.

주술呪術의 춤으로 도움을 빌 적에는 오직 남자 무당 한두 명이나 서너 명을 썼다. 병이 나거나 해서 놀이를 하는 것을 원양희元陽戱라 하였는데, 많을 적에는 10여 명의 생生·단旦·정淨·축丑들이 모자를 쓰고 관복冠服을 입는 등 온갖 분장을 하고 여단女旦으로 위장도 하여 이원제자梨園弟子들과 전혀 다를 바가 없었고, 여색女色으로 사람들을 홀릴 정도였다.[77]

---

75 令公은 唐 太宗 때 나라에 많은 공을 세워 衛國公에까지 봉해졌던 李靖(字는 藥師)을 가리킴.

76 『臨桂縣志』;"今鄉人儺, 率于十月, 用巫者爲之跳神. 其神數十輩, 以令公爲最貴, 戴假面, 著衣甲, 婆娑而舞, 僋僞而歌, 爲迎送神祠, 具有楚詞之遺."

77 『酉陽直隷總志』;"凡咒舞求佑, 只用男巫一二人或三四人. 病愈還愿, 謂元陽戱, 則多至十餘人, 生旦淨丑, 袍帽冠服無所不及, 僞飾女旦, 亦居然梨園弟子, 以色媚人者."

청대 다원茶園의 경극 공연 모습

앞에 보인 귀주貴州의 '양희陽戲' 또는 호남湖南의 '환나원還儺願' 등과 같은 계열의 '나희'이다. 그밖에 『중수성도현지重修成都縣志』와 『화양현지華陽縣志』 등 청대에 편찬한 가지의 지방지에도 '나희'에 관한 기록이 보인다.

다시 서장西藏 같은 곳에도 일찍부터 '나희'가 발달하였던 듯하다. 청대 서가徐珂의 『청패류초清稗類抄』 시령류時令類의 서장풍속西藏風俗을 쓴 대목을 보면, 2월 29일에는 온신瘟神을 쫓아보내는데 그 행사를 '타우마왕打牛魔王'이라고도 불렀다고 하면서 그 모습을 다음과 같이 쓰고 있다.

얼룩 옷에 검은 모자를 쓴 10여 명이 모자에는 모두 귀두鬼頭를 꽂고, 저고리 앞뒤에는 모두 귀신 모양을 수놓았고, 제단 앞에서 춤을 추며 송경誦經을 하였다.[78]

6월 7일에는 '만희蠻戲'를 창唱하였는데, 남녀들이 가장을 하고 춤을 추며 당唐나라 때의 공주公主의 일을 노래하였다 하였고, 6월 30일에는 절에서 남녀들이 신귀神鬼로 가장하고 모두 화려한 옷을 입고 춤추었다는 등의 기록이 있다.[79]

어떻든 간에 '나희'는 청대에 와서 중국 각지에 민속으로서 다양하게 자리잡고 있었음을 알 수가 있다.

---

78 『淸稗類鈔』; "二月二十九日, 送瘟神, 又名打牛魔王. ……有花衣黑帽者十數人, 帽各揷鬼頭, 衣之前後悉繡鬼形, 在招前跳舞誦經."

79 『淸稗類鈔』; "六月初七日, 唱蠻戲, 以後藏之娃爲之, 喬裝男女 ……以跳舞, 所唱爲唐公主時事, ……三十日, 別蚌寺及色拉寺掛大佛, 亦裝神鬼, 男女皆艶服, 或唱或歌, 爲翻杆子跌打各種跳舞."

제7장

현대 중국의 '나희儺戱'

1911년 이후

1. '나희'의 연구 개황

중국에서는 근년에 이르러 '나희儺戲' 또는 '나문화儺文化'란 이름 아래 다시 가면놀이에 대한 관심과 연구가 열기를 띠고 있다. 본시 중국학자들은 중국의 전통연극이라면 원잡극元雜劇·명전기明傳奇 및 청淸대의 경희京戲를 위시한 지방희地方戲 같은 이른바 대희大戲만을 생각해 왔고, 이전의 '가무희'나 '가면희'에 대한 관심은 거의 버려져 있었다. 그러다가 근년에 이르러 여러 지방 민간에 전해지고 있는 '나희'를 새삼 발견하고는, 그에 대한 연구의 필요성과 그 문화사적 의의가 강조되기 시작하였다.

1987년 가을, 중국문련中國文聯의 주석主席이었던 차오위〔曹禺〕(1910~1997년)가 귀주민족민간나희면구전貴州民族民間儺戲面具展을 보고 나서 "기적이다! 장성長城이 우리의 기적이라면 '나희'도 우리의 기적이니, 중국에 또 하나의 기적이 많아진 것이다. 이 전람회를 보고 나서 나는 중국의 희극사戱劇史를 다시 고쳐 써야만 한다고 생각하게 되었다."[1]
라고 하였다 한다. 이것은 근래 중국 희극학계의 '나희'에 대한 반응을
잘 설명해 주는 것이다. 이러한 중국의 '나문화열儺文化熱'은 중국에만
국한되지 않고, 몇 차례의 '나희'에 관한 국제 학술대회를 통하여 널리
밖으로까지 번져, 지금은 대만·일본을 비롯하여 서양의 중국문학계에
까지도 크게 파급되고 있다.

'나희'에 관한 논문은 중국에도 1982년에 시작하여 1990년에 이르는
사이 전국에서 간행되는 여러 가지 학술잡지에 4백여 편이 넘는 수량이
발표되었고, 이에 관한 총서叢書와 전문연구서 및 참고서적 등은 1987년
에서 1990년 사이에 25종이 나왔다고 한다. 이것은 곧 중국의 '나희'에
관한 연구가 1982년에 시작되었고, 또 '나희'의 연구 열기는 1987년 무
렵부터 고조되었음을 뜻하는 것으로 보아도 될 것이다. 1986년 꾸이조
우〔貴州〕에서 가장 먼저 본격적인 '나희'와 '나문화'에 관한 자료의 수
집과 정리가 시작되었고, 1988년 11월에는 정식으로 중국나희학연구회
中國儺戱學硏究會가 설립되었다고 한다.[2]

타이완의 청화淸華대학 역사연구소에서 왕치우구이〔王秋桂〕교수 중
심으로 『중국나희나문화통신中國儺戱儺文化通訊』제1기(1992. 3. 간행) 제
2기(1993. 6. 간행)에는 그 사이 나온 '나희'에 관한 논문·저서·회의·
조사보고 등에 관한 자료가 퍽 소상히 실려 있다. 중국과는 달리 착실히
우리의 가면놀이를 조사 연구해 온 한국의 학계로서는, 앞으로 세계의

---

1 廉修明「中國儺文化發掘展覽與硏究成果及意向」(『中國儺戱儺文化專輯』下, 臺
 北『民俗曲藝』69期, 1991) 의거.
2 이상「中國儺戱儺文化專輯』上, 廉修明의「前言」의거.

'나희'에 관한 연구와 이해를 위하여 크게 공헌할 수 있을 것으로 믿는다. 중국의 희극학자들은 근래에 와서야 한국의 필자가 이미 1960년대 초에 「나례儺禮와 잡희雜戲」[3]를 비롯하여 여러 편의 '나희'에 관한 논문을 발표하고 있음을 발견하고는 모두 크게 놀라고 있다.[4]

처음에는 꾸이조우〔貴州〕·후난〔湖南〕 지방의 '나희'가 학자들의 관심을 불러일으켰으나, 일단 관심을 갖고 조사와 연구를 시작하고 보니 중국의 거의 모든 지방에 '나희'가 전래되고 있음을 확인하게 되었다. '나희'는 그 종류와 성격이 다양하지만, 무엇보다도 지금 우리의 관심을 끄는 것은 그것이 이전의 중국의 정통연극이라 할 수 있는 '가무희'의 전통을 계승하고 있다는 점이다. 따라서 그것은 모두 가면희가 중심을 이루고도 있다. 이 때문에 차오위〔曹禺〕도 "중국의 희극사는 다시 쓰여져야만 한다."고 했었을 것이다.

---

3 『한·중 두 나라의 가무와 잡희』서울대학교 출판부, 1994 所載. 中國語譯『民俗曲藝』第38期, 臺北刊,『中華戲曲』第26期, 1996, 中國刊, 日本語譯『朝鮮研究年譜』第6號, 日本 京都刊.

4 김학주『한·중 두 나라의 가무와 잡희』(서울대학교 출판부, 1994) 참고 바람.

2. '나'와 '나희'

옛날의 역귀를 쫓는 행사였던 '나'로부터 '나희'로의 변화에 대하여
는, 중국의 나희학연구회儺戲學硏究會의 회장인 취류이〔曲六乙〕이 옛 민
간 '나'의 종교적 배경을 무속巫俗이라 규정하고는 다음과 같이 설명하
고 있다.

무당이 귀신을 몰아내고 신을 공경하며 역귀를 쫓고 불행을 물
리쳐 재난을 없애고 복이 들어오게 하는 종교적 세사활동을 나
또는 나제儺祭·나의儺儀라 부른다. 무당이 부르는 노래와 추는 춤
을 나가儺歌·나무儺舞라 부른다.
'나희'란 바로 나가儺歌·나무儺舞의 기초 위에 출현한 것이다.
'나'로부터 '나희'가 생겨나기 위해서 중국은 대단히 긴 세월을
보내야만 하였다. 일반적으로 한족지구漢族地區에 유행하는 각종
'나희' 중에서 가장 빠른 것은 송宋대에 이루어졌고, 가장 늦은 것
이라 하더라도 대략 1, 2백 년 전이라고 여기고 있다. 그러나 그

모체인 '나'는 역사의 흐름과 사회의 발전을 따라서 필연적으로 세 가지 중요한 전변轉變을 거쳐야만 하였다. 이 세 가지 전변에다가 다시 또다른 주관적·객관적 조건과 요인이 보태어져야만 비로소 '나희'가 형성될 가능성이 갖추어지게 되는 것이다.

그리고 그는 그 "세 가지 전변"으로써 다음 세 가지를 들고 자세한 설명을 가하고 있다.

① 사람의 '신화神化'로부터 신의 '인화人化'로의 전변

② 오신娛神으로부터 오인娛人으로의 전변

③ 예술의 종교화로부터 종교의 예술화로의 전변[5]

5 이상 曲六乙 「中國各民族儺戲的分類·特徵及其 '活化石' 價値」(『中國儺文化論文選』, 貴州民族出版社, 所載) 참조.

3. '나희'의 특징

다시 취류이(曲六乙)는 같은 논문에서 '나'로부터 발전하여 이루어진 '나희'의 기본적인 특징에 대하여 다음과 같이 다섯 가지를 들고 자세한 설명을 가하고 있다.

① '나희'는 여러 가지 종교문화의 혼합적인 산물이다.

② '나희'에는 상고시대부터 근대에 이르는 여러 역사적 시기의 종교 문화와 민간예술이 축적되고 친전되어 있다.

③ 가면은 '나희'에서 조형예술造形藝術의 중요한 수단이다.

④ 초기 '나희'의 연출자는 대부분 나사儺師들이 겸임하였다. 나제儺 祭를 행하는 중에 희극성戲劇性을 지닌 인물이 나타날 때 나사儺師 는 특히 종교와 희극의 두 가지 직분을 겸했었다. 뒤에 와서 연출되 는 연극의 종류가 늘어나고 극 속의 인물도 많아지게 되자 적당히 비종교적인 활동을 하는 인원을 흡수하여 참가시키게 되었다.

⑤ 종교는 '나희' 의 모체이며, '나희' 는 종교의 부속물이어서, 종교는
  '나희' 에 생명을 부여하고, '나희' 는 종교에 활력을 부여하였다.

취류이〔曲六乙〕는 아직 정식희극으로서의 품격을 갖추지 못하고 저급
단계에 머물러 있는 '아나희亞儺戲' [6]를 제외한 정식 '나희' 를 크게 다음
과 같은 세 종류로 분류하였다.

첫째, 제사의 의식활동 내용에 속하는 가무의 소절목小節目으로, 후난
〔湖南〕· 꾸이조우〔貴州〕· 쓰촨〔四川〕 지방의 '충나沖儺' 의 제사활동 중
의 「출토지出土地」·「출개산出開山」·「도원동桃源洞」·「반사낭搬師
娘」·「관공목요關公牧妖」 등은 '충나沖儺' 제사활동의 필수적인 단계이
며 과정이다. 이들을 노래하며 춤추는 제사활동에 점차 예술성분이 더
보태어져 후에 '나희' 의 소절목小節目을 이루게 된 것이다. 그것들의 특
성은 '나희' 가 제사와 하나로 뒤섞여, 그것은 '나희' 인 동시에 제사의식
이기도 한 것이다.

둘째, 나제儺祭 활동과 '나희' 의 연출이 나뉘어져 행해지는 것으로 앞
의 것은 초저녁, 뒤의 것은 밤늦게 진행된다. 초저녁의 제사활동에서 연
출되던 「출개산出開山」 등은 '음희陰戲' 라 부르며, 그것은 신령들에게 보
이기 위하여 연출된 것이다. 밤늦게 놀이터에서 연출되는 극은 '양희陽
戲' 라 부르며, 그것은 사람들에게 보이기 위하여 연출된 것이다. '양희陽
戲' 의 극종은 대체로 세상의 전설을 제재로 한 것들로 「맹강녀孟姜女」·
「안안송래安安送來」·「유의전서柳毅傳書」·「유문룡劉文龍」·「포삼낭鮑

---

6 '亞儺戲' 는 '前儺戲'·'準儺戲' 라 부를 수도 있으며, 아직 戲劇으로서의 독립
된 품격을 갖추지 못한 儺戲의 雛形이라고 曲六乙는 설명하고 있다. 그러나 이
는 大戲에 젖은 중국학자의 선입관 때문이 아닐까 여겨지기도 한다.

三娘」 같은 것들이 있다. 그 연출형식면에 있어서는 어느 정도 지방 희곡의 영향을 받고 있다.

셋째, 종교적인 제사와 철에 따른 민속활동과의 연관으로부터 완전히 벗어나 독립적으로 연출이 진행되는 것으로 꾸이조우〔貴州〕 안순安順 지방의 여러 아마추어 지방희地方戱가 연출하는 「양가장楊家將」·「설가장薛家將」·「와강채瓦岡寨」와 「삼국희三國戱」 같은 것이 있는, 모두 이미 종교적 제사내용과는 관계없고 그 분위기조차도 없어진 것이다. 예를 들면, 후난〔湖南〕의 대용시희단大庸市戱團이 연출하는 것들과 같은 것이 되고 말았다.[7]

---

7 이상 曲六 「漫話儺文化圈的分佈與儺戱的生態環境」(『中國儺戱儺文化專輯』上, 『民俗曲藝』臺北) 참조.

4. 나문화권儺文化圈의 분류

취류이〔曲六乙〕는 같은 글에서 다시 중국 전체의 나문화권儺文化圈을 다음과 같이 분류하고 있다.

① 북방의 샤먼 문화권

중국의 동북부·북부·서북부 지구. 옛 민족으로는 흉노匈奴·숙신肅慎·선비鮮卑·돌궐突厥·여진女眞 등이 활약한 지역이고, 지금은 만주·몽고·조선·어원커〔鄂溫克〕·어룬춘〔鄂倫春〕·허쩌〔赫哲〕·시뻐〔錫伯〕·따워얼〔達斡爾〕·웨이우얼〔維吾爾〕·커얼커스〔柯爾克孜〕·하싸커〔哈隆克〕 등의 부족이 있는데, 모두 샤먼을 믿었었다. 다만 웨이우얼족·커얼커스족·하싸커족 등은 점차 이슬람교로 종교가 바뀌었고, 몽고족은 원元 세조世祖 무렵부터 불교黃敎를 믿기 시작했다.

② 중원 나문화권中原儺文化圈

황하 유역 중화문화中華文化의 중심지역으로, 지금의 깐수〔甘肅〕·산시〔陝西〕·산시〔山西〕·허난〔河南〕·허베이〔河北〕 등 한족漢族들이 사는 곳, 옛날의 '나'가 행해지던 고장이다.

③ 파초문화권巴楚文化圈

윈난〔雲南〕의 북부·꾸이조우〔貴州〕의 대부분 지역·쓰촨〔四川〕·후난〔湖南〕·후베이〔湖北〕·안후이〔安徽〕·장시〔江西〕·장수〔江蘇〕 등에 걸친 지역으로, 대체로 장강長江 유역의 지방이다. 현재로는 '나희'가 가장 성행하는 곳으로 알려져 있다. 이족彝族·투쟈족〔土家族〕·먀오족〔苗族〕·거라오족〔仡佬族〕·둥족〔侗族〕·뿌이족〔布依族〕 등이 한족漢族과 함께 섞여 살며 제각기 독특한 '나희'들을 지니고 있다.

④ 백월문화권百越文化圈

대체로 동남 연해와 주강珠江 유역 지방, 지금의 쩌장〔浙江〕·푸젠〔福建〕·타이완〔臺灣〕·광둥〔廣東〕·광시〔廣西〕와 윈난〔雲南〕 및 꾸이조우〔貴州〕의 일부 지역이다. 친족들과 힘께 성쪽〔壯族〕·리족〔黎族〕·야오족〔瑤族〕·서족〔畲族〕·둥족〔侗族〕·먀오족〔苗族〕·슈이족〔水族〕·무라오족〔傈佬族〕·마오난족〔毛南族〕·가오산족〔高山族〕 등이 살며, 무속巫俗이 성행하고 있고, '나희'도 상당히 유행하고 있다.

⑤ 칭장 '뵌'[8] 불문화권靑藏 '苯' 佛文化圈

칭하이〔靑海〕・시짱〔西藏〕의 고원지대로, 장족〔藏族〕・먼빠족〔門巴族〕・뤄빠족〔珞巴族〕 등이 살고 있다. 장족에겐 분교苯敎의 무속巫俗에 불교가 보태어졌으나, 먼빠・뤄빠족은 분교의 영향 아래 있다.

⑥ 서역 나문화권西域儺文化圈

간수〔甘肅〕 북부와 신짱〔新疆〕 지역으로 유명한 실크로드의 중간지역이다. 세계의 각종 문화와 종교가 들어와 뒤섞이고, 수많은 민족과 종족들이 살고 있다.

취류이〔曲六乙〕는 온 중국을 몇 개의 나문화권儺文化圈으로 나누고 있는 것이다. 그리고 그는 지금 한족을 비롯한 56종의 중국 민족 가운데 한漢・쫭〔壯〕・둥〔侗〕・먀오〔苗〕・투쟈〔土家〕・이彝・거라오〔仡佬〕・장〔藏〕・먼빠〔門巴〕・멍구〔蒙古〕 등의 부족이 30종 가량의 서로 다른 수준의 '나희'와 '아나희'를 갖고 있다고 하였다.

---

8 '苯'은 苯敎 또는 苯波敎라고도 하며, 佛敎가 吐蕃에 들어오기 이전 靑海・西藏의 고원지대에 살던 藏族이 믿은 '만물에 모두 靈이 있음을 믿는' 원시종교이며, 그들의 巫를 苯波라 부른다.

5. 현 중국 각지의 주요 '나희' 소개(총 40종)

다음에는 지금까지 조사 연구된 중국의 '나희'를 튀링[駝鈴]의 「나희극종자료회편儺戱劇種資料匯編」(『中國儺戱・儺文化專輯』(下) 臺北 民俗曲藝)을 중심으로 하여 간단히 소개한다.

1 이족彝族의 나희儺戱 '춰 타이 찌[撮泰吉]'

귀주貴州에서 발굴된 이족의 나희로, '춰 타이 찌'는 이어彝語로 "인류 변화의 놀이"의 뜻이어서 '변인희變人戱'라고도 약칭略稱한다. 해발 1800미터 높은 산 위에 사는 50여 호의 이인촌彝人村에서 행해지며, 대체로 정월 초에 안녕을 비는 제사와 함께 나무 가면을 쓴 사람들이 이족의 창업과 발전을 상징하는 대화가 섞인 가무를 한다. 소와 사자의 놀이도 함께 진행된다고 한다.[9]

9 庹修明 「彝族儺戱 '撮泰吉'」(「民俗藝術」 第二期, 1989), 曲六乙 「彝族的變人戱」(『儺戱少數民族戱劇及其他』 中國戱劇出版社 刊 1990, 所載) 참조.

② 터장〔德江〕 나당희儺堂戱

꾸이조우〔貴州〕 터장〔德江〕 투쟈족〔土家族〕의 '나희' 인데, 무사巫師에 의하여 연출된다. '나당희' 의 연출은 개단開壇·개동開洞·폐단閉壇의 세 단계로 이루어지는데, 개동開洞이 정희正戱이며, 전당희全堂戱는 24척儞의 희戱, 반당희半堂戱는 12척의 희戱가 연출되었고, 정희正戱 중에는 중간에 간단한 삽희揷戱도 끼어 넣었다 하니 그 규모가 대단함을 알 수 있다. 정희正戱 중에는 24개의 가면이 쓰이는데, 모두 나무로 만든 문물文物로서의 가치가 있는 수준의 것들이라 한다. 약간 남쪽의 쓰난〔思南〕에는 또다른 특출한 나당희가 행해지고 있다.[10]

③ 다오쫀〔道貞〕 충나희冲儺戱

꾸이조우〔貴州〕 다오쫀〔道貞〕의 거라오족〔仡佬族〕·먀오족〔苗族〕 자치현自治縣에서 행해지는 것으로 '충나冲儺' 를 '티아오 다 야 빠〔跳大牙巴〕' 라고도 한다. 대체로 집 안에서 행해지는데, 내단內壇에선 법사法事가 행해지는 한편 외단外壇에서 '나희' 가 연출된다고 한다. 여기에는 20여 종의 가면이 쓰이는데, 그중 산대왕山大王 가면은 귀주나면貴州儺面중 진품珍品으로 알려져 있다. 그리고 연출되는 '나희' 의 극종劇種으로는 「산왕도山王圖」·「오악도五岳圖」·「금계령金鷄嶺」 등 10여 종이 알려져 있다.[11]

---

10 庹修明, 「貴州德江土家族地區儺堂戱」(『中央民族學院學報』 第3期, 1989), 『德江儺堂戱』(貴州民族出版社 刊, 1993), 『思南儺堂戱』(貴州民族出版社 刊, 1993) 참조.

11 高倫 『貴州儺戱』(貴州人民出版社, 1987) 참조.

4 꾸이조우〔貴州〕 지희地戲

꾸이조우〔貴州〕의 꾸이양시〔貴陽市〕 교외 및 안슌〔安順〕 등 20여 개 현
縣에서 한족漢族·뿌이족〔布依族〕·먀오족〔苗族〕 등의 농민들이 연출하
는 '나희'로, 일종의 농민희극이라 할 만한 것이다. '지희'는 봄철에 '완
신춘玩新春'이란 이름 아래 20일 정도 연출되고, 음력 7월 중순에는 '도
미화신跳米花神'이란 이름 아래 닷새 동안 연출된다. 개재문開財門·소
개장掃開場·도신跳神·소수장掃收場의 네 단계로 이루어지는데, '지희'
의 정희正戲는 도신跳神에서 연출되며, 그 내용은 역대 왕조의 흥망을 다
룬 전쟁 이야기와 영웅들의 활약을 표현한 장편의 고사들이 대부분이라
한다. 여기에 쓰인 가면은 백여 개나 되는데, 모두 「지희보地戲譜」에 의
하여 만들어지는 예술적인 것들이 많다고 한다.[12]

지희인《삼곤궤맥성三困潰陌城》의 한 장면.

12 沈福馨 『安順地戲』(貴州人民出版社, 1989), 『安順地戲論文集』(貴州省文聯文
    藝理論硏究室, 1990), 庹修明 『神祕·獷·與質樸·淸新-貴州民間儺戲摭談』
    (『戲劇』第4期 中央戲劇學院 刊, 1987) 참조.

지희인《삼금삼방三擒三放》의 한 장면.

꾸이조우 안순의 지희 공연 모습.

5 즈진〔織金〕의「도보살跳菩薩」

꾸이조우〔貴州〕 즈진〔織金〕에서 행해지는 가무오신歌舞娛神의 '나희'로 '경단慶壇'이라고도 부른다. 오현신五賢神을 비롯한 여러 신상神像들을 내걸고 행하는데, 제사와 희극을 엇섞어가며 15장場에 달하는 연출을 한다고 한다.[13]

6 뿌이족〔布衣族〕 '나희'

꾸이조우〔貴州〕 남쪽 뿌이족·먀오족 자치주의 나전현羅甸縣 농촌에서 행해지는 것으로, 양창향羊場鄉의 '양희陽戲' 같은 것이 대표적인 것으로 굿판을 벌이면서 가면을 쓰고 삼국三國의 이야기나 이랑신二郞神의 전설 같은 이야기를 연출한다. 지역에 따라 여러 가지 조금씩 다른 지희地戲들이 전해지고 있다 한다.[14]

7 쓰조우〔思州〕 둥나〔侗儺〕「희나신喜儺神」

꾸이조우〔貴州〕의 쓰조우〔思州〕(쑹쿵縣)에는 투쟈나〔土家儺〕·거라오나〔仡佬儺〕·둥나〔侗儺〕·먀오나〔苗儺〕·한나漢儺 등 여러 가지 '나희'가 행해지고 있는데, 그중에서도 둥나인 '희나신'이 가장 특출하다고 한다. '희나신'의 법사法事에는 대체로 38당堂의 과정이 있는데, 사흘 낮 사흘 밤에서 7일 낮 7일 밤 동안 진행된다고 한다. 법사法事와 '나희'의 놀이를 엇섞어가며 진행시키는데, 여기에서 연출되는 주요 극종劇種으로는

---

13 張成坤「織金儺戲初談」(『織金文史資料選編』第2輯) 참조.

14 高倫『貴州儺戲』,『貴州地戲簡史』(貴州人民出版社, 1987) 참조.

「보자報子」・「희생犧牲」・「팔랑八郎」・「개산開山」・「소귀小鬼」 등 여러 가지가 있다. 그리고 이 '나희'에는 기쁘고 즐거운 정취가 넘친다 한다.[15]

8 루샨〔蘆山〕경단희慶壇戲

쓰촨〔四川〕에도 나원희儺願戲・양희陽戲・경단희慶壇戲・단공희端公戲・사도희師道戲・제양희提陽戲 등 여러 가지 '나희'가 행해지고 있다. 루샨〔蘆山〕에는 송宋 휘종徽宗의 대관大觀 연간(1107~1110년)에 촉한蜀漢의 명장 강유姜維를 기념하기 위하여 그곳에서 '경단회'를 연출하게 되었다 한다. 이는 제사와 희극을 엇섞은 형식이며, 소단小壇은 하루에서 사흘, 대단大壇은 7일에서 21일 동안 연출되며 백 종에 가까운 극종이 전한다 한다. 그중에서 가면을 써야 하는 연극도 있지만, 가면을 쓰지 않는 극종도 있다고 한다.[16]

9 사도희師道戲

쓰촨〔四川〕 허장〔合江〕 지방에서 행해지며, 도교道敎 계통과 불교佛敎 계통의 두 종류가 있으나 연출되는 극종은 서로 비슷하다고 한다. 법사法事 자체에 희극적인 성격을 띤 것들이 많고, 창강唱腔에는 곡패曲牌(梅花引, 調子)가 있으며, 그밖의 연출에 여러 가지로 천극川劇과 흡사한 점이 많다고 한다.[17]

---

15 高倫『貴州儺戲』, 黃透松・晏曉明『思州「戲儺神」的調査』 참조.

16 于一「古儺的遺響─蘆山慶壇」(『儺戲論文選』 四川儺戲學硏究會 籌備組, 1989) 참조.

17 四川『戲曲志動態』第14期 참조.

10 셔젠[射箭] 제양희提陽戲

쓰촨[四川] 칭웬[慶元]의 셔젠샹[射箭鄕] 리쟈핑[李家坪]의 이씨李氏 일족에 의하여 연출되고 있는 '나희'로, 양희陽戲·화화희花花戲라고도 부르며 '경단慶壇'에 속하는 종류의 것이다. 끈으로 조종하는 나무인형과 화장한 사람이 교대로 등장하여 연출하며, 그 희극은 문장文場과 무장武場으로 나누어지고 많은 사람들이 좋아하는 놀이의 일종이라 한다.[18]

11 젠꺼[劍閣] 양희陽戲

쓰촨[四川] 젠꺼현[劍閣縣]에 행해지고 있으며, '양희'는 정양희定陽戲 또는 지희地戲라고도 부른다. 법사法事와 희극의 연출이 함께 진행되고, 희극은 필연희必演戲와 배합희配合戲의 두 종류가 있다. 필연必演 부분은 첫머리「출공조出功曹」에 이어「삼성등전三聖燈前」·「기사랑旗司郎」·「도판자跳判子」·「도소귀跳小鬼」등 여러 극종이 이어지며, 배합희配合戲로는「오호상장五虎上將」·「당신선唐神仙」등이 연출된다. 가면놀이와 나무인형놀이로 대부분이 연출되며, 이들 기예技藝는 대대로 세전世傳되는 것이라 한다.[19]

12 루조우[瀘州] '나희'

쓰촨[四川] 루조우[瀘州] 지방에는 도교道敎와 무속巫俗이 성행하고 많은 수의 나단반儺壇班이 활동하고 있다고 한다. 그곳 '나희'의 극종만 보

---

18 熊兆德「射箭提陽戲」(『儺戲論文選』, 四川儺戲學硏究會 籌備組, 1989).

19 王炎生·王興志,「劍閣陽戲」(『儺戲論文選』四川省 儺戲學硏究會 編) 참조.

더라도 「왕선침고王宣闖考」·「조량화동雕梁畫棟」·「도산구모桃山救母」·「금화팔투金花八套」(8편의 연속극)·「도화사투桃花四套」(4편) 등 여러 가지가 있다. 여기에는 맨발로 칼날사다리를 밟고 오르거나, 날카로운 쇠못이 잔뜩 솟은 나무판 위를 걷는 등 여러 가지 특기도 함께 연출된다고 한다.[20]

13 천동남민족지구川東南民族地區 '나희'

이 '나희'는 쓰촨〔四川〕 동남의 유양酉陽·시우샨〔秀山〕·펑펑슈이〔彭水〕·첸장〔黔江〕·시주〔石柱〕 등 다섯 개 소수민족 자치현의 투쟈족〔土家族〕·먀오족〔苗族〕 등을 중심으로 외진 농촌에서 행해진다. 따라서 도신희跳神戲·나원희儺願戲·검각희臉殼戲·토지희土地戲·나당희儺堂戲·신희神戲·양희陽戲 등 여러 가지 종류의 '나희'가 행해진다. 그러나 대체로 모두 청신請神·수신酬神·송신送神의 세 부분으로 나누어지고, 제사가 중심이 되는 정희正戲와 희극의 연출이 중심이 되는 잡희雜戲로 구분된다.[21]

14 쓰퉁〔梓潼〕 양희陽戲

쓰촨〔四川〕 서북부의 쓰퉁현〔梓潼縣〕에 행해지고 있으며, 그곳의 양희반陽戲班을 양희교陽戲敎라 부르고, 16 내지 25명이 한 양희교陽戲敎를

---

20 童祥銘, 「瀘州儺戲管窺」(『儺戲論文選』 四川 儺戲學硏究會籌備組 編, 1989) 참조.

21 張必成, 「川東南民族地區儺戲淺探」(『儺戲論文選』 四川 儺戲硏究會 籌備組 編, 1989) 참조.

이루고 있다. 연출시기와 장소는 다양하다. 쓰퉁양희〔梓潼陽戱〕는 음희陰戱와 양희陽戱로 나뉘어지는데. 음희陰戱는 천희天戱라고도 부르며 끈으로 조종되는 나무인형극이고, 양희陽戱는 지희地戱라고도 부르며 이랑二郎·판관判官·소귀小鬼·토지土地 등으로 분장한 사람들에 의하여 연출되는 가면놀이이다.[22]

15 샹시〔湘西〕나당정희儺堂正戱

후난〔湖南〕의 서북부 펑황〔鳳凰〕·찌쇼우〔吉首〕·루치〔瀘溪〕·마양麻陽·화유안〔花垣〕 등지의 먀오족〔苗族〕들에 의하여 행해지는 먀오나〔苗儺〕와 따융〔大庸〕의 투쟈나〔土家儺, 高儺라고도 함〕와 따융저나〔大庸低儺〕가 있다. 먀오나는 법사法事가 30당堂 또는 40당으로 이루어지는데, 한어漢語로 연출하면서 중간에 먀오가〔苗歌〕를 부른다. 대용의 투쟈나도 30여 당堂으로 법사法事가 짜여지며, 따융저나〔大庸低儺〕는 한족나漢族儺로 융슌〔永順〕·상지현〔桑植縣〕 등지에서도 행해지고 있고, 법사法事는 26당堂으로 이루어진다. 이곳의 연희에는 정조正朝 또는 신희神戱라고도 부르는 나당정희儺堂正戱와 보통 화조花朝라 부르는 본희本戱(또는 折子戱)가 있고, 비교적 넓은 가면을 쓴다고 한다. 여기에 연출되는 극종으로는 본희本戱에 「맹강녀孟姜」·「방씨녀龐氏女」·「용왕녀龍王女」·「사문경경전謝文卿耕田」 등이 있고, 또 「반선봉搬先鋒」·「반개산搬開山」·「반림장搬林匠」 등 많은 것들이 전해지고 있다.[23]

---

22 黃道德·于一 主 編『梓潼陽戱』(中國戱曲志四川卷 編輯部刊, 1991) 참조.

23 胡健國『儺堂戱志』(湖南省戱曲硏究所, 1989) ; 羅炳輝「湘西儺堂正戱」(『南風』第6期, 1989) 참조.

16 투쟈족[土家族] 원시희극原始戲劇 '마오꾸스[茅谷斯]'

후난[湖南]의 투쟈족들이 새해 초에 기양祈禳의 뜻으로, 오신娛神을 위해 연출하는 원시적인 희극이다. 대체로 정월 초사흘부터 이렛날에 이르는 사이에 사흘 정도 연출되고, 제사활동과 연희가 엇섞이어 7대단大段으로 나뉘어 진행되며, 중간에 남근숭배의 의식도 있는 가면놀이이다. 그리고 거기에서 부르던 노래는 파수가擺手歌, 그 춤은 파수무擺手舞, 마오꾸스[茅谷斯]가 행해지던 사당을 파수당擺手堂 또는 귀당鬼堂이라 부른다.[24]

17 사도희師道戲

후난[湖南]의 서북부 유안슈이[沅水]·리슈이[澧水] 유역에서 한족漢族·먀오족[苗族]·둥족[侗族]·야오족[瑤族] 등에 의하여 널리 행해지며, 꾸이조우[貴州]와 후베이[湖北]의 은시恩施 지방에까지도 흘러들어가 있다. 보통 '외교外敎'라 불리는 양희陽戲와 화등花燈 및 '내교內敎'라 불리는 나당희儺堂戲가 함께 연출되는데, 20세기 중반 무렵부터는 종교의식에서 벗어나 무대예술로 발전하기 시작하였다. 극종으로는 「반종규搬鍾馗」·「반판관搬判官」·「도산구모桃山救母」 등 초기의 가면놀이와 「맹강녀孟姜女」·「방씨녀龐氏女」·「용왕녀龍王女」·「대반동大盤洞」 같은 대규모의 것들도 있다.[25]

---

24 彭榮德「土家族的 '茅古斯」(『民俗』 畵刊 第8期, 1989) 및 李昭明「論土家族 '擺手歌'的社會功能」(『民間文學論壇』第6期, 1989) 참조.

25 『中國戲曲劇種手冊』 p.702(中國戲劇出版社) 참조.

18 신황新晃 둥족〔侗族〕'나희'

후난〔湖南〕 서쪽 신황新晃 둥족 자치구에서 행해지며, 둥어〔侗語〕로는 '뚱뚱투이〔哆哆推〕' 또는 '까눠〔嘠儺〕', 한어漢語로는 '둥가나원희侗家儺願戲' '나가희儺家戲' 또는 '도희跳戲'라고도 부른다. 연극의 내용을 보면 둥족〔侗族〕의 옛 신화전설에서 온 「반사낭搬師娘」·「채향踩香」·「저가관跳加官」·「반토지扮土地」 등이 있고, 한족漢族의 역사 이야기에서 온 「고성회古城會」·「운장양상雲長養傷」·「운산방양雲山放羊」 등이 있으며, 꾸이조우〔貴州〕 동남 지방 한족漢族의 양희陽戲·화고희花鼓戲 등에서 옮겨져 온 「유해감시劉海砍柴」·「기반산棋盤山」·「고타금은拷打金銀」 등이 있다. 공계貢溪에서 연출되는 「조반造反」 같은 '나희'에는 둥족의 조상인 강량姜良·강매姜妹와 『삼국지연의三國志演義』의 등장인물들 및 귀신과 동물 등 36종의 각색이 나오는데, 제각기 다른 가면을 쓴다고 한다.[26]

19 선고扇鼓 나희

샨시〔山西〕 취워현〔曲沃縣〕에 전해오는 '나희'이다. 옛 나의儺儀에서 12신神이 귀신을 쫓던 의식을 이어 12신상神像이 나와 '나희'를 진행시킨다. 의정議定과 설단說壇의 절차를 한 달 넘게 진행시키고 나서, 정월 14일부터 사흘 동안 나희를 연출한다고 한다. 첫째 날은 유촌遊村·입단入壇·청신請神·수재收災 등의 행사가 있고, 둘째 날에는 「하신下神」·「반도攀道」 등을 연출하며, 셋째 날에는 「시미猜謎」·「채상采桑」·「좌후

---

26 『中國戲曲劇種手冊』 p. 708(中國戲劇出版社) 참조.

토좌후토坐后土」에 이어 끝으로 12신상神像에 의하여 「송낭낭送娘娘」이 연출된 다고 한다. 여기에는 선통宣統 원년(1909년)에 베껴 놓은 『선고신보扇鼓 新譜』의 잔본殘本이 전해지고 있어 이곳 '나희' 연구의 귀중한 자료가 되고 있다.[27]

20 진북晉北 새희賽戲

'새희'는 새새賽賽라고도 부르며, 샨시[山西] 북쪽 농촌에 널리 유행 하였던 '나희'이나 점차 없어져가고 있다. 농촌의 제례와 대나大儺가 결 합되어 이루어진 것이나 일정한 연출 날짜는 없으며, 연출자와 관중이 함께 어우러지다시피 한다. 일부분 연출자들이 귀검鬼臉이라 부르는 가 면을 쓰는데, 극종을 보면 옛 역사 이야기를 취한 「단도부회單刀赴會」· 「초려차전草廬借箭」·「침유주闖幽州」·「옥랑출가玉郎出家」 등이 있고, 불교와 도교에서 나온 「이선전도二仙傳道」·「삼세수三世修」 등이 있으 며, 민간전설에서 온 「영춘신迎春神」·「참한발斬旱魃」·「타조打棗」 등이 있다.[28]

21 샹당上黨 대희隊戲

샨시[山西] 동남 지방인 옛 샹당[上黨] 지역에 연출되는 '나희'이며, 많을 적에는 백여 명에 달하는 영신새사대오迎神賽社隊伍에 의하여 연출 되므로 '대희'라 부른다. 몇 개의 마을이 공동으로 거행할 적에는 참가

---

27 段士樸·許誠「扇鼓神譜初探」(『中華戲曲』 第2期, 1988) 참조.
28 趙國蘭「賽戲源流淺探及其它」(『中華戲曲』 第2期, 1988) 참조.

자가 천 명에 달한다 하며, 길가에 다섯 개의 무대를 만들어 놓고 무대를 바꿔가며 연출한다. 연출되는 '나희'의 내용은 정대희正隊戲·공잔대희供盞隊戲·아대희啞隊戲·향간잡대희鄕間雜隊戲(小隊子戲)가 있다. 정대희正隊戲에서는 역사 이야기인 「대보도大報圖」·「대회해大會亥」·「고성취의古城聚義」 등이 연출되고, 소대자희小隊子戲로는 「송자送子」·「충온沖瘟」·「편타황로귀鞭打黃癆鬼」·「참한발斬旱魃」·「오귀반차五鬼盤叉」 등 구역驅疫의 뜻이 담긴 것들이 연출되고 있다.[29]

22 나고잡희鑼鼓雜戲

샨시〔山西〕 남부 윈청〔運城〕·완룽〔萬榮〕·지샨〔稷山〕 일대에 전해지는 것으로, 요고잡희鐃鼓雜戲·용암잡희龍岩雜戲라고도 부른다. 민간의 수신기복酬神祈福하는 경신희敬神戲로 송宋·금金대부터 전해지는 것으로, 송宋 진종眞宗이 관우關羽를 불러다가 치우蚩尤를 베어 버리게 했다는 신괴神怪한 전설에서 유래한 것이라 한다. 지금까지 알려진 극종이 60여 종인데, 「악의벌제樂毅伐齊」·「임동산臨潼山」·「삼전여포三戰呂布」·「황학루黃鶴樓」 등 역사 이야기를 소재로 한 것이 많다 「과공참치우關公斬蚩尤」가 가장 전통적인 연극이며, 모두 농민들에 의하여 연출되는데, 옛 구나驅儺 의식이 연극화한 것이다.[30]

---

29 原雙喜 「上黨儺戲及其流變」, 張之中 「山西儺戲槪述」(1990, 『中國儺戲學國際學術討論會 論文集』) 참조.

30 張之中 「山西儺戲槪述」(1990, 『中國儺戲學國際學術討論會 論文集』) 참조.

23 안후이安徽 '나희'

1950년 이전까지 안후이〔安徽〕의 꾸이츠〔貴池〕·칭양〔靑陽〕 지방에서 정월 중순에 집 안의 사당에서 나흘을 두고 연출되던 '나희'이다. 버드나무로 조각한 철면鐵面이라고도 부르는 가면을 쓰는데, 모두 36개가 쓰였다 한다. 일종의 신을 즐겁게 하는 제사로써, 중요 극종으로는 대체로 정월 7일에 연출한 「인종황제불인모仁宗皇帝不認母(일명 陳州放糧)」, 13일 밤에 연출한 「장문현타사매화녀張文賢打死賣花女」, 보름날 밤에 연출한 「맹강녀孟姜女」가 있고, 그밖에도 소희小戲들을 개장開場과 수미收尾에 연출하고 또 중간에 삽연하기도 한다. 그러나 마지막 수장收場에선 반드시 「관공참요關公斬妖」를 연출하고 끝맺는다.[31]

24 꾸이츠〔貴池〕 '나희'

안후이〔安徽〕의 꾸이츠〔貴池〕 동남부 지방에 전해 오는 것인데, 그곳에는 마을마다 제각기 모두 '나희'를 연출하고 있다 한다. 이곳에서는 정월 7일부터 15일 사이에 토지와 조상에 대한 제사를 지내고 영신迎新의 의식을 행한 뒤에 '나희'로 들어가게 된다. 그리고 '나희'는 첫머리에 나의儺儀와 나무儺舞가 있은 다음 정희正戲로 들어가며, 정희 뒤에는 「신년재新年齋」·「향사공向社公」·「무판舞判」 등을 연출한다. 그리고 중요한 극종으로 「유문룡劉文龍」·「맹강녀孟姜女」·「진주조미陳州糶米」·「무산舞傘」·「타적조打赤鳥」·「괴성점두魁星點斗」·「무회회舞回回」·「무재신舞財神」 등이 있다.[32]

---

31 『中國戲曲劇種手冊』 p.339(中國戲劇出版社) 참조.
32 『安徽貴池儺戲簡介』(貴池市 文化局) 참조.

25 안후이〔安徽〕 단공희端公戱

안후이〔安徽〕 화이허〔淮河〕 연안의 화이유안〔懷遠〕·잉상〔潁上〕·펑타이〔鳳臺〕·슈센〔壽縣〕·푸양〔阜陽〕 등지에 민국民國 초까지 유행되던 무사巫師(端公)에 의하여 도신跳神하던 소희小戱이다. 하신下神을 할 적에 단공조端公調로 귀신 이야기를 연창演唱한 데서 붙여진 호칭이다. 후에 지방희곡들의 영향을 받아 점차 여러 사람들이 설창說唱하는 '단공희'로 발전한 것이라 한다. '단공희'의 극종으로 「설봉영薛鳳英」·「하신河神(일명 張相打嫁妝)」·「휴정향休丁香」이 있는데, 앞의 두 가지는 3 내지 5일 저녁을 두고 연출하나 「휴정향」은 열흘에서 보름을 두고 연출하여 그 희반戱班을 정향반丁香班이라고도 부른다. 극의 내용은 모두 비참하고 음산한 것이 특징이라 할 수 있다.[33]

26 츠진〔紫金〕 화조희花朝戱

츠진〔紫金〕을 중심으로 한 광둥〔廣東〕 동부 산간에 유행하는 역귀를 쫓는 악무樂舞이다. 먼저 무사巫師가 청신강신請神降神을 하는 악무樂舞인 '신조神朝'를 행하고, 다시 민원民願과 풍속을 반영하는 소희小戱로 '화조花朝'를 행한다. 보통 5 내지 7명이 연출하는데, 그 연출은 첫째, 개장라고開場鑼鼓(鬧臺라고도 부름), 둘째, 제사의식인 두출조頭出朝, 셋째, '화조희'의 세 단계로 이루어진다. 「매잡화買雜貨」·「일지화一枝花」 등이 그 대표적인 극종이다.[34]

---

33 『中國戱曲劇種手冊』 p. 344(中國戱劇出版社) 참조.

34 黃鏡明 「華南儺巫文化尋蹤」(1990, 『中國儺戱學國際學術討論會 論文集』) 참조.

27 광둥廣東 사공희師公戲

광둥〔廣東〕의 '사공회'는 광동 북쪽 한족漢族·야오족〔瑤族〕 지구에 행해지고 있는 월북사공희粤北師公戲와 광동 동쪽 해변의 하이펑〔海豐〕· 루펑〔陸豐〕 지방에 유행하는 해남풍사공희海南豐師公戲로 크게 나뉘어진 다. 월북사공희粤北師公戲는 5, 6명에서 10여 명에 이르는 사람들이 주인 의 요청에 따라 집 안이나 묘회廟會에서 연출하는 것으로, 타초희打醮戲 (道場戲)·충나희沖儺戲(跳鬼戲)·환원희還願戲(酬神戲)의 세 가지가 있다. 극종으로는 「이십사효二十四孝」·「시월회태十月懷胎」·「자고낭하계紫姑 娘下界」·「화리구재和利求財」·「간귀상로趕鬼上路」 등이 대표적이며, 모 두 가면을 쓴다. 해남풍사공희海南豐師公戲는 사공師公이 초청에 따라 도 장법사道場法事를 끝낸 다음, 또는 그 중간에 연창演唱하는 희곡으로, 극 종에는 「후자투단猴子偸丹」·「서왕모전교西王母傳教」·「이철괴도하선고 李鐵拐度何仙姑」·「관공현성關公顯聖」·「목련구모木蓮救母」 등이 있다.[35]

28 난펑〔南豐〕 '나희'

장시〔江西〕 난펑현〔南豐縣〕에는 87개의 나반儺班에 1천7백여 명의 예 인藝人들이 있고, 70여 종류의 전통적인 극종과 백 장 가까운 종류의 가 면이 쓰인다고 한다. 명明 선덕宣德 연간(1426~1435년)에 세운 나신묘儺 神廟가 있고 24개의 사신상祀神像이 있다고 한다. 1년에 두 번, 정월 초하 루의 '기나起儺', 16일의 '수나搜儺'가 거행되는데, 특히 '수나'가 많은

---

35 黃鏡明 「華南儺巫文化尋蹤」(1990, 『中國儺戲學國際學術討論會 論文集』) 참조.

찌앙시성 난펑 탈놀이 공연 모습.

사람들이 모여 축역逐疫과 축복祝福을 하는 성대한 의식이라 한다. 춤에
는 지선무紙線舞·저취무猪嘴舞·계취무鷄嘴舞·개산무開山舞 등이 있고,
중간에 여러 가지 잡기雜技의 연출이 있으며,「맹강녀손한이孟姜女送寒
衣」·「음독주飲毒酒」·「나공나파儺公儺婆」등의 극종이 연출된다.[36]

29 우유안〔婺源〕 무귀희舞鬼戱

장시〔江西〕 동북 우유안〔婺源〕을 중심으로 산간지역에 행해지는 나무
儺舞로, 귀무鬼舞 또는 '무귀희'라 흔히 부른다. 이 지방에는 36희반戱

---

36 余大喜『江西儺舞槪觀』(資料) 참조.

班·72사반獅班이 있었다 하며, 한 사람이 팔십대왕八十大王의 가면을 쓰고 '탑가塔架' '추왕追王'이라 부르는 전통적인 거사축역祛邪逐疫 의식을 행하는 한편「개천벽지開天闢地」·「괴성점두魁星點斗」·「관공마도關公魔刀」·「맹강녀송한의孟姜女送寒衣」·「유해희금섬劉海戲金蟾」등의 극종을 연출한다. 매년 봄에 행하는데, 쓰이는 가면을 소중히 보관한다.[37]

30 관색희關索戲

원난[雲南] 중부 징장현[澄江縣]에서 음력 정월 초에 16일간 연출되는 가면놀이이다. 관색關索은 관우關羽의 아들로 공명孔明이 관우關羽를 선봉장으로 삼았고, 그곳 소둔촌小屯村에 관색關索이 주둔했다는 전설이 있다. 이는 무대나 특정한 시간이 필요없는 마당놀이 성격의 것이며, 가면을 쓰고 무기를 든 연출자들이 삼국三國시대 촉蜀나라의 유비劉備·관우關羽·장비張飛의 활약상을 주제로 한 극종을 연출한다. 조조曹操와 손권孫權은 등장하는 일이 없다 한다. 그 극목劇目은 백 종에 가까우며,「삼전여포三戰呂布」·「삼청공명三請孔明」·「수주창收周倉」·「수마초收馬超」·「과오관참육장過五關斬六將」등이 대표적인 것들이다. 개중에는 한 번 연출하는데 세 시간이나 걸리는「전고성戰古城」같은 대희大戲도 있다. 연출 인원은 대략 40명 정도이고, 그밖에 악공 6명, 호수號手 1명, 기수旗手 약간 명이 동원된다.[38]

---

37 楊浩·胡仁平「贛東北婺源山區的'舞鬼戲'」(『民俗』第7期, 中國民間藝術出版社, 1989) 참조.
38 『中國戲曲劇種手冊』p.809(中國戲劇出版社) 참조.

31 샤오퉁〔昭通〕단공희端公戲

윈난〔雲南〕동북의 샤오퉁〔昭通〕지방을 중심으로 행해지며 도단공跳
端公 · 경단慶壇 · 경보살慶菩薩 · 작도량作道場 등으로도 불리운다. 지금
도 모두 50여 개의 단공희반端公戲班이 있고, 백수십 명의 예능인藝能人
이 있다고 한다. '단공희'는 옛 나무儺舞에서 발전한 것으로 음력 섣달에
서 정월 16일 이전에 연출된다. 여기에는 백여 년이 넘은 나무를 깎아 만
든 가면들이 보존되고 있고, 연출되는 극종은 백 종을 넘는데,「진고간심
陳姑趕嬸」·「천제갈薦諸葛」·「괴음기槐陰記」·「추한신追韓信」·「출로반
出魯班」등이 그중 대표적인 것들이다.[39]

32 난퉁〔南通〕동자희僮子戲

장수〔江蘇〕의 난퉁〔南通〕을 중심으로 하이안〔海安〕· 양조우〔楊州〕· 류
허〔六合〕에서 루까오〔如皐〕· 루퉁〔如東〕· 하이문〔海門〕· 치퉁〔啓東〕및
상하이〔上海〕의 숭밍도〔崇明島〕에 걸쳐 행해지고 있다. 여러 가지 잡기雜
伎와 곡예까지 합쳐진 다양한 놀이로, 연중 필요에 따라 수시로 연출되
며, 상동자上僮子라고도 부른다. '동자희'의 연출은 내표內表 · 외표外
表 · 무동자武僮子가 하는 외장外場, 문동자文僮子가 하는 좌창坐唱의 네
부분으로 나뉘어진다. 내표內表는 좌념坐念이라고도 하며, 통속적인 표
문表文을 읊는 한편 십삼성十三聖, 곧 13명의 신선神仙과 보살菩薩의 이야
기를 연출한다. 외표外表는 신단神壇 밖에서 연출되는 본격적인 '나희'

---

39 楊榮生「昭通端公戲源流初識」(『雲貴川戲曲原流沿革研討會 論文集, 資料』)
참조.

로,「정삼랑상서천鄭三郞上西天」・「좌당심체坐堂審替」・「단경입고担輕入庫」・「타소정원打掃淨園」등의 극종이 연출된다. 외장外場에서는 무동자武僮子가 잡기雜技・기공氣功・마술魔術 등을 연출하고, 문동자文僮子의 좌창坐唱에서는 주로 북을 비롯한 타악기를 치면서「건륭하강남乾隆下江南」・「장사저뇨동경張四姐鬧東京」・「양축梁祝」등의 창을 한다.[40]

33 성감희醒感戱

쩌장〔浙江〕융캉현〔永康縣〕지방에 행해지는 "선유선보善有善報, 악유악보惡有惡報"라는 뜻의 사람들에게 권선권선勸善을 하는 놀이이다. 성감희醒感戱라고도 부르고, 아홉 개의 탁자를 높이 쌓아 놓고 그 위에서 잡기雜技를 연출하여 번구루㲝九樓라는 호칭도 있다. 그 연출은「모두화저毛頭花姐」극을 중심으로 하고, 간간이 권선징악하는 내용의 소희小戱와 잡기雜技를 연출하기도 하므로 영강모두화저희永康毛頭花姐戱라고도 부른다. '성감희'의 극종으로는「식녀상殖女箱」・「호리상狐狸箱」・「감성상撼城箱」・「익수상溺水箱」・「효자상孝子箱」・「단원상團圓箱」・「초집상草集箱」・「정사상精思箱」・「모두상毛頭箱」의 9본本(또는 箱)이 있는데, 1본本이 50, 69척齣에 달하는 내용이어서 10여 시간의 연출을 필요로 한다고 한다.[41]

---

40 曹琳「南通僮子祭祀劇縷析」(『中國儺戲學國際學術討論會 論文集』1990) 참조.

41 『中國戱曲劇種手冊』p. 408(中國戱劇出版社) 참조.

34 광시〔廣西〕 사공희師公戲

광시〔廣西〕의 난닝〔南寧〕·우밍〔武鳴〕·빈양賓陽 지방의 농민들 사이에 행해지며 '창사唱師'라고도 부른다. 빈양賓陽의 농촌에만도 2백여 개의 아마추어 희반戲班이 있을 정도이며, '사공희'에서 연출되는 극종은 3백여 척齣이나 된다고 한다. 그중에는 아이가 출생하여 만월滿月 때 연출하는 「송계미送鷄米」, 결혼식 때 연출하기에 알맞은 「타초打草」, 경사慶事나 상사喪事에 연출하는 「환등歡燈」·「팔낭과도八娘過渡」·「영간죽靈簡竹」 등이 있고, 민간의 전설을 바탕으로 한 「순지호해順知戽海」·「막일대왕莫一大王」·「백마고낭白馬姑娘」 등이 있다. 그중 「팔낭과도八娘過渡」 같은 것은 이틀 사흘 밤을 연출해야 할 정도라 한다.

그리고 '사공희'에 쓰이는 가면은 모두 72종이 있는데, 모두 각각 서로 다른 인물을 나타낸다고 한다. 그리고 일부 지역에선 종이 검보臉譜를 쓰다가 직접 그 검보를 출연자의 얼굴에 그려 넣는 곳도 있게 되었다 한다.[42]

35 션난〔陝南〕 단공희端公戲

셔시〔陝西〕 난쪽 다빠산〔大巴山〕 근저에 유행하며, '단희端戲'라고도 부르고, 주역인 남자 무당을 당唐대의 관직명인 단공端公이라 부르는 데서 붙여진 호칭이다. '단공희'에는 독특한 송신가頌神歌에 민간가요와 민간무용이 섞여 들어가 고사故事의 연출이 발전하였다. 따라서 음악에는 신가본강神歌本腔과 민간의 정가情歌, 그곳 지방희인 대통자희大筒子

---

42 『廣西儺藝術論文集』(廣西藝術研究所 編, 1990) 참조.

戲의 창강唱腔의 세 종류의 성분이 있고, 2백여 종의 전통 극종이 전한다고 한다. 대표적인 극목으로 「팔건의八件衣」·「요동궁鬧東宮」·「백화루百花樓」·「청석령青石嶺」 등 40여 종이 있다.[43]

36 룽옌〔龍岩〕 도사희道士戲

푸젠〔福建〕 남서쪽 룽옌〔龍岩〕 지방에 행해지는 도교道教의 법사에서 발전한 것이다. '도사희'는 일찍이 재초齋醮 의식 중에 희극적인 요소가 발전한 것이나 지방희의 영향도 크게 받은 듯하다. 극종은 문희文戲로 나뉘어지는데, 문희는 희곡의 절자희折子戲와 비슷하며 무희武戲에는 각종 무술과 잡기雜技가 함께 연출된다. 극목에는 「할자산명瞎子算命」·「수흑구정收黑狗精」·「유해희섬劉海戲蟾」·「목련구모目連救母」·「팔선八仙」 등이 있다. 한극漢劇·조극潮劇과 함께 무대에 연출되었을 적에도 '도사희'는 쉬운 대화와 자유로운 형식으로 말미암아 관중들의 호응을 크게 받았다고 한다.[44]

37 타성희打城戲

푸젠〔福建〕 촨조우〔泉州〕·진장〔晉江〕 일대에 승도법사僧道法事를 기초로 하여 발전한 것으로, 법사희法事戲·화상희和尚戲·도사희道士戲 등으로도 불리운다. '타성희'는 본시 중이나 도사에 의한 법사法事가 끝난 뒤에 연출되던 것이었는데, 차츰 민간의 상의喪儀나 우란분회盂蘭盆會

43 『中國戲曲劇種手冊』 p. 207(中國戲劇出版社) 참조.
44 葉明生 「試論道教戲劇與 '道士戲'」(『民族藝術』 第1期, 1989) 참조.

와 중원절中元節 같은 때에도 연출되게 되었다. 그 음악은 옛 인형극의
영향이 가장 뚜렷하고, 거기에 도교와 불교음악이 보태어진 성격의 것이
다. 극목劇目도 옛 인형극의 영향을 받아 신화와 전설, 역사적인 이야기
및 무협극武俠劇 등이 주종을 이룬다.[45]

38 후샨[湖汕] 영가英歌

광둥[廣東]의 샨토우[汕頭] 지방에서 세모歲暮・원소元宵나 수신새회
酬神賽會 때 연출되는 것으로 영가희英歌戲라고도 부른다. '영가'는 전붕
前棚・중붕中棚・후붕後棚으로 나뉘어 연출되는데, 간혹 중붕과 후붕을
합쳐 함께 후붕이라 부르기도 한다. 전붕은 20 내지 30명이 『수호전』에
나오는 이규李逵・양지楊志・진명秦明과 노지심魯智深・무송武松 및 손
이낭孫二娘・고대낭顧大娘 등으로 분장하여 춤추고 노래하면서 축역逐疫
과 기복祈福의 뜻도 나타낸다. 중붕中棚과 후붕後棚은 간단한 가무와 잡
기 및 무술로써 이루어지는데, 특히 후붕에서 연출하는 18종의 무술연
출은 「타조기打鳥記」라 부른다. 결국 '영가'는 민간의 각종 연예가 종합
되어 이루어진 것이라 할 수 있다.[46]

39 네이멍구[內蒙古]의 '후투커친[呼圖克沁]'

'후투커친'은 "축복祝福 구자求子"의 뜻이라 하며, 하오더커친[好德歌
沁]이라고도 부르는데, 이는 "축역逐疫"의 뜻이라 한다. 본시 네이멍구에

45 『中國戲曲劇種手冊』p.545(中國戲劇出版社) 참조.

46 陳摩人, 「湖汕英歌源流雜談」(『英雄舞硏究』廣東舞蹈學校・普寧縣 文化局
編) 참조.

네이멍구의 후투크신 공연의 한 장면.

속하던 랴오닝〔遼寧〕 츠펑시〔赤峯市〕 이북 일대 몽고족과 한족이 섞여 사는 지역에 행해진다. '후투커친'은 대체로 다음과 같은 네 부분으로 나뉘어 연출된다. 첫째, 출발로 연출자들이 가면을 쓰고 손오공孫悟空·저팔계豬八戒 등으로 분장한 자들을 앞세우고 중간에 백로두白老頭가 자리 잡고 노래하고 춤추며 나온다. 둘째, 집집마다 찾아다니며 상서로운 노래와 춤으로 백로두白老頭의 지휘 아래 집주인을 위하여 축복과 구사驅邪를 행한다. 셋째, 집안에서 자손의 번창 같은 특별한 축원을 노래와 춤으로 한다. 넷째, 연출자들이 「청조가青鳥歌」를 노래하면 주인은 이들이 떠나려는 것으로 알고 만류하며, 결국은 이들은 노래를 부르면서 떠나 다른 집으로 향한다. 연극적인 성격은 다른 고장의 '나희'에 비하여 매우 약하다.[47]

40 장희藏戲

티베트에는 '나'란 말이나 '나'의 개념이 없지만, 시장〔西藏〕 각지에는 '나희'와 흡사한 것들이 무술巫術과 분교苯敎·불교 등 종교의식을 바탕으로 다양하게 발달해 있다. 시장의 샨난〔山南〕 지방에 행해지는 백면구희白面具戲(拔嘎戲, 藏戲로도 부름)는 「낙상법왕諾桑法王」이라는 대표적인 극목劇目을 지닌 '나희'와 아주 가까운 것이다. 리커츠〔日喀則〕의 양런〔昂仁〕 지방의 남면구희藍面具戲(阿吉拉姆·藏戲·藏劇으로도 부름)는 「팔대장희八大藏戲」·「엽인공포다길獵人貢布多吉」·「열경와熱瓊娃」·「덕파단보德巴丹保」 등의 극종을 지닌 가면극이다. 이밖에도 창두〔昌都〕, 쓰촨〔四川〕, 더꺼〔德格〕의 경경사更慶寺를 중심으로 하는 덕격희德格戲 등 여러 가지 '나희'라 볼 수 있는 가면놀이 등이 있다. 특히 안뒤(安多) 지방을 중심으로 칭하이(青海)·깐수(甘肅)·쓰촨(四川)의 일부지역에까지 퍼져 있는 안다장희安多藏戲는 가면이 정교한 것이 많고, 여러 가지 대표적인 극종을 지니고 있다.[48]

47 烏國政·李寶祥「試論蒙古族民間歌舞 '呼圖克沁'」(『民族藝術』第2期, 1989) 참조.

48 劉志韋「藏戲與藏區的儺藝術」(『民族藝術』第3期, 1989) ; 葛艾「安多藏戲源流及其演變」(『四川民族史志』第1期, 1989) 참조.

이밖에도 중국 각지에는 무수한 '나희'가 전래되고 있다. 다만 아직도 체계적으로 조사 정리되지 못하고 있고, '나희'의 개념조차도 제대로 정립되지 못하고 있는 상태이다. 그리고 그것들은 각 지방과 여러 민족들의 민속에 의하여 제각기 달라지고, 여러 가지 그들이 믿는 종교에 의하여 제각기 성격이 변화한 것들이어서, 한 마디로 '나희'의 뜻이나 성격을 설명하기는 매우 어려운 실정이다.

그러나 한 가지 분명한 것은, 옛 송宋 이전의 중국의 정통적인 희극이라 할 수 있는 '가무희'의 명맥이, 사대부들은 전혀 모르고 있는 사이에 민간 각지에서는 여러 가지 형태로 지금껏 전승되고 있다는 것이다. 지금 많은 학자들이 '나희'에서 새삼 오랫동안 소홀히 하여 왔던 중국희극의 전통을 발견하고는 연구에 열을 올리고 있는 것이다. 그러나 중국희극사의 올바른 이해와 중국희극 발전의 맥락을 제대로 파악하기 위해서는 '고대의 '가무희''의 연구부터 손을 대어 그 결과를 바탕으로 하여야만 할 것이다.

그리고 중국의 '나희'는 그 자체가 여러 지방희地方戲의 영향을 많이 받고 있을 뿐만 아니라, 중국의 학자들 자신이 또한 그 지방희의 영향 때문에 '나희'를 올바로 보지 못하고 있는 듯한 느낌이 든다. '나희'는 중국 고대의 '가무희'를 올바로 이해하여야만 그 특징을 제대로 파악하게 될 것으로 믿는다.

ㅊ

찾아보기
작품

ㅊ

찾아보기
사항

人

475

ㅈ

ㅊ

중국中國 고대古代의 가무희歌舞戲

초 판 발 행 1994년 8월 15일
개정 증보판 발행 2001년 10월 15일
재개정 증보판 발행 2015년 5월 20일

저 자 | 김학주
니사인 | 이명숙 · 양철민
발행자 | 김동구
발행처 | 명문당(1923. 10. 1 창립)
주 소 | 서울시 종로구 윤보선길 61(안국동)
            우체국 010579-01-000682
전 화 | 02)733-3039, 734-4798(영), 733-4748(편)
팩 스 | 02)734-9209
Homepage | www.myungmundang.net
E-mail | mmdbook1@hanmail.net
등 록 | 1977. 11. 19. 제1~148호

ISBN 979-11-85704-28-9 (93820)
25,000원